I0588161

MERITARE RYLEIGH

Il Rifugio, Libro 7

SUSAN STOKER

Titolo originale: *Deserving Ryleigh*

Traduzione dall'inglese di Patrizia Zecchin per One More Chapter Translations

Editing del team di One More Chapter Translations

In cerca di Finley
In cerca di Heather
In cerca di Khloe

<u>Silverstone</u>
Fidarsi di Skylar
Fidarsi di Taylor
Fidarsi di Molly
Fidarsi di Cassidy

<u>Forze Speciali alle Hawaii</u>
Trovare Elodie
Trovare Lexie
Trovare Kenna
Trovare Monica
Trovare Carly
Trovare Ashlyn
Trovare Jodelle

<u>Delta Duo</u>
La forza di Gillian
La forza di Kinley
La forza di Aspen
La forza di Jayme
La forza di Riley
La forza di Devyn
La forza di Ember
La forza di Sierra

<u>Armi & Amori: verso il futuro</u>
Soccorrere Caite
Soccorrere Brenae

Soccorrere Sidney
Soccorrere Piper
Soccorrere Zoey
Soccorrere Avery
Soccorrere Kalee
Soccorrere Jane

Mercenari di Montagna

Difendere Allye
Difendere Chloe
Difendere Morgan
Difendere Harlow
Difendere Everly
Difendere Zara
Difendere Raven

Delta Force Heroes

Salvare Rayne
Salvare Emily
Salvare Harley
Il Matrimonio di Emily
Salvare Kassie
Salvare Bryn
Salvare Casey
Salvare Sadie
Salvare Wendy
Salvare Mary
Salvare Macie
Salvare Annie

Armi e Amori

Proteggere Caroline

Proteggere Alabama
Proteggere Fiona
Il Matrimonio di Caroline
Proteggere Summer
Proteggere Cheyenne
Proteggere Jessyka
Proteggere Julie
Proteggere Melody
Proteggere il Futuro
Proteggere Kiera
Proteggere i figli di Alabama
Proteggere Dakota

<u>Ace Security</u>
Il riscatto di Grace
Il riscatto di Alexis
Il riscatto di Bailey
Il riscatto di Felicity
Il riscatto di Sarah

<u>Una raccolta di storie brevi</u>
Un momento nel tempo

CAPITOLO UNO

«Non è emozionante?» chiese Alaska a Ry con un enorme sorriso, per poi attraversare in fretta la stanza per andare a parlare con Henley.

Riuscì a sorridere all'amica e ad annuire, ma non appena le diede la schiena la sua espressione si incupì. Non era dell'umore giusto per festeggiare l'imminente nascita del bambino di Henley e Tonka.

Erano tutti riuniti nel lodge del Rifugio, e Robert e Luna avevano preparato un'enorme torta per il baby shower improvvisato. L'atmosfera era festosa e nell'aria c'era trepidazione. Sarebbe stato il primo bambino a nascere in quel gruppo di amici affiatati, ma ne sarebbero arrivati altri nel prossimo futuro. Quello di Reese sarebbe nato entro una trentina di giorni, qualche mese più tardi sarebbe toccato a quello di Lara, e Maisy aveva da poco saputo di essere incinta anche lei. Per non parlare del primo figlio adottivo di Cora e Pipe, che sarebbe arrivato la settimana successiva.

Era un periodo di gioia al Rifugio... per tutti tranne che per Ry.

Lei non avrebbe dovuto essere lì, ma ormai era troppo tardi. Avrebbe dovuto essersene andata già da molto tempo.

Ma prima era scomparsa Jasna... poi era stata rapita Reese. Inoltre, non avrebbe mai potuto perdonarsi se non avesse fatto il possibile per aiutare a salvare Lara. Ma era stato Stone la sua vera rovina; era stata determinata a fare tutto il possibile per trovarlo... e alla fine aveva utilizzato un computer non protetto.

Lo aveva fatto con le migliori intenzioni, ma ciò non aveva importanza, non per un uomo come suo padre.

Sospirò.

«Se sei così infelice, puoi andartene, Ryleigh.»

Ry si irrigidì. Non dovette girare la testa per vedere chi si era avvicinato. C'era solo una persona che usava il nome che le era stato dato alla nascita. Era stata "Ryan" fino a quando non aveva ammesso ai proprietari del Rifugio di aver mentito su chi era e perché si trovava lì. Ora si faceva chiamare Ry, che in realtà le piaceva di più.

Ma Spencer "Tiny" Denny si rifiutava di chiamarla in un altro modo se non Ryleigh.

A parte l'uso del suo nome di battesimo, avrebbe riconosciuto la sua voce ovunque. Il suo tono basso e tonante le scivolava lungo la schiena e le faceva venire i brividi. Un tempo sognava di avere un'avventura con lui, ma aveva mandato all'aria ogni possibilità nel momento in cui aveva ammesso di aver mentito non solo a lui, ma a *tutti* quelli del Rifugio. Nonostante avesse avuto ottime ragioni per farlo, non aveva dubbi che quell'uomo non l'avrebbe mai perdonata.

D'altronde... glielo aveva detto.

Tutti gli altri sembravano aver preso la notizia con tranquillità. Non aveva fatto nulla che potesse danneggiare il Rifugio o le persone che vi abitavano... per ora. Aveva cercato di fare tutto il possibile per aiutare, quando e dove aveva potuto. Eppure, Ry aveva la sensazione che anche se avesse impedito che il posto venisse ridotto in cenere, Tiny non l'avrebbe perdonata.

In realtà non lo biasimava. Le cose che si era prodigata a fare lì erano solo la punta dell'iceberg. Se lui o gli altri uomini che possedevano quel resort di fama mondiale avessero saputo chi era *veramente*, di cosa era capace, ciò che aveva fatto... l'avrebbero cacciata così in fretta da farle girare la testa.

E aveva la sensazione che Tiny sapesse che stava nascondendo molto più di ciò che aveva ammesso. Il che probabilmente era parte del motivo per cui era così brusco con lei.

«Mi hai sentito?» le chiese.

Ry annuì.

«O la smetti di avere l'aria di chi preferirebbe pulire la stalla di Melba e sorridi, o te ne vai.»

Fece un respiro profondo. Magari non le piaceva molto stare vicino a lui, ma aveva ragione. Fece del suo meglio per rilassare i muscoli e riuscì persino a sorridere ad Alaska, che li stava fissando dall'altra parte della stanza con un'espressione preoccupata.

Ry lo studiò a lungo con la coda dell'occhio. La superava in altezza di un bel po' di centimetri, e lei non era esattamente bassa. Con il suo metro e ottantatré, Tiny sembrava sovrastare tutti semplicemente per la sicurezza che emanava. Non era un segreto che tutti lo paragonassero all'iconico Jake Ryan del film *Sixteen Candles: Un compleanno da ricordare*, ma Ry non pensava che assomigliasse a quell'attore. Era molto più bello. La barba che gli ricopriva la mascella e le guance le faceva venire voglia di passarci sopra la mano per sapere cosa si provava.

Aveva gli occhi turchesi più belli che avesse mai visto, i capelli un po' lunghi e un cipiglio che ormai pensava fosse permanente. E che ultimamente sembrava essere diventato più profondo. A causa *sua*.

Era muscoloso e intimidatorio, ma stare con lui in qualche modo la faceva sentire al sicuro. Era una dicotomia che non aveva senso. Non gli era nemmeno simpatica. Eppure sapeva che se la situazione si fosse messa male, lui non avrebbe esitato a proteggerla. Semplicemente perché gli altri la consideravano una loro amica.

Era leale, un gran lavoratore e molto attento. Dall'esterno qualcuno poteva pensare che fosse un tipo tranquillo e un tenerone, ma Ry conosceva la verità; viveva nel suo chalet da qualche mese, e sapeva bene che nel momento in cui lui varcava la porta alla fine di ogni giornata, la parvenza di gentilezza che mostrava al mondo si dissolveva, e diventava ciò che era veramente.

Severo. Duro. Implacabile. Sospettoso.

E Ry era probabilmente la più grande idiota del pianeta, perché ora che aveva visto il vero uomo che c'era dietro, Tiny le piaceva ancora di più. Sì, poteva essere cattivo, e lei era stata la destinataria del suo veleno più di una volta da quando aveva ammesso di aver mentito a tutti, ma lo aveva anche visto in azione. Il suo passato da Navy SEAL gli aveva dato gli strumenti per agire sotto pressione. Per sapere subito e istintivamente ciò che andava fatto, e non esitava mai a buttarsi in qualsiasi situazione se ciò avesse significato proteggere i suoi amici.

Ry si concedeva raramente di pensare al futuro, perché sospettava che il suo tempo sulla terra sarebbe finito presto, se suo padre avesse fatto a modo suo. Ma quando *si concedeva* di sognare, Tiny era al suo fianco. Lavoravano insieme come una squadra, eliminando i bulli e rendendo il loro angolo di mondo un po' più sicuro e migliore.

Tuttavia, era un sogno *irrealizzabile*. Dal modo in cui la stava fissando in quel momento, era ovvio che non avrebbe mai provato altro che sospetto nei suoi confronti.

Rimanere lì era come avere un coltello che ti veniva conficcato nel fianco a ripetizione, ma non poteva andarsene. Non ora. Non quando era sicura che suo padre l'aveva trovata.

Dopo tutte le precauzioni prese. Dopo tutti i sacrifici che aveva fatto... era bastato un solo errore perché lui la rintracciasse. Ma non si era pentita di aver usato il computer di Brick quell'unica volta. Era stata disperata come tutti gli altri di trovare Stone, Owl e Lara. Ma era bastato usare un dispositivo non protetto per fare qualche ricerca perché il suo caro vecchio padre si aggrappasse alla traccia che lei aveva lasciato nel cyberspazio... però ciò li aveva anche aiutati a trovare i loro amici.

«Che ti *prende* oggi?» le chiese burbero.

Ry deglutì a fatica. «Non so cosa vuoi dire» mentì.

Tiny sbuffò. «Certo. Non so perché mi aspettavo che non raccontassi un'altra bugia.»

Fece una smorfia e si voltò verso di lui, improvvisamente esausta. Oltremodo stanca di mentire alle persone che erano diventate importanti per lei. Stanca di camminare sulle uova intorno all'uomo che le stava accanto. Semplicemente... stanca.

«Vuoi sapere che mi *prende*?» chiese in tono basso.

«Sì, Ryleigh. Voglio saperlo» rispose, guardandola negli occhi.

«Sono terrorizzata. Ogni momento in cui rimango qui comporta un pericolo maggiore per tutti e per tutto ciò che ho imparato a conoscere e ad amare. Ma non posso andarmene, perché se lo facessi non ci sarebbe nessuno che può proteggervi.

Ho mentito a tutti. Ho mentito per ottenere il lavoro, ma sai una cosa? Se potessi scegliere, rifarei tutto allo stesso modo. Perché questo posto mi *piace*. Sono elettrizzata per Henley e Tonka. Adoro le stupide capre che cercano di mangiarmi la maglia ogni volta che entro nella stalla. Mi piace chiacchierare con Jasna delle sue giornate a scuola. Prima di essere costretta a lasciare il mio impiego, lavorare con Carly e Jess era il momento più bello delle mie mattinate. Non vedo l'ora di vedere come questo posto si svilupperà con l'aggiunta dell'elicottero.

Il Rifugio è un luogo meraviglioso. Sereno, calmo e curativo, e fa estremamente bene agli uomini e alle donne che vengono qui. E so che rimanendo... tutto questo potrebbe essere distrutto. Ma se me ne andassi, lo sarà *sicuramente*.

Mi dispiace di aver mentito a te, alle ragazze, ai tuoi amici. Mi dispiace che tu sia bloccato con me nel tuo chalet quando mi odi così tanto. E mi dispiace *davvero* che starmi vicino ti renda così infelice. Ma sistemerò tutto, in un modo o nell'altro. Poi me ne andrò e non dovrai più vedermi.

Ora, visto che mi hai giustamente fatto notare che sto rovinando l'atmosfera, torno allo chalet. Di' agli altri quello che vuoi sul motivo della mia assenza. Non ha importanza. Niente ha più importanza.»

Girò sui tacchi e si diresse verso la porta. Aveva gli occhi pieni di lacrime mentre si allontanava. Probabilmente non avrebbe dovuto spiattellare tutto, ma non aveva mentito. Su niente. Era terrorizzata a morte, e dispiaciuta che la sua presenza lì fosse una minaccia per le uniche persone della sua vita che l'avevano trattata come se non fosse stata un mostro.

Una volta all'esterno, dopo aver fatto a malapena quattro passi verso la foresta e lo chalet di Tiny, si sentì afferrare il gomito e girare di scatto.

Con in testa il pensiero di suo padre e di ciò che le avrebbe fatto una volta che avesse deciso di fare la sua mossa per riprendersi ciò che lei gli aveva sottratto, agì d'istinto: si gettò di lato, atterrando con forza sul fianco. Non esitò quando toccò terra, sfruttando lo slancio per rotolare via dalla minaccia.

«Gesù, Ryleigh! Sono io. Stai bene?»

Ancora una volta, riconobbe immediatamente quella voce. Tiny l'aveva seguita.

Ovvio, gli piaceva avere l'ultima parola.

Sentendosi destabilizzata, Ry si rimise in piedi e affrontò la sua nemesi.

«Che diavolo è appena successo?» le chiese.

«Non sapevo che mi avessi seguita. Mi hai spaventata, tutto qui» rispose, sollevando il mento.

«Pensi davvero che ti avrei fatto del male?» chiese Tiny in tono basso e roco.

Non sapeva come rispondere. Pensava che avrebbe fatto qualcosa che le avrebbe procurato dei lividi sulla pelle? Che le avrebbe fatto male *fisicamente*? No, non proprio. Ma lui *l'aveva* ferita. Ogni volta che l'aveva fulminata con lo sguardo o che si era rifiutato di parlarle quando erano soli nello chalet. Inoltre, la feriva ogni volta che si degnava di aprire la bocca, mostrandole chiaramente il suo disprezzo.

«Cazzo!» esclamò, allontanandosi e passandosi una mano tra i capelli. Quando la guardò di nuovo, Ry vide determinazione nel suo sguardo. «Dobbiamo parlare.»

«No» ribatté lei senza esitare. «Non dobbiamo.»

«Non puoi aspettarti di gettarmi addosso tutto quello che hai detto poco fa, e *non* spiegarmi cosa diavolo intendevi.»

Ry sospirò. Era davvero esausta. E la situazione sarebbe diventata sempre più difficile da lì in avanti. Non aveva tenuto la lingua a freno come faceva di solito. Aveva spifferato troppe cose a Tiny.

«Il momento di parlare con me è stato quando ti ho detto chi ero. Quando ho ammesso di aver ottenuto il lavoro con un falso pretesto. Ma tu non hai voluto sentire quello che avevo da dire allora, e io non sono molto propensa a spiegartelo adesso. Credimi, se potessi andarmene, lo farei. Riavresti il tuo chalet, non dovresti vedere il mio viso tutti i giorni e non sentiresti il bisogno di controllarmi, cercando di assicurarti che non faccia nulla che possa danneggiare il Rifugio. Notizia flash: non farei mai nulla per mettere intenzionalmente in pericolo questo posto. Soprattutto perché ho lavorato duramente per aiutarlo a prosperare. Ma c'è gente là fuori che non vorrebbe altro che vederlo bruciare. Semplicemente perché significa qualcosa per *me*.

Ed è per questo che non posso andarmene. Perché ho fatto un casino. Ma ho intenzione di rimediare. Non so come, ma lo farò. Vuoi sapere tutti i miei segreti? Peccato. Avrei potuto dirteli prima... ma ora? No. È troppo tardi. Sappi solo che farò tutto il possibile per rendere il Rifugio più solido di quanto non sia mai stato. Per tutti i bambini che nasceranno l'anno prossimo, per te e i tuoi amici che avete servito il nostro Paese con coraggio e senza esitazione, e per tutti gli ospiti che hanno bisogno di questo luogo per guarire.»

«Ryleigh» iniziò Tiny, ma lei aveva finito.

Voltò le spalle all'unico uomo che aveva la capacità di farla a pezzi con un semplice sguardo, e si diresse verso lo chalet. Purtroppo non aveva un altro posto dove andare. Si era trasferita dal suo appartamento di Los Alamos quando Stone era scomparso, per poter condividere anche la più piccola informazione che avesse trovato in modo più tempestivo. La stanza degli ospiti di Tiny era la sua casa per il momento, e sebbene fosse grata di avere un tetto sopra la testa, ogni secondo trascorso in sua presenza era una tortura. Perché lui la odiava. L'aveva detto chiaramente.

Per fortuna non la seguì fino allo chalet. Ry entrò e andò subito in camera sua. Si sdraiò sul letto e si raggomitolò su un fianco. Chiuse gli occhi e cercò di pensare, di elaborare una strategia. Ma anche se aveva un disperato bisogno di un piano, non riusciva a pensare ad altro che alla confusione e alla preoccupazione negli occhi di Tiny dopo che lei aveva stupidamente parlato troppo.

Non le aveva mai rivolto quel tipo di espressioni. Di solito la guardava con sospetto e disprezzo.

Confusa e stanca per lo stress a cui era sottoposta, Ry cadde in un sonno inquieto, punteggiato dalla faccia di suo padre che rideva in modo maniacale, e da Tiny che scuoteva la testa e diceva ai suoi amici: "Ve l'avevo detto che avrebbe portato guai".

CAPITOLO DUE

TINY FISSÒ RYLEIGH mentre spariva tra gli alberi, diretta verso il suo chalet. Era confuso. Le cose che aveva detto... spazzarono via tutto ciò che pensava di sapere su quella donna.

Era il primo ad ammettere di essere stato duro con lei, ma non ne era dispiaciuto. Aveva mentito loro in continuazione. Inoltre, era ovvio che con le sue capacità informatiche avrebbe potuto prendere illegalmente possesso del Rifugio con facilità. Il pensiero che potesse accadere qualcosa a quel posto gli faceva gelare il sangue.

Non riusciva a immaginare di non vivere lì. Di non essere sulle montagne del New Mexico. Se fossero falliti, non avrebbe avuto un posto dove andare. Non avrebbe avuto idea di cosa fare. Il Rifugio lo aveva salvato, ed era enormemente grato a Tex per averlo messo in contatto con Brick e gli altri uomini, e a tutti i suoi amici per aver deciso di dare il via alla creazione di quel luogo di ritiro unico.

E dopo aver trascorso anni di necessaria guarigione e

calma, nel posto che aveva contribuito a costruire con le sue mani... la realtà dei fatti era che Ryleigh gli faceva provare cose che pensava fossero morte e sepolte.

Lo faceva infuriare, lo frustrava... eppure, una parte di lui, nascosta molto in profondità, si preoccupava per lei.

Si *odiava* quando le urlava contro; non gli era sfuggito come ogni volta sussultava e indietreggiava. Eppure, non riusciva a smettere. Era così arrabbiato che li avesse ingannati tutti, che semplicemente non si fidava di lei. Certo, non si fidava di molte persone nella sua vita, ma l'unica cosa che non poteva tollerare erano le bugie, e Ryleigh aveva mentito spudoratamente dal momento in cui aveva messo piede al Rifugio.

Ma finalmente si stava rendendo conto che forse, *forse*, aveva avuto delle ottime ragioni per farlo.

Proprio come avevano suggerito alcuni dei suoi amici, che lui si era rifiutato di ascoltare.

Quella sera gli aveva detto molte cose, cose su cui riflettere e che doveva condividere con gli altri comproprietari del Rifugio, ma ciò che lo preoccupava di più era il fatto che fosse spaventata. No. *Terrorizzata*. Di cosa, non lo sapeva, ma non gli piaceva. Per niente.

Tiny si voltò e tornò al lodge, rendendosi subito conto di non essere in vena di socializzare. Trovò Tonka, che si era allontanato dal gruppo e stava osservando la moglie con un piccolo sorriso sul volto.

Mentre si avvicinava a lui, il suo amico si girò a guardarlo.

«Te ne vai?» gli chiese senza preamboli.

«Se per te va bene» rispose con un'alzata di spalle.

Le sue labbra ebbero un guizzo. «Credo di capire più di chiunque altro quando qualcuno ha bisogno di spazio.»

Tiny ridacchiò, poi si fece serio. «Francamente, i cambiamenti avvenuti in te sono sorprendenti. L'uomo che ho conosciuto quando siamo arrivati qui non sarebbe stato in grado di gestire la presenza di così tante persone, e per così tanto tempo, come stai facendo tu stasera. In particolare, avrebbe odiato essere al centro dell'attenzione in questo modo.»

Tonka scrollò le spalle. «Non mi piace, ma *amo* Henley. E vedere com'è felice, come le fa bene stare con le sue amiche... rende irrilevante ciò che voglio io.»

«Non ti preoccupa quanto sia cambiata la tua vita a causa di una donna?» gli chiese, sinceramente curioso di sentire la risposta dell'amico.

«No. Il fatto è che... prima di aprirmi con Henley non vivevo affatto. Ero bloccato nel passato e in quello che mi era successo. Gli permettevo di guidare la mia esistenza, invece di affrontarlo e andare avanti. Grazie a lei, ho imparato che la vita non si ferma quando succedono cose brutte. Dobbiamo trovare un modo per superare ciò che ci getta addosso, oppure smettere di vivere del tutto.»

«Sembra una cosa che direbbe uno strizzacervelli» disse Tiny cinicamente.

«Forse, o forse no. E non mi interessa nemmeno che tu parli male della professione di mia moglie. Ho imparato molto da Henley. Non è che la sua vita sia stata tutta rose e fiori. Se lei è riuscita a superare gli orrori che ha vissuto, perché non potrei farlo io? Steel mi mancherà sempre. Ci sarà sempre un buco nel mio cuore per la perdita del mio cane, ma la vita va avanti. E per rispondere alla tua domanda... non mi piacerà mai essere al centro dell'attenzione, ma per Henley farei qualsiasi cosa. Lo stesso vale per il nostro futuro bambino e per Jasna. Loro sono tutto per me.»

Tiny era felice per Tonka. Lo era davvero. Anche se non riusciva a capire quel tipo di devozione. Richiedeva fiducia e lui non era in grado di fidarsi di una compagna in quel modo. Non di nuovo. Era rimasto troppo scottato. «Bene. Comunque, vado.»

«Ho visto Ry uscire poco fa. Credo che anche se le togli gli occhi di dosso per due minuti, non pianificherà la rovina del Rifugio» disse ironicamente.

«Ora che Stone è tornato e non ha più nessuno da salvare... non ne sarei così sicuro» ribatté.

«Alle donne piace. Saranno tristi se se ne andrà» continuò Tonka.

Tiny scrollò le spalle. «Staranno bene. Hanno i loro mariti. E tutti i bambini che nasceranno presto.»

Lo sguardo che gli rivolse l'amico lo mise un po' a disagio, ma non si mosse, e mantenne il contatto visivo per un lungo momento.

«Credo che tra tutti noi tu sia quello più... danneggiato» disse infine Tonka.

Non si sbagliava. «Sto bene» mentì.

«E lei ha bisogno di un amico» insistette.

Basta. Non voleva sentirlo difendere la donna di cui non si fidava affatto. Aveva visto da vicino cosa poteva fare con il computer. Era dieci volte più letale di un terrorista con un lanciarazzi. Non aveva dubbi che avrebbe potuto distruggere un Paese con i polpastrelli e una tastiera. Se tutti volevano tenere la testa sotto la sabbia e rifiutarsi di vedere quanto Ryleigh potesse essere pericolosa per il Rifugio, era un problema loro. Lui non si sarebbe fatto ingannare tanto facilmente. Era il motivo per cui aveva deciso di sorvegliarla come un falco.

«Be', di certo non sarò io» replicò con fermezza. «Congratulazioni per il bambino. Henley andrà in ospedale tra qualche giorno per l'induzione del parto, vero?»

«Sì. Venerdì.»

Tiny annuì, strinse la spalla all'amico in segno di supporto, poi si voltò e si avviò verso la porta. Guardando l'orologio, vide che Ryleigh se n'era andata da quindici minuti. Il suo battito del cuore accelerò. Poteva fare molti danni in quel lasso di tempo.

Odiava sentirsi così, ma non poteva farne a meno.

Mentre camminava tra gli alberi e verso lo chalet, tenne a freno il senso di colpa che provava per il fatto di pensare il peggio della sua ospite, quindi riandò con la mente su alcune delle cose su cui lei aveva mentito da quando era al Rifugio.

Aveva fatto in modo che Alexis si licenziasse per avere la possibilità di ottenere il suo lavoro come addetta alle pulizie. Aveva mentito sul suo nome e sul suo passato. Sulla sua esperienza.

Poi c'erano le bugie per omissione. Era grato che avesse avuto la possibilità di aiutare Jasna e Reese, ma non poteva impedirsi di pensare che se fosse stata sincera fin dall'inizio su chi era e sulle sue capacità, avrebbero potuto essere trovate ancora più velocemente.

Aveva rivelato quelle cose solo quando non aveva più avuto scelta. Quando stavano cercando disperatamente di trovare Owl, Stone e Lara.

Nonostante cercasse di ricordarsi di tutte le volte in cui Ryleigh aveva mentito a lui e ai suoi amici, non poteva fare a meno di ripensare a quelle due semplici parole dette circa trenta minuti prima, che sapeva d'istinto lei non avrebbe voluto pronunciare.

Sono terrorizzata.

Su *quello* non aveva mentito.

Tiny la stava guardando in faccia quando l'aveva detto, ed era stata evidente la paura nei suoi occhi. Non sapeva esattamente di chi o di che cosa avesse timore, ma solo che lei affermava di volersene andare ma di non poterlo fare. Non capiva cosa significasse... ma il pensiero che lei non ci fosse più lo preoccupava in un modo che non avrebbe mai ammesso con nessuno.

Aveva anche detto qualcosa sul fatto di proteggere il Rifugio e che pensava che la sua presenza lo mettesse in pericolo. Non aveva senso. E a Tiny non piaceva non sapere quale minaccia potesse essere in arrivo, né da chi *provenisse*.

Aveva bisogno di maggiori informazioni, e l'unico modo per ottenerle era parlare con Ryleigh.

Deciso a farle dire apertamente cosa stava accadendo – che lei lo volesse o meno – si affrettò a percorrere il resto della strada fino allo chalet.

Quando entrò trovò le luci spente, e lei non si vedeva da nessuna parte.

Per un attimo il suo cuore mancò un battito. Dopotutto se n'era andata? Era stata lontana dalla sua vista solo per poco tempo, ma era possibile che fosse fuggita. Si mosse rapidamente e andò nella stanza dove alloggiava e, senza preoccuparsi di bussare, spinse la porta.

I suoi muscoli si rilassarono quando la vide sul letto. Non se n'era andata. Non volle nemmeno chiedersi perché fosse così sollevato... ma poi si accigliò continuando a fissare la donna che aveva sconvolto la sua vita.

Era sdraiata su un fianco, rivolta verso la porta, con le gambe piegate e tutta raggomitolata. Aveva un'aria... vulnerabile. Non poteva vedere i suoi occhi color castano mogano perché erano chiusi, ma i capelli neri e lisci le ricadevano sulla guancia, con le punte che finivano sul cuscino.

Percorrendola lentamente con lo sguardo, si accorse che era notevolmente dimagrita negli ultimi mesi. Non aveva pensato molto a quando o a cosa mangiasse, ma provò un profondo senso di colpa, perché sapeva che quando *condividevano* un pasto, lo facevano in totale silenzio, di solito con lui che la guardava risentito della sua presenza. Così Ryleigh lasciava sempre il tavolo in fretta.

Era stato un idiota colossale. Doveva ammetterlo. Ma non era sicuro di poter essere qualcosa di diverso da ciò che era. Lei lo metteva in agitazione e lo rendeva nervoso. Gli altri potevano anche negarlo, ma quella donna era una minaccia. Tutto ciò che lui aveva fatto era stato cercare di tenerla d'occhio, per assicurarsi che non facesse nulla che potesse danneggiare la sua casa e il suo santuario.

Eppure...

Si appoggiò pesantemente allo stipite quando si rese conto, con disperazione, che anche se lei avesse cercato di fare qualcosa per danneggiare il Rifugio, lui non avrebbe saputo come risolverlo. Non capiva i computer come lei. Non aveva la minima idea di cosa stesse vedendo quando guardava le sue dita volare sulla tastiera mentre manipolava i codici.

L'aveva osservata usare le sue conoscenze e i suoi contatti sul dark web per cercare di trovare Stone. E quello che aveva fatto... era stato geniale. Quella donna era più intelligente di chiunque altro avesse mai incontrato. Era totalmente fuori dalla sua portata.

La sua confessione di quella sera aveva anche messo in chiaro che si era illuso: non la stava costringendo a restare per poterla tenere d'occhio. Lei era lì per *scelta*; aveva scelto di rimanere al Rifugio. Oltretutto, aveva *scelto* di rimanere nel suo chalet, anche se lui la trattava di merda.

Come una sorta di penitenza autoimposta.

Tiny aveva notato che trasaliva ogni volta che le parlava in modo duro. Che rimaneva in camera sua il più possibile per evitare qualsiasi tipo di conflitto. Eppure, ciò non lo aveva indotto a ridimensionarsi nei suoi confronti... e aveva impedito a lei di accettare le offerte delle sue amiche di trasferirsi nei loro chalet.

Per la prima volta da quando Ryleigh aveva ammesso di non essere quella che tutti credevano fosse, provò un po' di rimorso per il modo in cui l'aveva trattata. Ciò non significava che all'improvviso si fidasse di lei, ma solo che poteva riconoscere di essere stato un idiota.

Vedendola in quel momento, vulnerabile e chiaramente stressata, se il suo linguaggio del corpo mentre dormiva ne era un'indicazione, Tiny sospirò. Era stato *lui* a ridurla così. L'aveva fatta sentire sgradita, nervosa e probabilmente insicura, visto il modo in cui si era gettata a terra prima.

Eppure... non se n'era ancora andata.

Se fosse stato al suo posto, sarebbe sparito nel momento in cui Stone era tornato in sicurezza al Rifugio. Ma lei era rimasta.

Strinse le labbra ricordando le sue parole di poco prima, quando aveva detto che era troppo tardi per andarsene. Avrebbe voluto svegliarla, insistere perché gli dicesse cosa stava succedendo, cosa non stava dicendo loro.

Aveva ancora troppi segreti, ma per quanto fosse riluttante ad ammetterlo, non era arrabbiato per quello come lo era stato anche solo due ore prima. Era chiaro che stesse cercando di proteggerli. Da cosa o da chi, non ne aveva idea, ma lo avrebbe scoperto.

Si raddrizzò e fece per chiudere la porta, ma la lasciò socchiusa in modo da sentire se avesse avuto bisogno di lui – era ridicolo, perché da quando viveva lì non lo aveva mai chiamato – e andò nella zona giorno. Si versò un bel bicchiere d'acqua e si sedette sul divano. Rimase lì a fissare il vuoto, cercando di elaborare nella sua mente i passi successivi da compiere.

Ryleigh aveva paura di qualcosa, pensava di non doversene andare, anche se era ovvio che lo volesse fare, e qualsiasi cosa la stesse spaventando riguardava il Rifugio.

Brividi di terrore gli percorsero la spina dorsale. Stava per succedere qualcosa. Qualcosa di grosso, se terrorizzava un genio del computer come lei. Non sapeva cosa, chi o quando, ma sembrava chiaro che la chiave per far sì che quel posto ne uscisse indenne era la donna che dormiva nella stanza accanto alla sua.

Tiny si era arruolato nella Marina per proteggere e servire. Aveva amato essere un SEAL. Non aveva fatto molto per proteggere o servire Ryleigh... ma dall'indomani le cose sarebbero cambiate. Poteva non fidarsi di lei, ma doveva ammettere che nessuna delle sue azioni fino a quel momento aveva danneggiato lui o i suoi amici. Al contrario, si era prodigata il più possibile per aiutare.

Sarebbe stato meno rigido, e avrebbe fatto del suo meglio per convincerla a confidarsi con lui. Una volta scoperta la minaccia, avrebbe potuto limitare i danni. Poi Ryleigh avrebbe potuto andarsene. Proseguire con la sua vita. E avrebbe potuto farlo anche lui.

Ora che aveva visto la paura nei suoi occhi, aveva difficoltà a mantenere l'animosità che aveva provato per tanto tempo nei suoi confronti. Lei non stava fingendo quell'emozione. Ci avrebbe scommesso la sua spilla Budweiser. Com'era il detto? Si prendono più mosche con una goccia di miele che con un barile di aceto. A partire dall'indomani, avrebbe fatto il possibile per aiutare Ryleigh a sostenere qualsiasi fardello.

Sentendosi meglio di quanto non succedeva da mesi, pur non capendone appieno il motivo – oltre ad ammettere a malincuore che stava lentamente diventando sempre più difficile essere brusco con la sua ospite, anche senza le rivelazioni di quella sera – bevve il resto dell'acqua e si alzò. Portò il bicchiere vuoto nel lavello della cucina e si diresse verso la sua camera da letto.

L'indomani avrebbe portato un nuovo giorno e un nuovo piano.

E non avrebbe fallito. Non era un'opzione. Non quando aveva un così brutto presentimento da fargli rizzare i peli sulla nuca. Non aveva mai ignorato quella sensazione quando era in missione come SEAL, e non l'avrebbe fatto ora. Se Ryleigh era la chiave per mantenere il Rifugio al sicuro, avrebbe fatto di tutto per convincerla a confidarsi con lui.

CAPITOLO TRE

RY ERA SEMPRE PIÙ INQUIETA. Negli ultimi due giorni Tiny era stato... diverso. E ciò la stava spaventando. Quando il giorno successivo al baby shower era entrata nel salotto dello chalet, lui le aveva detto "Buongiorno" come se non avesse passato gli ultimi mesi a grugnire e a ringhiare contro di lei all'inizio di ogni giornata.

Poi le aveva offerto una tazza di caffè, preparato esattamente come piaceva a lei. Non l'aveva mai fatto; se lo era sempre preparata da sola ogni mattina. Lei aveva guardato la bevanda, chiedendosi se l'avesse avvelenata, e lui aveva ridacchiato. *Ridacchiato*. Poi, come se le avesse letto nel pensiero, le aveva detto di non averci messo dentro niente... a parte lo zucchero e la crema, come piaceva a lei di solito.

E da lì le cose si erano fatte ancora più strane. Non l'aveva guardata male nemmeno una volta. Non aveva insistito perché gli dicesse esattamente cosa stava facendo online. Non aveva fatto commenti sprezzanti sui suoi contatti nel dark web che a volte usava quando aveva bisogno di informazioni.

Non si stava più comportando come il Tiny che aveva imparato a conoscere negli ultimi mesi, e non aveva idea del motivo. Ciò la rendeva incredibilmente nervosa.

Lui non era un uomo gentile. Diceva ciò che pensava in modo diretto. Non usava giri di parole quando era arrabbiato per qualcosa. Odiava la falsità, e Ry sapeva che quello era il motivo per cui la detestava, ma si comportava come se tutte le bugie che lei aveva detto da quando era arrivata al Rifugio, non significassero più nulla per lui. Sapeva che non era così, perché le aveva detto più volte di non fidarsi affatto di lei.

Ma negli ultimi due giorni l'aveva lasciata sola più di quanto avesse mai fatto prima. Non l'aveva sorvegliata mentre lei cercava di scoprire quali fossero i piani di suo padre. Non le aveva chiesto ogni mattina di dirgli dove sarebbe andata, con chi sarebbe uscita. Era come se fosse successo qualcosa la sera del baby shower, ma non aveva idea di cosa potesse essere.

Sì, gli aveva spifferato alcune cose che non avrebbe voluto dire, ma non le aveva fatto domande dopo che lei aveva chiarito che non avrebbe più condiviso i suoi segreti. Non aveva preteso che gli dicesse perché non poteva andarsene o, peggio, non aveva insistito perché andasse via, visto che Stone era tornato sano e salvo.

Era davvero strano, e francamente non le piaceva. Stava aspettando che arrivasse la mazzata.

Ma sperava che non sarebbe successo quel giorno, perché al momento stavano andando tutti all'ospedale. Henley stava per partorire e nessuno voleva perdersi la nascita del bambino suo e di Tonka. Avevano scelto di non scoprire il sesso, quindi erano tutti doppiamente eccitati.

Naturalmente, Ry non era riuscita a resistere. Era entrata nel database dell'ospedale e aveva trovato le foto delle ecografie, quindi lo sapeva. Ma non aveva intenzione di condividere un segreto che non era suo. Il suo bisogno di informazioni, di non essere sorpresa, era un grosso difetto. Ne era consapevole, ma non riusciva a trattenersi dallo scavare alla ricerca di informazioni che sapeva essere a portata di mano. Ciò la rendeva una persona orribile, ma suo padre le aveva nascosto così tante cose, che ormai investigare su tutto era diventato un impulso incontrollabile. Era l'unico modo per tenersi al sicuro.

Al momento era seduta sul sedile posteriore della Rubicon di Brick, tra Cora e Lara. Alaska era su quello del passeggero. Gli altri o erano già arrivati all'ospedale o ci stavano andando.

«Tonka e Henley hanno già scelto i nomi?» chiese Lara, mentre si passava inconsciamente una mano sul pancione.

«Credo di sì, ma non hanno detto quali» rispose Alaska con un'alzata di spalle.

«È una femmina. Lo so!» esclamò Cora felice.

«No, è sicuramente un maschio» dissentì Lara. «Sta molto basso nella pancia.»

«La posizione del bambino non ha nulla a che vedere con il sesso» le disse Cora ridacchiando.

«Invece sì! L'ho letto su internet!»

«Ieri ho letto una storia su una donna che è stata rapita da Bigfoot e ha avuto suo figlio... quindi significa che è vero anche questo, no?» replicò Cora.

Tutti ridacchiarono.

«Ok, buona osservazione. Solo che... voglio che abbiano un maschio» ammise Lara.

«Perché?»

«Non lo so. Sarebbe fantastico. Potrebbe seguire Tonka in giro e aiutare a dare da mangiare agli animali e cose del genere.»

«E una femmina non può farlo?» chiese Cora sbuffando.

Ry si morse il labbro per trattenere il sorriso che minacciava di sfuggirle. Stare con quelle due migliori amiche era sempre uno spasso. Discutevano e si lamentavano come delle sorelle, ma l'affetto che le univa era evidente. Il fatto che Cora avesse fatto di tutto e di più per trovare Lara quando era scomparsa, era qualcosa che Ry non capiva. Razionalmente lo apprezzava, ma non aveva mai avuto quel tipo di rapporto con qualcuno... consanguineo o meno.

Lara sospirò in modo drammatico. «Ok, è vero. Sono sessista. E ora che ci penso... vedere Tonka con un'altra figlia che lo tiene in pugno come fa Jasna, e come fanno anche i suoi cani, Wally e Beauty, sarebbe altrettanto fantastico.»

Ry vide Brick sorridere mentre guidava, anche se non si intromise nella conversazione. Presto entrarono nel parcheggio del piccolo ospedale di Los Alamos. Sapeva, dalle voci che giravano al Rifugio, che Tonka avrebbe voluto che Henley andasse a partorire ad Albuquerque perché l'ospedale era più grande, ma lei si era impuntata insistendo che voleva farlo proprio lì, a "casa".

Prima di andare a parcheggiare, Brick si fermò davanti alle porte dell'ospedale per far scendere tutte dall'auto. Ry entrò con le sue amiche, e si diressero verso la sala d'attesa in fondo al corridoio. Non fu difficile capire dove si trovavano gli altri, visto che alla loro destra risuonò la risata di Reese.

Non appena entrarono nella stanza, iniziarono tutti a parlare contemporaneamente. Ry si era abituata all'*esuberanza* della gang del Rifugio, ma a volte la coglieva di sorpresa. Era cresciuta in una casa molto tranquilla, dove si erano aspettati che anche lei lo fosse. Sua madre aveva cercato di incoraggiarla a ridere di più, a uscire e a giocare, ma era il padre che comandava in casa, e aveva preferito che lei stesse seduta dietro a una tastiera e imparasse tutto ciò che doveva insegnarle.

Ricordare sua madre la rattristava, quindi rivolse i suoi pensieri alle persone che la circondavano.

«Non ci siamo persi niente, vero?» chiese Alaska, a nessuno in particolare.

Maisy ridacchiò. «No. Ma solo per un pelo.»

«Lo so. L'ultimo ospite che si è registrato aveva cento domande da fare, e poi ho dovuto assicurarmi che Robert, Jess e Hudson avessero tutto sotto controllo.»

Non capitava spesso che tutti i proprietari lasciassero il Rifugio nello stesso momento, ma dato che si trattava di un'occasione speciale, volevano esserci tutti. Ry non si era sentita tranquilla ad allontanarsi, soprattutto dato che suo padre era lì da qualche parte e stava senza dubbio osservando e pianificando, ma non aveva saputo come fare a evitarlo senza spiegarne il motivo.

Stava arrivando il momento in cui avrebbe dovuto dire a Tiny, e anche a tutti i ragazzi, quello che sospettava sarebbe successo presto... ma continuava a sperare e a pregare di sbagliarsi.

«Tutto bene?»

Quelle due parole la sorpresero a tal punto che trasalì.

«Ehi, tranquilla.»

Alzò lo sguardo su Tiny e si sentì arrossire. Non aveva idea di come non si fosse accorta che si era avvicinato a lei. Quel giorno era davvero bello. Indossava un paio di jeans dall'effetto consumato e una camicia a scacchi che sembrava modellata sulle sue braccia e sul suo petto. E aveva un profumo fantastico, come al solito. Pensava fosse il bagnoschiuma che usava, perché lui non sarebbe mai stato il tipo da mettersi una colonia.

Quando lui la guardò con un sopracciglio inarcato, Ry si rese conto che lo stava fissando invece di rispondere alla sua domanda. «Oh, sì, tutto ok. Henley sta bene?»

Non le rispose subito, si limitò a fissarla a sua volta. Non si sentiva a suo agio a essere studiata in quel modo. Per la maggior parte della vita aveva fatto di tutto per non farsi notare, sia di persona sia mentre navigava online, ma quell'uomo la *vedeva*. Sembrava non potesse nascondergli nulla, soprattutto ora che praticamente vivevano insieme.

«Sta bene» rispose infine. «Tonka viene ad aggiornarci quando può. L'ultima volta che abbiamo avuto notizie era completamente dilatata e pronta a spingere.»

Era un po' strano parlare del processo di nascita con Tiny, ma lui non sembrava affatto a disagio con il discorso della dilatazione e il relativo significato. Non avrebbe dovuto essere sorpresa. Era un uomo incredibilmente imperturbabile... per la maggior parte del tempo.

«Ottimo» disse Ry dopo un attimo. Si sentiva impacciata e a disagio in sua presenza. Succedeva sempre quanto gli stava accanto, perché era fin troppo consapevole dell'attrazione che provava per lui. Tuttavia, dopo aver ammesso di non chiamarsi veramente Ryan e di essersi fatta assumere al Rifugio con l'inganno, i pochi sguardi interessati che le aveva rivolto erano scomparsi del tutto.

E ciò la riportò con la mente agli ultimi due giorni. Ora, quando la guardava, sembrava che cercasse di leggerle nella mente, di capire da cosa fosse motivata. E nonostante la facesse innervosire... non poteva negare che l'attrazione che aveva provato per lui durante i primi mesi si stava risvegliando.

La cosa la spaventava a morte. Perché a Tiny lei non piaceva in quel modo. E se lui avesse solo cambiato tattica, cercando di essere gentile con lei o – Dio non volesse – di sedurla per qualche motivo sconosciuto, c'era un'alta probabilità che lei ci sarebbe cascata.

Tiny continuò a studiarla, e sembrò che fossero le uniche due persone al mondo in quel momento. Ry avrebbe potuto annegare nei suoi occhi turchesi, e le ci volle ogni briciolo di autocontrollo che aveva per non appoggiarsi a lui. Non sentiva le chiacchiere eccitate dei loro amici nella stanza, era persa nel magnetismo di quell'uomo. Si era avvicinato di più? Inspirò, e il suo profumo le riempì i sensi.

Sì, si era proprio avvicinato di più.

«Sai già il sesso, vero?» le chiese all'improvviso a bassa voce.

Deglutendo a fatica, Ry pensò di essere evasiva, ma gli aveva già mentito abbastanza, così si limitò ad annuire.

Invece di serrare la mascella e di lanciarle un'occhiata di disapprovazione, com'era solito fare quando si rendeva conto che lei aveva usato le sue conoscenze informatiche per scoprire qualcosa che non avrebbe dovuto, le sorrise.

Ry si chiese se fosse entrata in una sorta di dimensione alternativa.

«Immaginavo che lo sapessi, perché ogni volta che saltava fuori l'argomento non hai mai espresso la tua opinione.»

La consapevolezza che Tiny le prestava *molta* più attenzione di quanto avesse pensato, avrebbe dovuto allarmarla. Farle venire voglia di prendere il suo amato computer e andarsene dal New Mexico. Invece la fece sentire... protetta. Sapere che lui era lì, a vegliare su di lei, fece divampare con prepotenza un desiderio che pensava di aver spinto nei recessi del suo essere.

Desiderava quello che avevano le sue amiche.

E quel desiderio diventava più forte ogni volta che Brick faceva tutto il possibile per andare a controllare se Alaska stava bene mentre lavorava alla reception; quando Tonka incontrava Henley alla sua macchina al ritorno dal suo turno alla clinica di salute mentale in città; quando Spike lasciava che Reese gli balbettasse le poche frasi in spagnolo che stava imparando; quando Pipe chiamava Cora "amore" con il suo accento sexy; quando Owl si metteva dietro a Lara con le mani appoggiate sul suo pancione come se potesse proteggere lei e la bambina con quel semplice tocco; quando Stone guardava Maisy come se fosse il centro del suo mondo.

Bramava ciò che avevano loro.

Non era gelosa, era felicissima che le sue amiche avessero un compagno che le amava davvero. Semplicemente desiderava poter sperimentare la stessa cosa. Era sola da anni, facendo tutto il possibile per stare due passi avanti a suo padre, che l'aveva usata per i suoi spregevoli piani fin dal giorno della sua nascita.

Le ci era voluto molto tempo per capire che lui non l'amava. Che non l'aveva *mai* amata. Era stata solo un mezzo per raggiungere un fine. Qualcuno a cui poter scaricare la colpa di tutto ciò che lui aveva fatto, se fosse stato necessario.

Ry aveva trentun anni e non si era mai sentita desiderata o amata... finché non era arrivata al Rifugio.

Aveva fatto delle ricerche online su quel posto, e le era piaciuto ciò che aveva visto. La cosa migliore era che si trovava molto fuori mano. Suo padre non si sarebbe mai aspettato che si nascondesse in un posto del genere. Non che avesse avuto bisogno dei soldi di quell'impiego quando aveva fatto domanda, ma aveva capito che era un luogo in cui potersi rifugiare, mentre continuava a dare via il più possibile del denaro che suo padre aveva accumulato nel corso degli anni.

Spendere trenta milioni di dollari non era facile come credeva la gente. Non poteva attirare l'attenzione su di sé, e doveva stare attenta a dove depositarli fino a quando non fosse riuscita a darli via tutti. Più conti bancari apriva, più possibilità aveva suo padre di trovarla. Inoltre, se avesse messo troppi soldi in un solo conto, avrebbe sollevato delle domande e dovuto affrontare le conseguenze fiscali.

Ry si sentì toccare e trasalì di nuovo. Tiny era ancora più vicino ora, e la fissava bloccando con il suo corpo il resto della stanza. Stava facendo scorrere le dita su e giù sul suo braccio. Non aveva detto una parola mentre lei era persa nella sua mente.

«Troppi pensieri opprimenti stanno passando per la tua testa» le disse.

Ok, quel Tiny quasi gentile la stava *decisamente* facendo impazzire. Era abituata alle sue critiche, a sentirsi in colpa e a vergognarsi di ciò che era e di ciò che faceva.

«Sono solo preoccupata per Henley.»

«Uno di questi giorni ti sentirai più tranquilla con me da riuscire a non mentirmi» replicò. Le diede un'ultima carezza, lasciò cadere la mano e si allontanò da lei.

Proprio quando stava per voltarsi, Ry sbottò: «Non era una bugia.»

Tiny socchiuse un po' gli occhi. «No?»

Scosse la testa. «*Sono* preoccupata per Henley. Tonka sarebbe devastato se le succedesse qualcosa. So che entrambi vogliono il loro bambino, ma non a spese della sua salute. Stavo pensando a cosa si proverebbe a essere amati in quel modo. A sapere che qualcuno farebbe di tutto per tenerti al sicuro.»

Non appena pronunciò quelle parole, se ne pentì. Avrebbe dovuto lasciarlo allontanare, senza preoccuparsi del fatto che lui pensasse che gli aveva mentito un'altra volta.

«Non l'hai mai provato? Nemmeno da bambina?» le chiese.

L'impulso di ridere per la sua domanda, di mentire e dire che *ovviamente* l'aveva provato, fu forte.

Ma si costrinse a sostenere il suo sguardo, poi scrollò le spalle e scosse la testa.

«Mi dispiace. Non ho avuto un'infanzia da favola, ma mia madre ha fatto del suo meglio. Mi voleva bene. Mio fratello, però, era il mio migliore amico. Facevamo tutto insieme. Mi ha sempre coperto le spalle e io le coprivo a lui. Faceva di tutto per tenermi al sicuro, proprio come io facevo con lui. Comunque, mi dispiace che tu non abbia avuto tutto questo. Inoltre... voglio scusarmi per il mio comportamento.»

Ry era confusa. Chi *era* quell'uomo? Non poteva essere quello con cui aveva vissuto negli ultimi mesi. Quello che la guardava male ogni giorno, che non si lasciava sfuggire l'occasione di farle capire che non si fidava, e che non si faceva problemi a sfogare su di lei ogni sua frustrazione.

«Non mi fido facilmente.» Sbuffò. «In realtà, è un eufemismo.»

«Sì, l'ho notato» replicò Ry senza alcun rancore.

Le sue labbra ebbero un guizzo. «Già. Comunque, ho sfogato le mie frustrazioni su di te. Hai mentito non solo a me, ma a tutti noi, e questo non mi è piaciuto. Aborro le bugie. Ma dopo la nostra chiacchierata di qualche giorno fa, ho cercato di guardare la tua situazione da... un'angolazione più obiettiva. Non so perché hai fatto ciò che hai fatto, o da cosa stai ovviamente scappando, ma non ci hai detto quelle bugie animata da cattive intenzioni. Sì, hai usato le tue capacità per trovare informazioni che non dovevi, ma le hai usate anche a fin di bene. Quindi... mi dispiace di essermi comportato da idiota.»

Ry sollevò la mano e, prima di ripensarci, lo colpì al petto con il dito. Con forza.

«Ahi! Perché l'hai fatto?» le chiese, afferrandole il dito prima che potesse rifarlo.

«Sto cercando di capire se sto sognando» gli rispose.

Tiny ridacchiò.

E lei non poté fare altro che fissarlo incredula. Era la seconda volta in due giorni che rideva in sua presenza, e per qualcosa che *lei* aveva detto. Sì, stava sicuramente sognando.

«Non stai sognando. Non sto dicendo che inizierò magicamente a fidarmi di te, o di chiunque altro se è per questo, solo che... ti perdono per le cose che hai fatto in passato e ti chiedo scusa per tutto ciò che *io* ho detto o fatto e che ti ha portata a non sentirti accettata qui al

Rifugio. Perché lo sei. Più di quanto lo sia io la maggior parte delle volte.»

Le lacrime minacciarono di scendere, ma le trattenne. Amava la pseudo-famiglia che aveva trovato. Ma non poteva restare. Non dopo quello che aveva fatto. Non con suo padre là fuori a darle la caccia, a cercare un modo per farle pagare il tradimento.

«È una femmina!»

Ry trasalì ancora una volta, e non le sfuggì come la sostenne Tiny prima di allontanarsi per lasciarle un po' di spazio.

All'annuncio di Tonka, nella sala d'attesa si levarono fischi e applausi. Quando tutti si furono calmati, lui continuò.

«Henley sta bene. La stanno sistemando, e quando avranno finito di pesare e valutare il bambino, le permetteranno di ricevere visite.»

Tutti cominciarono a parlare contemporaneamente, facendo gli auguri al neo papà e dicendogli che avrebbero aspettato tutto il tempo necessario per conoscere sua figlia.

Tonka si voltò verso Jasna, che si era accoccolata al suo fianco quando le aveva circondato le spalle con un braccio. «Vuoi dire loro il nome della tua sorellina?»

L'adolescente lo guardò raggiante e annuì. Si girò verso il gruppo e annunciò: «Elizabeth Ryleigh Matlick!»

Ry rimase a bocca aperta per lo shock. No. Non potevano averla chiamata come lei. Non era possibile, non dopo che aveva mentito a tutti.

«Elizabeth perché ci piace il nome. E Ryleigh per ovvie ragioni.» Lo sguardo di Tonka incontrò il suo dall'altra parte della stanza. «Perché senza di te avremmo perso Jas.»

A quello fu impossibile trattenere le lacrime. Chiuse gli occhi, e si sentì circondare dai suoi amici che la confortarono e si congratularono con lei. L'atmosfera era gioiosa, ma Ry riusciva a pensare solo a quanto generose e amorevoli fossero sempre state quelle persone.

Non se lo meritava.

La sua presenza li metteva tutti in pericolo. Se lo avessero saputo...

Ovviamente *non* lo sapevano perché lei non lo aveva detto, temendo che l'amicizia che le avevano dimostrato si sarebbe esaurita in un battito di ciglia. E sarebbe stata di nuovo sola. In fuga.

Ma mentre era in mezzo a tutti gli amici, a pensare che Tonka e Henley avevano dato il *suo* nome alla loro bambina, si rese conto di aver giudicato male gli uomini e le donne del Rifugio. Se avessero conosciuto la sua storia, non le avrebbero voltato le spalle. Si sarebbero fatti in quattro per aiutarla. Perché erano quel tipo di persone.

Tonka portò Jasna con sé quando uscì dalla sala d'aspetto, in modo che potesse vedere sua madre e incontrare la sorellina. Avrebbero trascorso un po' di tempo da soli prima che tutti iniziassero a entrare e uscire dalla stanza per conoscere l'ultima arrivata nella famiglia del Rifugio.

Ry ricevette abbracci da tutti, mentre aspettavano con impazienza di poter vedere la piccola Elizabeth. Tiny non le si avvicinò più, ma ogni volta che lei si guardava intorno, lo vedeva poco distante. Però, invece di farle pensare che la stesse sorvegliando perché non si fidava a perderla di vista, la faceva sentire... confortata. Era ancora confusa per quel cambio di comportamento, dato che non capiva bene il motivo per cui era successo, ma non poteva negare di preferire di gran lunga quel Tiny rispetto a quello che era stato brusco e cattivo.

Ry lasciò che gli altri andassero a turno a trovare Henley, e all'improvviso si scoprì timida al pensiero di vedere la sua amica. Non aveva avuto la minima idea che lei e Tonka avessero deciso di onorarla in quel modo. Per quello non le piacevano le sorprese, non sapeva come reagire.

Finalmente arrivò il suo turno, e con sua grande sorpresa, Tiny la accompagnò lungo il corridoio verso la stanza di Henley. Si sentiva impacciata e non sapeva cosa dirgli. Per fortuna lui sembrò non aspettarsi che parlasse. Camminò al suo fianco, spostandosi dietro di lei solo quando incrociavano qualcuno. Anche in quel caso, lo percepiva alle sue spalle come una presenza imponente, che non le faceva sentire il bisogno di guardarsi intorno in cerca di minacce. Ed era praticamente un miracolo, perché per dieci anni, dal giorno in cui era scappata dalla casa di suo padre, non aveva fatto altro che guardarsi alle spalle.

Quando entrò nella stanza di Henley, notò subito quanto sembrasse stanca la sua amica. Felice, sì, ma anche esausta. E non c'era da stupirsi. Era stata in travaglio per ore, aveva vissuto il dolore e l'emozione del parto e stava tenendo banco con i loro amici da almeno due ore.

La piccola Elizabeth Ryleigh dormiva profondamente nell'incavo del suo braccio, mentre Tonka era in piedi al lato del letto e fissava la moglie e la figlia con uno sguardo pieno di stupore.

«Ciao» la salutò Ry, non sapendo cos'altro dire.

«Vieni qui» le ordinò Henley, tendendo la mano libera.

Si avvicinò e abbracciò l'amica un po' goffamente.

«Siediti» le ordinò, indicando una sedia accostata al letto.

Obbedì prontamente.

«Finn, ti amo, ma puoi lasciarci sole per un momento? Puoi portare Jas a fare uno spuntino. Non ha mangiato per tutto il giorno ed è da un'ora che sento il suo stomaco brontolare.»

«Ma non voglio perdermi niente» si lamentò Jasna.

«Tesoro, non ti perderai nulla. Elizabeth sta dormendo e rimarrà così per tutto il tempo che impiegherai a mangiare e a tornare qui. Non appena Ry se ne andrà farò anch'io un pisolino, quindi quando arriverai mi darai il bacio della buonanotte e poi andrai al Rifugio con Finn, perché a quest'ora le capre staranno già mangiando il legno dei loro box, Melba starà muggendo a più non posso e sono sicura che a Scarlet Pimpernickel manchi da morire. Senza contare che è passata l'ora di cena di Beauty e Wally.»

«Va bene. Ma non lasciare che Elizabeth faccia qualcosa di carino finché non torno!» la avvisò Jasna. Poi si chinò sul letto, baciò la madre e si diresse verso la porta.

«Torneremo presto. Così poi potrai dormire» le disse Tonka, poi le diede un bacio lungo e profondo. «Ti amo tanto. Non hai idea del dono che mi hai fatto oggi.»

Ry si sentì come il terzo incomodo, ma rimase completamente immobile, come se ciò l'avrebbe resa invisibile.

«Vai» gli ordinò Henley. «Oh, e portami una porzione maxi di crocchette di patate. Sto morendo di fame.»

Suo marito ridacchiò. «Sì, signora.»

Non appena Tonka uscì dalla stanza, Tiny si avvicinò al letto e sorrise a Henley. «Congratulazioni, Hen.»

«Grazie, Tiny.»

«È bellissima» disse, indicando la bambina che dormiva.

«È una neonata, ovvio che lo sia» ribatté. «Ho bisogno che anche tu ci concedi un momento da sole.»

Lui annuì. «Certo. Se hai bisogno di qualcosa, sono in fondo al corridoio.»

Henley alzò gli occhi al cielo. «Non so di cosa potrei aver bisogno, ma grazie.»

Ry lo vide sollevare lo sguardo su di lei, e non fu sicura di ciò che vide nei suoi occhi. Aveva così tante domande, ma non gliene avrebbe mai posta nessuna. Le sembrava ancora di essere in un universo alternativo. Si era abituata alla situazione in cui viveva da mesi, a Tiny che la trattava come se fosse stata una spia che aveva bisogno di una supervisione costante. E ora lui faceva...

Non sapeva *cosa* stesse facendo.

Non appena Tiny uscì dalla stanza, Henley si accasciò contro i cuscini.

«Sei stanca» disse Ry. «Forse dovrei andare anch'io.»

Ma Henley sollevò la mano di scatto e le afferrò il braccio con forza. «No! Ti prego, resta.»

«Perché?»

«Perché sei equilibrata. Hai quest'aura che sembra sempre calmarmi. Adoro i nostri amici, sono tutti meravigliosi, ma tutto quell'entusiasmo può essere estenuante. Con te posso rilassarmi. Non devo fingere.»

Le sue parole la spiazzarono così tanto che scosse la testa incredula, oltre al fatto che faticava ancora a comprendere ciò che quella donna aveva fatto. «Non posso credere che tu abbia dato il mio nome a tua figlia.»

Henley sorrise. «Hai salvato Jasna, Ry. Ciò che hai fatto... non ci sono parole. Non so nemmeno tutto, solo le basi, ma comunque... nessuno aveva mai fatto una cosa del genere per me prima di quel momento. Hai rischiato la vita per mia figlia e per me ha significato qualcosa. Significa ancora *tutto*. Non mi hai mai permesso di ringraziarti, non proprio, e volevo assicurarmi che sapessi quanto sei importante per me e Tonka. E per Jas. Senza di te, noi...» La sua voce si incrinò.

Ry sentì una stretta al petto. Più di un anno prima, quando era uscita a cercare Jasna, non aveva nemmeno pensato a quello che stava facendo. Aveva semplicemente agito, fatto ciò che era giusto. Quello che aveva avuto bisogno di fare per espiare tutti i peccati del suo passato.

«Ti va di raccontarmi com'è andata? Tutto quanto?» le chiese Henley.

«Non sono sicura...»

«Per favore» la interruppe. «Ho bisogno di sapere cosa le è successo. Cos'ha passato. Cos'hai visto e fatto. Come l'hai trovata. Non ho mai insistito prima d'ora, ma oggi, nel giorno della nascita di Elizabeth... ho capito di volerlo sapere. Se Tonka sa tutto, non me lo dirà mai perché vuole proteggermi. Ma io non voglio essere protetta. Non quando si tratta di Jasna. Ti prego, Ry. Ho bisogno di sapere.»

Annuì. Comprendeva quel bisogno. Lo sentiva ogni giorno della sua vita. Se c'erano informazioni da qualche parte, doveva trovarle.

«Prima di tutto, devo dirti che sapevo già che avresti avuto una bambina» sbottò.

Henley ridacchiò. «Non ne sono sorpresa.»

«Non sei arrabbiata?»

«No. Non hai svelato il segreto. Non hai fatto capire che lo sapevi. A nessuno. Non mi interessa affatto che tu sia entrata nei registri dell'ospedale per scoprirlo. Così come non mi importa se hai infranto le leggi per trovare Jas, Reese, o per fare qualsiasi altra cosa tu abbia fatto. Sei una brava persona. Fin nel profondo. A prescindere da ciò che è successo nel tuo passato o da come sei arrivata al Rifugio, non la penserò mai diversamente.»

Ry era ancora una volta sopraffatta. Che cos'aveva fatto per meritare il sostegno e la lealtà di quella donna? Sì, aveva trovato Jasna, ma chiunque si sarebbe comportato come lei, se ne avesse avute le capacità.

Così, fece un respiro profondo e iniziò a parlare.

CAPITOLO QUATTRO

TINY ERA APPOGGIATO alla parete appena fuori dalla stanza. Aveva voluto rimanere vicino nel caso fosse servito qualcosa a Henley o a Ryleigh. Non era stata sua intenzione origliare, ma ora non avrebbe potuto spostarsi da lì nemmeno se la sua vita fosse dipesa da quello.

Ascoltare Henley supportare Ryleigh lo aveva fatto sentire ancora più in colpa di quanto già non fosse. Non sembrava minimamente preoccupata per quello che sapeva fare e che fosse una hacker. E quando le aveva detto che era una brava persona fin nel profondo...

Aveva avuto ragione.

Mentre metabolizzava lentamente quella consapevolezza, provò lo stesso bisogno di Henley di sentire come aveva fatto a trovare Jasna. Aveva ripensato a quel brutto episodio più volte, e dato che non era un genio del computer, non era riuscito a capire come fosse riuscita a scoprire dove si trovava la ragazzina e chi l'aveva rapita.

Trattenne il respiro quando Ryleigh iniziò a parlare.

«Come sai, eravamo nella mia macchina quando hai

ricevuto la telefonata che ti informava che Jasna era scomparsa» disse. «Hai fatto il nome di Christian Dekker. Così, dopo aver accompagnato te e le altre al Rifugio, sono tornata nel mio appartamento e ho iniziato subito a indagare su di lui.»

«A indagare su di lui?» le chiese Henley.

«Sì. Prima di tutto sono entrata nel database della polizia per vedere se aveva qualche precedente.»

«Era minorenne» disse, suonando confusa.

«E quindi?»

Ci fu silenzio per un attimo, poi Henley sbuffò. «Giusto, scusa. Continua.»

«C'erano alcune denunce contro di lui, ma niente per cui la polizia potesse arrestarlo. Probabilmente non dovrei ammetterlo, ma... ormai quello che faccio non è più un segreto. Ho letto anche i *tuoi* rapporti su di lui, e anche ciò che pensava il tuo capo. Oltre a tutte le cose che i suoi genitori avevano detto quando erano in terapia. Mi sono resa conto che avevi un'*ottima* ragione per essere preoccupata e pensare che potesse esserci lui dietro la scomparsa di Jasna. Così ho rintracciato il suo telefono.

E prima che tu me lo chieda, sì, ho pensato di chiamare la polizia, ma per agire hanno bisogno di un indizio di colpevolezza e di un mandato di perquisizione. Nel tempo che avrebbero impiegato per ottenerli, Jas avrebbe potuto già essere ferita o peggio. Così ho fatto ciò che so fare meglio e l'ho scovato. Ho scoperto che era in quella baita in mezzo al bosco e sono andata a controllare.»

«Ry! Non è stata una cosa intelligente né sicura!» esclamò Henley.

Tiny era d'accordo. Strinse i pugni, e gli ci volle tutto il suo autocontrollo per non irrompere nella stanza e fare...

non sapeva bene cosa. Non era arrabbiato con Ryleigh di per sé, ma non riusciva a credere che potesse essere stata così stupida! Così sconsiderata da correre certi rischi.

Lei non rispose per un lungo momento e Tiny avrebbe voluto vederla in faccia. Non riusciva a nascondere le sue emozioni, e guardandola avrebbe avuto un'idea di ciò che stava pensando.

«Oh, Ry» disse infine Henley, con voce pregna di emozione. «Nessuno si è mai preoccupato della tua sicurezza prima d'ora?»

«No» rispose in tono piatto. Pratico.

Tiny fece un respiro profondo, e la sua rabbia si trasformò in dolore. Gli dispiaceva per Ryleigh. Era ovvio che non avesse mai avuto nessuno che si preoccupava per lei. Come figlia, come amica o altro. Il suo cuore soffriva per lei... doppiamente, dopo il modo in cui l'aveva trattata.

«Comunque, non importa quanto potesse essere poco sicuro, perché se c'era anche la minima possibilità che avesse Jasna, dovevo scoprirlo. La baita sembrava deserta ed era in mezzo al nulla. Non c'erano vicini che potessero accorrere se avessi gridato aiuto o altro. C'era un'auto parcheggiata fuori e la targa corrispondeva a quella che avevo visto nei file di Christian, quindi sapevo che era lì. E c'era un solo motivo per cui potesse trovarsi in un posto come quello... e non era positivo. Non sapevo cosa fare.» La sua voce tremante gli fece di nuovo venire voglia di irrompere nella stanza e confortarla.

«Non sono un soldato di un commando. Sono un'esperta informatica; brava con le dita su una tastiera, non altrettanto quando si tratta di combattere.»

«Non ti piacciono i conflitti» commentò Henley.

Tiny sbatté le palpebre. Era stata un'affermazione

semplicissima, ma ora che ci pensava, Henley aveva totalmente ragione.

«Li odio» ammise Ry. «Crescendo non sono mai riuscita
a fare nulla di buono. Venivo sgridata... spesso. Mi dicevano che ero stupida anche per i più piccoli errori. E ogni
volta che ne commettevo uno, mi punivano togliendomi il
cibo, gli apparecchi elettronici e mi impedivano di andare
a scuola. Dovevo rifare qualsiasi cosa avessi sbagliato
finché non la facevo correttamente.»

«Tipo cosa?» le chiese.

Ci fu una breve pausa. «Una volta, dopo che ero entrata
nel database della Tesoreria dello Stato per modificare i
dati fiscali di mio padre − e avevo fatto un casino − sono
venuti a casa nostra dei poliziotti. Lui ha scaricato la colpa
su di me, ha sbraitato contro i "ragazzi di oggi" e lasciato
che mi portassero alla stazione di polizia. Pensavo davvero
che mi avrebbero messa in prigione ed ero terrorizzata.
Quando finalmente mi hanno riportata a casa, dopo aver
passato ore a elencarmi tutte le cose terribili che mi sarebbero potute accadere se avessi fatto di nuovo una cosa del
genere, ero completamente distrutta.»

«Quanti anni avevi?» le chiese con dolcezza Henley.

«Undici.»

Rimase sbalordito. Undici? Era entrata in una database
statale − su ordine del padre, a quanto pareva − quando
aveva *undici anni*? Ma che diavolo?

«Eri davvero piccola.» Il tono di Henley era normale, e
lui non poté fare a meno di ammirare le sue capacità. Era
un'abile psicologa, ed era ovvio perché fosse così popolare
tra gli ospiti del Rifugio.

Lei non rispose, ma Tiny immaginò che avesse preferito ignorare quel commento perché continuò con il

racconto di Jasna. «Comunque, mentre mi trovavo tra gli alberi a fissare la baita e a chiedermi se avrei dovuto chiamare Tonka o magari Tiny, Christian è uscito. Da solo.»

Non poté fare a meno di provare una bella sensazione per il fatto che avesse pensato di chiamarlo. Ryleigh sembrava sempre disinvolta e sicura di sé. Ma sapere che nel momento del bisogno aveva pensato di chiedere aiuto a *lui*, gli suscitò un senso di soddisfazione nel profondo.

«L'ho guardato partire in auto e non vedevo l'ora di scoprire dove stesse andando, ma dovevo sapere se la tua intuizione che avesse preso Jasna era corretta. Ho aspettato che non fosse più in vista, poi mi sono avvicinata con cautela alla casa e ho guardato da una finestra. Jas era lì, addormentata sul pavimento. Cioè, ho pensato che non stesse effettivamente *dormendo*. Non si muoveva, ma non ho visto sangue o altro, quindi ho sperato che fosse un buon segno. Mi sono presa un momento per controllare online dove fosse Christian, grazie al link con il tracciamento del suo cellulare che mi ero inviata prima di lasciare il mio appartamento, e ho visto che si stava dirigendo verso la città, così ho pensato di avere abbastanza tempo per portare via Jas da quella baita.

Sono entrata e sono riuscita a svegliarla abbastanza da farla alzare. L'ho portata in macchina e mi sono allontanata come un fulmine da quel posto. Stavo andando al Rifugio, ma prima di arrivarci ho fatto una sosta per controllare di nuovo dov'era Christian, e ho visto che era in quel fast food. Quel bastardo aveva rapito una ragazzina e si stava prendendo un *hamburger*? Mi ha disgustata. Ho chiamato la polizia, al numero dove i cittadini possono denunciare attività sospette, e ho detto loro dove potevano trovarlo. Sapevo che lo stavano cercando perché li avevo sentiti parlare su un'applicazione radio scanner per le emergenze che ho sul telefono... che tra l'altro è assolutamente legale. Chiunque può scaricarla e ascoltarla.»

«Non ti sto giudicando, Ry. Proprio per niente. Come puoi pensare una cosa del genere dopo tutto quello che hai fatto per me e per la mia famiglia?»

«È solo che... so che quello che faccio non è legale. Ma è passato molto tempo dall'ultima volta che ho fatto qualcosa che potesse ferire qualcun altro» ammise Ryleigh a bassa voce.

Tiny pensò un attimo a quell'affermazione, e pur non sapendo esattamente cosa facesse al computer, da quando aveva ammesso di non essere chi tutti pensavano fosse, le cose che aveva fatto non erano state altro che utili. Sì, aveva hackerato siti e sistemi che non avrebbe dovuto, ma lo aveva fatto perché stava cercando di trovare Lara. E poi Stone.

«Siamo fortunati ad averti dalla nostra parte» disse Henley con dolcezza.

Sentì tirare su con il naso, poi Ryleigh riprese a parlare. «Comunque, ho detto alla polizia dov'era Christian, e anche dove si trovava la baita nel bosco nel caso non avessero agito abbastanza in fretta da riuscire a prenderlo mentre era ancora a Los Alamos. Mi sono rimessa in viaggio per portare Jas al Rifugio, ma poi mi sono resa conto che mi avreste subissata di domande se lo avessi fatto. *Amo* quel posto. Mi piaceva il mio lavoro. Sapevo che se fossi entrata al lodge con Jasna, tutti avrebbero avuto qualcosa da chiedere e io avrei dovuto andarmene. So che è stato molto egoista da parte mia, ma... ho deciso di lasciarla in uno dei bunker, poi ho mandato un messaggio anonimo a Tonka per dirgli dove si trovava, in modo che potesse andare a prenderla.»

«Ah, già... i bunker» disse Henley.

Tiny strinse le labbra. Sapeva che Tonka aveva parlato alla moglie dei bunker nascosti nella proprietà del Rifugio. L'aveva persino portata in quello in cui Jasna era stata messa al sicuro, in modo che potesse vederlo di persona, come per dare una sorta di conclusione alla faccenda. Anche Alaska ne era a conoscenza, perché Brick l'aveva nascosta in uno di essi prima di andare a caccia dello stronzo che aveva cercato di rapirla di nuovo. Di certo non erano più un segreto come in passato.

«Ne sei a conoscenza?» le chiese. «Non sono di dominio pubblico.»

«Sì» confermò Henley. «Ma non so dove si trovano. Può dirmi qualcosa di più?»

«No, non posso» rispose con fermezza. «Non spetta a me rivelare questo segreto. Mi dispiace.»

Ryleigh era riuscita a sorprenderlo ancora una volta. Era ovvio che quella donna avesse molte informazioni su una gran varietà di cose, compresi il Rifugio e i proprietari, ma il fatto che non avesse intenzione di divulgarle come niente fosse, lo impressionò. Ancora non si sentiva a suo agio con il livello di conoscenza che lei possedeva, e si chiedeva cos'altro stesse tenendo nascosto, ma doveva ammettere che lo aveva sorpreso non dicendo a Henley tutto ciò che sapeva sui bunker.

«Non c'è problema. Quindi hai riportato Jasna al Rifugio?»

«Sì. Sembrava non avere problemi di respirazione e non ho trovato alcuna ferita. Sapevo che Tonka non ci avrebbe messo molto ad arrivare da lei, quindi ho pensato che non sarebbe stato un problema lasciarla da sola per un po'. Mi sono assicurata che fosse al sicuro e sono tornata alla mia auto. Mentre guidavo verso Los Alamos, ho ascoltato sulla frequenza della polizia quello che stava accadendo alla baita, poi ho inviato a Tonka il messaggio in cui gli dicevo dove poteva trovare Jasna.»

«E sei andata a casa.»

«Sì.»

«Da sola.»

«Ehm... sì?»

«Oh, Ry» disse Henley con un tono straziato.

Tiny si sentiva allo stesso modo. Sapeva già da un po' cos'aveva fatto Ryleigh, ma sentirlo uscire dalle sue labbra metteva tutto sotto una nuova luce. Non aveva cercato approvazione per le sue azioni. Non aveva voluto alcun tipo di ringraziamento o riconoscimento. Aveva salvato la vita a Jasna, l'aveva sottratta da sotto il naso a un assassino, poi era tornata a casa sua, da sola, tenendo nascosta l'intera faccenda.

«E Reese?»

«Cosa?» chiese Ryleigh.

«L'hai rintracciata e hai detto ai ragazzi dove si trovava, poi hai continuato le tue giornate come se non fosse successo nulla?»

«Non è stato niente di che.»

«Niente di che? Ry, è stata una cosa *enorme*. Hai salvato anche la sua di vita! Chi altro hai salvato nel corso degli anni rifiutandoti di prenderti il merito? Per quante altre persone sei stata un angelo custode e loro nemmeno lo sanno?»

Tiny capiva lo sconcerto di Henley. Era così anche per

lui. Aveva pensato il peggio di Ryleigh, e solo ora cominciava a capire quanto fosse stata solitaria la sua vita.

«Non abbastanza» fu la sua risposta. «Ho fatto cose brutte. Ho usato le mie capacità per distruggere la vita della gente.»

Tiny aggrottò la fronte. La Ryleigh che conosceva non era una cattiva persona. Ma, d'altra parte, era sempre più evidente che non la conosceva affatto.

«Stronzate!» esclamò Henley con foga.

«È così» insistette lei.

«Be', se è vero, allora non l'hai *voluto* tu. Qualcuno ti ha costretta.»

E in quel momento gli fu tutto chiaro.

I suoi discorsi sull'essere spaventata, sulla necessità di proteggere il Rifugio e tutti coloro che ci vivevano, e di voler "sistemare" tutto. Le sue affermazioni sul fatto di essersi adoperata per aiutare il posto a prosperare e riguardo a della "gente" che avrebbe voluto vederlo raso al suolo perché significava qualcosa per lei... avevano un po' più di senso ora.

C'era qualcuno là fuori che la odiava, così tanto da volerle fare del male... forse anche a chiunque e a qualsiasi cosa verso cui lei mostrava un certo interesse.

Sospettava da un po' che si stesse nascondendo. Che stesse scappando. Anche se era impossibile dire da quanto tempo lo stesse facendo. Viste le cose che si era lasciata sfuggire negli ultimi giorni... sembrava che qualsiasi cosa o persona da cui si stava nascondendo l'avesse trovata.

Aveva protetto Jasna e Reese, e aveva tentato di trovare Stone fino allo sfinimento. Doveva esserci un'immensa pressione sulle sue esili spalle. E lui cos'aveva fatto? Aveva peggiorato la situazione. L'aveva guardata con freddezza ed emarginata.

Eppure lei era rimasta. Perché continuava a proteggerli. Tutti.

Si sentiva una merda.

Aver un po' capito il motivo delle sue azioni non fece sparire la sfiducia nei suoi confronti, ma intaccò le barriere che aveva avvolto intorno al proprio cuore.

«Come, scusa? Perché dici così?» chiese Ryleigh

«Ho passato la mia vita a studiare la mente umana» rispose Henley. «Il come e il perché delle azioni della gente. Tu sei una brava persona, Ry. Fin nel midollo. Se hai fatto cose brutte in passato, non è stato perché sei cattiva, ma perché non hai avuto scelta. Vorrei aver saputo che eri stata tu ad aiutare Jas quando è successo. Non ti avrei lasciata stare nel tuo appartamento da sola dopo quell'esperienza. Sono un po' arrabbiata con te per questo. Ma... capisco. Stavi facendo quello che pensavi fosse giusto. Be', spero tu comprenda che ora fai parte di noi. Del Rifugio. Sei una nostra amica. E non mi sono mai sentita più sicura di adesso per la decisione di chiamare mia figlia come te.»

«Henley» protestò con un tono triste.

Tiny fece un respiro profondo e si spinse via dalla parete. Si allontanò silenziosamente, bisognoso di un po' d'aria. Non si sentiva in colpa per aver origliato. Ryleigh aveva delle barriere più spesse delle sue. Pensare al motivo per cui ce le aveva gli fece venire voglia di infuriarsi. Ma non poteva fare nulla per aiutarla finché non si fosse aperta sul suo passato.

C'era qualcuno che la stava minacciando, su quello non aveva dubbi. E non minacciava solo *lei*, ma anche il Rifugio.

Lo aveva detto lei stessa, non se la *sentiva* di andarsene ora, perché chiunque fosse sapeva quanto quel posto era importante per lei. Solo quello gli dimostrava che era una brava persona. Chiunque altro sarebbe fuggito molto prima per salvarsi la pelle. Ma non Ryleigh.

Si sentiva in colpa per il modo in cui l'aveva trattata. Come se fosse stata una criminale. Qualcuno che doveva essere sorvegliato ventiquattr'ore su ventiquattro. E per tutto il tempo lei non aveva avuto altro che le migliori intenzioni verso i suoi amici e la sua casa.

Infrangeva ancora la legge con ciò che faceva online? Indubbiamente sì. Ma ora che ci pensava, si chiedeva cos'altro avesse fatto per aiutare il Rifugio. L'altra sera lo aveva quasi ammesso che c'era dell'altro, quando aveva spifferato quelle cose che probabilmente non avrebbe voluto dire. Qualcosa sul fatto che non aveva lavorato così duramente per far prosperare quel posto, per poi vederlo bruciare.

Il pensiero che Ryleigh potesse essere una moderna Robin Hood lo fece vergognare ancora di più. Non che il Rifugio avesse bisogno di carità, anzi, se la stavano cavando benissimo. Ma mentre ci pensava, dovette ammettere che l'ultimo anno era andato meglio. Avevano fatto delle espansioni, comprato un elicottero, avevano più lavoro di quanto ne potessero gestire... si chiese se ciò fosse dovuto almeno in parte a lei e alle sue capacità informatiche.

Le porte del piccolo ospedale si aprirono automaticamente quando si avvicinò, ma se ne accorse a malapena, e fece un respiro profondo non appena fu fuori. Si diresse verso una panchina situata in un piccolo spazio verde vicino all'ingresso e si sedette. Si chinò, appoggiò i gomiti sulle ginocchia e fissò il suolo.

Aveva una miriade di pensieri in testa; quello che Ryleigh aveva detto a Henley, tutto ciò che era successo al Rifugio negli ultimi mesi, le cose che le aveva detto sapendo di ferirla.

Era stato davvero un idiota. Doveva ammetterlo. Ma lei gli era entrata dentro prima che sapessero chi fosse veramente... e non gli era piaciuto. Così aveva usato la sua ammissione come scusa per prendere le distanze. Per rafforzare le barriere intorno al suo cuore.

Per quanto fosse coraggiosa – era stata disposta ad affrontare un *assassino*, per l'amor di Dio – era anche molto spesso avventata. E ingenua...

All'inizio Tiny si era accorto che era attratta da lui. Le occhiate furtive, il rossore sulle guance quando la sorprendeva a fissarlo. Ma tutto ciò era successo *prima*.

Prima che lei ammettesse di aver mentito a tutti.

Da allora, non c'erano più state occhiate o rossori. Solo espressioni diffidenti, molto nervosismo, e lo aveva evitato il più possibile. Cosa che non era riuscita a fare molto, considerando che lui raramente la perdeva di vista. Ma non se n'era andata. Era rimasta per fare il possibile per aiutare a trovare i loro tre amici scomparsi. E quando Lara e Owl erano tornati, aveva continuato a sopportare tutto quello a cui l'aveva sottoposta perché Stone era ancora disperso. E aveva lavorato instancabilmente per cercare di ritrovarlo.

Tiny si raddrizzò sulla panchina di legno e fissò il vuoto, ricordando il passato. Un'altra donna che gli aveva mentito. Ma Sonja non era stata affatto come Ryleigh, che mostrava sul viso ogni sua emozione. No, Sonja era stata un'attrice straordinaria. *Decisamente* brava a ingannarlo. Lui aveva pensato davvero che fossero anime gemelle. Il giorno in cui lei aveva accettato la sua proposta di matrimonio era stato il più felice della sua vita. Non aveva avuto il minimo dubbio dell'amore che Sonja provava nei suoi confronti. Era andato in missione con la certezza che la sua fidanzata lo avrebbe aspettato a casa, preoccupata per lui quanto lo era lui per lei.

La realtà avrebbe potuto dar vita a un eccellente documentario di cronaca nera; tradimento, triangolo amoroso, una fidanzata che odiava segretamente il suo futuro marito e che non voleva essere la moglie di un soldato della Marina. Aveva convinto il suo amante che Tiny abusava di lei e che non l'avrebbe mai lasciata andare. Aveva affermato di avere paura di lui... e che l'unico modo per stare insieme sarebbe stato ucciderlo.

E quello stupido ragazzo si era bevuto le sue bugie.

D'altronde, nemmeno Tiny aveva avuto idea che lei non fosse l'amorevole fidanzata che sembrava così felice di vederlo ogni volta che tornava da una missione pericolosa.

Lei e il suo amante erano stati talmente stupidi, che anche se fossero riusciti ad ammazzarlo mentre dormiva, non l'avrebbero fatta franca. I messaggi che si erano scritti, le ricerche su internet che lei aveva fatto, le ricevute degli incontri in hotel... sarebbero stati scoperti pochi giorni dopo la sua morte.

Ma non erano riusciti a ucciderlo, ovviamente. Sonja gli aveva conficcato un coltello nel petto, e miracolosamente non aveva colpito nessun organo vitale, tipo il cuore, a cui aveva mirato.

La lotta che ne era seguita era stata rapida, brutale e

finita molto in fretta. Lui aveva steso la sua fidanzata con un solo pugno, e non c'era voluto molto di più per sottomettere il suo amante, che era rimasto in attesa accanto al letto per aiutarla a finirlo una volta che lei avesse sferrato il primo colpo.

Ma ora che era trascorso un po' di tempo, e che poteva permettersi di pensare con distacco a ciò che era successo, Tiny si rese conto di essere più imbarazzato per non aver capito che la sua fidanzata lo tradiva e tramava la sua morte, che ferito per il suo inganno. Se avesse rotto con lui per stare con l'altro uomo non ne sarebbe stato felice, ma l'avrebbe lasciata andare e avrebbe girato pagina abbastanza velocemente.

Invece, lo aveva portato a essere incapace di fidarsi. Da quella notte non aveva più dormito accanto a una donna. Non si era fidato abbastanza di nessuna da mettersi di nuovo in una posizione così vulnerabile.

Sì, Ryleigh dormiva a casa sua, ma sempre in un'altra stanza, e lui teneva la porta chiusa. Aveva il sonno leggero da tutta la vita, ma ora ancora di più. Il minimo scricchiolio delle assi del pavimento gli faceva aprire gli occhi e correre fuori dalla camera per vedere cosa stesse facendo Ryleigh, che rimaneva sempre sorpresa quando lo vedeva apparire. Per quanto cercasse di essere silenziosa, lui la sentiva comunque.

Sonja lo aveva ridotto così, e la odiava per quello.

Lei e il suo amante erano ancora dietro le sbarre, ma non lo sarebbero rimasti per sempre. Aveva giurato di essere presente a tutte le loro udienze per la libertà vigilata, per assicurarsi che rimanessero in carcere il più a lungo possibile. Ma ora che era ben sistemato al Rifugio... si rese conto che il suo bisogno di vendetta si era esaurito.

Inoltre, ora aveva qualcosa di più importante su cui concentrarsi.

Ryleigh.

Si fidava di lei? No, non proprio. Ma ora che aveva capito che dietro alle sue azioni c'era qualcosa di più che intenzioni disoneste, non era più *così* diffidente come prima.

«Tutto bene?» gli chiese Tonka, mentre si avvicinava all'ospedale tenendo per mano Jasna. Aveva anche una busta del fast-food.

«Sì» rispose Tiny alzandosi.

«Ry è ancora dentro a parlare con Henley?»

Annuì.

«Pensi sia il caso di interromperle?» domandò. «Voglio darle queste crocchette finché sono ancora un po' calde, poi riporto Jas al Rifugio così possiamo controllare gli animali.»

«Torni qui dopo?» gli chiese, conoscendo già la risposta.

«Certo.»

«Anch'io?» si informò Jasna. «Non voglio perdermi nulla!»

Tonka ridacchiò. «Non ti perderai nulla, se non il pianto e la cacca.»

«Che schifo. Non dire cacca» si lamentò con una smorfia.

I due uomini ridacchiarono.

«Pulisci una stalla senza battere ciglio, ma parlare di tua sorella che fa la cacca ti fa schifo?»

«Sul serio, smettila!»

Tonka aveva un sorriso così enorme che Tiny non poté fare a meno di guardarlo con stupore. Lui era sempre stato quello più reticente, ma da quando aveva sposato Henley si era decisamente aperto. Tuttavia, non credeva di aver mai visto il suo amico così... spensierato.

«Va bene. Dai, andiamo a trovare tua madre e tua sorella. Poi faremo un po' di cose nella stalla e ci assicureremo che tu sia sistemata da Alaska e Brick.»

«E farai altre foto per me così potrò mostrarle ai miei amici a scuola la prossima settimana, vero?»

«Certo. Dai, andiamo a dare queste crocchette a tua madre.»

Tiny seguì i due all'interno dell'ospedale e lungo il corridoio, fino alla stanza di Henley. Quando entrarono, le donne stavano ridendo di qualcosa.

«Evviva! Crocchette!» esclamò Henley quando vide suo marito.

«Facciamo scambio. Tu mi dai Elizabeth, e io una grande crocchetta di patate» le disse lui con un sorriso.

«Ci sto. Dammela!»

Tutti risero.

Guardare Tonka tenere tra le braccia quella piccolina gli fece perdere un battito. Non che avesse pensato molto spesso ad avere dei figli. Non era nemmeno sicuro di averne mai voluti, ma vedere il suo amico così innamorato, così felice, lo faceva sentire sentimentale.

«Io vado» disse Ryleigh a Henley.

«Va bene. Grazie per la chiacchierata. Il tuo posto è qui, Ry. Chi altro potrebbe insegnare a Elizabeth a essere un genio del computer come te?»

Lei le rivolse un piccolo sorriso e un saluto impacciato – che Tiny trovò adorabile – e si diresse verso la porta.

Dato che era arrivata in ospedale con i loro amici, che erano già andati via, anche lui salutò rapidamente e si sbrigò a raggiungerla.

«Cos'è tutta questa fretta?» le chiese, mettendosi al passo con lei.

«Oh... non dovevi andartene solo perché l'ho fatto io.»

Tiny aggrottò la fronte. «Hai bisogno di un passaggio» le disse, cosa che lei ovviamente sapeva.

«Sì, ma avrei preso un Uber per tornare al Rifugio.»

«Assolutamente no» replicò, scuotendo la testa.

Fu il turno di Ryleigh di aggrottare la fronte. «So che non ti fidi per niente di me, ma ti ho già detto che non è ancora il momento che me ne vada. Non devi temere che prenda un taxi per l'aeroporto o altro.»

Lui sospirò. «Non ero preoccupato di questo. Ma visto che andiamo nello stesso posto, posso accompagnarti a casa.»

«Non sono una tua responsabilità» ribatté lei.

«Così come non sono una tua responsabilità tutti coloro che vivono e lavorano al Rifugio, o ciò che vi accade» sbottò.

Ryleigh si fermò in mezzo al corridoio e lo fissò. «Come, scusa?»

«Mi hai sentito. Ti sei fatta in quattro per trovare Stone, ma ora è tornato. È tutto a posto. Puoi smettere di preoccuparti così tanto.»

Con sua sorpresa, lei rise. Ma non fu un suono divertito. «Giusto» replicò con cinismo, poi riprese a camminare verso l'uscita.

Tiny digrignò i denti. Odiava che lei avesse ancora dei segreti. «Non sono il tuo nemico» le disse, mentre proseguivano verso l'uscita.

«Avrei detto il contrario.»

Non appena uscirono, la fermò afferrandole delicatamente il braccio, e lei lo guardò sorpresa.

«Mi rendo conto di essere stato un idiota e sto cercando di scusarmi. Vorrei ricominciare da capo.»

Ryleigh lo fissò con un'espressione che non riuscì a interpretare.

«Ricominciare. Voltare pagina. O come vuoi chiamarlo. Non ti starò più addosso mentre lavori. Non insisterò per sapere dove sei, con chi sei o con chi stai parlando. Voglio tornare a com'erano le cose quando hai iniziato a lavorare al Rifugio.»

«Davvero?» chiese scettica.

«Sì.»

«Perché?»

«Perché sì.»

«Non è una risposta» ribatté, inarcando un sopracciglio.

Lui scrollò le spalle.

Ryleigh sospirò e distolse lo sguardo. «Va bene.»

A Tiny sembrò di aver vinto alla lotteria. Era un inizio.

«Sei stanca?» le chiese, mentre iniziavano a camminare verso il parcheggio. Si sorprese di quanto fosse difficile staccare la mano dal suo braccio.

«Esausta.»

«Anch'io. Ho pensato di preparare degli hamburger per cena invece di andare al lodge. Ti va bene?»

Lo guardò con un po' di sospetto, ma annuì.

Rimasero in silenzio mentre salivano in macchina e tornavano verso il Rifugio. Ma fu un silenzio confortevole, non carico di tensione come quelli che avevano condiviso negli ultimi mesi.

Tiny non aveva idea di dove li avrebbe portati quel nuovo inizio, ma era determinato a scoprire tutti i segreti di Ryleigh. Non perché pensasse che li avrebbe usati contro di lui o i suoi amici, ma perché aveva la sensazione che se non l'avesse fatto, lei sarebbe scomparsa nel nulla… e se ciò fosse accaduto, nessuno l'avrebbe mai più ritrovata. Soprattutto se lei non voleva essere trovata.

CAPITOLO CINQUE

Ry non poté fare a meno di insospettirsi per il repentino voltafaccia di Tiny. Era molto grata che non le stesse addosso tutto il tempo, ma voleva assolutamente sapere cosa gli avesse fatto cambiare idea.

E ora che era diventato gentile con lei, era emerso un altro problema... cioè che le piaceva troppo stargli vicino, per la sua tranquillità. Un Tiny scontroso e sospettoso era facile da disprezzare, da cancellare dalla sua mente, ma così gentile, rispettoso e premuroso era impossibile da ignorare.

E più stava vicino a quel Tiny, più *voleva* farlo... e non era un bene. Entro poco tempo se ne sarebbe andata. Non appena avesse scoperto cosa stava tramando suo padre, sarebbe sparita da lì. Aveva già deciso di dirigersi verso nord-est. Forse nell'area di Boston.

Il pensiero di lasciare il New Mexico e il Rifugio le faceva male alla testa *e* al cuore, ma era la cosa migliore da fare. Si era affezionata troppo alle persone che vivevano lì, e ciò significava aprire la porta a suo padre per usarle contro di lei.

L'unico indizio che aveva finora del fatto che lui l'avesse trovata, era quel piccolo prelievo di dieci centesimi dal conto del Rifugio. Aveva continuato a monitorarlo per assicurarsi che non lo prosciugasse solo perché poteva farlo. Aveva pensato che quella piccola detrazione fosse un segno di ciò che sarebbe accaduto in futuro, il modo in cui suo padre si prendeva gioco di lei. Ma erano passate settimane da allora, e nient'altro era sembrato fuori dall'ordinario.

Ry era paranoica, era la prima ad ammetterlo, ma a quanto pareva, in quel caso... forse si era sbagliata. Era un sollievo e allo stesso tempo un duro colpo, perché significava che forse poteva andarsene, *doveva* andarsene, il prima possibile. Se suo padre non l'aveva ancora scovata, ogni giorno trascorso al Rifugio era uno in più in cui avrebbe *potuto* trovarla.

Ma non poteva ignorare quel piccolo brivido fastidioso sulla nuca che le rimarcava che lui la stava semplicemente provocando.

C'era la concreta possibilità che stesse aspettando che lei scappasse, che lasciasse il Rifugio vulnerabile, in modo da poterlo colpire senza che lei fosse lì a limitare i danni. Sì, avrebbe potuto difenderlo a distanza, ma conosceva suo padre. Sapeva come funzionava la sua mente. Essere lì, vedere di persona cosa stava succedendo, le dava un vantaggio. Gli attacchi di quell'uomo potevano essere talmente impercettibili o sembrare legittimi, che i suoi amici avrebbero potuto non accorgersi del problema finché non fosse stato troppo tardi.

Ry sospirò. Era seduta sul piccolo portico dello chalet

di Tiny. Lui era uscito presto per fare un'escursione con alcuni degli ospiti. Sarebbero andati alla Table Rock, per poi proseguire su un tracciato più lungo e faticoso. Quella mattina per colazione aveva preparato un delizioso piatto di uova e verdure, le aveva raccontato il suo programma per la giornata e detto che si sarebbero visti più tardi.

Poi lei aveva trattenuto il fiato quando le si era avvicinato, si era chinato...

E le aveva baciato un lato della testa con disinvoltura, come se l'avesse fatto ogni giorno da quando si era trasferita a casa sua.

Una volta uscito, lei era rimasta lì in cucina per diversi minuti, immobile e confusa.

Da quando le aveva chiesto se potevano ricominciare da capo, la toccava in continuazione; le sfiorava il braccio o la schiena quando si incrociavano nel corridoio... e poi, quella mattina, l'aveva *baciata*.

Era stato un bacio amichevole, niente che avrebbe potuto metterla a disagio, ma pur sempre un bacio. La cosa più spaventosa era stato il desiderio che aveva avuto di girare leggermente la testa in modo che le sue labbra le toccassero la pelle e non solo i capelli.

Si stava innamorando di quel Tiny. Quello che aveva conosciuto appena arrivata lì, non quello che l'aveva intimidita con la sua rabbia, la sua frustrazione e la sua animosità.

Ma *non poteva* farlo. Doveva andarsene. Punto.

Con quel pensiero in testa, Ry si alzò ed entrò in casa. Quella mattina aveva già trascorso un po' di tempo a cercare online degli indizi che indicassero che suo padre l'aveva trovata, ma senza successo. Aveva anche distribuito circa duecentomila dollari a vari enti di beneficenza... soldi per cui lui l'avrebbe uccisa per averli spesi.

Ora aveva bisogno di una pausa, e andare a trovare Robert e Luna al lodge gliel'avrebbe fornita. Padre e figlia stavano preparando pranzi e cene per Tonka, Henley e Jasna, in modo che potessero trascorrere più tempo possibile con il nuovo membro della famiglia e perché diventare genitore era estenuante. Forse si sarebbe offerta di portare il pasto di mezzogiorno al loro chalet, così avrebbe potuto passare un po' di tempo con la piccola Elizabeth.

Non riusciva ancora a credere che avessero dato il suo nome alla figlia. Nessuno aveva mai fatto una cosa del genere per lei. Accidenti, non aveva nemmeno mai avuto degli amici prima. Non proprio. Lasciare il New Mexico e non poter vedere Elizabeth crescere sarebbe stata la cosa più dolorosa che avrebbe fatto nella vita, ma l'alternativa non era un'opzione. Non poteva rimanere. Altrimenti sarebbero stati tutti in costante pericolo. Era impossibile sapere cos'avrebbe fatto suo padre a chiunque l'avesse aiutata.

Qualcuno poteva pensare che fosse eccessivamente drammatica. Mettere in dubbio che suo padre avrebbe fatto del male a qualcuno. Ma lei lo sapeva bene. Harold Lodge non era un uomo che lasciava il passato nel passato. E non era che gli avesse rubato solo un paio di dollari quando se n'era andata.

Sul suo volto apparve un sorriso al pensiero di quale doveva essere stata la sua reazione quando si era reso conto dell'accaduto. La figlia che aveva faticosamente addestrato a svolgere il suo mestiere, la ragazza che pensava di tenere saldamente in pugno, che non avrebbe mai *osato* sgarrare solo perché sapeva la punizione che avrebbe ricevuto se l'avesse fatto, era sparita nel nulla, portando con sé tutta la sua fortuna. Il denaro che aveva rubato illegalmente a organizzazioni no profit, banche, milionari, aziende, città e persino ai più pericolosi cartelli della droga di tutto il mondo.

Non avrebbe mai rinunciato a cercarla per recuperare i suoi soldi.

Ry non aveva dubbi che Harold Lodge ne aveva comunque rubati ancora, che non si trovava in difficoltà, che non viveva per strada contando sulla gentilezza degli altri. No, aveva iniziato immediatamente a recuperare la perdita della sua fortuna. Ma non avrebbe dimenticato ciò che lei aveva fatto. No, avrebbe voluto vendicarsi. Ecco perché non poteva restare al Rifugio.

Aprì la porta del lodge e sorrise ad Alaska, che si trovava dietro al bancone della reception. C'erano alcuni ospiti seduti sulle comode poltrone di pelle dell'atrio, ma non le prestarono ulteriore attenzione dopo aver alzato un attimo lo sguardo per vedere chi fosse entrato nell'edificio.

«Ehi» la salutò Alaska in tono allegro.

«Giorno» replicò.

«Come va? Tutto bene?»

Ry le sorrise. «Tutto bene. Ho pensato di venire a vedere se potevo disturbare Robert e Luna per un po'.»

Alaska si sporse in avanti. «Stamattina stanno facendo i biscotti. Credo che sia per questo che sono tutti seduti *qui* a leggere invece che nei loro chalet» disse, indicando gli ospiti nell'ampio atrio.

Ry ridacchiò. «Non li biasimo.»

«Allora, se ti arruffiani un po' Robert... me ne prenderesti un paio? Sono così buoni appena sfornati.»

«Sai che se tu andassi lì dentro ti darebbe tutto quello che vuoi» disse ironicamente.

Alaska arricciò il naso. «Probabilmente sì. Ma sto cercando di stare attenta a quello che mangio.»

«Perché?»

Si accigliò. «Perché non mi dispiacerebbe perdere qualche chilo.»

«No» ribatté Ry con fermezza.

«No? No cosa?» domandò Alaska, confusa.

«Sei perfetta esattamente così come sei. E so che Brick direbbe la stessa cosa. Fai un sacco di esercizio fisico girando per questo posto; aiutando gli ospiti, facendo escursioni, giocando con Jasna, portando a spasso Mutt... sei una persona *sana*, Alaska. Se vuoi un biscotto, mangialo. La vita è una questione di equilibrio.»

«Be'... wow.»

«Le donne sono troppo dure verso le altre donne... comprese noi stesse. Critichiamo ogni piccola cosa. Guardiamo dall'alto in basso le altre quando non sappiamo un bel niente di loro. Siamo disposte a lasciare correre praticamente qualsiasi cosa agli uomini perché sono attraenti o semplicemente perché sono maschi, ma siamo supercritiche l'una verso l'altra. È una cosa che odio. Sei bellissima, Alaska. Sei una gran lavoratrice, gestisci questo posto con talmente tanta facilità che sei quella a cui tutti si rivolgono quando hanno bisogno di aiuto per qualcosa.»

«Ry» mormorò lei, sbattendo forte le palpebre per non far scendere le lacrime.

«Quello che voglio dire è che non devi pensare di dover perdere peso perché non assomigli alle modelle delle riviste. Potresti pesare trecento chili e io continuerei a pensare che sei la persona più bella che abbia mai incontrato, per la tua personalità e la tua bontà. Perché non hai battuto ciglio quando hai scoperto che vi avevo mentito e imbrogliato per ottenere un lavoro qui. Mi hai difesa, mi hai sostenuta, e non credere che mi sia sfuggito quando lanciavi occhiatacce a Tiny ogni volta che si comportava da... be'... da Tiny.»

«Era cattivo» replicò Alaska con un sospiro.

Ry non poté fare a meno di fare un piccolo sorriso. «Era *protettivo*. Nei confronti del posto che lui e gli altri ragazzi hanno costruito mettendoci sangue, sudore e lacrime. Non gliene faccio una colpa.»

«Be', io sì» ribatté ostinata. «Ma ho notato che ultimamente non è più così cattivo.»

Per qualche motivo, arrossì. Poi scrollò le spalle. «Ha detto che voleva ricominciare da capo.»

Alaska si asciugò il resto delle lacrime e sorrise. «Era ora.»

«Era ora, cosa?»

«Che tirasse fuori la testa dalla sabbia e vedesse ciò che aveva davanti. Eravamo tutti piuttosto eccitati quando ti ha trasferita nel suo chalet. Anche se si comportava da idiota, pensavamo che alla fine sarebbe stata una cosa positiva.» Fece una smorfia. «Ma poi è diventato più cattivo con te e ci siamo tutti *arrabbiati*. Sono sollevata che alla fine si sia dato una regolata prima che i ragazzi dovessero intervenire.»

«Intervenire?» Ry era confusa. Non aveva avuto idea che Alaska e gli altri la pensassero così.

«Sì, per farlo ragionare. Per minacciarlo se non avesse iniziato a trattarti meglio.»

Fu il suo turno di lottare contro le lacrime.

«Oh, non volevo turbarti.»

«Non l'hai fatto. È solo che... non ho mai avuto amici prima d'ora» sbottò, poi si pentì subito di averlo detto. Chi ammetteva una cosa del genere? Era patetico.

Alaska girò intorno al bancone e la strinse in un forte abbraccio. «Nemmeno io» sussurrò, poi si tirò indietro. Le posò le mani sulle spalle e incontrò il suo sguardo. «Quando sono stata rapita, ero in vacanza in Russia. *Da sola*. Perché non avevo nessuno che mi accompagnasse. Quando ero al liceo, ero troppo strana e troppo povera perché le altre ragazze si sentissero a loro agio con me. Ammetto che non ho cercato molto di fare amicizia con loro, perché mia madre era troppo instabile. Comunque, questa situazione è continuata anche quando sono diventata adulta. Cambiavo spesso lavoro, quindi era difficile farsi dei veri amici. Trasferirmi qui al Rifugio è stata la cosa migliore che mi sia mai capitata.»

Stava per dire che era così anche per lei. Ma dato che non sarebbe rimasta, si limitò ad annuire.

«Bene, allora... biscotti. Provi a rubarne un paio per me?» le chiese.

Ry fu felice di avere una tregua dal quel momento intenso. «Certo.»

«Grazie.»

Le due si sorrisero, poi Alaska le strinse le spalle e la lasciò andare per tornare dietro al bancone.

«Ho ancora un po' di scartoffie da sbrigare, poi ho finito per oggi. I nuovi ospiti si sono registrati e ho risposto a tutte le richieste via mail. Devo solo aggiornare il programma con le nuove prenotazioni.»

Lei annuì. «Ottimo.» Alaska lavorava molto duramente ed era brava in quello che faceva. Le piaceva assicurarsi che gli ospiti fossero felici e tenere tutto organizzato. Era un'amministratrice straordinaria e il Rifugio era fortunato ad avere una persona esperta e amichevole come lei alla reception.

Ry si voltò per andare in cucina, ma la porta del lodge si aprì dopo che aveva fatto a malapena due passi. Si voltò a guardare chi fosse entrato e si bloccò vedendo che era Tonka; aveva un'aria spaventata.

«Cos'è successo?» gli chiese Alaska. Evidentemente anche lei aveva visto che era angosciato.

Ry non si mosse, rimase lì ad ascoltare senza vergogna. Non le piaceva quando i suoi amici erano turbati, e qualcosa aveva decisamente turbato Tonka. Il suo pensiero andò subito agli animali di cui si prendeva cura. Era successo qualcosa a uno di loro?

«Sai dov'è Brick?» domandò ad Alaska.

«Credo sia giù all'hangar con Stone e Owl, a discutere di elicotteri. Perché? Che problema c'è?»

«Ho ricevuto una lettera dalla Tricare. Non so cosa stia succedendo, ma qualcosa non va. Ho bisogno del suo parere.»

A Ry si gelò il sangue. Non sapeva perché, non aveva motivo di sentirsi a disagio, eppure a quelle parole le sembrò che un brivido freddo le percorresse la spina dorsale.

«Forse posso aiutarti io? Cosa dice la lettera?» chiese Alaska.

Ry si avvicinò al bancone, aveva bisogno di sentire la risposta di Tonka.

«Sostengono che c'è qualcosa che non va nella mia assicurazione. E che non pagheranno né per il parto *né* per la degenza di Henley. Non capisco cosa sia andato storto. Ho provato a chiamarli, ma ovviamente c'è un'attesa di tre ore per parlare con qualcuno.»

«Non farti prendere dal panico» disse Alaska con fermezza. «Lasciami chiamare Drake così lo faccio venire qui. Saprà cosa fare.»

«Posso vederla?» chiese Ry, tendendo una mano per farsi dare la lettera.

Alaska e Tonka si voltarono verso di lei sorpresi, come se si fossero dimenticati della sua presenza.

Lui non esitò a consegnargliela. La lesse rapidamente, rendendosi conto che si trattava di una specie di modulo che lo informava che le coperture per le prestazioni mediche erano in discussione a causa di alcune "anomalie".

Anomalie. Sì, certo. Nel profondo sapeva che c'era lo zampino di suo padre. Era così che operava. Era subdolo, giocava sporco. Gli piaceva pungolare le persone, ferirle un po' alla volta finché non erano completamente distrutte.

Aveva voluto pensare che i dieci centesimi non fossero stati niente, ma il suo istinto aveva avuto ragione.

Era stato lui. Stava sondando il terreno.

«Posso sistemare tutto» disse con fermezza, con la mente già concentrata su quello che doveva fare e le dita che fremevano per arrivare al computer.

L'espressione di Tonka si schiarì, e un po' del panico che aveva provato svanì letteralmente davanti ai suoi occhi. «Davvero?»

Annuì.

«Non sono sicuro che la Tricare parlerà con te.»

Ry lo guardò con un sopracciglio leggermente sollevato. «Non ho intenzione di chiamarli.»

Lo vide nei suoi occhi quando comprese l'implicazione.

«Ma se non ti senti a tuo agio che io ci lavori, puoi parlarne con Brick. Sono sicura che avrà qualche idea su come risolvere la situazione.» Ne dubitava, ma aveva dovuto offrirgli quell'opportunità.

«Mi fido di te.»

Ry dovette deglutire con forza per non scoppiare a piangere.

Tonka non aveva idea di quanto significassero per lei quelle parole. Lui conosceva un po' le sue capacità, non tutto perché non si era mai aperta con nessuno sul suo passato, sulle cose che aveva fatto e su quelle che *ancora* faceva, ma abbastanza da sapere che avrebbe usato le sue conoscenze informatiche per capire che problemi ci fossero con la sua assicurazione.

«Ti serve il mio numero di previdenza sociale? E quello di Henley?»

Tonka era piuttosto adorabile nella sua ingenuità. «No.»

«Ma ti serviranno per...»

«Sono sicura che li troverà» disse Alaska, interrompendolo.

«Oh... sì. Giusto. Ok, be'... io torno allo chalet. Elizabeth è un po' nervosa stamattina e Henley non ha dormito molto stanotte. Se hai bisogno di qualcosa, non esitare a venire da me. Ok?»

Non aveva idea di cosa avesse fatto per meritarsi amici come quelli. Francamente, *non* li meritava. Ma stava facendo del suo meglio per rimediare ai suoi peccati passati. «Va bene. Verrò quando avrò capito il problema.»

«Grazie, Ry. Dico sul serio. Mi dispiace se per un attimo mi sono fatto prendere dal panico. È solo che non voglio che Henley si preoccupi di nulla, e questo la farebbe sicuramente preoccupare.»

Ry annuì... e sbatté le palpebre sorpresa quando Tonka si avvicinò a lei e le diede un abbraccio breve, ma forte. Poi le fece un cenno con il mento e si voltò per andarsene.

«Tonka ti ha appena salutata con il mento?» le chiese Alaska con aria stupita.

«Sì, perché?» rispose un po' confusa.

«E ti ha *abbracciata*. Il cambiamento che ha fatto rispetto a quando sono arrivata qui è come il giorno e la notte. Tra Henley e Jas che fanno le loro magie, gli animali e ora Elizabeth, è una persona completamente diversa. Sono così felice per lui.»

Ry annuì, ma il suo cervello era già concentrato sui passi da compiere per capire cos'aveva fatto suo padre e come rimediare.

«Bene, si vede che sei ansiosa di metterti al lavoro. Che ne dici se vado *io* da Robert e Luna, ti prendo dei biscotti e te li porto allo chalet di Tiny?»

Normalmente avrebbe ucciso per i biscotti con le gocce di cioccolato appena sfornati, ma in quel momento, anche solo il pensiero di mangiare le dava la nausea. «Non importa. Voglio capire come stanno le cose. Verrò più tardi a prenderli.»

«Hai bisogno di aiuto?» si offrì Alaska.

«No, grazie, ci penso io.» L'ultima cosa che avrebbe fatto era coinvolgere qualcun altro in quel casino che era la sua vita.

«Va bene, ma se hai bisogno di qualcosa, chiama.»

«Lo farò.» Non lo avrebbe di certo fatto, ma non c'era bisogno che lei lo sapesse.

Come se avesse inserito il pilota automatico, Ry si diresse verso la porta d'ingresso del lodge. Aveva ancora in mano la lettera ricevuta da Tonka e la rilesse mentre camminava velocemente verso lo chalet di Tiny.

Quando entrò, andò subito al tavolo della cucina dove aveva lasciato il portatile. Era la sua creatura, il suo bene più prezioso. Senza quello non era nulla. Solo una che aveva abbandonato il liceo con poche competenze nel mondo reale. Il computer la definiva. Era *tutto* ciò che lei era.

Fece un respiro profondo, lo aprì e inserì la password. Con la stessa facilità con cui respirava, Ry ne inserì altre per accedere al dark web. Doveva stare molto attenta, non le piaceva entrare nei database governativi. Nel corso degli anni erano diventati più sofisticati in ambito di sicurezza, e l'ultima cosa di cui aveva bisogno era di essere scoperta.

Ma, soprattutto, non aveva dubbi che suo padre fosse lì a guardare e ad aspettare. Aveva preparato l'esca e lei stava abboccando, come sapeva avrebbe fatto. Probabilmente stava gongolando e ridendo, ovunque si trovasse in quel momento. L'unica cosa positiva era che non era più necessario cercare di nascondere la sua posizione. Lui sapeva dov'era e la stava tormentando. Quello era solo l'inizio, lo sapevano entrambi. Il gioco del gatto e del topo era cominciato.

Ry non aveva dubbi che suo padre avrebbe continuato a creare problemi al Rifugio, finché non si fosse arresa e non avesse parlato con lui. Finché non gli avesse restituito i soldi che gli aveva rubato.

Stringendo i denti, si concentrò sullo schermo. Lui non avrebbe vinto. Ora che il Rifugio era nel suo mirino, non si sarebbe mai fermato. Anche se lei se ne fosse andata, avrebbe continuato con i suoi giochetti finché non avesse distrutto quel resort nato per chi soffriva di disturbo post-traumatico da stress. E non avrebbe provato nemmeno un briciolo di rimorso.

Spettava a lei fermarlo, una volta per tutte. Doveva usare tutte le sue capacità per bloccare elettronicamente il Rifugio. Per salvaguardare il denaro, i vari conti e ogni traccia online dei dipendenti che vi lavoravano.

Ma non poteva coprire tutto e tutti. Suo padre avrebbe sempre avuto un modo per infiltrarsi, per creare scompiglio.

Le venne da vomitare al pensiero che fosse colpa sua, che la sua presenza era una minaccia per tutti, e fece un respiro profondo concentrandosi sul compito da svolgere. Doveva sistemare i documenti di Tonka. *Tutti quanti*. Renderli inaccessibili. E anche quelli di tutti gli altri. Perché se suo padre era riuscito a modificare l'assicurazione sanitaria, avrebbe potuto farlo anche con i conti pensionistici di tutti i ragazzi, con i benefit e persino con i curriculum.

Non lo avrebbe mai permesso.

———

Tre ore più tardi, Ry si appoggiò allo schienale della sedia e fece un profondo sospiro. Ce l'aveva fatta. Aveva trovato dove suo padre aveva modificato l'assicurazione di Tonka e l'aveva sistemata. La richiesta di risarcimento per la nascita di Elizabeth era in corso... anzi, stava per essere accelerata. Tonka avrebbe dovuto ricevere l'avviso che il pagamento sarebbe stato elaborato immediatamente.

«Ecco, tieni.»

Ry si spaventò così tanto che trasalì, e avrebbe fatto cadere il bicchiere d'acqua che Tiny aveva appoggiato accanto al suo gomito, se lui non fosse stato abbastanza veloce a toglierlo di mezzo.

«Piano» la tranquillizzò.

Alzò lo sguardo e lo fissò confusa. Non si era nemmeno resa conto che era tornato. Non aveva idea da quanto tempo fosse lì.

«Eri così concentrata che non mi hai sentito entrare» le disse, come se potesse leggerle nel pensiero.

«Oh, scusa.»

«Non c'è problema. Tonka ha chiamato Brick, che mi ha mandato un messaggio mentre ero a fare l'escursione. Siamo tornati prima perché volevo controllare come stavi. Tutto bene?»

Era davvero difficile abituarsi a quel nuovo Tiny. Ormai da tempo, quando era davanti al computer, le rivolgeva solo occhiatacce e sguardi diffidenti. E domande. Tante domande. Voleva sempre sapere cosa stesse facendo quando lavorava; la distraeva, rendendole difficile concentrarsi. Ma quel giorno, non solo era riuscito a entrare in casa senza farsi sentire, ma aveva anche armeggiato in cucina per portarle da bere. Era sconcertante.

«Ryleigh?»

Sentire il suo nome avrebbe dovuto far riaffiorare ricordi orribili. Di suo padre che la minacciava o che la sgridava quando sbagliava qualcosa. Invece, pronunciato da lui, era... piacevole. Era l'unico che la chiamava così, e ciò la faceva sentire speciale.

«Giusto, scusa. Sto bene.»

«Hai capito cos'è successo?»

Lei annuì. «Sì.»

«Fantastico. Tonka sarà molto sollevato. Devi avere fame. Ormai è passata l'ora di pranzo e presumo che non ti sia fermata per mangiare. Ho preparato dei panini.»

Ry fissò il piatto che era apparso all'improvviso accanto

al bicchiere d'acqua. Conteneva un panino con tacchino e formaggio, con l'aggiunta di senape, lattuga e pomodori. Aveva messo molto formaggio... esattamente come piaceva a lei.

Lo guardò e sbottò: «Non sono sicura che mi piaccia questa tua gentilezza.»

Con sua sorpresa, invece di irritarsi, le *sorrise*. «Ti abituerai.»

Ma lei non ne era sicura. «Non vuoi chiedermi cos'ho fatto? Come ho sistemato la documentazione di Tonka? Se quello che ho fatto è illegale e se può ritorcersi contro il Rifugio e danneggiarlo?»

Tiny la sorprese di nuovo girando la sua sedia verso di sé come se lei non pesasse nulla, poi si chinò e la imprigionò mettendo le mani sui braccioli. Avrebbe dovuto sentirsi soffocata, minacciata, ma essendo circondata dal suo odore virile, vedendo i muscoli delle sue braccia contrarsi mentre si reggeva, e fissando la sua mascella ricoperta di barba, dovette trattenersi per non gettarsi su di lui.

«Ti *ho* chiesto cos'hai fatto... hai detto che hai risolto il problema. Tanto non capirei nulla anche se me lo spiegassi, e so già che ciò che hai fatto è illegale... e non me ne frega un cazzo. So anche che non faresti nulla che potrebbe ritorcersi contro il Rifugio.»

Ry riuscì solo a fissarlo. Era un gran bel cambiamento rispetto a come si era comportato negli ultimi mesi, tanto da non sembrare vero.

«Senti, sono stato uno stronzo. Lo so, e ho promesso di migliorare. Sono a mio agio con le cose che puoi fare? Non proprio. Ma in tutto il tempo che sei stata qui, non hai mai fatto nulla per rovinarci. Penso che probabilmente hai fatto un sacco di roba che ha migliorato le cose, non peggiorate. Hai trovato Jas e Reese e non hai voluto alcun riconoscimento. Ti sei fatta in quattro per trovare Owl, Lara e Stone. E Tonka mi ha detto che non hai esitato a offrirti di aiutarlo.»

Lei sospirò, distogliendo brevemente lo sguardo per poi fissarlo di nuovo.

«Vuoi sapere il *vero* motivo per cui sono stato così orribile con te, Ryleigh?»

Non aveva bisogno di chiederlo. Lo sapeva. Perché era una criminale e faceva cose illegali che avrebbero potuto danneggiare il Rifugio se fossero state scoperte. E perché aveva mentito a tutti.

Ma quando parlò la spiazzò.

«Perché ero terribilmente attratto da te, e l'ultima donna di cui pensavo di essere innamorato ha cercato di uccidermi.»

Lei lo fissò a occhi spalancati, scioccata che avesse ammesso di provare attrazione per lei e letteralmente *ammutolita* dall'affermazione che qualcuno aveva tentato di ucciderlo.

Ma non appena metabolizzò le sue parole, sentì divampare in modo repentino la rabbia dentro di lei. «Come si chiamava?»

Invece di dirglielo, Tiny sorrise. «No, non lo farò.»

«Cosa non farai?» gli chiese.

«Dirti il suo nome, altrimenti la troverai con quel tuo computer e farai chissà cosa. Sta pagando per i suoi peccati, non serve che ti vendichi di lei.»

Col cavolo che non serviva. «Che cos'è successo?»

«Non ora. Ti racconterò tutta la sordida storia un'altra volta, ma sei stata chinata su quel computer per così tanto tempo che la schiena deve farti male. E devi avere fame. Che ne dici se adesso mangi, poi ti cambi, e dopo che saremo andati a dire a Tonka che è tutto a posto, andiamo a fare una passeggiata? Magari possiamo portare Wally e Beauty con noi, così fanno un po' di movimento. Tonka mi ha detto che entrambi i cani sono stati incollati al fianco di Elizabeth come se fossero le sue nuove guardie del corpo. Magari vediamo se vuole venire anche Jas. Farà bene a tutti prendere un po' d'aria fresca.»

Ry non voleva camminare. Non amava particolarmente stare all'aria aperta. Non aveva mai avuto la possibilità di godersi la natura mentre cresceva, inoltre, le piaceva stare al computer. Le piaceva essere una nerd.

Quello che voleva *davvero* fare, era trovare la persona che aveva cercato di uccidere Tiny e assicurarsi che la sua vita fosse un inferno. Non ci sarebbe voluto molto per prosciugare il suo conto in banca, farla licenziare dal lavoro e assicurarsi che tutti quelli con cui era entrata in contatto sapessero che aveva tentato di uccidere un uomo.

«Probabilmente non dovrei ammetterlo, ma mi piace lo sguardo assetato di sangue che hai in questo momento» disse Tiny, posandole la mano sulla guancia per sollevarle la testa, in modo che lei non avesse altra scelta che incontrare il suo sguardo. «È in prigione. Tra circa un anno sarà in libertà vigilata. Potremo occuparcene allora. Per adesso, sta raccogliendo ciò che ha seminato. Però non hai commentato la prima parte di quello che ho detto.»

Carcere. Ancora meglio. Aveva tutte le informazioni che le servivano per trovare la stronza. Poteva cercare nei database il nome di Tiny e capire dove si trovava.

«Ryleigh? Mi stai ascoltando?»

Sbatté le palpebre e si concentrò. La mano sulla sua

guancia era callosa e calda, e le ci volle tutto il suo auto-controllo per non inclinare la testa verso il suo tocco. «Sto ascoltando.»

«Erano anni che non provavo attrazione per una donna, e quando mi sono reso conto che non eri chi tutti pensavamo fossi, ho perso la testa. Ho lasciato che l'amarezza prevalesse sul buonsenso. Non meriti di essere trattata come ho fatto io, e ho smesso di pensare al peggio. Fa paura quello che puoi fare con quel tuo computer, ma da quando sei qui non hai fatto altro che prenderti cura di noi. Lo apprezzo, ma non devi più proteggerci da sola.

Permettici di far parte della tua vita... permettilo a *me*. Lascia che ti aiuti con qualsiasi cosa ti stia spaventando. Il Rifugio è di tutti noi, non devi assumerti la responsabilità di questo posto da sola.»

«Devo farlo, dato che è colpa mia se è minacciato» sussurrò.

Ma Tiny scosse la testa con decisione. Poi si accovacciò davanti a lei, che non lo stava più guardando ma aveva abbassato gli occhi e si fissava le gambe. Le appoggiò le mani sulle cosce, non in modo sessualmente provocante, ma con un tocco confortante.

«Se dovessi fare un errore e uno degli ospiti si facesse male, nessuno mi biasimerebbe, ma collaborerebbero tutti per assicurarsi che quella persona venga accudita. Se Tonka per sbaglio lasciasse un cancello aperto e Melba uscisse, ci impegneremmo tutti per riportarla a casa. Se Savannah commettesse un errore nel calcolo delle tasse, lavore-remmo insieme per risolverlo. Al Rifugio siamo un team, Ryleigh, e tu ora ne fai parte.»

Aveva voglia di piangere. *Voleva* far parte del team del Rifugio, ma la catastrofe che avrebbe potuto scatenare su quel posto non era per niente simile a una mucca che scappava dal suo recinto o a un semplice errore nelle tasse. La sua presenza lì poteva letteralmente far fare una brutta fine alla gente. Non aveva dubbi che suo padre avrebbe fatto tutto ciò che riteneva necessario per riavere i suoi soldi. Compreso uccidere le persone a lei più care, se era ciò che serviva per farle trasferire il denaro sul suo conto.

Ma non era così facile. Non più.

«Ho un'altra domanda da porti prima di lasciarti mangiare e che usciamo a prendere un po' d'aria» le disse.

Trattenne il fiato, in attesa di sapere cos'avrebbe chiesto.

«Prima... be'... *prima* pensavo che tu provassi per *me* le stesse cose che io provavo per te. Ho rovinato tutto? Il mio atteggiamento di merda nei tuoi confronti ha distrutto ogni possibilità di essere più che un amico?»

Ry pensò che avrebbe avuto un infarto. Era scioccata che avesse rivelato i suoi sentimenti e le avesse chiesto cosa pensasse di lui.

«Sono vergine» sbottò, poi chiuse subito gli occhi mortificata. Non poteva credere di averlo detto.

«Ooook» replicò Tiny lentamente. «Pensi abbia importanza?»

Si costrinse a riaprire gli occhi. «Non ce l'ha? Ho trentun anni e non ho mai fatto sesso. È *strano*. Voglio dire, non me ne vergogno, è solo che non ho mai sentito l'impulso di praticarlo con un ragazzo.»

«Praticarlo» ripeté lui con una risatina.

Ry si accigliò. La stava prendendo in giro?

«Il fatto che tu sia vergine non cambia l'opinione che ho di te. Sei misteriosa, intelligente, compassionevole e altruista. Sei anche una nerd, molto pallida perché passi troppo tempo dentro casa, e da qualche parte nel tuo percorso di vita hai imparato che è meglio mentire che dire la verità. Niente di tutto questo spegne la mia attrazione. Ammetto che la faccenda delle bugie è difficile per me, visto il mio passato, ma quelle che hai detto non sono state malintenzionate, quindi posso passarci sopra... per ora. Ma ho bisogno che tu faccia il possibile per cercare di smettere di farlo. Non serve mentirmi. Su niente. Se non vuoi dirmi qualcosa, dimmi solo che hai bisogno di tempo. Te lo concederò. Ma per favore, niente più bugie.»

Ry deglutì a fatica. Tiny si stava comportando in modo... incredibilmente straordinario. Non se lo era aspettato. Preferiva quasi i suoi sguardi accigliati.

«Agli uomini piacciono le donne con esperienza» disse, lasciandosi sfuggire ancora una volta ciò che stava pensando.

«No, non è vero» ribatté lui. «Agli uomini piacciono le donne che sono interessate a loro. Punto. La quantità di esperienza che una donna ha o non ha non è un fattore. L'importante è il legame emotivo che c'è tra loro. Imparare insieme cosa piace fare all'uno e all'altra. In ogni caso, la tua verginità non ha alcuna influenza sui miei sentimenti nei tuoi confronti. Avresti anche potuto mantenerti lavorando per strada e accettando soldi in cambio di sesso, o essere una suora, e io avrei provato le stesse cose.»

Ry deglutì a fatica.

«Non hai mai risposto alla mia domanda» le disse con dolcezza.

«Quale?»

«Ho ucciso l'interesse che avresti potuto avere per me comportandomi da stronzo prepotente?»

Sentì di trovarsi a un bivio. Poteva mentire e dire di sì;

non aveva dubbi che Tiny si sarebbe tirato indietro. Non l'avrebbe cacciata, ma avrebbe continuato a esserle amico mantenendo le distanze, mentre lei faceva del suo meglio per capire come comportarsi con suo padre.

Oppure avrebbe potuto ingoiare il rospo e trovare il coraggio di dirgli che era ancora attratta da lui come lo era prima che la sua vera identità venisse rivelata. Non aveva idea di cos'avrebbe significato. Era probabile che sarebbe stata comunque costretta ad andarsene, e avrebbe fatto cento volte più male se si fosse messa con lui.

Tiny rimase accovacciato, mentre lei contemplava come rispondergli. Le aveva chiesto di non mentirgli di nuovo. L'aveva implorata.

«No.»

Fu una sola parola, ma il sollievo che vide nella sua postura e nella sua espressione le disse tutto quello che doveva sapere.

«Bene. Mi comporterò meglio con te. Farò il possibile perché tu ti fidi di me e mi dica cosa ti spaventa tanto, così potremo risolvere il problema. Ok?»

Non sarebbe stato così facile, ma annuì lo stesso.

«Mangia» le ordinò alzandosi.

Ry lo fissò sorpresa. Non sapeva cosa si fosse aspettata da lui, ma aveva pensato che magari l'avrebbe baciata. O almeno abbracciata. Invece, le aveva dato un ordine come se avesse avuto dieci anni.

Lui ridacchiò mentre torreggiava su di lei. Ancora una volta, come se le avesse letto nel pensiero, si chinò e la baciò sopra la testa. Poi portò la mano sul suo computer, la guardò e le chiese: «Posso?»

Annuì.

Tiny chiuse il portatile e lo spostò al centro del tavolo. Poi avvicinò il bicchiere d'acqua e il piatto con il panino.

«E tu? Non hai fame?»

«Ho mangiato un panino mentre tu stavi ancora lavorando. Sono a posto.»

«Oh... ok.»

Le sorrise. Non gliene aveva rivolti molti e dovette ammettere che le piaceva lo facesse. Molto.

«Prima mangi quel panino, prima potrai avere i biscotti al cioccolato che mi ha dato Alaska perché te li portassi.»

«Biscotti?» chiese Ry, sedendosi più dritta.

«Sì.»

«Dammeli» ordinò, tendendo la mano.

Lui ridacchiò. «Non prima che tu abbia mangiato il panino. Avrai bisogno di qualcosa di più che calorie vuote per la nostra escursione.»

«Cattivo» brontolò, ma prese il panino che le aveva preparato. Anche quando Tiny era stato arrabbiato con lei e l'aveva trattata male, si era comunque fatto in quattro per farla mangiare. Non era mai stato così egoista da prepararsi la cena e non permettere a lei di consumarla.

Naturalmente, fare i pasti in silenzio era stato così imbarazzante che spesso aveva abbandonato il piatto in favore della fuga in camera, lasciando lì metà del cibo.

Il panino era delizioso e la appagò. Non si era resa conto di quanta fame avesse finché non aveva iniziato a mangiare. Lo finì tutto e bevve l'acqua, poi sorrise a Tiny quando lui posò sul tavolo due biscotti con gocce di cioccolato come ricompensa. Li aveva scaldati al microonde e le si sciolsero in bocca.

Mentre lei mangiava il dessert lui portò via le stoviglie.

Poi Ry andò a mettersi un paio di scarponcini comodi e qualche maglia per l'escursione.

CAPITOLO SEI

TINY ERA ESTREMAMENTE SODDISFATTO e sollevato che le cose tra lui e Ryleigh in gran parte sembravano essere tornate a posto. Lei gli aveva perdonato piuttosto in fretta il suo comportamento da idiota... e onestamente non lo sorprendeva troppo, considerando quanto era gentile; le prove erano state davanti ai suoi occhi per mesi, ma lui aveva continuato ostinatamente a pensare al peggio.

Però lei aveva dimostrato più volte che tutto ciò che voleva fare era aiutare. Anche quando lavorava come addetta alle pulizie si era fatta in quattro per agevolare le altre; si era sempre offerta di rimanere più a lungo, se necessario, e di dare una mano a Jess e Carly dopo aver finito con le proprie stanze, se loro stavano ancora lavorando. Anche adesso, a volte, la trovava ad affiancare Joshua, il ragazzo che l'aveva sostituita, aiutando quando ce n'era bisogno.

Ora tutta l'animosità di Tiny si era trasformata in preoccupazione. Ryleigh aveva ammesso di essere spaventata e di dover proteggere tutti al Rifugio, ma non voleva ancora aprirsi con lui sul motivo. Quando aveva rassicurato Tonka che la faccenda della Tricare era stata un semplice malinteso – Tiny aveva la sensazione che avesse sminuito l'accaduto – era sembrata molto a disagio di fronte alla sua enorme gratitudine.

Anche se lei non aveva detto una parola, sospettava fortemente che pensasse fosse colpa *sua* se c'era stato quel problema con l'assicurazione. Ed era assurdo... no? Non gli veniva in mente nessun motivo per cui avrebbe dovuto esserlo. L'assicurazione governativa che avevano tutti grazie al servizio militare, era nota per avere qualche pecca, proprio come le aveva qualsiasi altra compagnia.

Ma da quando, qualche giorno prima, Tonka aveva portato il problema alla sua attenzione, Ryleigh era sembrata... nervosa. La prima cosa che faceva ogni mattina era aprire il portatile, e le sue dita volavano sulla tastiera alla ricerca di chissà cosa. Tiny non ne aveva idea, ma era ovvio che stesse cercando... *qualcosa*. Qualcuno? Non lo sapeva e lei non parlava.

Era frustrante che non volesse dirgli nulla, ma lui era consapevole più di chiunque altro che non poteva costringerla a confidarsi. Ryleigh era una persona che non condivideva troppe cose neanche per faccende normali. Accidenti, era rimasto scioccato quanto lei quando gli aveva spifferato di essere vergine. Se non l'avesse totalmente sorpresa ammettendo di essere attratto da lei, era probabile che non avrebbe mai condiviso qualcosa di così intimo.

Tiny era segretamente sollevato di conoscere quell'informazione vitale, perché implicava qualcosa di importante, e cioè che doveva andarci piano. Non gli interessava che lei non avesse mai fatto sesso prima. Non spegneva la sua attrazione... anche se era consapevole che prendere la sua verginità comportava il peso di certe responsabilità. Ma per il momento era solo orgoglioso di lei perché sapeva cosa desiderava: un legame emotivo con qualcuno prima di andarci a letto. Se fossero arrivati al punto in cui lei avrebbe voluto avere una relazione fisica con lui, si sarebbe assicurato che sapesse che apprezzava la sua decisione di permettergli di essere il primo.

Nel frattempo, e finché Ryleigh non si fosse fidata abbastanza da parlargli delle sue paure, avrebbe imparato il più possibile su di lei osservandola. Sapeva già quanto poco le piacesse stare all'aria aperta e la cosa lo divertiva. Non le dispiaceva camminare nei pressi del Rifugio, ma andare nel bosco dove c'erano insetti e animali selvatici non faceva per lei. Era piuttosto adorabile, e rafforzava il fatto che fosse più a suo agio con il computer che con qualsiasi altra cosa, e che chiaramente fosse cresciuta in quel modo.

Quel giorno Stone avrebbe portato lui e Ryleigh sull'elicottero che il Rifugio aveva acquistato. L'ex pilota Night Stalker voleva esaminare i percorsi migliori per i giri turistici, e li aveva invitati ad andare con lui.

«Non sono sicura» disse Ryleigh nervosamente, mentre si dirigevano verso l'hangar costruito da poco nella proprietà.

«Di cosa non sei sicura? Stone è un pilota straordinario. Mi fido più di lui che di quelli dei voli di linea.»

«Non si tratta di questo. So che è bravo. Ho visto il suo... ehm...» Si interruppe.

Tiny non poté fare a meno di ridere. «Hai visto il suo dossier militare?»

«Sì. Ma non era mia intenzione» aggiunse rapidamente. «Stavo cercando di trovare altre informazioni sul suo passato che magari mi avrebbero potuto aiutare a trovarlo. È saltato fuori sullo schermo senza che io facessi nulla.»

Tiny rise ancora di più. «Mm-mm. È saltato fuori, eh?»

Lei gli lanciò un'occhiata di traverso e sembrò rilassarsi quando capì che non era arrabbiato.

«E il mio?»

«Il tuo cosa?»

«Il mio dossier. Per caso è apparso anche quello magicamente sullo schermo?»

Lei scrollò le spalle.

Tiny le diede una spallata. «Non è un problema se l'hai visto, non è che io abbia fatto qualcosa di diverso da tutti gli altri SEAL.»

Ryleigh si fermò in mezzo al sentiero e lo fissò. «Hai nuotato per cinque chilometri nell'oceano trascinandoti dietro il tuo compagno di squadra ferito, mentre ti sparavano dalla riva, e poi hai evitato i terroristi che ti stavano cercando in barca, arrivando al punto di incontro stabilito senza nemmeno sapere se sarebbe stato ancora lì.»

«I SEAL non abbandonano i SEAL» replicò con un'alzata di spalle. L'episodio di cui parlava era stato un inferno; aveva ancora gli incubi. Ma era riuscito a salvare il suo compagno di squadra, e mentre loro erano braccati e fungevano da distrazione per i terroristi, il resto del suo team aveva ucciso l'obiettivo che erano stati mandati a scovare ed eliminare. Una doppia vittoria dal suo punto di vista.

Ryleigh scosse semplicemente la testa e proseguì verso l'hangar. «Come vuoi» borbottò, dandogli lei stessa una spallata che lo fece sorridere.

Ogni tanto, mentre camminavano, le sfiorava il braccio con il suo e ogni volta, a quel contatto, gli sembrava che il suo corpo fosse percorso da una scarica elettrica. Era un po' sconcertante... ma anche molto eccitante. Non riusciva nemmeno a immaginare cos'avrebbe provato a stare con lei pelle a pelle. O a essere dentro il suo corpo. Non sapeva se sarebbero mai arrivati a quel punto, ma intanto poteva sognarlo.

«Comunque, come stavo dicendo, sarà divertente. Potremo vedere il Rifugio dall'alto. C'è molto di più del semplice terreno intorno agli chalet.»

«È pieno di animali selvatici. E burroni da cui cadere. E insetti. Tanti, tanti insetti.»

Tiny sorrise.

«Sai, ero comunque contenta di limitarmi a guardare queste cose attraverso l'obiettivo delle telecamere che avete piazzato in tutta la proprietà. Ho visto un sacco di cervi muli, scoiattoli e coyote che mi sarebbe piaciuto vedere sullo schermo del computer. Per non parlare di volpi, procioni, pecore, puma e *orsi*. Se avessi saputo che qui ce n'erano, non avrei mai accettato questo lavoro.»

«Perché l'hai fatto? Accettare, intendo?» Non poté fare a meno di chiederle. Non era sicuro che gli avrebbe risposto, era molto brava a eludere le sue domande... ma con sua grande sorpresa non esitò a parlare.

«Volevo un posto fuori mano. Ero stanca del rumore della città e di tutta la gente. Ho visto un annuncio online e ho letto una recensione di una persona che aveva soggiornato qui e sosteneva che le aveva cambiato la vita. Ho consultato il sito web e sono rimasta colpita da ciò che ho visto. L'ho trovato un po' selvaggio, ma comunque affascinante e caratteristico. Inoltre, fate un sacco di cose positive per le persone, e questo mi è piaciuto particolarmente.» Scrollò le spalle. «E quando l'ho visto di persona per la prima volta, quando sono stata qui per il colloquio, ho provato una... sensazione di *sicurezza*.»

Tiny annuì. «Sì, mi sono sentito allo stesso modo la prima volta che l'ho visto. Voglio dire, non c'erano ancora gli chalet o altro, ma il solo fatto di essere qui fuori mi ha rasserenato l'anima come non mi era mai successo in nessun altro posto.»

«A parte gli insetti, è perfetto» disse Ryleigh con un sorriso.

Si avvicinarono all'hangar. Stone aveva lasciato il portone aperto e potevano vedere l'elicottero all'interno.

Senza pensarci, Tiny le prese la mano. Non sapeva bene perché, solo che in quel momento aveva bisogno di sentirsi connesso a lei. Sapere che la prima volta che aveva messo piede nella proprietà aveva provato per il Rifugio le sue stesse sensazioni, gli fece venire voglia di starle ancora più vicino.

Entrarono nell'hangar tenendosi per mano, ma appena Tiny vide Stone capì che qualcosa non andava.

«Ho brutte notizie. Oggi non possiamo volare» disse loro.

Ryleigh gli lasciò la mano. «Perché?» chiese.

«Il carburante che abbiamo ordinato non è stato consegnato questa mattina. Non capisco il motivo. Ho chiamato la ditta e mi hanno detto che non c'era traccia del nostro ordine, ed è una stronzata perché l'ho verificato personalmente con loro la settimana scorsa. Non ce l'avevano in agenda e ciò è molto strano. Comunque, abbiamo risolto il problema, ma possono venire solo tra qualche giorno.»

Tiny era deluso, perché era stato ansioso di vedere la proprietà dall'alto, però capiva che a volte capitavano degli inconvenienti. Ma quando si voltò verso Ryleigh, si irrigidì.

Lei stava fissando Stone intensamente, e per qualche motivo aveva un'aria... colpevole.

«Cosa c'è che non va?» le domandò a bassa voce.

Lei si girò lentamente a guardarlo, poi sbatté le palpebre. «Ehm... niente.»

Strinse le labbra. Non era *niente*, vista la sua reazione. La osservò fare un bel respiro e riprendere il controllo delle sue emozioni. «Allora magari possiamo farlo la prossima settimana?» chiese a Stone.

«L'ho già riprogrammato» rispose annuendo.

«Bene.»

Proprio in quel momento squillò il telefono di Stone. Lui sorrise scusandosi con loro e rispose. «Ehi, Stellina, che succede? Cosa? Cazzo. Ok, sto arrivando. Fai un respiro profondo, starà bene. Andrà tutto bene per *entrambi*. Lo so... ok. Sto arrivando.»

Chiuse la chiamata e non aspettò che Tiny chiedesse cosa fosse successo. «Era Maisy. Reese ha un problema. Sta sanguinando. Pensa che sia il bambino. Spike la sta portando all'ospedale in questo momento e tutti vogliono andare lì per starle vicino.»

«Cosa vuoi che facciamo?» chiese Tiny.

«Puoi chiudere l'hangar? Qui è tutto a posto, ho già sistemato l'elicottero quando ho capito che non avremmo volato.»

«Certo. Vai. Vai da Maisy. Non ha bisogno di essere stressata a questo punto della gravidanza.»

«È quello che continuo a dirle, ma non mi ascolta» disse Stone con un sorrisetto ironico. Poi si rabbuiò. «Grazie, amico. Ci vediamo più tardi?»

«Assolutamente sì.»

Lui e Ryleigh lavorarono insieme per chiudere l'enorme

portone dell'hangar, poi le prese di nuovo la mano mentre risalivano il sentiero verso gli chalet, molto più velocemente rispetto alla passeggiata precedente.

Solo quando furono sulla strada per l'ospedale, Tiny si rese conto di non aver chiesto a Ryleigh il motivo della sua reazione per l'errore di consegna del carburante. Ma non era il momento. Era preoccupata per Reese quanto lui.

Tuttavia, si ripromise di farlo più tardi. Non gli piaceva quando lei gli nascondeva le cose, e anche se non pensava che gli avrebbe mentito, visto che le aveva chiesto di non farlo, non parlare di qualcosa che chiaramente la preoccupava era quasi altrettanto grave.

———

Un paio d'ore più tardi, erano tutti tornati al lodge in attesa di sapere come stavano Reese e il bambino. Era stata trasportata con l'eliambulanza ad Albuquerque, nel loro centro traumatologico di primo livello, per poter curare meglio entrambi.

Il telefono di Brick squillò, e tutti si zittirono immediatamente quando lui rispose.

«Brick. Ehi... sì, ok... sono contento di sentirlo. Riferirò. Quando? Ottimo. Aspetteremo. Va bene... a dopo.»

«Allora? Era Spike? Che cos'ha detto? Come sta Reese? E il bambino?» chiese Alaska al suo fidanzato con impazienza.

«Sì, era lui. Reese sta bene. Per un po' è stata a rischio, ha perso molto sangue, quindi la terranno in ospedale ad Albuquerque per qualche giorno per assicurarsi che sia davvero tutto a posto.»

«Oh, grazie al cielo» disse Lara.

Tiny tirò un respiro di sollievo. Non aveva esperienza con le donne incinte e con quello che poteva andare storto, ma era contento che Reese stesse bene.

«E il bambino?» chiese Henley, che stava tenendo la sua piccolina in un marsupio contro il petto.

«È nato prematuro, ma respira da solo.»

Tutti ansimarono sorpresi.

«Aspetta... ha partorito?» chiese Cora.

«A quanto pare» rispose Brick con un sorriso. «Dylan John Fowler è sottopeso, ma i medici pensano che starà bene. È in terapia intensiva neonatale, ma Spike ha detto che è per precauzione, non perché ci siano problemi gravi.»

La preoccupazione nella stanza si dissolse. Nessuno si era aspettato che il secondo figlio della famiglia del Rifugio nascesse così presto dopo il primo, ma l'occasione fu gioiosa come quando era nata la bambina di Henley.

Tutti cominciarono a parlare del baby shower che avevano programmato per la settimana successiva, e venne suggerito di anticiparlo, e si misero d'accordo su chi sarebbero stati i primi ad andare ad Albuquerque a trovare Reese, Spike e Dylan.

Tutti tranne Ryleigh. Quando Tiny si voltò, lei aveva la testa chinata sul telefono e i suoi pollici volavano sullo schermo.

«Che stai facendo?» le chiese, avvicinandosi.

Non alzò nemmeno lo sguardo. «Sto ordinando del cibo per Spike. E vestiti per tutti e tre. Sono partiti così in fretta che non hanno avuto il tempo di prendere niente. Quando Reese starà meglio, vorrà indossare un pigiama morbido. E il cibo dell'ospedale fa schifo. Probabilmente adesso è troppo esausta per mangiare, quindi mi assicurerò che le arrivi roba buona in camera per dopo.»

La sua compassione lo fece sentire di nuovo in colpa per come l'aveva trattata.

«E voglio accertarmi che la loro assicurazione sia in regola» borbottò sottovoce.

Tiny sorrise. Doveva preoccuparsi di quali database stava hackerando mentre erano lì? Probabilmente sì. Ma dato che si stava occupando di uno dei suoi migliori amici, non aveva alcun problema verso quello che stava facendo.

Il pranzo fu una sorta di celebrazione. Anche se i festeggiati si trovavano ad Albuquerque, ciò non diminuì la felicità del momento. Erano tutti entusiasti della nascita di Dylan e molto sollevati che Reese stesse bene.

Tiny sentì Owl e Stone parlare dell'intoppo con la fornitura di carburante per l'elicottero e che se fosse ricapitato in futuro avrebbe potuto rivelarsi un grosso problema nel caso qualcuno avesse avuto bisogno di essere trasportato a causa di un infortunio o di un incendio.

Gli ci volle un attimo per rendersi conto che Ryleigh non stava mangiando. Stava giocherellando con il cibo nel piatto, muovendolo in giro. «Cosa c'è che non va?» le chiese sottovoce, così che sentisse solo lei.

Lo guardò. «Niente.»

Tiny strinse le labbra frustrato, ricordando a sé stesso che la sua riluttanza a parlargli non era una sorpresa. Si era comportato da stronzo per molto tempo, e solo perché si era scusato non poteva pretendere che lei si aprisse e gli raccontasse i suoi segreti più profondi e oscuri. Doveva dimostrarle che poteva fidarsi di lui, che non sarebbe tornato a essere lo stronzo di prima.

Aprì la bocca per dirglielo, quando sentirono del trambusto provenire dal bancone della reception.

Un uomo si era presentato dopo pranzo e Alaska era andata a occuparsi di lui. Non era sembrato esserci nulla di strano... ma ora il nuovo arrivato urlava e agitava le braccia.

Brick si stava già muovendo prima ancora che qualcuno se ne accorgesse, ma Tiny e tutti gli altri ragazzi si alzarono subito in piedi. Alcuni dei loro ospiti erano instabili a causa dei traumi subiti, e nessuno li giudicava per quello, ma non era comunque accettabile che quella rabbia venisse sfogata su Alaska, o sul personale o su un ospite del Rifugio.

«Non mi interessa quello che dice il vostro computer, io ho una prenotazione!» gridò l'uomo con il volto arrossato. «Vede? È scritto qui! Ecco perché ho stampato la conferma, le cose si incasinano sempre!»

«Mi dispiace, signore, ma non c'è traccia di quel numero di prenotazione nel sistema. Non deve essersi registrata» disse Alaska con tono calmo e deciso.

«Come può non essersi registrata se ho un cavolo di numero di prenotazione e una mail che mi informa sull'orario del check-in?»

Quell'uomo aveva ragione, ma al momento non gli interessava. Era più preoccupato per la rabbia che mostrava quel tizio. Mentre Brick girava intorno al bancone per andare da Alaska, Pipe fu il primo a raggiungere l'ospite, e senza usare mezze misure entrò nel suo spazio personale, costringendolo a fare qualche passo indietro rispetto alla reception.

«Troveremo una soluzione, ma devi rilassarti, amico» gli disse con fermezza.

«Non puoi dirmi...» Si interruppe bruscamente quando riuscì a guardare bene Pipe. Incuteva timore con tutti quei muscoli e tatuaggi, e al momento li stava usando a suo vantaggio. E probabilmente il tizio arrabbiato stava anche pensando che avrebbe fatto meglio a riflettere su ciò che stava per dire vedendo il resto dei proprietari del Rifugio avvicinarsi.

Brick spinse delicatamente Alaska dietro di sé, ma lei si rifiutò di indietreggiare completamente.

«Il signor Henderson ha un numero di prenotazione, ma non c'è traccia nel nostro sistema» disse inutilmente al suo fidanzato. «Non so come sia successo.»

«Abbiamo uno chalet disponibile?»

Lei si morse il labbro e arricciò il naso. «Siamo al completo per oggi. Domani sarà disponibile il quattro perché abbiamo avuto una cancellazione, ma stasera no.»

«Quello per gli amici e i familiari?» domandò Owl, che si trovava accanto a Tiny.

Alaska si prese un momento per considerare il suo suggerimento, poi spinse di lato Brick per raggiungere il computer. Cliccò sul mouse e digitò qualcosa, poi annuì.

«Si può fare» disse. Poi guardò l'ospite riprendendo il controllo della situazione, come se non fosse circondata da sei uomini molto protettivi. «Signore, non so come sia successo. Lo chalet che ha prenotato non è disponibile, e per oggi siamo al completo. Ma abbiamo libero uno chalet speciale riservato ad amici e familiari. È più piccolo di quello che ha prenotato, ma può rimanere lì stanotte, e domani si trasferirà nell'altro. Per scusarci dell'errore e dell'inconveniente, le faremo uno sconto del cinquanta per cento sul suo soggiorno, se può andarle bene.»

Tiny percepì lo stress nella voce di Alaska, anche se era professionale come sempre.

«Sì, direi che può andare bene. Ero davvero entusiasta di venire qui e non potevo credere alla mia fortuna quando sono riuscito a trovare disponibilità prenotando all'ultimo momento. Mi dispiace se... ehm... se sono stato troppo duro un attimo fa.»

«Non c'è problema» lo rassicurò Alaska.

«Posso vedere la mail di conferma?» chiese Ryleigh.

Tiny lanciò un'occhiata accanto a sé e la trovò lì. Non sapeva quando fosse arrivata al suo fianco, ma non era particolarmente entusiasta che fosse a poca distanza da un uomo potenzialmente pericoloso. Nove volte su dieci i loro ospiti erano educati e calmi, ma un episodio di disturbo post-traumatico da stress poteva verificarsi in qualsiasi momento, e l'ultima cosa che lui e i suoi amici volevano era che qualcuno venisse ferito.

Il signor Henderson scrollò le spalle e le porse il foglio che aveva stretto nel pugno. Lei lo prese, e Tiny le afferrò il gomito spostandola delicatamente di lato. Si lasciò portare dove lui voleva che andasse, con la mente occupata a esaminare la mail.

Tiny sentì Alaska parlare con l'uomo e notò vagamente alcuni dei suoi amici tornare ai tavoli e alla festa improvvisata per l'arrivo del bambino di Spike e Reese, ma la sua attenzione era rivolta a Ryleigh.

La vide aggrottare la fronte mentre leggeva la mail di conferma che il signor Henderson aveva ricevuto. Da quello che poteva vedere lui, sembrava regolare. C'era il logo del Rifugio in alto, e anche la firma sembrava autentica. Non aveva idea di come si potesse inviare per errore una conferma *senza* una prenotazione, ma sapeva che Ryleigh e Alaska lo avrebbero scoperto.

Owl si offrì di mostrare all'uomo dove si trovava il suo chalet per quella notte, e non appena lui e il signor Henderson si furono allontanati dalla scrivania, Alaska iniziò a parlare.

«Non so cosa sia andato storto. Non era mai successo prima. Non è possibile che abbia ottenuto quella conferma senza che il numero fosse generato dal nostro sistema. E se aveva un numero di conferma, dovrebbe essere sul programma!»

«Calma, Al, è tutto a posto» le disse Brick.

«È falsa» dichiarò Ryleigh con fermezza. Non parlò a voce alta, per non farsi sentire dagli altri ospiti che mangiavano nelle vicinanze, ma suonò completamente sicura della sua affermazione.

«Cosa? *Falsa*? Com'è possibile?» chiese Alaska confusa.

«Guardate... l'indirizzo e-mail è corretto, ma è stato contraffatto. Vedete la "a"? È diversa da quella del carattere predefinito che usiamo noi. Il nostro è un cerchio con una linea dritta tracciata sul lato destro. Ma questa è una *a* cirillica» spiegò, indicando l'indirizzo.

«Fa differenza?» domandò Brick.

«Assolutamente sì.»

«Ma... perché? *Come*?» domandò Alaska.

Tiny tenne lo sguardo fisso su Ryleigh, non aveva dubbi che lei sapesse cos'era successo.

Alaska prese il foglio e lo studiò. «Wow, è davvero fatta bene. L'immagine in alto, l'impaginazione, la firma... tutto è esattamente come quelle che inviamo noi.»

«Sono sicura che sia stato fatto di proposito» disse Ryleigh.

«Quindi il signor Henderson ha pagato davvero il soggiorno? Ma dov'è finito il suo pagamento?» chiese Brick.

Tiny sentì montare la rabbia a quella consapevolezza; qualcuno li stava derubando, aveva falsificato la mail di conferma e aveva preso i soldi dell'ospite. Non solo il Rifugio aveva perso il pagamento di quell'uomo, ma in sostanza gli avrebbero *offerto* il soggiorno, dato che gli avrebbero rimborsato metà del costo.

«Tiny?»

Si voltò e trovò Luna dietro di lui, con un'espressione preoccupata. Non l'aveva nemmeno sentita avvicinarsi, cosa per cui si rimproverò tra sé e sé. «Cosa c'è che non va?» le chiese.

«Papà sta avendo una crisi... credo... puoi venire in cucina a parlargli?»

Annuì e seguì Brick, dato che anche il suo amico stava andando nella stessa direzione. Non aveva idea di cosa stesse succedendo, ma il suo istinto gli diceva che era qualcosa di molto grave.

Quando entrarono si trovarono in mezzo al caos. La consegna settimanale dei prodotti alimentari era chiaramente arrivata mentre mangiavano e si occupavano del problema della prenotazione, ma sembrava fossero arrivati il doppio dei prodotti rispetto al solito. C'erano scatole di cibo su ogni superficie disponibile e Robert stava spuntando gli articoli borbottando parolacce.

«Cosa c'è che non va?» domandò Brick, interrompendo gli sproloqui dello chef.

«Tutto! Quest'ordine è tutto sbagliato!» esclamò. «Ho ordinato venti dozzine di uova e invece ne ho ricevute venti. In *totale*, non venti dozzine. Manca la farina. Mi hanno mandato cioccolato fondente invece delle gocce di cioccolato dolcificate. Se lo usassi nei miei biscotti, insorgereste contro di me. Al posto degli asparagi c'è il sedano e invece dei filetti di pesce hanno mandato dei bastoncini di pesce surgelati. E questa è solo la punta dell'iceberg di questo disastro! Qualcuno deve avermi fatto uno scherzo, vero? Non è divertente. Come diavolo posso pianificare i pasti di questa settimana se il mio ordine è così incasinato?»

La sensazione che dietro a tutto ciò ci fosse qualcosa di molto serio, qualcosa di molto più grande di un semplice ordine sbagliato, continuava a fargli rizzare i peli sulla nuca.

Brick aveva uno sguardo confuso. Luna se ne stava in disparte torcendosi le mani, senza sapere come calmare il padre arrabbiato. Poi un rumore alle sue spalle lo fece girare di scatto.

Era arrivata Ryleigh, aveva gli occhi spalancati e un'aria totalmente distrutta.

Tiny si mosse prima di rendersi conto di ciò che stava facendo, le si avvicinò come avrebbe fatto con un puledro ombroso. Lei stava fissando il cibo sparso per la cucina come se avrebbe potuto saltarle addosso e morderla.

«Ryleigh?» la chiamò, entrando nel suo campo visivo e bloccando Robert dalla sua vista.

Lei alzò lo sguardo, e l'espressione del suo volto lo fece quasi cadere in ginocchio. Sembrava persa. E talmente triste da fargli male al cuore.

«È tutta colpa mia. Sapevo che sarebbe successo, ma questo... non è per niente positivo.»

«Non è colpa tua. Probabilmente è stato un nuovo

dipendente a preparare l'ordine di Robert, e ha semplicemente fatto un pasticcio.»

Ma Ryleigh scosse la testa. «No, non è così. L'assicurazione di Tonka, la prenotazione, il carburante, il cibo... è stato lui.»

«Lui chi?» chiese Tiny con dolcezza. Avrebbe voluto prenderla tra le braccia per confortarla, ma dava l'impressione che si sarebbe rotta in mille pezzi se l'avesse toccata.

Il suo sguardo si schiarì lentamente... e Tiny poté vedere la determinazione trasformare il suo viso. «Dobbiamo parlare.»

«Va bene» replicò senza esitare, sollevato dal fatto che finalmente si sarebbe confidata con lui.

«Devono esserci tutti. I proprietari del Rifugio, intendo.»

Avrebbe voluto insistere perché dicesse prima a lui cosa la preoccupava. Ma se aveva bisogno che Brick e tutti gli altri fossero presenti per ascoltare qualsiasi cosa avesse da dire, non si sarebbe opposto. «Ok. Quando Spike tornerà da Albuquerque con Reese, ci riuniremo tutti e...»

Ma lei stava già scuotendo la testa. «No. Adesso. *Subito*, Tiny. Questa cosa non può aspettare.»

«D'accordo.»

«Di che cosa stiamo parlando?» chiese Brick.

Ryleigh si girò verso di lui. «So cosa sta succedendo. E purtroppo la situazione è destinata a peggiorare»

«Peggiorare?» Brick contrasse la mascella.

Lei annuì.

«Che ne dici se ci incontriamo nella sala conferenze? Vado a chiamare gli altri.»

Tiny voleva protestare. Ryleigh non aveva mangiato molto prima che fossero interrotti dall'ospite arrabbiato.

Ed era pallida. Ma Brick era già uscito dalla cucina per chiamare i loro amici.

Le mise una mano sulla schiena e la condusse fuori, lasciando Robert a borbottare sottovoce sulla consegna disastrosa.

Vide gli altri alzarsi dai tavoli e dirigersi verso la sala conferenze, proprio mentre lui seguiva Ryleigh all'interno, che non si sedette al grande tavolo, ma iniziò a camminare avanti e indietro.

Tiny si accomodò su una sedia, ma tenne lo sguardo fisso su di lei. La cosa non gli piaceva. Proprio per niente. Aveva la sensazione che, qualunque cosa fosse, non sarebbe stato in grado di risolverla facilmente. Non come faceva quando era un operatore delle forze speciali. Di sicuro non era qualcosa che si potesse risolvere con la forza bruta.

Non aveva dubbi che a nessuno sarebbe piaciuto ciò che Ryleigh stava per dire.

CAPITOLO SETTE

RY CAMMINAVA AVANTI E INDIETRO, scervellandosi per trovare le parole per spiegare tutto. Come avrebbe fatto a dire a quegli uomini, che si erano fatti il culo per portare al successo il Rifugio, che tutto ciò per cui avevano lavorato, probabilmente sarebbe stato a poco a poco distrutto.

Ammettere che il suo nome non era Ryan era stato *niente* in confronto a quello che stava per dire. L'avevano accettata, accolta nella loro famiglia del Rifugio, e ora doveva confessare di aver portato un nemico dritto alla loro porta.

Stone fu l'ultimo a entrare nella stanza. Si chiuse la porta alle spalle, e lo scatto della serratura sembrò esageratamente forte, andò al tavolo e si sedette. Ry alzò lo sguardo e vide sei paia di occhi puntati su di lei. Deglutì a fatica.

«Vieni a sederti» le disse Brick.

Ma lei scosse la testa. Non poteva. Si sentiva come se stesse per esplodere.

«Ry, vieni a sederti» le ordinò di nuovo con un tono basso, ovviamente aspettandosi che obbedisse.

«Sta bene dov'è» replicò Tiny. «Respira, Ryleigh. È tutto a posto. Sei al sicuro. Nessuno ti farà del male.»

«Certo che non le faremo del male, Tiny. Ma che diavolo?» ringhiò Owl.

«E non c'è posto più sicuro del Rifugio» aggiunse Pipe.

«Il Rifugio non è affatto più sicuro di qualsiasi altro posto al mondo» dissentì Tonka. «Il male sa trovare sempre il suo bersaglio, a prescindere da quanto ci si possa sentire protetti.»

Ry aveva letto i rapporti di ciò che era accaduto a Tonka e al suo compagno, oltre che ai loro cani. Era rimasta sconvolta e inorridita, e capiva perfettamente perché lui la pensasse così. Non era sorpresa che avesse capito che solo perché eri un letale soldato delle forze speciali, non significava che non fossi vulnerabile.

«Calmatevi tutti» ordinò Brick. «Ry, qualsiasi cosa tu dica non cambierà quello che proviamo per te. Ma se sai qualcosa di più su quello che sta succedendo qui, abbiamo bisogno di quelle informazioni.»

Lei annuì. Brick si sbagliava a pensare che quello che stava per dire non avrebbe cambiato le cose. Avrebbe cambiato *tutto*. Quegli uomini credevano di sapere cosa lei era capace di fare, ma non sapevano nulla. Avevano visto solo la punta dell'iceberg.

Smise di camminare e si girò verso il tavolo. «Ho scelto il Rifugio perché era fuori mano. Ho fatto delle ricerche su tutti voi e mi siete sembrati delle persone rispettabili. Quando sono arrivata qui ho capito subito che non mi ero sbagliata. Mi avete accolta, mi avete fatto innamorare di questo posto, anche se non sono una grande fan della vita all'aria aperta. Quando ho ammesso di aver mentito su chi ero e su come avevo ottenuto questo lavoro, non mi avete cacciata... quindi non saprete mai quanto mi dispiace di aver portato il male alla vostra porta.»

«Quale male?» chiese Stone con voce piatta.

«Mio padre.»

Quelle due parole sembrarono rieccheggiare nello spazio intorno a loro.

«Credo che tu debba tornare un po' indietro, cara» disse Pipe. «Comincia dall'inizio.»

Facendo un respiro profondo, Ry cercò di organizzare i suoi pensieri. Non sarebbe andata troppo indietro nel tempo, non avevano bisogno di sapere che inferno fosse stata la sua infanzia, ma doveva fornire loro un po' di contesto per far capire la minaccia che incombeva ora sul Rifugio. Per assicurarsi che sapessero che non stava minimizzando il problema.

«Mio padre è Harold Lodge.»

Quando nessuno mostrò di riconoscere il nome, lei sospirò. Aveva sperato che sapessero chi era, solo per accelerare i tempi.

«Questo nome dovrebbe significare qualcosa per noi?» chiese Stone.

«È sulla lista dei più ricercati dall'FBI. Ha rubato milioni di dollari. E mi odia molto di più di quanto ami i soldi. Niente gli farebbe più piacere che vedermi morta.»

Pronunciare per la prima volta quelle parole ad alta voce, le fece quasi venire le vertigini.

Aveva trascorso gran parte della sua infanzia cercando di compiacerlo, di ottenere anche solo un briciolo del suo amore e del suo affetto. Ma lui non amava altro che i soldi. Non ne aveva mai abbastanza. Solo dopo essere scappata si *era* resa conto che lui la odiava, che l'aveva tollerata solo perché era stata utile. Ma aver ammesso ad alta voce che suo padre non la sopportava... faceva male. La fece tornare a quando aveva otto anni e cercava disperatamente di compiacerlo solo perché lui le sorridesse invece di rimproverarla.

«Respira, tesoro.»

Ry non si era nemmeno accorta di essersi accasciata contro il muro e di star praticamente ansimando. Si lasciò condurre al tavolo da Tiny, che la fece accomodare su una sedia. Pochi minuti prima non riusciva nemmeno a pensare di sedersi, ma ora era grata di averlo fatto. Non credeva di poter stare in piedi con le proprie forze.

«Quindi, tuo padre è questo Harold Lodge e ti odia. Cosa c'entra con il Rifugio?» le chiese Tiny, che aveva girato la sedia e si era accucciato davanti a lei, come aveva fatto un paio di giorni prima nello chalet.

Guardare i suoi occhi turchesi la calmava. Erano qualcosa di familiare in un mondo che improvvisamente era stato gettato nel caos. Sapeva che sarebbe successo, che aveva sbagliato e che suo padre l'aveva trovata, ma non aveva capito quanto subdole sarebbero state le sue macchinazioni.

«Quando sono andata via di casa, noi... non eravamo in buoni rapporti. Lo odiavo perché era un bastardo. Perché aveva rubato soldi alla gente. Non era contento che me ne fossi andata. In realtà, ha giurato che me l'avrebbe fatta pagare.»

«Quanti anni avevi quando sei andata via?» chiese Owl.

Ry sussultò, era stata talmente concentrata su Tiny, da aver quasi dimenticato che gli altri erano nella stanza. Lanciò uno sguardo verso l'altro uomo, ma Tiny le mise un dito sul mento e la costrinse dolcemente a riportare lo sguardo su di lui.

«Guarda me, tesoro, solo me. Quanti anni avevi quando te ne sei andata?» chiese, ripetendo la domanda del suo amico.

Non aveva problemi a guardare solo lui. In qualche modo rendeva tutto meno doloroso. Era strano che quell'uomo che l'aveva trattata male, intimidita, che aveva diffidato di lei a tal punto da toglierle il computer di notte per evitare che si collegasse di nascosto e facesse qualcosa di losco, fosse ora la sua ancora di salvezza.

«Ventuno.»

Tiny sembrò sorpreso. «Ora quanti ne hai, trentuno?»

Lei annuì.

«Quindi ti sta cercando da dieci anni? È un sacco di tempo.»

Annuì di nuovo. «E ora mi ha trovata.»

«Come?»

«Come cosa?»

«Come ha fatto a trovarti?»

«Ho combinato un casino.»

«Ne dubito seriamente» le disse Tiny dolcezza.

«È vero. Ho usato una connessione non protetta.»

«Quando?» Fu Pipe a chiederlo.

«È successo quando stavamo cercando Owl, Stone e Lara. Brick ha voluto che facessi ciò che so fare. Eravamo qui, in questa stanza. Mi ha dato il suo portatile. Sapevo bene che non avrei dovuto usarlo, che una volta aperta la più piccola finestra avrebbe potuto trovarmi... ma eravate tutti così sconvolti e arrabbiati... così ho usato il suo computer invece di andare a prendere il mio con cui avrei avuto una connessione sicura.»

«Merda» imprecò Brick a voce bassa. «Non ti ho *dato* il mio portatile. Te l'ho spinto addosso. Ti ho urlato contro. Ti ho trattata di merda finché non hai fatto quello che volevo. *Cazzo!*»

Ry non sapeva cosa dire per tranquillizzarlo. Non aveva torto, si *era* comportato proprio così. Lei avrebbe dovuto comunque insistere per andare a prendere il proprio. Ma aveva ceduto sotto la forza del suo disappunto. Le aveva ricordato tanto suo padre, quando aveva usato l'intimidazione per ottenere ciò che voleva.

Deglutì, rifiutandosi di guardare Brick. Fissare gli occhi di Tiny era più sicuro.

«Scusa, ma continuo a non capire come questo abbia potuto permettere a tuo padre di trovarti» le disse con calma. Il suo tono era così diverso da quello del suo amico, e le diede il coraggio di continuare.

«Sul mio computer ho installato strati su strati di crittografia. L'IP non può essere rintracciato, non senza un certo impegno e una certa abilità. Faccio rimbalzare i segnali su indirizzi IP di tutto il Paese, e anche alcuni al di fuori.»

«Invece la nostra connessione qui non è così sicura» disse Tiny, comprendendo.

Ry annuì. «Ma c'è di più. Mio padre mi ha insegnato tutto quello che sapeva, quindi conosce i miei schemi. Sa come "appaio" quando sono online. È difficile da spiegare, ma è come una firma. Il modo in cui faccio le ricerche, le parole che sbaglio, i siti che uso... conosce la mia traccia digitale quanto conosce la sua. Probabilmente ha impostato degli avvisi che gli notificano quando compare uno dei miei schemi. Quindi, quando sono andata online usando il computer di Brick, lui è stato avvisato. Non dev'essergli stato difficile risalire al Rifugio.»

«È successo mesi fa. Perché ti sta tormentando adesso?» chiese Tonka.

A quello, Ry girò la testa, ma sentì la mano di Tiny sulla sua coscia, che la sosteneva. E ciò le diede il coraggio di rispondere. «Non sta tormentando me. Ma voi» disse quasi con tristezza.

«Perché?» domandò Brick.

«Ha aspettato mesi per fare una mossa perché ha studiato il Rifugio, imparando il più possibile. Probabilmente ha indagato sul passato di ognuno di voi, delle vostre mogli e di tutte le vostre famiglie. Non mi sorprenderebbe se avesse hackerato le telecamere. Ormai sa quanto mi piace questo posto... altrimenti non sarei rimasta molto a lungo. Sa che mi sono fatta degli amici. Quindi farà di tutto per rovinare le cose che ho iniziato ad amare... solo perché può farlo.»

«Ryleigh.»

Si voltò di nuovo a guardare Tiny.

«Non rovinerà nulla.»

«Non lo conosci. Il problema dell'assicurazione di Tonka, quello del carburante, della consegna del cibo, l'uomo arrabbiato alla reception... è solo l'inizio. Continuerà a creare problemi al Rifugio. Farà piccole cose che potrebbero essere archiviate come errori di persone che non fanno bene il loro lavoro o come guasti elettronici. Ma non lo sono. È tutta opera sua.»

«Ora che sai cosa sta facendo, puoi fermarlo?»

Ry esitò.

Tiny interpretò il suo silenzio come un'incertezza. «Sei un genio dell'informatica. Persino Tex ha ammesso che quello che sai fare è a dir poco superlativo. Che sei meglio di lui. Se c'è qualcuno che può fermare tuo padre, quella sei tu.»

La sua fiducia in lei le diede una sensazione incredibile, ma scosse lentamente la testa. «Non posso fermarlo completamente. Cioè, posso limitare alcune cose, ma non posso controllare chiunque. I computer sono usati da tutti, ovunque. Posso mettere in sicurezza le comunicazioni qui al Rifugio, ma non posso farlo con quelle del negozio di alimentari, delle persone che consegnano il carburante o con specifici telefoni cellulari. Ci saranno sempre modi da poter usare per metterci in difficoltà.»

«Allora cosa facciamo?» domandò Pipe.

Ry chiuse gli occhi. «Avrei dovuto andarmene appena ho combinato il guaio, in modo da allontanarlo da qui.»

Tiny strinse la mano sulla sua coscia. «No.»

Fu tutto ciò che disse. Una sola parola.

Riaprì gli occhi e vide che la stava fissando intensamente.

«Se te ne fossi andata, ci avrebbe lasciati in pace?»

Voleva mentire. Dirgli che sì, se non fosse stata lì suo padre sarebbe andato a cercarla, ma sarebbe stata una bugia. E anche se in realtà non aveva promesso di non mentirgli più, lui l'aveva pregata di non farlo. «Probabilmente no» sussurrò. «In dieci anni non ha mai saputo dov'ero e questa è l'unica pista che ha. Non avrebbe lasciato in pace il Rifugio.»

«Giusto. Quindi adesso dobbiamo capire cosa fare» sostenne Stone con fermezza.

Tutti rimasero in silenzio, a riflettere.

«Gli parlerò» disse Ry, anche se era l'ultima cosa che voleva fare.

«Per dirgli cosa? Di smettere? Non credo che funzione-rebbe» replicò Owl in tono piatto.

Non aveva torto.

«La cosa che non capisco è perché voglia così tanto trovarti» rifletté Brick. «Ti ha trovata... e ora che fa? Ti tormenta finché non scompari di nuovo? Non ha senso.»

Era il momento. Aveva provato a evitare di parlarne da quando aveva iniziato ad aprirsi. Fece un respiro profondo e si girò a guardare gli uomini. Sorprendentemente, nessuno di loro la stava fissando male. Al contrario, nelle loro espressioni c'era preoccupazione. Per lei.

«Ho qualcosa che lui vuole» ammise.

«Cosa?» chiese Pipe.

«Soldi. Quando me ne sono andata... ho svuotato i suoi conti. Ho preso tutti i soldi che aveva rubato per anni. Ho inviato una valanga di dati all'FBI e ho fornito loro tutte le informazioni necessarie per perseguirlo. Dove li ha rubati, quando e quanti. Non solo vuole vendicarsi di me per questo, ma vuole anche riavere i suoi soldi.»

«Di quanto stiamo parlando?» chiese Brick.

Quello era ciò che aveva temuto. Incontrò il suo sguardo, e cercò di non fare una smorfia mentre diceva: «Dieci milioni di dollari.»

«Porca puttana!»

«*Cazzo.*»

«Porca miseria!»

Le esclamazioni intorno a lei si susseguirono veloci e con foga, ma Ry non interruppe il contatto visivo con Brick.

«E immagino che non basterà che tu glieli restituisca per farlo desistere.»

«Non posso restituirli perché non li ho più.»

«Li hai spesi?»

Ry trasalì alla domanda di Tonka. Non sembrava arrabbiato, ma si sentì comunque giudicata. «I dieci milioni originali, sì. E anche qualcosa in più. Be', non li ho spesi, di per sé. Li ho dati via.»

«Aspetta, aspetta, aspetta. I dieci milioni *originali*? E li hai *dati via*?» chiese Brick.

Annuì. «È passato un decennio da quando me la sono filata, e da allora quel denaro rubato ha maturato interessi... e forse ho fatto qualche investimento saggio.»

«Ok, allora quanti sono con gli interessi?»

Ry lanciò un'occhiata a Pipe. «Trenta.»

«*Milioni*?» chiese per chiarezza.

«Mm-mm.»

«E nei hai dati via almeno dieci?» chiese Tonka sconcertato.

«Sì.» Sollevò leggermente il mento. «Più di venti, in realtà.» Si vergognava del suo passato, delle cose che aveva fatto, delle persone che aveva derubato, ma aveva lavorato sodo per espiare i suoi peccati. Per risarcire dieci volte tanto chi era stato derubato.

«A chi?» domandò Owl.

«Alle associazioni umanitarie, ai rifugi per animali, quelli che non li sopprimono, ai centri di addestramento delle unità cinofile, alla GLAAD, l'organizzazione no profit di attivismo LGBT, alla Fondazione Americana per la Prevenzione del Suicidio, alle caserme dei pompieri volontari, alle prigioni, alle organizzazioni di veterani, tipo la Fondazione Gary Sinise, a quelle per i diritti delle donne, a Make-A-Wish, agli orfanotrofi, al St. Jude e altri ospedali, ai centri per i senzatetto, a quelli per i tossicodipendenti, alle case di riabilitazione, alle organizzazioni per preservare i cavalli selvaggi, alla Croce Rossa, alle mense alimentari, a Medici senza frontiere, al fondo legale della NAACP, l'associazione nazionale per l'affermazione dei diritti delle persone di colore, alla Helen Keller International, ai Boys and Girls club, alla ricerca sul cancro al seno, al Toys for Tots, alla Ronald McDonald House, alla ACLU, l'organizzazione per i diritti civili e le libertà individuali, alla National Audubon Society, l'organizzazione per la conservazione della natura, alla Christopher & Dana Reeve Foundation, alla RAINN, la rete nazionale contro lo stupro, l'abuso e l'incesto, al programma 4H per i bambini... per citarne alcuni.»

Ry non batté ciglio per la sorpresa sul volto di Owl.

«Wow.»

Non sapeva chi l'aveva detto, ma non interruppe il contatto visivo con lui.

«Ok, allora, va bene.»

«Aspetta... per caso hai donato dei soldi al Rifugio?» chiese Brick.

Ry lo guardò, ma non rispose alla sua domanda.

«L'hai fatto. Merda, Ry, non è giusto.»

«Perché? State facendo cose straordinarie qui. Tante persone hanno beneficiato di ciò che avete costruito.»

Brick sembrò turbato, e lei aveva la sensazione che volesse insistere perché si riprendesse tutti i soldi, ma non sarebbe successo. E non avrebbe mai ammesso *quanto* aveva donato. Il programma in esecuzione sul suo computer, che inviava regolarmente denaro attraverso il pulsante di donazione che Alaska aveva aggiunto al sito web, avrebbe continuato a fare il suo dovere finché il conto da cui proveniva non si fosse esaurito. Cosa che non sarebbe accaduta tanto presto. Inoltre, quei soldi non potevano essere ricondotti a lei. Se ne era assicurata totalmente.

«Quanti ne sono rimasti?» domandò Pipe.

«Circa otto milioni» rispose. Erano comunque ancora un sacco di soldi e si era fatta in quattro per sbarazzarsene, ma sembrava che non appena li donava, ne guadagnasse altri.

«Bene, quindi... questo Harold vuole i suoi soldi, che non avrà. Sta facendo del suo meglio per creare scompiglio al Rifugio finché Ry non farà, cosa?» chiese Stone.

«Non si tratta di me. Cioè, sì, ma anche no. Il suo obiettivo è distruggere il Rifugio. Per vendicarsi dell'aiuto che mi avete dato, per rendervi impossibile lavorare con i fornitori o anche solo mandarlo avanti» disse Ry con tristezza.

«Puoi trovarlo?» domandò Tonka. «Se è ricercato dall'FBI, non puoi rintracciarlo e consegnarlo così ce lo togliamo dalle scatole?»

«Forse» rispose. «Ma ne dubito. È bravo. Non quanto me, ma credo che stia monitorando le linee di informazione e le mail dell'FBI. Se dovessi dire loro dove si trova, se ne andrà prima che arrivino.»

«Anche se riuscissimo a farti incontrare di persona con qualcuno dell'FBI?» chiese Brick.

«Siete in grado di farlo?»

«Conosciamo gente che ha dei contatti che possono farlo.»

«Be'... penso che ci farebbe comodo tutto l'aiuto possibile, ma l'FBI sa di cosa è capace mio padre. Conosce le sue abilità. Qualunque sistema potremmo usare per *comunicare* con qualcuno, anche farlo di persona... è possibile che abbia modo di sapere se stiamo progettando qualcosa.»

«Ci dev'essere qualcosa che possiamo fare» disse Owl. «Non sono pronto a vedere questo posto fallire.»

«Preparare una trappola?» suggerì Brick.

«Tipo?» domandò Tiny. «Se si tratta di mettere in pericolo Ryleigh, la risposta è no.»

«No, non suggerirei mai una cosa del genere» ribatté lui. «Ma se lei gli dicesse, attraverso i canali elettronici, che non vuole più nascondersi, che ha smesso di scappare, che vuole restituirgli i soldi e chiudere con lui una volta per tutte?»

«Ma sono rimasti solo circa otto milioni» gli fece notare Ry.

«Lui lo sa?»

Scosse la testa. «No. Li ho nascosti. Cioè, proprio occultati bene. È impossibile che lui possa accedervi o trovarli.»

«Ok. Allora digli che vuoi restituirglieli così siete pari. Troviamo un modo per tendergli una trappola... magari facendo in modo che debba andare in banca e firmare di persona prima che il trasferimento vada a buon fine. E facciamo intervenire l'FBI quando si presenta.»

Ry trattenne il respiro. Non era sicura che avrebbe funzionato. Anzi, era quasi certa del contrario dato che suo padre era ancora più paranoico di lei, ma a quel punto era disposta a provare praticamente tutto. Anche a parlare con l'uomo con cui si era ripromessa di non farlo mai più.

«Che cosa gli impedirà di fregarci lo stesso?» domandò Owl.

«Niente» rispose Brick con un'alzata di spalle. «Ma forse solo aprire una via di comunicazione distoglierà la sua attenzione dal distruggere ciò che abbiamo costruito, almeno per un po'. Ry, puoi blindare la connessione del Rifugio? Renderla sicura? Come hai già detto, questo non impedirà a tuo padre di creare problemi come quelli di stamattina, tipo concedere prenotazioni quando non ci sono chalet disponibili o incasinare i nostri ordini, ma chiamerò Tex e gli chiederò di metterci in contatto con una delle sue conoscenze all'FBI. Userò un telefono usa e getta, per rendere più difficile a tuo padre rintracciare e capire chi sto chiamando.»

«Ok, posso farlo. Potrei impiegare un paio di giorni, e poi la connessione a internet potrebbe richiedere qualche passaggio in più ... sia per voi sia per gli ospiti» li avvertì.

«Non è un problema. Diremo che è per la loro sicurezza. Se qualcuno si lamenta, l'altra opzione sarà quella di non accedere più alla rete mentre sono qui» disse Brick, senza mostrare alcuna preoccupazione. «Ry, ho bisogno che tu capisca bene una cosa» proseguì. «*Non* è colpa tua, ma di tuo padre. Un uomo che ha rubato milioni di dollari che non gli appartenevano e che ora sta facendo i capricci perché non può spenderli. Capito?»

Lei annuì, anche se Brick aveva completamente torto. *Lei* aveva preso la decisione di andare lì. Non avrebbe dovuto rimanere così a lungo. Ma l'attrattiva dell'amicizia che le avevano offerto così spontaneamente, era stata troppo allettante da resistere. Soprattutto perché era qualcosa che non aveva mai sperimentato prima.

Suo padre non avrebbe accettato l'offerta di chiudere il rapporto con lei in cambio della restituzione del denaro. Sì, avrebbe preso i soldi, ma la rabbia che provava nei suoi confronti era troppo radicata perché lui potesse semplicemente sparire nel tramonto. Avrebbe fatto di tutto per farla fuori, perché entrambi sapevano che era lei l'hacker migliore, e che avrebbe potuto ribaltare la situazione e rubargli tutto una seconda volta.

No, l'unico modo che lui aveva per assicurarsi che non potesse fregarlo di nuovo era sbarazzarsi di lei una volta per tutte.

Non ne avrebbe parlato con quegli uomini, perché era abbastanza sicura che ciò li avrebbe mandati fuori di testa. Avrebbero chiuso il Rifugio più in fretta di un battito di ciglia. Avrebbero cancellato tutte le prenotazioni e reso il posto una fortezza. E ciò era inaccettabile. Sarebbe stato qualcosa che andava contro tutto ciò che quel posto rappresentava; la serenità della foresta, la fuga dai mali del mondo per coloro che ne avevano disperatamente bisogno. La sicurezza di quel luogo sarebbe stata rovinata per sempre, la reputazione del Rifugio macchiata, e lei non voleva esserne la causa.

Ry non voleva morire, soprattutto ora che aveva finalmente trovato un posto a cui si sentiva di appartenere e degli amici che sembravano apprezzarla esattamente per quello che era: una hacker informatica nerd. E soprattutto ora che le cose tra lei e Tiny stavano finalmente iniziando a sistemarsi. Non aveva idea di cosa sarebbe potuto accadere tra loro in futuro, ma voleva scoprirlo.

«Va bene. Ry renderà sicura la nostra connessione, ma dobbiamo tutti tenere appunti scritti a mano per il prossimo futuro. Chiamate i fornitori e le persone con cui lavorate di solito, dite loro che abbiamo subito un attacco hacker e che per un po' dovranno verificare le consegne per telefono, per sicurezza. State all'erta. Come ha detto Ry, le cose potrebbero peggiorare ancora prima che riusciamo a contenerle. Capito?»

Brick era un ottimo leader. Capiva perché aveva ricevuto tanti riconoscimenti quando era un Navy SEAL.

«Io chiamo Tex e vedo cosa può fare per aiutare dalla East Coast. Nel frattempo, Ry, sempre se non ti mette in pericolo, vedi se puoi contattare tuo padre. Apri una via di comunicazione. Tienilo occupato finché non riusciamo a fargli penzolare davanti l'esca del denaro. Vogliamo attirarlo in una trappola, e non possiamo farlo se si rifiuta di parlare con te.»

«Va bene» concordò. L'ultima cosa che voleva era comunicare con quell'uomo, ma l'avrebbe fatto se avesse significato tenere al sicuro il Rifugio e tutte le persone presenti nella proprietà.

Si alzò in piedi come gli altri, e Tiny fece un passo indietro per dare la possibilità ai suoi amici di avvicinarsi a lei. Con sua sorpresa, la abbracciarono tutti. Forte. Le dissero che erano dalla sua parte, le ordinarono di non preoccuparsi, promettendole che avrebbero risolto la situazione insieme.

Era sopraffatta.

Non si era aspettata che le gridassero contro e la cacciassero dalla proprietà, ma non aveva nemmeno pensato che sarebbero stati al cento per cento dalla sua parte.

Brick fu l'ultimo ad avvicinarsi, mentre Tiny rimase dietro di lei con fare protettivo, le mise le mani sulle spalle e la guardò a lungo negli occhi. Poi la scioccò chiedendole scusa.

«Mi dispiace di aver fatto lo stronzo quel giorno. Ero preoccupato per i miei amici e non avevo idea di cosa fare per trovarli. Quando ho capito che tu potevi rintracciarli, sono diventato impaziente. Avrei dovuto capire che una persona con le tue capacità avrebbe voluto usare il proprio computer.»

Ma Ry scosse la testa. «No, capisco. Avrei fatto la stessa cosa.»

«No, non è vero» ribatté con un piccolo sorriso. «Ti saresti assicurata che la tua connessione fosse protetta e poi avresti fatto le tue cose. Ci sarebbero voluti al massimo cinque minuti per andare a prendere il tuo portatile e, alla fine, niente di quello che abbiamo scoperto ha fatto la differenza. Lara stava già andando alla grande pilotando da sola un elicottero per scappare da quell'isola. Voglio solo che tu sappia che *non sei* sacrificabile. Né ora né mai. Tuo padre è un bastardo, ma questo non ti rende uguale per associazione.»

Ry avrebbe voluto piangere. Si stava comportando in modo così gentile. E forse non era una bastarda per associazione, ma di sicuro non era nemmeno innocente. Il percorso per arrivare al punto in cui si trovavano quel giorno era stato lungo e tortuoso, ma per anni aveva fatto ciecamente ciò che le veniva detto, invece di fare quello che sapeva essere giusto.

Lui l'abbracciò, tenendola stretta a lungo, poi disse: «Alaska vorrà che tu dia un'occhiata al sistema di prenotazione. Sa che quella del signor Henderson era falsa, ma penserà comunque di aver fatto qualcosa di sbagliato. Ti sarei grato se potessi rassicurarla.»

«Certo» acconsentì. «Vado subito.»

«Grazie.» Brick le prese il viso tra le mani e la avvicinò delicatamente. La baciò sopra la testa poi annuì a Tiny e si avviò verso la porta.

Il piccolo ringhio contrariato di Tiny la sorprese, e

quando si voltò verso di lui l'espressione irritata sul suo volto era evidente. «Cosa c'è che non va?» gli chiese.

«Non mi piacciono le sue labbra su di te» rispose.

Ry non riuscì a non ridere. Fu più una risatina sciogli tensione che vero e proprio divertimento, ma lui era ridicolo. «È follemente innamorato di Alaska.»

«Quindi?» le domandò, con un po' di aggressività.

Lei gli mise una mano sul braccio. «Sai, non ricordo che mio padre mi abbia mai baciata.» Non sapeva da dove arrivassero quelle parole, voleva solo rassicurarlo. «Non mi ha mai abbracciata. Non mi ha mai dato un bacio sulla "bua" per farmi sentire meglio. Non che mi sia mai fatta male, perché non mi era permesso giocare all'aperto, e in casa mi teneva davanti a un computer per insegnarmi a navigare nelle acque torbide del dark web. Comunque... ciò che ha fatto Brick è stato bello, ma come un bacio paterno. Non mi ha fatta fremere dappertutto, ma mi ha dato una sensazione piacevole, come essere avvolta da una coperta calda.»

Si sentì subito stupida per quella spiegazione patetica. Inoltre, parlare di quanto le fosse piaciuto il gesto platonico di Brick probabilmente non era la cosa migliore da fare quando Tiny era irritato per qualche motivo.

Ma con suo grande sollievo, la sua espressione si schiarì. Poi la prese e la attirò vicino a sé, e lei ci andò senza esitare. Le mise una mano sulla nuca e la incoraggiò ad appoggiarsi alla sua spalla. Lo fece, inspirando profondamente, amando il modo in cui il suo profumo sembrava penetrarle nelle ossa. Nella mente.

«Fremere dappertutto?» le chiese dopo un minuto. «Ti è mai successo?»

Ry annuì senza pensarci.

Sentì uno strattone ai capelli e capì che Tiny si era

avvolto le ciocche nel pugno e le stava tirando indietro la testa per poterle vedere gli occhi.

«Quando?»

«Quando *tu* mi hai baciato la testa» ammise in un sussurro.

«Ah, sì?» le chiese con un piccolo sorriso. «Così?» Si chinò e premette le labbra sulla sua testa, come aveva fatto la volta a cui lei si riferiva.

Un brivido le attraversò il corpo. «Mm-mm.»

«O forse così» disse, prima di spostarsi sulla guancia. Poi sul naso.

Infine le sfiorò le labbra.

Fremiti? No. Più che altro furono delle vere e proprie scariche elettriche. Lo fissò con stupore. All'improvviso si pentì profondamente della sua mancanza di esperienza. Non se ne vergognava, ma avrebbe voluto saperne di più per fargli provare anche solo un briciolo di quello che aveva provato lei.

«Sei mai stata baciata, Ryleigh?»

Non percepì sorpresa o scherno nella sua domanda, così scosse la testa. Quando lui non si mosse, si accigliò. «È una cosa brutta?»

«No, per niente. Da un lato sono deluso, perché significa che non posso baciarti come vorrei in questo momento. Questa stanza non è abbastanza riservata e i nostri amici sono tutti dei ficcanaso.»

Il suo cervello andò in confusione. «Vuoi baciarmi?»

«Decisamente. E tu? Lo vuoi?»

«Oh, sì» sussurrò.

«Dall'altro lato» proseguì, «non posso fare a meno di sentirmi sopraffatto dalla gratitudine e dal piacere di poter essere il primo a mostrarti come possa mandarti in estasi, farti desiderare di più e aiutarti a dimenticare tutto tranne me, un bacio dato come si deve.»

Ry sorrise a quell'affermazione. «Sei piuttosto sicuro di te.»

Lui non ricambiò il sorriso, limitandosi a fissarla con uno sguardo intenso. «Per i fremiti non so cosa dirti, ma quello che ho provato quando ho posato le labbra sulle tue è stato al livello di una bomba nucleare. Non ho mai sentito con un'altra donna la connessione che sento con te in questo momento, semplicemente tenendoti tra le braccia.»

Il sorriso di Ry si spense. «Non molto tempo fa mi odiavi» gli ricordò.

«Non ti ho mai odiata» ribatté. «Ero confuso. Il legame che abbiamo è intenso, e quando ho scoperto che avevi mentito, sono ripiombato nel mio passato. Non riuscivo a smettere di pensare a Sonja e a come mi aveva ingannato. Ho perso fiducia in me stesso, nella mia capacità di osservazione e di vedere le persone per quello che sono. Ti ho giudicata ingiustamente e non avevo il diritto di farlo, ma sono tornato in me.»

«Perché? Come?»

«Vuoi davvero saperlo?»

Ry annuì.

«La sera del baby shower, alla fine ti ho "ascoltata". Quando mi hai detto che eri terrorizzata, ho visto la paura nei tuoi occhi. Non lo capivo, ma finalmente mi sono preso il tempo di guardarti di nuovo, di guardarti *davvero*, e ho compreso che mi ero sempre sbagliato su di te. Poi è bastato usare il cervello per pensare alle cose che hai fatto da quando sei qui, e cioè nulla che avrebbe potuto ferire qualcun altro, anche minimamente. Tutto ciò che fai, con il computer o meno, è fatto con le migliori intenzioni. Il mio passato mi ha annebbiato la vista per un po', ma ora vedo meglio che mai. *Ti vedo*, Ryleigh. E mi piace ciò che ho davanti.»

Ry chiuse gli occhi. Si sentiva vulnerabile in quel momento. Qualcuno si era mai preoccupato di concederle un altro sguardo? Non che ricordasse. Non le piaceva molto che Tiny potesse leggere le sue emozioni così facilmente, ma era anche una consapevolezza in un certo senso confortante. Non doveva più nascondersi da lui, bastava che la guardasse per sapere cosa pensava, cosa sentiva.

Dimostrò quel punto quando disse: «Sebbene apprezzi che tu ti sia aperta con me e con i miei amici, c'è dell'altro che non mi stai dicendo. C'è qualcosa di più del fatto che tuo padre voglia semplicemente dei soldi. Non è così?»

Avrebbe voluto negare. Ignorare del tutto la sua domanda. Ma si sentiva troppo provata. Troppo esposta. Aprì gli occhi e annuì.

«Ok. Ne parleremo più tardi... se te la senti. Ma devo dirti una cosa e ho bisogno che mi ascolti.» Aspettò che lei annuisse prima di continuare. «Non dovrai mai metterti in pericolo per catturare tuo padre. Capito? Io e i miei amici abbiamo affrontato delle esperienze terribili, qualcuno che crea problemi al Rifugio non ci distruggerà. Davvero, non succederà. In un modo o nell'altro supereremo questa situazione, ma non a tue spese.»

Le sfuggì una lacrima, e Tiny la scioccò ancora una volta chinandosi e asciugandola con un bacio. «Dimmi che hai capito e che sei d'accordo» le ordinò.

«Ok.»

«Dillo, Ryleigh. Voglio sentirlo. Ti ho chiesto di non mentirmi, e se ti permetto di essere ambigua con questa cosa, sosterrai di non aver detto una bugia quando farai qualcosa di pericoloso... tipo fare da esca.»

Non riuscì a non sorridere a quell'affermazione. Sembrava che le capacità di osservazione di Tiny non lo avessero tradito, dopotutto. «Ho capito e sono d'accordo.»

«Grazie.»

Tuttavia... non poté fare a meno di pensare a ciò che lui aveva detto sul... fare da esca.

Non era una cattiva idea.

Sì, suo padre voleva indietro i soldi, ma voleva anche *lei*.

Sapeva già che il debole piano di Brick non avrebbe mai funzionato. Usando il suo portatile le ci sarebbero voluti letteralmente pochi minuti per trasferire il denaro su un conto sicuro per suo padre, cosa che lui sapeva. Non avrebbe avuto bisogno di andare in banca, non avrebbe dovuto firmare nulla. Ma, soprattutto, suo padre era troppo paranoico per non pensare che ci sarebbe stato l'edificio pieno di forze dell'ordine ad aspettarlo.

Però voleva disperatamente mettere le mani su di lei. Per farle pagare il fatto di averlo abbandonato. Per aver osato derubarlo. Ry aveva visto i commenti che lui aveva lasciato sul dark web, dove sapeva che li avrebbe visti. La voleva morta. Quello era l'unico modo per porre veramente fine alla minaccia contro il suo stile di vita.

Se fosse riuscita ad attirarlo da qualche parte usando come esca non il denaro, ma sé stessa, e a farlo catturare dalle autorità, il mondo sarebbe stato un posto più sicuro.

«Andiamo, vedo la tua mente scervellarsi per chissà cosa. Alaska ha bisogno delle tue rassicurazioni, devi mangiare qualcosa, poi torneremo allo chalet così potrai iniziare a mettere in sicurezza tutto quello che puoi. D'accordo?»

«Ok.» Era più che ok. Soprattutto la parte relativa al ritorno allo chalet. Ry era stata un'introversa per tutta la vita, e sebbene le piacesse aiutare al Rifugio e adorasse sinceramente le persone che vivevano e lavoravano lì, era sempre grata del tempo passato da sola.

Quando Tiny la condusse fuori dalla sala conferenze, si sentì più leggera di quanto non fosse stata da molto tempo. La minaccia di suo padre era più pericolosa che mai, ma lei si era aperta con i ragazzi e loro non l'avevano respinta, non l'avevano guardata con disgusto o con disprezzo per aver portato quel pericolo da loro. Ma avrebbe fatto ciò che doveva per risolvere la situazione.

C'erano così tante cose di cui essere felici in quel momento: le nascite recenti, i bambini di Lara e Maisy in arrivo presto, il figlio adottivo di Cora e Pipe, l'elicottero, il fatto che tutti fossero sani e innamorati...

Sì. Il Rifugio era un luogo di felicità. Non meritava quella nuvola di malvagità che vi aleggiava sopra. Avrebbe sistemato tutto. Dopo pranzo.

CAPITOLO OTTO

Una settimana più tardi, Tiny era terribilmente frustrato, ma stava facendo del suo meglio per nasconderlo a Ryleigh, che era già stressata al massimo.

Al Rifugio continuavano a succedere cose strane, ma niente che le autorità avrebbero considerato intenzionali. Lui e gli altri, però, non avevano dubbi che lo fossero.

Il fieno era arrivato ammuffito, all'improvviso erano comparse una serie di recensioni negative sul sito, i pagamenti ai fornitori non andavano a buon fine, la spazzatura non veniva raccolta perché era stato cancellato il servizio. Sapevano tutti che era opera di Harold Lodge, ma la cosa frustrante era che non potevano dimostrarlo. Aveva coperto troppo bene le sue tracce elettroniche.

Ma l'avvenimento più allarmante si era verificato quella mattina presto.

Il lodge era stato circondato da membri della SWAT, che avevano fatto irruzione nell'edificio chiedendo a tutti di alzare le mani.

Il Rifugio era stato vittima di una falsa segnalazione.

Qualcuno aveva chiamato il dipartimento di Los Alamos, insistendo che al lodge le persone erano in pericolo perché c'era un uomo armato pronto a fare una strage.

Era stato terribile, e alcuni ospiti avevano dovuto essere gestiti con delicatezza a causa di brutti flashback. Ma la cosa peggiore era stata la devastazione sul volto di Ryleigh. Avevano notato tutti che si riteneva responsabile per ogni piccola cosa che stava accadendo.

Ma nell'ultima settimana Tiny l'aveva vista lavorare fino allo sfinimento. Passava ogni minuto disponibile – quando lui non insisteva perché si prendesse una pausa per fare una passeggiata o mangiare qualcosa – a fissare lo schermo del suo portatile con un'espressione accigliata, mentre faceva il possibile per rimediare alle cose che suo padre aveva messo in moto. Ne aveva bloccate molte, ma lui era comunque riuscito ad aggirare alcuni dei suoi blocchi per creare scompiglio al Rifugio.

Quell'ultima trovata era andata troppo oltre. Ovviamente, la chiamata alla polizia non poteva essere rintracciata, ma Ryleigh aveva passato l'ultima ora a parlare con gli investigatori della stazione locale, spiegando loro chi credeva ci fosse dietro la falsa segnalazione, e i motivi. Era stata vaga riguardo ai soldi, ma non si era trattenuta quando aveva ammesso chi fosse suo padre e perché era ricercato dall'FBI.

Al momento era seduta sul divano nello chalet, e fissava il vuoto con uno sguardo così straziato che Tiny alla fine prese una decisione.

«Alzati. Usciamo.»

«Cosa?» gli chiese, aggrottando la fronte.

«È da una settimana che stai rintanata tutto il giorno in

questa casa. Abbiamo entrambi bisogno di un po' d'aria fresca.»

«Non mi piace l'aria fresca.»

Non poté fare a meno di ridacchiare. «Lo so, ma ne hai bisogno comunque.»

Quando si alzò senza continuare a protestare, Tiny si rese conto che ormai era *davvero* arrivata agli sgoccioli. «Torno subito» le disse.

«Dove vai?»

«Mentre ti cambi vado a prendere una cosa al lodge. Mettiti le scarpe da trekking e vestiti a strati.»

Lei sospirò. «Quanto lontano mi farai andare?»

«Fin dove serve» fu la sua risposta.

Lei aggrottò di nuovo la fronte, ma non protestò oltre, e percorse il corridoio per andare nella sua stanza.

Non gli ci volle molto per prendere ciò che gli serviva dal lodge. Robert fu felice di aiutarlo. Quando tornò allo chalet, Tiny prese un'altra cosa dalla cucina.

Aveva già lo zaino pronto quando Ryleigh uscì dalla sua stanza. La osservò dalla testa ai piedi e fece un cenno di approvazione. Si era messa un paio di pantaloni cargo, una maglietta e una felpa e aveva un berretto in mano. Le prese il suo parka impermeabile e la aiutò a indossarlo. Presto l'avrebbe tolto, perché il clima era decisamente troppo caldo per fare attività fisica con quella roba addosso, ma preferiva portarlo e non averne bisogno, piuttosto che il contrario.

Chiuse a chiave la porta e partirono verso la Table Rock. Però non si sarebbero fermati lì. Aveva in mente un'altra destinazione. Ci sarebbero volute un paio d'ore in tutto, e gli ospiti raramente si spingevano così lontano.

Camminarono in silenzio finché non superarono la

Table Rock. Ryleigh aveva un velo di sudore sul viso e le guance arrossate.

«Non è che mi stai portando nel bosco per abbandonare lì il mio corpo, vero?» gli chiese.

Non era sicuro se stesse scherzando o meno.

Quando la guardò con un sopracciglio inarcato, lei borbottò: «Era una battuta, Tiny.»

«Sai che non ti farei mai del male, vero?»

«Non ti capisco» disse lei dopo un attimo. «Rispetto a quando ci siamo conosciuti, le cose si sono capovolte.»

«Quando ho deciso di accettare di entrare in società per costruire il Rifugio, ero amareggiato e odiavo praticamente tutti» disse lui in risposta. Non ne parlava mai, ma voleva che Ryleigh lo sapesse. Voleva condividerlo con lei.

«Dopo che Sonja ha cercato di uccidermi, la mia fiducia nelle persone è scomparsa del tutto. Non mi fidavo dei miei compagni di squadra, del mio comandante, dei civili con cui entravamo in contatto. Ero paranoico, e ciò influiva sulla mia capacità di fare il mio lavoro. Ero uno stronzo con *tutti*. Avevo difficoltà anche ad andare al supermercato perché in un angolo della mia mente ero convinto che qualcuno avrebbe fatto irruzione dalla porta con un AK-47 e avrebbe cercato di ucciderci tutti.

Quindi, quando sono venuto qui non avevo alcuna fiducia che il Rifugio avrebbe avuto successo. Anzi, ero assolutamente sicuro che sarebbe stato un totale fallimento. Chi diavolo poteva voler venire nel New Mexico, nel bel mezzo del nulla? Accidenti, molte persone pensano che questo Stato faccia parte del Messico. Inoltre, riunire un gruppo di soldati che soffrivano di disturbo post-traumatico da stress mi sembrava una terribile idea. Ma ho firmato lo stesso, perché avevo bisogno di allontanarmi dalla mia vita.

Quando ho incontrato Brick, Tonka, Spike, Pipe, Owl e Stone è successa una cosa strana: ho visto sei persone che stavano lottando esattamente come me. Le circostanze erano molto diverse, ma la difficoltà era la stessa. E in un certo senso, stare con altri che riuscivano ad ammettere di essere altrettanto danneggiati è stato stranamente stimolante. Nessuno di loro nascondeva i propri demoni, e ciò mi ha reso più facile affrontare i miei.

E stare qui fuori nel bosco... lo sentivo giusto. Gli alberi mi davano calma. L'aria fresca infondeva nuova vita nel mio corpo. Sembra ridicolo, ma questo posto è magico. Mentre venivano costruiti gli chalet e cominciavamo a pianificare l'apertura del Rifugio, mi sono ritrovato a riflettere sempre di più su quanto era successo con Sonja.

Mi sono reso conto che non è stato il fatto che abbia cercato di uccidermi ad avermi distrutto così tanto, ma di aver pensato che lei fosse quella *giusta* per me. L'amavo. Avrei fatto qualsiasi cosa per lei, le avrei dato qualsiasi cosa. E quando ero in missione, contavo i giorni che mi separavano dal ritornare a casa da lei. Ero un SEAL dannatamente bravo, cauto ma efficiente in ciò che facevo. E lo facevo per *lei*. Pensavo che ci saremmo sposati, che avremmo messo su famiglia e vissuto per sempre felici e contenti.

Il suo tradimento mi ha preso totalmente alla sprovvista. Sì, il coltello conficcato nel petto è stato doloroso, ma mi ha fatto molto più male sapere che aveva gettato via l'amore che avevo riversato su di lei.»

«Mi dispiace» disse Ryleigh con dolcezza.

«Mi ci è voluto un po' per legare con i ragazzi. Mi

aspettavo che mi tradissero proprio come aveva fatto Sonja. Li ho tenuti a distanza per anni, ma alla fine la loro perseveranza mi ha fatto cedere. Mi hanno dimostrato giorno dopo giorno che mi guardavano le spalle. L'idea di installare i bunker è stata mia» ammise. «Volevo un posto dove poter essere al sicuro.»

«Al sicuro da cosa?»

«Da tutto. Dagli ospiti che davano di matto, dagli estranei armati, dagli alci selvatici, dalle tempeste... dalla vita.»

«Ci sono alci nel New Mexico?» gli chiese.

Per qualche motivo, Tiny pensò che la sua domanda fosse esilarante. Dopo tutto quello che le aveva appena raccontato, voleva sapere se c'erano alci nei boschi. «Sul serio?» le domandò, guardandola.

«Sì! Gli alci sono enormi. Potrebbero calpestarmi la testa in un secondo!» esclamò. «So già che ci sono orsi, coyote e altri animali selvatici pericolosi, ma gli alci? No. Assolutamente *no*. Non posso gestire il fatto che anche loro possano darmi la caccia.»

Tiny sorrise. Poi ridacchiò. Poi si piegò in due dal ridere senza riuscire a smettere. Il pensiero che quella donna fosse terrorizzata dagli alci era esilarante. Quando riuscì a controllarsi e a raddrizzarsi, Ryleigh aveva le mani sui fianchi e lo stava fissando.

«Sei spassosissima» le disse.

«Non volevo essere divertente» ribatté, facendo il broncio.

«Lo so, ed è per questo che *è* stato divertente» replicò Tiny. Poi le afferrò il braccio e la strattonò verso di sé. Lei gli cadde addosso con un piccolo sbuffo.

«Ti proteggerò da qualsiasi alce furioso.»

«Certo che lo farai. Se ne vediamo uno, mi aspetto che tu ti sacrifichi e mi dia il tempo di scappare.»

«D'accordo.»

Poi lo sciocco portando una mano sul suo viso. Gli passò il pollice sulla guancia e infilò le dita tra i suoi capelli sul lato della testa.

«È stata un'idiota» sussurrò. «Sonja, intendo. Se avessi avuto qualcuno a cui importava di me anche solo la *metà* di quanto tu amavi lei... avrei fatto di tutto per alimentare quell'amore. Per proteggerlo. Quando non hai mai avuto nessuno a cui interessasse se dormivi, se mangiavi, se eri vittima di bullismo a scuola... credimi, lo apprezzi ancora di più.»

Gli si spezzò il cuore per lei. Non riusciva a immaginare che qualcuno *non* l'amasse. Non per la prima volta, avrebbe voluto stare per dieci minuti in una stanza da solo con suo padre.

«Ok... allora, ci sono *davvero* degli alci in questi boschi?» chiese con un tono più normale, allontanandosi da lui.

A Tiny fremevano le mani per attirarla di nuovo a sé, ma resistette. C'era un motivo per cui si stava confidando con lei mentre camminavano. Voleva essere un libro aperto. Ryleigh stava diventando molto importante per lui. Lo spaventava a morte, ma per la prima volta dal tradimento di Sonja, voleva qualcosa con una donna. Più di un'amicizia o di un'avventura sessuale senza legami.

«Ci sono stati solo una decina di avvistamenti confermati negli ultimi dieci anni» le spiegò, mettendole una mano sulla schiena per incoraggiarla a ripartire. «Hanno bisogno di un clima fresco e di essere vicini a ruscelli e fiumi.»

«È fresco qui in montagna» ribatté lei. «E ci sono ruscelli e fiumi nella proprietà del Rifugio.»

Tiny sorrise. Non disse che gli avvistamenti avvenivano soprattutto nella parte centro-settentrionale dello Stato... proprio dove si trovavano loro.

«Be', da quando sono qui non ne ho mai visto nemmeno uno.»

«Grande, quindi ora ti tocca» mormorò lei con un sospiro.

Dio, era adorabile. E non ci stava nemmeno provando. Camminarono per altri quarantacinque minuti prima di raggiungere il luogo che voleva mostrarle. In quelle montagne c'erano molti punti con una bella vista, tipo la Table Rock, ma si era imbattuto in quella zona qualche anno prima, quando aveva avuto bisogno di una pausa dal trambusto del Rifugio.

Uscì dal sentiero, e non sentendo Ryleigh che lo seguiva, si voltò a guardare indietro.

Era rimasta ferma e aveva un'aria incerta.

Tornò da lei. «Cosa c'è che non va?»

«Non credo che dovremmo uscire dal tracciato» gli disse, con la fronte un po' aggrottata.

«Tranquilla, è tutto ok.»

«E se ci perdiamo?»

«Non succederà. So dove siamo e dove stiamo andando» la rassicurò.

Lei continuò a essere esitante.

«È ironico che io lo stia per dire, ma... fidati di me, Ryleigh. Non ci perderemo nel bosco. Inoltre, nello zaino ho una bussola, un telefono satellitare, un acciarino, una coperta d'emergenza, un kit di pronto soccorso e persino una piccola tenda.»

«Davvero?» gli chiese sorpresa. «Perché?»

«Perché non è intelligente fare un'escursione nei boschi senza queste cose. Ma non ne avremo bisogno, ti sto portando in un posto che amo.»

Ryleigh fece un respiro profondo, poi annuì. «Va bene.»

La sua fiducia in lui significò tantissimo, soprattutto dopo il modo in cui l'aveva trattata; come se fosse stata il nemico. Si era completamente sbagliato. Quella donna aveva passato l'inferno a causa di una persona di cui avrebbe dovuto potersi fidare, ed era comunque diventata compassionevole e gentile. Più di tanta gente che conosceva e che aveva avuto esperienze meno spiacevoli. Le aveva fatto un torto e voleva disperatamente fare ammenda per le sue azioni.

Tiny le porse d'istinto la mano. Con sua grande sorpresa, lei non esitò a prenderla. Gli sembrò di aver superato un grosso ostacolo, così si voltò e si incamminò tra gli alberi. Impiegarono circa dieci minuti per arrivare a destinazione, ma una volta giunti, la sua reazione fu proprio quella che aveva sperato. Ryleigh ansimò, gli lasciò andare la mano e fece un passo avanti con gli occhi spalancati dalla meraviglia. «Tiny, è ... porca miseria, è bellissimo!»

Lo era veramente.

Si trovavano ai margini di un campo formato da enormi massi. Non aveva idea del perché ce ne fossero così tanti in quel posto, ma moltissimi erano grandi come dei SUV o degli autobus. Erano lisci ed erosi dalle intemperie, e tutt'intorno e in mezzo a loro erano cresciuti degli alberi che ora svettavano altissimi. Sembrava che i massi fossero stati lasciati cadere dall'alto in ordine sparso solo in quell'area. Non ne aveva mai visti altri di così grandi nelle sue esplorazioni della vasta proprietà del Rifugio. Era rimasto sbalordito quanto Ryleigh quando vi si era imbattuto per la prima volta.

«Vuoi vedere qualcosa di bello?»

Lei si girò a guardarlo. «Perché, questo *non* è bello?» gli chiese, sorridendo e indicando i massi.

«Più bello, allora» ribatté, tendendole di nuovo la mano. Il fatto che lei la prendesse candidamente, con tranquillità, lo colpì nel profondo. La condusse sulla destra del campo di massi, dovettero scavalcare dei tronchi caduti e arrampicarsi su rocce più piccole, ma ne sarebbe valsa la pena. Non aveva dubbi.

Girarono intorno a un masso particolarmente grande, e quando la sentì inspirare bruscamente, capì che Ryleigh aveva visto ciò che voleva mostrarle.

«Oh, mio Dio. Quelle sono... *scale?*»

«Già.»

«Cosa... come...?» Era rimasta di nuovo senza parole, com'era successo a lui quando le aveva trovate.

«Vieni» le disse, tirandola verso i gradini grezzi che, a un certo punto, molti, molti, *molti* anni prima, erano stati intagliati nella roccia.

Non aveva idea di quanto vecchie potessero essere quelle rocce, né di quando qualcuno avesse creato i gradini, ma doveva trattarsi di centinaia di anni. Forse quando gli indigeni vivevano lì. Nella zona c'erano abitazioni rupestri. Aveva visitato il Bandelier National Monument, dove c'erano petroglifi e case scolpite nelle rocce. Gli piaceva pensare che qualcuno di quei Popoli Ancestrali potesse essersi ramificato anche in quella zona.

Tiny la condusse piano su per i gradini, per evitare che lei cadesse. Quando arrivarono in cima alla roccia, sorprendentemente piatta, le lasciò la mano e la osservò guardarsi intorno come in trance. I boschi erano fitti, ma poteva immaginare che una volta, nel lontano passato, le persone che andavano lì probabilmente potevano vedere per chilometri intorno a loro. C'era una rientranza per terra, di sicuro scavata dall'uomo, che era permanentemente annerita da quella che poteva solo supporre fosse fuliggine.

«Wow» disse Ryleigh, voltandosi verso di lui. «È incredibile!»

«Già» concordò. «Non me ne intendo molto di questo genere di cose, ma sospetto che questa fosse una sorta di punto avvistamento. Lì forse accendevano un fuoco.» Indicò una depressione nella roccia. «Magari per avvertire la loro gente del pericolo o della presenza di selvaggina nell'area. Scommetto che ci sono altri posti del genere nascosti nella foresta, e che prima che gli alberi diventassero così grandi venivano usati dai nativi per inviare messaggi da queste altitudini.»

«Ti fa sentire così piccolo» disse lei sottovoce. «Come se i tuoi problemi fossero insignificanti di fronte a così tanta storia.»

«Non sono mai insignificanti. Vieni, sediamoci» la esortò, posando lo zaino. Poi lo aprì e tirò fuori la coperta d'emergenza. Non era la cosa più morbida del mondo, ma le giacche che avevano legato intorno alla vita quando avevano avuto troppo caldo, avrebbero fatto un po' da imbottitura.

Ryleigh lo osservò mentre sistemava un piccolo spazio per loro, gli prese la mano quando gliela porse e si sedette. Poi lui cominciò a togliere altri oggetti dallo zaino.

«Porca miseria, non riesco a credere che lì dentro ci sia

tutta questa roba» gli disse con una risatina, mentre lui posava sulla coperta una cosa dopo l'altra.

C'erano panini, patatine, bottiglie d'acqua e persino un sacchetto degli ambiti biscotti con gocce di cioccolato di Robert. Erano tutti rotti, ma sarebbero stati comunque buoni.

Fece un sorrisetto compiaciuto tirando fuori un'altra cosa con un gesto teatrale.

Ryleigh sorrise a sua volta. «Un dolcetto Christmas Tree Cakes?» chiese incredula.

«Sì.»

«Cos'hai fatto per convincere Robert a darti un dolce della sua scorta segreta? Non voglio saperlo, vero?»

«No» scherzò Tiny divertito. La verità era che non aveva dovuto fare niente. Lui gli aveva offerto uno dei suoi dolcetti preferiti senza chiedere nulla in cambio, dicendo che una persona speciale come Ryleigh se lo meritava. Non aveva potuto che essere d'accordo.

«Posso dirti una cosa?» gli chiese.

«Puoi dirmi quello che vuoi» rispose lui senza esitare.

Si guardò intorno come per vedere se qualcuno stava origliando. Era adorabile. Poi sussurrò: «Non sopporto quella roba.»

Tiny scoppiò a ridere.

«Davvero, fanno schifo. Hanno quella copertura che mi lascia la bocca viscida. E sono troppo dolci. Dopo averne mangiato uno ho sempre l'impressione di dovermi rimpinzare di qualcosa di verde e sano per far assorbire lo zucchero che mi scorre nelle vene.»

«Ma sembri sempre eccitata quando ne ricevi uno.»

«Sì, perché so quanto sono preziosi per Robert, e se è disposto a darmene uno significa che gli piaccio davvero.»

Il sorriso di Tiny svanì. Odiava che lei pensasse di dover mangiare qualcosa che non gradiva per essere apprezzata. «Non si offenderà se non ti piacciono.»

Ryleigh si limitò a scrollare le spalle.

«Davvero» insistette.

«Non è un grosso problema. Non è che me ne offra tanti. È il minimo che possa fare per tutto ciò che lui fa per questo posto.»

Quella era un'altra particolarità di Ryleigh: dava un gran contributo per aiutare il Rifugio a prosperare. Come se avesse un interesse personale in merito al successo o al fallimento del resort, ma in realtà non guadagnava o perdeva nulla in ogni caso. Voleva semplicemente che progredisse bene perché le piacevano le persone che ci vivevano e lavoravano.

Tiny tirò fuori dallo zaino l'ultima cosa che aveva inserito prima di partire.

Ryleigh spalancò gli occhi. «È... Moonshine?» chiese.

«Esatto.»

«Ma pensavo che al Rifugio non fosse permesso bere alcolici.»

«Infatti» confermò, mentre svitava il tappo. «Ma ogni tanto è piacevole berne qualche sorso.» Le porse la bottiglia.

Lei la fissò per un attimo, poi lo guardò. «Non l'ho mai bevuto.»

«Ti piacerà» la rassicurò.

«Ho sentito dire che è forte.»

«È così. Ti bastano un paio di sorsi per sentirlo.»

«Non credo che ubriacarsi sia una buona idea quando si è seduti su un'enorme roccia in mezzo al bosco e si deve affrontare una lunga camminata per tornare a casa.»

«Non devi ubriacarti... bevi solo quello che ti basta per sentirti bene.»

Lei esitò ancora.

«Fidati di me» la incitò.

Con sua grande gioia, prese la bottiglia e annusò il contenuto con sospetto, e arricciò il naso sentendo il suo odore pungente. Poi lo annusò di nuovo e sorrise. «All'anguria?» ipotizzò.

«Sì. È dolce, ma non troppo. È molto buono con il ghiaccio, ma per ora ci deve andare bene così com'è.»

Ne bevve un sorso con cautela, e fece una smorfia quando le scivolò in gola. Ma dopo aver deglutito quel potente alcolico, si leccò le labbra e sorrise. «Lascia il retrogusto delle gelatine Jolly Rancher all'anguria.»

«Ti piace?»

«Credo di sì.»

«Bevine un altro po'» le ordinò.

Lo fece, poi gli restituì la bottiglia e Tiny ne bevve un bel sorso. Sentì l'alcol bruciargli la gola seguito da un calore più lieve. Si passarono avanti e indietro la bottiglia un paio di volte, poi lui rimise il tappo e la infilò di nuovo nello zaino. La sua intenzione era stata quella di farla rilassare, non ubriacare.

«Questa cosa non mi farà apprezzare il fatto di stare all'aria aperta» gli disse dopo un attimo.

Lui ridacchiò. «Non pensavo lo facesse, ma devi ammettere che questo posto è bello.»

«Sì» rispose senza esitazione. «Ma sarebbe più bello se fosse proprio davanti al nostro chalet e non dovessimo camminare per ore e ore e chilometri e chilometri per arrivarci.»

Tiny rise di nuovo. «Ma allora non sarebbe così tranquillo. Ci sarebbe gente che si arrampica quassù per tutto il giorno. Qualcuno che probabilmente cadrebbe dalla cima e che dovremmo andare a salvare, e anche qualche stronzo che sgattaiolerebbe qui nel cuore della notte per fare graffiti dappertutto.»

«Cinico, ma penso che tu abbia ragione» concordò.

Rimasero così, in un silenzio confortevole, per un paio di minuti, poi Tiny pensò: "al diavolo", e avvolse un braccio intorno a Ryleigh tirandola contro di sé. Lei glielo lasciò fare senza opporsi, e appoggiò la testa contro la sua spalla quando la strinse.

«Mi sembra di non sapere nulla di te» gli disse dopo un attimo. «Cioè, so di quella stronza di Sonja e che eri un SEAL, ma nient'altro.»

Tiny non aveva problemi ad aprirsi con quella donna. In qualche modo, con tutto il tempo che avevano trascorso insieme, nonostante lui avesse resistito a lungo, lei si era insinuata sotto le sue barriere.

«Ho avuto un'infanzia piuttosto bella. Ti ho accennato di mio fratello. Era il mio migliore amico. La mia roccia. Pensavamo che la nostra vita fosse normale, ma a dodici anni ho capito quanto invece *non* lo fosse. I nostri genitori litigavano davvero molto, ma pensavo che tutti i genitori fossero così. Poi una sera, mentre ero a casa di un amico, sua madre ha fatto cadere la pentola con la cena dentro ed è andata in frantumi. C'erano cibo e cocci di ceramica *dappertutto*. La zuppa era letteralmente su ogni ripiano e in ogni angolo della cucina.

Mi sono irrigidito, sapendo cosa stava per succedere. Cioè che suo padre si sarebbe alzato di scatto dalla sedia e avrebbe cominciato a urlare contro sua madre. Che le avrebbe afferrato il braccio per poi picchiarla finché lei non lo avesse implorato di smettere. Invece... lui si è messo a *ridere*. Sì, si è alzato dalla sedia, ma solo per prendere sua moglie per la vita e sollevarla sul bancone in modo che non calpestasse i cocci e si facesse male. E poi hanno riso insieme. Di gusto. Quando alla fine hanno smesso, il padre del mio amico ha pulito la cucina con il nostro aiuto, mentre sua madre ordinava il cibo da asporto.

Avevo sempre considerato normali le urla e i litigi dei miei genitori. Era così che andavano le cose, o almeno pensavo. Quell'episodio mi ha aperto gli occhi. E mi ha confuso. Da quel giorno ho odiato stare a casa, così mi sono iscritto a tutti gli sport e organizzazioni possibili. Corsa, nuoto, tennis, banda musicale, teatro... dinne una, l'ho fatta. Semplicemente per non dover rincasare dopo la scuola. Ciò ha significato passare meno tempo con mio fratello, ma lui mi capiva meglio di chiunque altro. E credo che mia madre sapesse cosa stavo facendo, che stavo lontano da casa di proposito per non sentirli litigare.

Mi amava, me lo diceva sempre... eppure si rifiutava di lasciarlo. Nemmeno lui se ne andava. Erano talmente disfunzionali insieme. Ma anche lei picchiava mio padre. Era una relazione tossica alla pari. Non lo capivo allora e non lo capisco nemmeno oggi.»

«Com'è il loro rapporto adesso?» gli chiese. Gli aveva avvolto il braccio intorno alla vita mentre lui parlava, e la sensazione era... perfetta.

«Lei non c'è più. È morta. Una sera hanno avuto l'ennesimo litigio e mio padre l'ha spinta forte. Lei è inciampata ed è caduta sbattendo la testa sull'angolo del camino in pietra. Papà ha pensato che stesse fingendo di essere più ferita di quanto non fosse, ed è uscito di casa disgustato. Quando ore dopo è tornato... era morta dissanguata.»

Ryleigh ansimò. «Oh mio Dio, Tiny... è terribile.»

«È strano, perché a modo loro credo si amassero davvero. Solo che non stavano bene insieme. Papà è in prigione. A causa della storia di abusi, il giudice gli ha dato la pena più severa possibile. Vent'anni.»

Gli diede una stretta sul fianco e si accoccolò a lui. Ma non espresse compassione o comprensione con frasi banali. Rimase semplicemente seduta al suo fianco a sostenerlo, cosa che Tiny apprezzò.

«A quel punto ero già via di casa. Ero già un SEAL. Credo che la loro relazione sia stata parte del motivo per cui mi sono innamorato di Sonja così intensamente. Mi rifiutavo di essere come i miei genitori e avevo giurato di adorare qualsiasi donna con cui fossi finito. Ecco perché mi ha fatto così male quando mi ha tradito in quel modo.»

«Stronza» mormorò Ryleigh.

Il suo odio per la sua ex lo fece sorridere.

«E tuo fratello? Dov'è? Siete in contatto?»

«È morto.»

Ansimò di nuovo.

Tiny si pentì di essere stato così schietto, ma parlare di suo fratello era ancora doloroso. «Era un marine. Uno dannatamente bravo. È rimasto ferito gravemente mentre io ero in missione. Quando l'ho scoperto e sono tornato negli Stati Uniti, era già morto.»

«Mi dispiace tanto» disse, appoggiandosi a lui.

«Mi manca» ammise. «Era tutta la famiglia che mi era rimasta.»

«No. Ora hai quella del Rifugio.»

Ovviamente aveva ragione. Il dolore per la perdita del fratello sarebbe sempre stato presente, ma il tempo aveva attenuato la sofferenza. E i suoi fratelli del Rifugio avevano avuto un ruolo determinante in quello.

Rimasero in silenzio per un lungo momento. Gli uccelli cinguettavano intorno a loro e c'era una leggera brezza.

«Mia madre amava mio padre. Lui non le faceva violenza fisica, ma era cattivo. Molto cattivo.» Il tono di Ryleigh era sommesso, come se avesse paura di parlare ad alta voce del suo passato.

Tiny strinse il braccio intorno alle sue spalle. Voleva tanto che si aprisse con lui. Da quando aveva raccontato parte della sua storia, aveva capito che dietro c'era molto di più.

L'aveva fatta stancare portandola lì, e fatta bere per aiutarla a rilassarsi... e non si sentiva affatto in colpa. Tra tutte le persone che aveva conosciuto, lei era quella che aveva più bisogno di chiunque altro di parlare con qualcuno. Di liberarsi dei demoni che la tormentavano e che la rendevano così desiderosa di aiutare gli altri.

Era contento che si stesse sfogando, ma si preparò a ciò che stava per sentire. La sua storia non era bella, ma aveva la sensazione che quella di Ryleigh fosse dieci volte peggio.

Non si sbagliava.

———

CAPITOLO NOVE

———

RY SI SENTIVA BENE. Il Moonshine era stato delizioso, soprattutto dopo quel primo paio di sorsate. L'acidulo dell'anguria le aveva solleticato la lingua, e se fosse stato per lei avrebbe potuto bere l'intera bottiglia.

Ma Tiny l'aveva messa via. Le aveva permesso di bere solo a piccoli sorsi, poi l'aveva infilata nello zaino quando non erano nemmeno arrivati a metà. Le sembrava di fluttuare ed era piacevole, come se tutte le sue preoccupazioni avessero preso il volo nella brezza intorno a lei. Sapeva che non era così, che suo padre era ancora là fuori a fare di tutto per rovinare la sua vita e l'unica cosa bella che le fosse mai capitata... il Rifugio.

Ma per il momento si sentiva meravigliosamente. Ancora più bello era essere circondata dal suo braccio. Preferiva di gran lunga un Tiny così gentile rispetto a quello che la guardava male e la intimidiva con parole dure.

Era rimasta scioccata dalla sua storia e di aver appreso che suo padre aveva ucciso sua madre. Accidentalmente, ma comunque...

La faceva sentire meno sola. Lei non aveva mai parlato della propria infanzia, ma lì, in quella quiete, solo con Tiny, si sentiva abbastanza sicura da poterlo fare.

«Tuo padre era cattivo?» le chiese, ricordandole che aveva iniziato a raccontare, ma poi si era persa nella sua testa, nei ricordi.

«Sì» confermò. «Non ricordo molto di mia madre, solo che aveva un buon profumo e che dava dei bellissimi abbracci. Cercava di incoraggiarmi a uscire a giocare, ma papà non me lo permetteva. Poi un giorno ha preso e se n'è andata. Lui mi ha detto che non ci voleva più. Che ero difficile da gestire.»

«Quanti anni avevi?» le chiese.

«Forse cinque o sei» rispose.

«Hai mai provato a cercarla?»

«Certo. Non è stato difficile. È morta. Un attacco di cuore.»

«Mi dispiace.»

Ryleigh scrollò le spalle. «Fantasticavo che un giorno sarebbe tornata, che si sarebbe scusata implorando il mio perdono e dicendo che non avrebbe voluto andarsene, ma che non aveva avuto scelta. Ci saremmo abbracciate e avremmo vissuto per sempre felici e contente. Ma ovviamente non è successo. *Credo* che mio padre l'abbia costretta ad andare via. Ma non ho le prove. Non ho mai trovato i documenti di un eventuale divorzio e lei non si è mai risposata. È morta a New York, e noi vivevamo nel Montana. È scappata... e mi ha abbandonata lì. Nonostante sapesse com'era papà, mi ha lasciata con lui. Non posso perdonarglielo.

Mio padre era... instabile. Ha iniziato ad addestrarmi quando stavo ancora imparando a leggere. Mi ha insegnato cos'era il dark web e come navigarlo. Quando sbagliavo e facevo qualcosa che poteva essere ricondotto a me, mi puniva. Mi rinchiudeva in un armadio, mi colpiva le dita con un righello fino a farle sanguinare, mi toglieva il cibo… pensa a una punizione, lui me l'ha data. Mi diceva che era per il mio bene. Ma quando urlava e mi sgridava era peggio di qualsiasi violenza fisica. Mi diceva che non valevo niente. Che non valevo i soldi che servivano perché si prendesse cura di me. Che ero stupida e che non poteva credere di aver perso tempo a cercare di insegnarmi qualcosa.»

Ry fece un respiro profondo. Ora che aveva iniziato a parlare, le sembrava di non riuscire a esprimere le parole abbastanza velocemente. Raccontare a Tiny l'inferno che era stata la sua infanzia era catartico. Lui era una presenza incrollabile accanto a lei e non la interrompeva.

«Quando ero in terza elementare, mi ha tolto da scuola dicendo che mi avrebbe fatto istruire a casa. Non mi ha sconvolta, perché tanto non mi trovavo bene. Ero la bambina strana. Quella che veniva presa in giro. Ero una nerd anche a quella giovane età. Non volevo giocare con le bambole o guardare i cartoni animati. Nel tempo libero non facevo altro che fissare lo schermo del computer e cercare di capire come hackerare i siti web.

Ho un fratello. Ha circa dodici anni più di me. A dire il vero, non so con certezza quanti anni abbia e nemmeno quando sia il suo compleanno. È stato il primo prodigio di mio padre. Da quello che so era bravo. Molto bravo. Ma è scappato di casa durante l'adolescenza, stanco delle sue stronzate. Credo che mio padre abbia visto in me la sua seconda possibilità di avere un complice.»

«Wow, sai dov'è adesso?»

«Non ne ho idea. A essere sincera sono gelosa che ne sia uscito, e un po' incazzata perché mi ha lasciata lì... proprio come ha fatto mia madre. Non ho provato a cercarlo e nemmeno lui ha fatto qualcosa per trovarmi. Ormai non esiste più nel mio mondo, letteralmente.

Comunque, papà si vantava continuamente dei soldi che sottraeva. Rideva della disperazione delle persone a cui li portava via. Rubava a *tutti*. Associazioni no profit, grandi aziende, qualsiasi società o organizzazione che avesse un grosso conto in banca era un facile bersaglio per lui. Ma la cosa che preferiva era rubare ai privati. Gli piaceva che avessero meno risorse per cercare di recuperare i loro soldi. Non chiamavano mai la polizia né cercavano un avvocato. Potrebbe sembrare assurdo, ma in realtà, se quelle persone avevano solo poche migliaia di dollari nel conto, non avevano un reddito per combattere contro qualcuno in tribunale. Anche se lo avessero fatto, non avrebbero saputo su chi indagare, visto che papà era così bravo in quello che faceva. Inoltre, dal punto di vista della banca, i prelievi apparivano esattamente come normali abitudini di spesa del cliente.

Era un fantasma online. Poteva entrare nei conti bancari delle persone e rubare i loro soldi senza far attivare le notifiche. A volte svuotava l'intero conto, altre prendeva solo dieci o venti dollari di tanto in tanto. Piccole somme a cui non si fa caso, perché quasi nessuno va a controllare ogni giorno. Aveva anche progettato un programma che prelevava denaro da dei conti a caso letteralmente ogni minuto. In un giorno riceveva migliaia di dollari. Pensava che fosse esilarante.

E mi ha insegnato tutto quello che sapeva. A tredici anni ero brava quanto lui a navigare nel dark web. A rubare soldi. Ma *odiavo* farlo. Non potevo fare a meno di pensare a quello che passavano quelle persone quando si accorgevano che qualcuno era entrato nel loro conto. Ovviamente, il prelievo di piccoli importi non aveva un grande impatto di per sé, se non nelle persone che si sentivano violate o infastidite. Ma quelle che hanno perso *tutto*? Hanno dovuto fare a meno delle medicine necessarie? Abbiamo tolto loro i soldi dell'affitto? I loro figli hanno dovuto abbandonare la danza classica o il calcio perché non potevano pagare? Poi c'erano tutte le associazioni no profit... buone organizzazioni che facevano ricerche importanti e aiutavano migliaia, a volte milioni di persone. E lui le derubava. Obbligava *me* a derubarle. Così un giorno gli ho detto che non volevo più farlo.»

I terribili ricordi di quel momento erano così radicati in lei che le mancò improvvisamente il respiro. Era come essere tornata a quando aveva detto a suo padre che avrebbe smesso.

Si sentì muovere, ma comunque non riusciva ancora a respirare.

«Ci sono io, Ryleigh. Sei al sicuro. Fai un respiro profondo. Così, un altro. Concentrati su ciò che provi e percepisci. Gli uccelli, il vento, la mia mano sulla schiena... bene. Sono sicuro che senti ancora il sapore dell'anguria sulla lingua. Sei qui al Rifugio. Con me. Va tutto bene.»

Pian piano recepì le parole di Tiny. L'aveva spostata in modo che fosse a cavalcioni sulle sue gambe, e lei aveva il viso premuto contro il suo collo. Si rannicchiò contro di lui il più possibile e fece come le aveva ordinato: si concentrò sui suoi sensi. Presto tornò a respirare normalmente.

«Brava ragazza» la elogiò, e quelle due parole sembrarono depositarsi nella sua anima. L'approvazione di Tiny fu come un balsamo che lavò via tutte le cattiverie che suo padre le aveva vomitato addosso per tutta la vita.

«Non l'ha presa bene» disse, continuando la sua storia. Aveva bisogno di tirare fuori tutto. Di finire. Ry aveva la sensazione che dopo averglielo raccontato non avrebbe mai più parlato dell'inferno che aveva vissuto, ma come aveva detto Tiny, lì insieme a lui era al sicuro.

«Si è messo a ridere dicendomi che non avevo scelta. Che se avessi osato smettere, mi avrebbe rovinato la vita. Conosceva certa gente. Gente malvagia incontrata nel dark web. Mi ha detto che avrebbe fatto in modo che uno di loro mi rapisse e mi vendesse nel mercato del sesso. Che nessuno mi avrebbe mai trovata e che avrei passato il resto della mia vita a gambe aperte per chiunque avesse pagato abbastanza per avermi. E io gli ho creduto.»

«Quanti anni avevi?»

«Quattordici. E per dimostrare la sua tesi, il giorno dopo ha fatto venire un uomo a casa nostra. Aveva un odore orribile, i denti marci e mi ha spaventata a morte. Si è seduto con me sul divano e... mi ha toccata.»

«*Figlio di puttana*» imprecò Tiny.

Per qualche motivo, la sua rabbia le diede la forza di continuare.

«Mi ha messo una mano sotto la maglietta, mi ha tenuta ferma, e ha riso mentre urlavo e lottavo. Per fortuna si è fermato, ma a pranzo ho dovuto sedermi accanto a lui a tavola, come se fosse stato un amico di famiglia. Pensavo che avrei vomitato. Mio padre gli ha dato dei soldi e ho pensato che fosse finita. Che sarei dovuta andare con lui e che le sue minacce si sarebbero avverate. Ma il tizio è andato via, e subito dopo papà mi ha fatto sedere davanti al computer dicendomi che avrei dovuto aggiungere diecimila dollari al suo conto in banca entro la fine della giornata, altrimenti avrebbe richiamato l'uomo e gli avrebbe permesso di portarmi via.

E così ho obbedito. Quel giorno ho rubato più soldi di quanto avessi mai fatto prima. E anche il successivo. E quello dopo ancora. Ma da quel momento in poi ho pianificato. Non potevo combattere mio padre fisicamente, e sapevo che se avesse pensato, anche solo per un secondo, che stavo facendo qualcosa che avrebbe potuto danneggiare il suo giro di soldi, avrebbe fatto tornare uno di quegli uomini spaventosi in un batter d'occhio.

Ogni giorno era un incubo. Dovevo stare davanti al computer per ore. I giorni e gli anni passavano così lentamente, ma... imparavo sempre più cose. Sono diventata più brava a non lasciare tracce. Mio padre era impressionato, ma non si rendeva conto che stavo diventando migliore di lui. Mi aveva insegnato tutto quello che sapeva sull'hacking illegale, e quello che non sapeva l'ho imparato per conto mio.

Sono rimasta lì troppo a lungo, lo so, ma il pensiero di vivere e lavorare da sola mi terrorizzava. Perché sapevo che nel momento in cui me ne fossi andata, avrebbe fatto di tutto per riportarmi sotto il suo controllo. Così ho finto di essere una codarda. Ho fatto quello che mi chiedeva senza fare domande, e lui godeva del potere che aveva su di me. Sulle persone a cui rubava. Ormai era arrivato al punto di lasciare che fossi io a fare tutto il lavoro. Si limitava a starsene seduto a contare virtualmente i suoi soldi.

Ho pianificato per anni. Ho riempito il suo conto, facendo sembrare che ci fossero più soldi di quanti ne avesse in realtà... perché in effetti lo stavo *derubando* già da qualche anno, spostando il denaro che aveva preso ad altri e mettendolo in vari conti in tutti gli Stati Uniti e nel mondo. Quando a ventun anni me ne sono andata, era al verde. Avevo preso tutto. Gli ho lasciato venti dollari. E questo è quanto.»

«Buon per te.»

Ry sbatté le palpebre sorpresa e alzò lo sguardo verso di lui. «Non hai sentito? Sono rimasta fino a ventun anni, ero abbastanza grande da sapere ciò che facevo. E per *tutto quel tempo* ho rubato soldi alla gente. Milioni di dollari.»

«Ho sentito. E potevi anche essere "abbastanza grande da sapere cosa facevi", ma tuo padre ti aveva isolata. Non sapevi nulla del mondo reale. Ti ha minacciata, ti ha resa dipendente da lui. E sì, hai rubato un sacco di soldi, ma non ti piaceva farlo.»

Ry non riuscì a trattenere uno sbuffo amareggiato. «Ora capisco. Sono innocente, Vostro Onore, perché non mi piaceva rubare soldi alla gente. Sì, li ho usati per mettermi un tetto sopra la testa, per riempirmi la pancia e per viaggiare in tutto il Paese. Ma va bene così, perché non mi piaceva.»

«Ascoltami» disse Tiny, prendendole la testa tra le mani, e lei non ebbe altra scelta che incontrare il suo sguardo.

Fu stupita di vedere nei suoi occhi che non la stava giudicando. Non era inorridito dal fatto che fosse una ladra dannatamente brava. Tutto ciò che traspariva dal suo sguardo era compassione.

«Ti vedo, Ryleigh. So che tipo di persona sei.»

«Una ladra» borbottò sconsolata.

«Sei il tipo di donna che per salvare una ragazzina ha dato la caccia a un serial killer da sola. Che ha donato milioni di dollari a organizzazioni che aiutano i meno fortunati. Il tipo di persona che ordina immediatamente del cibo per i suoi amici che sono in ospedale perché è troppo lontana per andare lei stessa a prenderlo al ristorante. Che ha pulito lo chalet di Reese e Spike, senza alcun aiuto, in modo che potessero tornare a casa in un posto fresco e pulito. Che ha finito di dipingere la cameretta di Dylan senza chiedere una mano. Che ha lasciato che tre dannate capre rosicchiassero i suoi vestiti perché è troppo gentile per allontanarle.

Tuo padre ha cercato di renderti come lui, ma ha fallito, Ryleigh. Clamorosamente. Perché tu non sei affatto come lui. *Nemmeno lontanamente.*»

«Non sono sicura che i giudici sarebbero d'accordo» disse con tristezza.

Con sua sorpresa, Tiny rise. «Dimmi una cosa. Sei stata lontana da tuo padre per dieci anni, hai rubato del denaro a qualcuno in questo periodo?»

Ry spalancò gli occhi. «No. Assolutamente no.»

«Esatto. E c'è qualche *prova* che tu abbia preso quei soldi prima di andartene?»

Ci pensò un attimo. Poi scosse la testa. «No. Ero già molto brava in quello che facevo. Non ho lasciato alcuna traccia.»

«Allora perché pensi che qualcuno possa trovare prove sufficienti per accusarti di qualcosa? Hai pagato il tuo debito, Ryleigh. Proprio come tutti noi. Ho fatto cose di cui non vado fiero, cose che vorrei poter cancellare. Ma sai come sto espiando quei peccati? Con questo posto. Dando alle persone un luogo dove poter stare con sé stessi per qualche giorno. Il Rifugio è il mio modo di ricambiare. Il tuo è il denaro che doni. Avresti potuto dare via i soldi che hai preso a tuo padre e poi smettere e vivere con i milioni ottenuti dagli interessi.»

«Anche quel denaro è contaminato» protestò. «Non è stato rubato, ma si è accumulato solo grazie a quello che io e mio padre abbiamo preso inizialmente. Inoltre, non posso darne via troppo in una volta sola altrimenti desterei sospetti, quindi continua ad aumentare. Non riesco a donarlo abbastanza velocemente.»

Tiny ridacchiò di nuovo. «E questo ti frustra.»

«Sì» ammise.

«Troveremo una soluzione. Daremo via ogni centesimo, se è ciò che vuoi. Così potrai vivere libera e senza condizioni.»

Ry lo fissò... e all'improvviso si rese conto di quanto fosse intima la posizione in cui si trovavano. Era a cavalcioni sulle sue cosce, e lui l'aveva stretta contro di sé, così si toccavano dall'inguine al petto. Poteva davvero sentire il suo cazzo tra le gambe. Ma non era imbarazzata. Neanche un po'.

La verità era che era ancora vergine a causa di quel tizio terrificante di tanti anni prima e delle minacce di suo padre. Le avevano fatto definitivamente passare la voglia di avere rapporti intimi con un uomo.

Ma stare con Tiny in quel modo, la faceva sentire al sicuro. Gli aveva rivelato i suoi segreti più reconditi e lui non aveva battuto ciglio. Non le aveva detto che era una criminale. Anzi, l'aveva *difesa*. Era travolgente. In fondo, non era sicura di essere ciò che lui aveva descritto, ma per la prima volta nella vita, sentì dentro di sé una debole speranza. Dopotutto, forse non era una persona così orribile. Aveva fatto tutto il possibile per espiare i suoi peccati, e anche quelli di suo padre. Era sicura di non essere minimamente vicina a ripulire il suo passato, ma forse era troppo dura con sé stessa.

«Ry? A cosa stai pensando?»

«Che mi sento orribile perché è colpa mia se il Rifugio sta affrontando tante difficoltà.»

«No» le disse. «Non è colpa tua, ma sua. Di quello stronzo di tuo padre.»

Lei accennò un sorriso. «Già. Non so quando o come finirà, ma voglio chiudere con lui. Per sempre. Non avrebbe mai smesso di cercarmi, quindi, in un certo senso, sono felice che mi abbia trovata. Voglio vivere, Tiny. Voglio avere degli amici. Essere normale. Be', normale come può esserlo una hacker nerd. E questo non può accadere con lui che gira libero.»

«Cosa vorresti dire?» le domandò, socchiudendo gli occhi.

Ry sapeva che lui era intelligente e aveva comunque capito. «Non finirà senza un confronto.»

«No» disse, scuotendo la testa.

«Sì.»

«*No*» ripeté con più fermezza. «Se mi stai dicendo che vuoi invitarlo al Rifugio per una chiacchierata, non succederà.»

«Non volevo vederlo mai più, ma aprire una linea di comunicazione, come ha suggerito Brick, non sarà sufficiente. Non basterà per scoprire cosa vuole. Devo sapere cosa serve per liberarmi di lui. Per far sì che mi lasci in pace. Che lasci in pace il Rifugio. E se ciò significa vederlo di persona, se me lo dovesse chiedere non ho intenzione di dire di no.»

«E *io* non ho intenzione di permetterti di sacrificarti. Ci siamo dentro insieme, Ryleigh. Tu, io e tutti gli altri del

Rifugio. Non ti abbandoneremo al tuo destino. Sei una di noi.»

Quelle parole le diedero una sensazione meravigliosa, e Ry chiuse gli occhi per lasciare che il loro calore si propagasse dentro di lei.

«Guardami, Ryleigh.»

Aprì gli occhi e incontrò il suo sguardo.

«Sei tu l'esperta in questa situazione. Vorrei tanto poterti aiutare, ma nessuno è bravo come te in quello che fai. Tuo padre sa già dove sei, quindi non credo che possa far male vedere cosa diavolo vuole, qual è il suo scopo. Ma qualsiasi linea di comunicazione aprirai con lui, voglio che passi attraverso me.»

«In che senso?»

«Dirà cose orribili. Cercherà di colpirti con le stronzate psicologiche che usava mentre crescevi. E non ho intenzione di tollerare che tu debba sopportare tutto questo. Ti ha già fatto abbastanza male. *Permettimi* di filtrare quello che dice. Prometto di riferirti tutto ciò che non è offensivo.»

Ry non dovette riflettere sulla sua proposta. «Ok.»

Tiny inarcò un sopracciglio, perplesso. «Ok? Hai accettato molto velocemente, e ciò mi fa pensare che tu abbia un asso nella manica.»

Ry scosse la testa. «No. In realtà *non voglio* parlare con lui. Non voglio essere la destinataria della sua crudeltà. L'ho subita abbastanza a lungo. Mi va bene se leggi per primo i suoi messaggi... purché tu riesca a gestirli. Probabilmente dirà cose orribili, e non mi piace che tu debba affrontare anche questo.»

«Posso sopportarlo per tutto il tempo necessario a

capire come eliminarlo. E devo dirti che la tua fiducia mi onora.»

«In realtà lo faccio per me stessa. Mi sto comportando da egoista» si sentì in dovere di precisare.

«Bene. Di solito pensi troppo agli altri per la mia tranquillità.»

Ry sorrise. «Grazie per avermi portata qui e fatto bere per farmi parlare.»

Tiny arrossì. Arrossì *davvero*. «L'hai capito?»

Lei ridacchiò. «Non è stato difficile. Ma non c'è problema. Quel Moonshine oltre a darmi coraggio era anche buono. Grazie per non avermi fatto bere troppo.»

«Mai. Forse ho fatto un pessimo lavoro nel prendermi cura di te fino a pochi giorni fa, ma ti assicuro che ora sono una persona diversa per quanto ti riguarda. E adesso che conosco il tuo passato, ricordare tutte le volte che hai sussultato quando ho alzato la voce mi fa sentire una merda.»

«Va bene così.»

«Non è vero. Ma ti giuro che non lo farò più.»

Ry sospirò e si abbandonò contro di lui, appoggiando la testa sulla sua spalla. Le sue braccia la strinsero e lei si sentì al sicuro come non mai. «Possiamo restare qui per sempre?» borbottò contro il suo collo. «Niente padri. Niente computer. Niente che possa andare storto.»

Percepì, più che sentire, Tiny ridacchiare contro di lei. «Sono un discreto cuoco, ma dato che non sei una ragazza che ama stare all'aria aperta, penso che non ti piacerà fare la cacca in un buco e usare le foglie per pulirti.»

Ry arricciò il naso e si raddrizzò. «Sono d'accordo con Jasna... possiamo evitare di parlare di cacca? È disgustoso.»

«Fa parte della vita» disse Tiny con un sorriso.

«Lo so, ma fa comunque schifo.»

«Ne prendo nota. Non si parla di cacca.»

«L'hai detto di nuovo. Smettila.»

A quello, rise di gusto. «Scusa.»

Ry lo fissò per un lungo momento, poi si sporse lentamente in avanti e premette le labbra sulle sue. Non avrebbe potuto impedirselo nemmeno se qualcuno le avesse puntato una pistola alla testa. Tiny era tutto ciò che aveva sempre sognato.

Mentre si scostava, lui la strinse. Lo fissò per un attimo, improvvisamente a disagio. Lo aveva fatto nel modo sbagliato? Non aveva mai baciato nessuno prima. Non era sicura di cosa fare.

«Perché l'hai fatto?»

«Ehm...» Ry esitò, sapendo che le sue guance erano rosso fuoco.

«Perché se volevi ringraziarmi per averti ascoltata, ti dirò che è stato un piacere e che possiamo alzarci e tornare al Rifugio. Ma se è perché provi qualcosa per me, qualcosa di più della gratitudine, ho bisogno di saperlo per poterti baciare di nuovo, ma nel modo che sogno da molto tempo.»

Il cuore le batteva così forte nel petto che si sarebbe stupita se lui non lo avesse sentito. «Sono grata che tu sia stato così comprensivo su tutto senza giudicarmi. Ma non è per questo che ti ho baciato.»

Tiny si spostò sotto di lei, e Ry avrebbe potuto giurare che il suo cazzo fosse diventato ancora più duro. Ma era troppo nervosa per muoversi e scoprirlo.

«Perché, Ryleigh? Ho bisogno di sentirtelo dire. Devo essere sicuro che siamo sulla stessa lunghezza d'onda. Che tu voglia la stessa cosa che voglio io» le disse con dolcezza.

«Perché non ho mai baciato nessuno prima d'ora. Non ho mai voluto farlo. Ma voglio farlo con te. Voglio sperimentare tutto quello che mi sono persa a causa del mio passato. Perché avevo troppa paura.»

«Non devi avere paura con me. Non farò mai nulla che possa ferirti. Ti farò solo stare bene.»

Ry annuì.

Tiny sorrise. «Davvero non hai mai baciato *nessuno?*»

«È patetico, eh? Trentun anni e non solo sono vergine, ma non ho nemmeno mai dato il primo bacio.»

«Sono così onorato. Sarò il tuo primo, Ryleigh. In tutti i sensi.»

«Va bene. Ma se sbaglio, ti prego, non urlarmi contro.»

«Mai. E non farai nulla di sbagliato. Promesso. Baciami. Fallo. Prendi quello che vuoi.»

E a quelle parole, Ry fece come gli aveva chiesto. Si chinò in avanti e posò di nuovo le labbra sulle sue. Ma lui non rimase passivo. Gliele leccò, sorprendendola così tanto che ansimò. Non era una stupida, sapeva cos'era un bacio alla francese. Aveva sempre pensato che fosse piuttosto disgustoso.

Ma fu tutt'altro che disgustoso.

Tiny sapeva di anguria e lei non vedeva l'ora di assaporarlo di più. Ry inclinò la testa d'istinto e socchiuse la bocca. Lui non si infilò subito dentro, ma le leccò e mordicchiò le labbra, facendola impazzire. La sollecitò a seguire la sua lingua e subito dopo lei si ritrovò nella sua bocca. Emise un gemito, poi sentì la sua mano sulla nuca, mentre le loro lingue si intrecciavano.

Lei si ritrasse, ma lui la seguì. Il bacio fu lungo, eccitante, e le provocò una scossa lungo le braccia e tra le gambe. Ry si dimenò contro di lui, come se desiderasse...

no, avesse bisogno di stargli più vicina. I suoi capezzoli si inturgidirono e si pentì di aver indossato tutti quegli indumenti. Aveva voglia di sentirli toccare il petto di Tiny, pelle contro pelle.

Quel pensiero era così carnale che ansimò di nuovo e allontanò la bocca. Lui aveva ancora la mano sulla sua nuca, ma non la costrinse a tornare a baciarlo. Lo fissò, respirando a fatica, sorpresa di scoprire che lui era altrettanto senza fiato.

«È stato accettabile?» gli chiese.

«Accettabile? È stato... sconvolgente» sussurrò Tiny.

Ry si rilassò. Aveva avuto così tanta paura di quel momento, di essere in intimità con qualcuno, che per tutta la sua vita adulta aveva fatto il possibile per tenersi a distanza dagli uomini. Ma quel bacio... le era piaciuto. Molto. Almeno con lui.

«È stato bello per *te*?»

E allora si rese conto che anche lui era altrettanto incerto. Lo fece sembrare più umano. Più uguale a lei. Nella sua mente, Tiny era stato per tanto tempo un uomo esageratamente straordinario, ma ora, dopo che si erano aperti l'uno con l'altra, aveva la sensazione che fossero più sullo stesso piano.

«È stato il miglior primo bacio che una ragazza avrebbe mai potuto sperare di ricevere» gli disse con sincerità.

Lo sentì rilassarsi sotto di lei. Sì, era stato davvero altrettanto nervoso. E ciò la conquistò ancora di più. Sospirò e si abbandonò contro di lui. Quel momento era perfetto. Lui non insistette per baciarla di nuovo, fu semplicemente contento come lei di godere di quell'esperienza.

Rimasero seduti lì ancora per diversi minuti, poi Tiny sospirò e disse: «Forse è meglio se torniamo a casa.»

«Sì» concordò Ry raddrizzandosi. «Grazie per avermi portata qui.»

«Anche se è... *all'aria aperta?*» le chiese con un sorriso.

Lei alzò gli occhi al cielo. «Sì. Non sto dicendo che presto voglio fare un'altra escursione, ma dopo che avremo risolto tutta la faccenda... non mi dispiacerebbe tornarci.»

«D'accordo. Penso che questo sia il mio nuovo posto preferito del Rifugio.»

«Non posso fare a meno di chiedermi chi altro si sia seduto proprio dove siamo ora. Un guerriero che scrutava la terra intorno a lui in cerca di minacce? Una coppia che si baciava come abbiamo fatto noi? Un uomo anziano, o una donna, che stava celebrando una sorta di cerimonia?»

«Probabilmente sono successe tutte queste cose.»

«Già.» Ry sospirò, e fece del suo meglio per alzarsi dalle gambe di Tiny. Lui la aiutò, poi mise via il cibo che non avevano mangiato, compreso il dolce Christmas Tree Cakes, e infine la coperta.

«Non dirai a Robert che non mi piace il suo cibo preferito in assoluto, vero?» gli chiese.

«Mai. Inoltre, ne rimangono di più per me.»

Ry rise. «Ti piace quella roba?»

«Sì.»

«Non ti fanno bene. In quanto ex SEAL, dovresti saperlo.»

«Lo so. Non dico che voglio mangiarne una scatola per cena tutte le sere, ma ogni tanto sono un bello sfizio da concedersi.»

«Se lo dici tu.»

Lui le sorrise, poi le prese la mano e la trascinò verso i

gradini. Si fermarono entrambi prima di scendere, dando un'ultima occhiata intorno a loro. Poi a Ry venne in mente una cosa. «Oh, aspetta! Possiamo fare una foto?»

«Possiamo fare tutto quello che vuoi» le rispose.

Sentendo la sincerità delle sue parole fin nel profondo, sorrise e tirò fuori il telefono. Non c'era campo così lontano nel bosco, ma per fare una foto non ne aveva bisogno. Sollevò il cellulare e aspettò che Tiny appoggiasse la guancia contro la sua. Si girò a guardarlo senza abbassare il braccio e sorrise un secondo prima che lui la baciasse con intensità. Cliccò sull'app in quell'esatto momento.

«Vai a metterti dov'eravamo seduti e lascia che ti faccia una foto» le disse.

Gli consegnò il telefono e si posizionò dove lui aveva suggerito. Dieci minuti e quasi venti foto più tardi, alcune di lei da sola, poi di Tiny, *poi* altre insieme, la condusse finalmente giù per le scale. Ma le disse che sarebbe andato per primo, nel caso lei avesse perso l'equilibrio e fosse caduta... così avrebbe potuto prenderla.

Era dolce e attento, e Ry non riusciva a credere a come fosse cambiato il loro rapporto in così breve tempo. Si rese conto che era successo quando si era aperta. Le bugie e i sotterfugi erano stati il motivo principale per cui lui si era tenuto a distanza ed era stato così diffidente. Conoscere il passato di Tiny le aveva permesso di capire perché era così e l'aveva trattata in quel modo.

Inoltre, essere onesti era molto meglio che avere dei segreti. Aveva trascorso tutta la vita nell'ombra, a nascondersi dagli altri, a essere furtiva. Era una sensazione meravigliosa sapere che qualcuno, che *Tiny*, conosceva tutti i suoi segreti. E che non glieli rinfacciava. Le dava una sicurezza che non aveva mai avuto prima.

Mentre tornavano al Rifugio per controllare un po' di cose, e per assicurarsi che suo padre non avesse fatto altre assurdità nelle poche ore in cui erano stati via, Ry si ripromise di essere sempre il più sincera possibile con Tiny. E anche se la metteva a disagio, non si sarebbe più nascosta. Da sé stessa, da suo padre, dai suoi amici, dalle altre persone. Era quella che era, e per la prima volta nella vita si sentì accettata come donna.

CAPITOLO DIECI

«Sembri... non so... diversa» disse Reese. Ry si trovava nello chalet di Cora con tutte le altre donne. Reese stava allattando Dylan e Lara teneva in braccio la bambina di Henley.

«È una cosa brutta?» chiese.

«No, per niente. È bello. Fantastico. È solo che... sembri più sicura di te o qualcosa del genere.»

Ry le sorrise. Le piaceva che la vedesse in quel modo. Da quando aveva fatto l'escursione con Tiny, e si erano baciati, aveva deciso di essere il più onesta possibile con le persone. Invece di cercare di accontentare tutti accettando qualsiasi cosa le proponessero, faceva solo le cose che *voleva* fare.

Per esempio, quella mattina, quando Robert le aveva offerto un dolcetto Christmas Tree Cakes, lei aveva gentilmente rifiutato. Se si fosse comportata come al solito, lo avrebbe accettato e mangiato solo per non dargli l'impressione di non apprezzare il suo gesto. O tipo quando Cora, una mattina presto, le aveva chiesto se le andava di andare con lei al supermercato di Los Alamos, invece di acconsentire e sconvolgere la sua programmazione – le mattinate ora erano dedicate a setacciare il dark web alla ricerca di qualsiasi cosa suo padre avesse organizzato la sera prima per mettere in crisi il Rifugio – le aveva detto di avere del lavoro da fare.

Probabilmente erano cose da poco per la maggior parte delle persone, ma dire di no, non fare qualcosa senza temere di non essere benvoluta, era liberatorio.

«Non direi che sono più sicura, sono solo arrivata a capire che qui al Rifugio, con tutti voi, posso essere me stessa.»

Le donne annuirono con entusiasmo.

«Certo che puoi essere te stessa!»

«Buon per te!»

«Brava ragazza!»

«Fantastico!»

La loro approvazione le diede una bellissima sensazione.

«A proposito, grazie per tutte le cose che hai ordinato per me e Spike quando eravamo in ospedale» le disse Reese.

«Figurati. Come ti senti?» le chiese, contenta di non essere più l'oggetto della conversazione. Una cosa era voltare pagina ed essere esattamente ciò che era, un'altra era confidarsi con le amiche. Non era cambiata *così tanto*. Non sarebbe mai stato facile per lei parlare di sé. Quindi era più che pronta a cambiare argomento, a portare l'attenzione su qualcun altro.

«Stanca» rispose con un sorriso sbilenco. «Dylan non fa dei sonni proprio tranquilli, e ogni volta che si muove mi sveglio perché sono paranoica e ho paura che ci sia qualcosa che non va.»

«Ma i medici dicono che sta bene, vero?» domandò Alaska.

«Sì. Per essere un bambino nato pretermine, sta benissimo. Ha avuto qualche problema di reflusso, ma nel complesso è sano.»

«È adorabile» disse Cora, guardando il neonato tra le braccia della loro amica.

«Non posso credere che lui ed Elizabeth siano così vicini di età» disse Lara con un sorriso, mentre cullava la figlia di Henley.

«È troppo presto per metterli insieme?» chiese Maisy. «Sai, tipo giurare fedeltà reciproca o qualcosa del genere.»

Tutte si misero a ridere.

«Giurare fedeltà reciproca? Stai leggendo troppi romanzi storici, ragazza» la prese in giro Alaska.

«Nulla mi renderebbe più felice di vedere mio figlio sposare tua figlia» disse Reese a Henley con un sorriso. «Ma naturalmente sarà lui a decidere. Potrebbe preferire i ragazzi o rimanere single. O magari sarà un genio dell'informatica come Ry e si trasferirà a Washington per governare il mondo.»

Ry arrossì. In passato avrebbe protestato e sostenuto che non era affatto un genio, ma la verità era che era dannatamente brava in ciò che faceva.

Nella piccola stanza si udì il suono di una notifica, e fu quasi comico come tutte abbassarono lo sguardo sui loro telefoni per vedere se era arrivata a loro. A quanto pareva, era stata Cora a ricevere un messaggio.

Dato che Ry la stava guardando quando lo lesse, capì subito che era successo qualcosa. «Cora?» chiese. «Che c'è?»

Quando lei alzò lo sguardo, aveva le lacrime agli occhi.

«Cos'è successo? Pipe sta bene?» chiese Alaska.

Ora erano tutte accigliate, preoccupate per la loro amica.

«Lui sta bene. Ma è la seconda volta che ci approvano un bambino per l'affidamento e all'ultimo momento viene annullato tutto. So che sono cose che capitano, ed è meglio che possa stare con i parenti invece di essere completamente allontanato dalla sua realtà, ma questa volta eravamo sicuri che sarebbe andato in porto.»

Ry provò un senso di inquietudine. Era molto probabile che Cora avesse ragione riguardo a ciò che era successo... ma non poteva fare a meno di chiedersi se si trattasse di qualcos'altro. Di *qualcuno* che stava manipolando il sistema.

Senza dire una parola, si alzò e andò a prendere il portatile dalla borsa che aveva lasciato vicino alla porta. Non andava più da nessuna parte senza. Suo padre aveva creato casini al Rifugio in troppe occasioni, e lei non si sentiva a suo agio se non aveva vicino il dispositivo.

Lo appoggiò con un po' troppa forza sul tavolo dietro al divano e percepì, più che vedere, le teste delle ragazze girarsi verso di lei.

«Ry, che c'è?» domandò Maisy.

Non rispose. Era troppo arrabbiata. Più ci pensava, più capiva che doveva essere stata opera di suo padre. *Doveva* essere così. Ancora una volta, quello stronzo stava facendo di tutto per dimostrare di essere più potente di lei. Ma quello non era potere, era pura malvagità. Chi interferiva con le richieste di affidamento dei *bambini*? Quella merda di suo padre, ecco chi. Non gli importava di *nessuno*. Era l'essere umano più insensibile che esisteva.

Gli aveva mandato dei messaggi attraverso il dark web, ma lui non aveva risposto. Non ancora. Ma forse la sua ultima trovata era una risposta sufficiente; Non gli interessava ciò che aveva da dirgli, ma avrebbe cambiato idea.

Erano anni che lei non rubava soldi, dal giorno in cui aveva lasciato la casa paterna, in realtà. Be'... forse era arrivato il momento di farlo.

Ora capiva che con lui non si poteva ragionare. D'altronde, come si poteva ragionare con uno psicopatico?

«Ry?» incalzò Maisy, ma la ignorò di nuovo. Le sue dita stavano già volando sulla tastiera per collegarsi a internet con la sua connessione sicura. Doveva entrare nel database dei servizi sociali di Los Alamos e assicurarsi che la domanda di Cora e Pipe fosse ancora regolare. Non si sarebbe stupita se suo padre ci avesse messo le mani per farli apparire come dei candidati indesiderati.

Alla fine alzò lo sguardo quando qualcuno spostò la sedia accanto alla sua. Vi si accomodò Cora. Aveva la fronte aggrottata e la stava osservando con attenzione.

«Pensi che sia stato lui?»

Non dovette chiederle a chi si riferisse. «Sì» rispose con fermezza.

Quando Tiny le aveva chiesto se le andava bene che i suoi amici condividessero con le loro mogli ciò che stava accadendo con suo padre, aveva accettato di buon grado. Era sollevata di non dover raccontare lei stessa della sua brutta infanzia e di che mostro fosse quell'uomo. Il giorno successivo, tutte le sue amiche erano andate a cercarla per darle il loro sostegno e degli abbracci sinceri, di cui aveva avuto davvero bisogno. Le avevano assicurato che non la biasimavano per nessuna cosa, offrendole il loro aiuto. Era stata una sensazione incredibile... e liberatoria. Le loro azioni avevano riaffermato che si trovava proprio nel posto dove doveva essere.

«È sbagliato che io sia sollevata?» chiese Cora.

Ry aggrottò la fronte. «Davvero?»

Lei annuì. «Sì. Cioè, cominciavo a pensare che nessuno mi ritenesse un buon modello di riferimento. Che avessero visto qualcosa nella nostra richiesta che facesse pensare che io e Pipe non saremmo stati dei buoni genitori.»

«Questo *non* è vero» disse Lara con foga. La forte amicizia tra le due donne era qualcosa che Ry invidiava. «Tu e Pipe sarete i *migliori* genitori in assoluto. Sarebbe una fortuna per qualsiasi bambino essere affidato a voi.»

Cora sorrise all'amica. «Grazie. Ma credo che tu sia un po' di parte.»

«No, non lo è» sostenne Henley. «Sei già stata di grande aiuto con Dylan. L'altro giorno, quando ti sei presentata alla mia porta mentre lui piangeva a dirotto, giuro che ero al limite della sopportazione. Tu non hai detto una parola, l'hai preso in braccio e sei uscita. Sapevi che avevo bisogno di una pausa e non hai esitato a far sì che l'avessi.»

«Alcune persone lo vedrebbero come un rapimento» fece notare Cora con un sorriso.

Tutte risero.

«Non io» ribatté Henley. «E sei ancora più brava con Jas. È un tipo vivace, ma tu non ti stanchi mai delle sue domande, delle sue continue chiacchiere su tutto e tutti. Persino io ho un limite quando si tratta del numero di partite a tris che posso fare. Ma non tu. Staresti seduta con lei per giorni se fosse quello che desidera.»

Henley non aveva torto. Anche Ry aveva notato quanto Cora fosse paziente con la ragazzina. Strinse le labbra e tornò a guardare il computer. Avrebbe capito perché a lei e a Pipe era stato negato l'affidamento in extremis. Di nuovo.

Non le ci volle molto per scoprire cos'era successo. Suo padre non stava nemmeno più cercando di essere furtivo. I servizi sociali avevano ricevuto una mail estremamente offensiva e incriminante. Sosteneva che Pipe aveva commesso degli abusi nei confronti di un'ex fidanzata nel Regno Unito. Includeva un rapporto della polizia secondo cui lui aveva picchiato e soffocato la donna fino a farle perdere i sensi. Ry non aveva mai visto un rapporto della polizia britannica, ma capì comunque che era falso. Sembrava un modulo creato al computer da un bambino di dieci anni.

Per arginare il danno causato da suo padre, creò lei stessa una mail, una replica perfetta della corrispondenza di un distretto di polizia di Washington – dove aveva vissuto Cora – che informava i servizi sociali che il rapporto ricevuto era falso e che nessuna delle accuse nei riguardi di Bryson Clark era vera. La mail spiegava che un ex fidanzato di Cora stava cercando di sabotare la possibilità di ottenere l'affidamento facendo false accuse contro di lei e suo marito.

«Hai trovato qualcosa?» le chiese l'amica, vedendo ovviamente il suo sorriso soddisfatto.

«Sì, ma l'ho sistemato.»

«L'hai *sistemato*?»

«Mm-mm?»

«Che cos'hai fatto?»

«Non vuoi saperlo.»

«In realtà, sì. Altrimenti non te l'avrei chiesto» replicò con fermezza.

La cosa la divertì, anche se non sapeva perché. Cora non aveva certo paura di dire quello che pensava.

«A quale fascia d'età siete interessati tu e Pipe?»

«Perché? Pensavo che mi avresti detto cos'hai trovato e come l'hai risolto» ribatté lei, invece di rispondere alla sua domanda.

«Sei contraria a un ragazzo piuttosto grande, che è vicino a uscire dal sistema per limite di età? Tipo sedici o diciassette anni. Oppure stai cercando qualcuno tra i sette e i nove?» le chiese, incontrando il suo sguardo.

«Non ha importanza. Diciamo che non vogliamo un bambino al di sotto dei tre anni. Quelli sono molto più facili da piazzare e hanno molte opzioni.»

«E ne volete uno solo? O sono accettabili due o più contemporaneamente?»

«Cosa mi stai chiedendo in realtà?» le domandò Cora, chiaramente esasperata.

Ry era ben consapevole che l'attenzione di tutte era su di loro. Una cosa che di solito la metteva a disagio. Ma mentre cercava tra i documenti dei servizi sociali aveva visto qualcos'altro. Qualcosa di importante.

«C'è una famiglia. I genitori sono stati uccisi in una lite per questioni di droga. La figlia maggiore ha diciassette anni. Il più piccolo ne ha quattro. Non hanno parenti disposti ad accoglierli, il che non sorprende visto che sono in quattro. La diciassettenne ha lasciato la scuola e sta cercando di ottenere la tutela dei suoi fratelli, ma non sta andando bene perché non riesce a trovare un lavoro che possa aiutarla a sostenere una famiglia di quattro persone. Erano lì quando hanno sparato ai loro genitori, e a quanto pare non stanno affrontando bene la violenza di cui sono stati testimoni. I servizi sociali sono riusciti a trovare delle case famiglia per i bambini di quattro e otto anni. Ma non c'è stato alcun interesse per un tredicenne e una diciassettenne. Non vogliono essere separati e questo complica le cose.»

«Sì» disse Cora, prima che Ry potesse aggiungere altro. «Sapete tutti che il motivo per cui abbiamo ampliato il nostro chalet è perché volevamo prendere in affidamento più di un bambino alla volta. C'è un sacco di spazio ora che abbiamo una casa con quattro camere da letto.»

«Forse dovresti parlarne con Pipe» disse Alaska esitante.

«Non ce n'è bisogno» replicò con fermezza. «Abbiamo parlato spesso dell'affido. Di chi saremmo disposti ad accogliere. Ed entrambi abbiamo deciso che avremmo accolto chiunque avesse avuto bisogno di noi. E sembra che questi bambini abbiano decisamente bisogno di noi.»

«Hanno bisogno del Rifugio» disse Henley, tirando su con il naso.

«Sarai bravissima con loro» aggiunse Maisy.

«E sono sicura che potrei aiutare a trovare un lavoro per la più grande» si offrì Alaska.

Ry sorrise. Il piano di suo padre per sabotare l'affidamento di Cora e Pipe poteva aver funzionato temporaneamente, ma alla fine aveva fatto loro un favore. Aveva un bel presentimento al riguardo. «Non manipolerò i documenti approvandovi subito» la avvertì. «Ma posso scrivere che tu e Pipe siete molto interessati a prendere in affidamento l'intera famiglia. Per non separarli. Dovrete comunque sostenere un altro colloquio, incontrare i bambini e ottenere la loro approvazione.»

«So come funziona. E va bene così. Preferisco che si svolga nel modo corretto, che i bambini *vogliano* stare con noi, piuttosto che tu apponga la firma sull'approvazione definitiva» disse Cora.

L'eccitazione sul suo volto era evidente. Desiderava farlo. Quei ragazzini non lo sapevano, ma la loro vita stava per cambiare in meglio.

«Come si chiamano?» le chiese.

Ry tornò a guardare lo schermo del computer. «La più grande si chiama Joyce. Il tredicenne, Kason. Poi ci sono Shannon e Max.»

«Femmina, maschio, femmina, maschio» sussurrò Cora.

«Sì.»

«Li vogliamo. Decisamente.»

«Bene. Perché è fatta. Speriamo che vi chiamino presto.»

«Ry, non è ancora una cosa fatta» la avvertì Alaska.

«Ah, no?» chiese, alzando lo sguardo con quello che sapeva essere un sorrisetto compiaciuto.

«Giusto. Succederà» disse Alaska con un piccolo sbuffo. «Fai un po' paura, lo sai?»

Per qualche motivo, Ry provò un senso d'orgoglio per le parole dell'amica. «Non faccio paura. Sono efficiente» ribatté.

Tutte risero. E a quello, l'atmosfera che un attimo prima era stata carica di preoccupazione e di inquietudine, tornò a essere allegra. Era incredibile che fosse stato merito suo.

All'improvviso, i sentimenti provati nei confronti delle sue capacità cambiarono. Se n'era sempre un po' vergognata, sapendo che l'hacking, nella maggior parte dei casi, era una cosa negativa. Qualcosa da dover tenere nascosto. Ma lei non era una *cattiva* persona. Sì, hackerare il sito web del governo non era esattamente corretto, però suo padre aveva fatto una cosa inaccettabile, e lei si era sentita obbligata... no, onorata di aiutare la sua amica.

Inoltre, era stata sincera con Cora. Non aveva apposto la firma sull'approvazione. Non aveva garantito a lei e a Pipe di essere automaticamente accettati. Avrebbero dovuto comunque seguire le procedure per prendere in affidamento la famiglia. Ma ciò che aveva fatto era stata davvero una cosa negativa, quando nessun altro aveva mostrato interesse a prendere tutti e quattro i ragazzini? Non ai suoi occhi.

E ciò la riportò al suo pensiero iniziale riguardo al padre. Doveva trovare un modo per farlo parlare, altrimenti le molestie non sarebbero mai finite, e il Rifugio e i suoi amici avrebbero dovuto sopportare molte altre giornate cariche di frustrazione e preoccupazione.

Ciò che fece successivamente fu facile. Quasi *troppo*. Le cose che lui le aveva insegnato, cose che non aveva più fatto dal giorno in cui aveva lasciato la sua casa, le tornarono in mente automaticamente.

Entrare nel suo conto corrente fu un gioco da ragazzi. Così come trasferire diecimila dollari. Non erano tantissimi soldi, ma erano sufficienti per attirare la sua attenzione. Gli aveva chiesto di smettere attraverso il dark web. Lo aveva implorato. Aveva cercato di aprire una linea di comunicazione, ma lui aveva ignorato i suoi tentativi rifiutandosi di parlare.

Bene. Nel mondo di suo padre, parlavano i *soldi*, così lei gli avrebbe "parlato" in un modo che lui non avrebbe potuto ignorare.

Premette il tasto invio più forte di quanto avesse inteso, e quando vide che il denaro che lui aveva rubato a qualcun altro era stato trasferito sul conto corrente di

Padres Unidos, provò una sensazione incredibile. Si trattava di un programma locale che aiutava i padri a diventare più coinvolti, impegnati, e responsabili. Il suo lo avrebbe odiato, per quello le era sembrato appropriato, visto che ai suoi occhi lui era il padre peggiore del mondo. Un programma come quello gli avrebbe fatto sicuramente bene.

«Di che si tratta?» chiese Maisy.

Ry cercò di mostrarsi innocente. «Cosa?»

«Quello che hai appena fatto.»

«Non ho fatto niente.»

«Mm-mm» mormorò scettica.

Lei sospirò. «Ok, ascoltate... devo porre fine a questa situazione. Mio padre vi sta perseguitando tutti. È arrabbiato con me e non è giusto che voi veniate coinvolti nel fuoco incrociato. Ho *bisogno* che tutto questo finisca.» Sussurrò le ultime parole, e si rese conto di essere sul punto di piangere.

Cora chiuse il portatile, le prese la mano e la tirò su dalla sedia. La trascinò verso il divano e si sedette, portandola accanto a sé. Anche Maisy si accomodò, e si spostò finché Ry non si trovò tra le due donne.

«Finirà» la rassicurò.

«Non possiamo saperlo» sussurrò.

«Quando ero in quel seminterrato» disse Lara, che era seduta accanto a Maisy, «pensavo che fosse finita. Che sarei morta lì. Che nessuno mi avrebbe mai trovata. Ma mi sbagliavo. Cora mi *ha* trovata. Mi ha tirata fuori da lì... con il tuo aiuto.»

«Quando ero in quell'auto diretta in Messico, non riuscivo a pensare in che altro modo sarebbe potuta finire se non male» aggiunse Reese. «Anche quando sono caduta nel fiume, credevo di essere spacciata. Ma poi Gus, l'uomo che amavo da quella che sembrava un'eternità, è apparso, e all'improvviso eravamo entrambi al sicuro sulla riva.»

«Lo stesso vale per me. Quando mi hanno caricata su quel treno in Russia, ero sicura di essere spacciata» disse Alaska.

«E io ero sicura che quando Jack avesse recuperato la memoria mi avrebbe odiata per sempre» ammise Maisy sommessamente.

«Il punto è che tutte noi siamo sopravvissute a delle situazioni orribili. E lo farai anche tu. Tutto questo finirà» sostenne Cora con fermezza. «In un modo o nell'altro, si risolverà.»

«E se pensi che Tiny lascerà che accada qualcosa a te o al Rifugio, ti sbagli di grosso» affermò Henley. «Quell'uomo è completamente innamorato di te. Da mesi.»

«Non sono sicura che stiamo parlando dello stesso Tiny» protestò Ry, anche se nel profondo si accese un barlume di speranza alle parole dell'amica.

«È così» continuò. «Senti, lo capisco. Ha avuto difficoltà a gestire tutto. Ma anche quando era... eccessivamente protettivo nei confronti del Rifugio, non riusciva a nascondere la sua preoccupazione per te. E ultimamente, ora che conosce tutta la tua storia, quella preoccupazione è evidente in modo inequivocabile.»

Ry non poteva negarlo. «È decisamente fuori dalla mia portata» disse, ammettendo ad alta voce qualcosa che pensava già da un po'.

«No, non è vero.»

«Ti sbagli.»

«Stai scherzando?»

Le loro proteste immediate le diedero una sensazione innegabilmente positiva.

«Non so nulla di relazioni. Ho passato tutta la vita a essere quella strana. L'emarginata. L'introversa. Non ho mai avuto un ragazzo. Il sesso mi rende nervosa, e l'altro giorno ho dato il mio primo bacio... a *trentun anni*. È ridicolo e patetico.»

«Ci penso io, signore» dichiarò Alaska, alzandosi e avvicinandosi al divano. Si inginocchiò davanti a lei e le mise le mani sui polpacci. «Ne so qualcosa sull'essere un'emarginata. Non avevo molti amici, passavo tutto il tempo a essere una semplice spettatrice di ciò che succedeva intorno a me. Ed eccomi qui. Sono fidanzata con un uomo che amo da sempre e conduco una vita che non avrei mai potuto immaginare. Tiny non è fuori dalla tua portata, Ry. Anzi, sono pronta a scommettere che pensa sia tu quella fuori dalla *sua* portata. Sei un maledetto genio, ragazza. Probabilmente potresti mettere fuori gioco i programmi nucleari di Russia, Cina e Corea del Nord premendo qualche tasto sul computer. Quindi cosa cambia se non hai mai avuto una relazione prima d'ora? Se ho interpretato bene quello che hai detto, hai appena dato il tuo primo bacio a Tiny. Scommetto che è elettrizzato, eccitato e orgoglioso di essere stato il primo. È stato terribile?»

«Il bacio? No!» esclamò. «È stato... fantastico. Ho sempre pensato che toccare con la lingua quella di qualcun altro sarebbe stato disgustoso. Non lo è affatto.»

Alaska stava sorridendo da un orecchio all'altro. «Vuoi un consiglio? Prendi tutto come viene. Continua a fare quello che stai facendo. Apriti con Tiny, lui ha bisogno di onestà probabilmente più di tutti i nostri uomini. Digli cosa pensi e cosa senti. Se qualcosa ti rende nervosa, faglielo sapere. Ti tratterà bene, Ry. Non ho dubbi.»

«E assomiglia a quel fico di Jake Ryan. È stata la mia prima cotta» ammise Reese.

«Non credo proprio che gli assomigli» disse Ry, lanciandole un'occhiata.

«Cosa? Su serio?» chiese Lara stupita.

«Sul serio.»

«Devi guardare di nuovo *Sixteen Candles – Un compleanno da ricordare*, amica mia. E poi ti sfido a dirmi che Tiny non ti ricorda lui» le ordinò Reese.

«Il film con gli anni ha perso il suo fascino, oggi è considerato piuttosto misogino, ma nel finale... quando dice: "Sì, tu", mi sciolgo ogni volta» ammise Maisy.

Alaska diede una stretta alle gambe di Ry. «Tra un anno saremo tutte sedute qui, Lara con il bambino e Maisy con il suo, a guardare Elizabeth e Dylan sgambettare e cacciarsi nei guai, e a ricordare insieme le situazioni assurde in cui ci siamo trovate e come si sono risolte bene alla fine.»

«Promesso?» sussurrò Ry. Lo voleva. Oh, se lo voleva. Se avesse potuto mandare avanti il tempo e far sì che tutto ciò che stava succedendo fosse finito, lo avrebbe fatto in un batter d'occhio.

«Promesso» sostenne Alaska con fermezza.

Dylan cominciò ad agitarsi, ed Elizabeth, sentendo le sue urla, si unì a lui.

«Credo che sia giunto il momento di andare via» disse Henley ironicamente.

«Già» concordò Reese.

Cora aiutò Reese ad alzarsi, dato che stava ancora guarendo dai problemi causati dal parto, e l'accompagnò alla porta tenendola per il braccio. Henley uscì con Alaska al seguito.

Ry abbracciò tutte e si diresse verso il lodge. Non era ancora pronta a tornare allo chalet. Per quanto fosse un'introversa, in quel momento non voleva stare da sola. Tiny era nella stalla ad aiutare Tonka con gli animali, così andò verso la lavanderia. Carly, Jess e Joshua molto probabilmente erano lì a piegare asciugamani e lenzuola.

Il Rifugio non era il posto in cui aveva pensato di finire, proprio per niente. Non aveva mai immaginato di vivere e lavorare in un resort che si trovava in mezzo ai boschi, a chilometri e chilometri da qualsiasi grande città. Ma decidere di nascondersi lì per qualche mese era stata la decisione migliore che avesse mai preso. Ora era la sua casa, e avrebbe fatto tutto il necessario per proteggerla... e per proteggere le persone che vivevano e lavoravano lì.

CAPITOLO UNDICI

«EHM, TINY?»

«Sì?» Si voltò a guardare Ryleigh. Era seduta sul divano accanto a lui a digitare sulla tastiera, come al solito. Era di malumore da ore.

Nel primo pomeriggio, Jasna era tornata al Rifugio in lacrime. Aveva scoperto che i suoi voti erano tutti D o F. Non aveva alcun senso, dato che in realtà era un'ottima studentessa.

Ryleigh era andata quasi fuori di testa, ma Henley aveva mantenuto la calma dicendo senza mezzi termini che se ne sarebbe occupata lei, che gli insegnanti di Jasna avrebbero capito subito che la pagella elettronica che avevano stampato era sbagliata.

Ma tutti sapevano che era stato uno dei modi del padre di Ryleigh di creare problemi. Prendersela con una bambina era inaccettabile. Tiny non sapeva perché aveva pensato che quell'uomo avrebbe avuto un briciolo di compassione o di empatia e che non avrebbe trascinato una ragazzina nelle sue macchinazioni.

Nonostante risolvere il problema del voto fosse stato probabilmente molto più facile che sistemare la maggior parte delle cose che Harold Lodge aveva fatto, era stato un duro colpo per lei. Tiny *odiava* che soffrisse. Odiava tutta la situazione. Sapeva come uccidere un terrorista intenzionato a fare del male a lui o ai membri della sua squadra, dare la caccia a un HVT, un obiettivo di alto valore, e farlo fuori senza alcun rimorso. Ma era impotente di fronte a qualcuno che si nascondeva dietro a una tastiera e che usava i dispositivi elettronici come armi.

Ryleigh stava ancora facendo del suo meglio per tamponare i danni che quell'uomo stava causando, ma erano tutti sulle spine, chiedendosi cos'altro sarebbe successo.

«Mi hai detto che se mio padre si fosse fatto vivo, avrei dovuto fartelo sapere. Be'... mi ha mandato un messaggio.»

«Cosa?» chiese, mettendo da parte il telefono e balzando praticamente verso di lei, che gli porse il portatile senza esitare.

Il testo sullo schermo non era in una normale finestra di chat. Sembrava una riga di codice html che scorreva lentamente, e gli ci volle un momento per identificare il messaggio.

stronza, non provocarmi. restituisci tutto. tutto. altrimenti...

«Restituire cosa?»

«Ehm... potrei aver rubato diecimila dollari dal suo conto, oggi» rispose.

«Cosa? Perché?»

«Mi ha fatta arrabbiare! Ha messo le mani sulla domanda di affidamento di Cora e Pipe, e dato che si è rifiutato di rispondere a tutti i messaggi che gli ho inviato, ho deciso di parlargli in una lingua che non può ignorare.»

Tiny guardò le parole che scorrevano sullo schermo.

la roba che ho fatto finora non è niente in confronto a quello che sta per succedere.

Non aveva idea di come un padre potesse parlare in quel modo al sangue del suo sangue. «Come faccio a rispondere? Basta digitare?» le domandò.

«Mm-mm. Ma... cosa vuoi dire?»

Sei un codardo, Lodge. E un essere umano di merda. Smettila di sfogare la tua pateticità su persone innocenti.

ah, parla il SEAL grosso e cattivo! goditi la sua fica, sono sicuro che è bella stretta, considerando che mia figlia è una stronza repressa.

Tiny digrignò i denti. Era doppiamente contento che lei gli avesse permesso di filtrare i messaggi. Non c'era bisogno che vedesse quelle parole al vetriolo.

avrei dovuto venderla quando ne avevo la possibilità.

Lasciala in pace. Hai fatto abbastanza per rovinarle la vita. Ti troveremo e poi passerai il resto della tua patetica vita dietro le sbarre.

ah! no, non ci riuscirete e no, non finirò in prigione.

Comportati da vero uomo e ammetti i tuoi peccati. Tiny sapeva che non sarebbe successo, ma pensò che avrebbe potuto provare a convincerlo a fare la cosa giusta.

da vero uomo come te e i tuoi amici? bene, lo farò, mi comporterò in un modo che voi possiate capire e apprezzare. sarà divertente vedere le scintille volare.

Un brivido gli percorse la schiena. Non aveva idea di cosa Harold intendesse dire, ma sapeva che non era nulla di positivo.

di' alla mia cara figlia di restituirmi tutti i soldi, e tutto questo finirà. altrimenti vedremo chi vincerà alla fine.

Tiny iniziò a digitare una risposta, ma improvvisamente lo schermo diventò nero. Sorpreso, sollevò le dita dai tasti.

«Che c'è? Cos'è successo?» chiese Ryleigh con urgenza.

«Non lo so. È diventato tutto nero.»

Lei imprecò e prese il portatile. Tirò un sospiro di sollievo quando le parole ricominciarono a scorrere sullo schermo. «Ha cancellato la conversazione. E non posso rintracciarlo perché ha fatto rimbalzare la connessione su troppe torri. Che cos'ha detto?»

Tiny sospirò. «Rivuole i suoi soldi. Tutti.»

«Non gli darei un centesimo neanche se stesse affogando e quei soldi potrebbero aiutarlo a non affondare» disse Ryleigh con ferocia.

«Vieni qui.» Senza darle la possibilità di rispondere la attirò contro il suo fianco, e seppellì il naso nei suoi capelli, mentre cercava di controllare le proprie emozioni. Non era sorpreso di quanto fosse orribile suo padre, lei gli aveva detto esattamente con che tipo di uomo avevano a che fare… eppure, era ancora turbato dalla facilità con cui aveva parlato di vendere la figlia.

Con suo grande sollievo, Ryleigh si accoccolò subito contro di lui; lo circondò con le braccia e posò la guancia sulla sua spalla.

«Hai mai visto il film *Sixteen Candles – Un compleanno da ricordare*?» gli chiese all'improvviso.

Tiny soffocò un gemito. «Fammi indovinare, le ragazze ti hanno parlato di Jake Ryan.»

Lei ridacchiò, e quel suono gli arrivò dritto al cazzo. «Sì, ma avevo già sentito altra gente dire che pensavano tu gli assomigliassi.»

«Ma non è così» insistette, anche se in fondo doveva ammettere che c'era una leggera somiglianza. Da un lato non riusciva a credere di star facendo quella conversazione, ma dall'altro era più che contento di non doverla calmare, visto che non era stata costretta a leggere tutte le stronzate che suo padre aveva avuto il coraggio di dire.

«Possiamo guardarlo?»

«*Sixteen Candles*?»

«No, *Alien*. Certo, *Sixteen Candles*.»

«Se riesco a trovarlo su una delle app di streaming.»

«Oh, c'è. L'ho già cercato» ribatté lei, e Tiny sentì il divertimento nella sua voce.

«Ovvio. Cos'avresti fatto se ti avessi detto di no?»

«Lo avrei guardato con una delle ragazze. Magari con Reese, sembra che le piaccia molto.»

Prese il telecomando. «No, non se ne parla proprio. Lo guardi con me.»

Lei ridacchiò di nuovo. Gli piaceva così rilassata e felice.

Gli disse su quale app si trovava il film e pochi minuti dopo stavano scorrendo i titoli di testa. Ryleigh alzò lo sguardo su di lui. «Tiny?»

«Sì?»

«Mi dispiace che tu abbia dovuto comunicare con mio padre. Sono sicura che non sia stato divertente. E probabilmente ha detto delle cose terribili. Ma io lo fermerò. Fosse anche l'ultima cosa che faccio.»

«*Noi* lo fermeremo. E non sarà l'ultima cosa che farai. Non lo permetterò. Non quando abbiamo appena iniziato.»

«Iniziato cosa?»

«Noi.»

Lo fissò, poi gli fece il sorriso più dolce che avesse mai visto. Posò di nuovo la guancia sulla sua spalla e lo strinse forte. Tiny le baciò la testa e si rilassò contro i cuscini. Ryleigh si era intrufolata sotto le sue barriere con la stessa facilità con cui entrava nei database top secret. Ma non gli dispiaceva. Era stanco di sospettare di tutto e di tutti. Voleva quello che avevano i suoi amici.

E sapeva fin nel midollo che lei era la sua possibilità. Quella di fidarsi di nuovo. Di amare.

———

Tiny aveva pensato che Ryleigh si sarebbe addormentata a metà del film, ma si era sbagliato di grosso. Era rimasta sveglia e aveva fatto commenti per tutta la durata. Aveva alzato gli occhi al cielo disgustata per la rappresentazione palesemente discriminatoria degli asiatici e per il modo in cui il presunto "eroe" aveva lasciato una donna ubriaca fradicia – con la quale usciva – nelle mani di qualcun altro dandogli carta bianca per fare sesso con lei, anche se lei non era in grado di dare il suo consenso.

Ma sul finale, quando Jake Ryan si era presentato davanti alla chiesa dove si era sposata la sorella di Samantha e aveva risposto alla sua innocente domanda "Chi, io?" con "Sì, tu", Tiny aveva sentito Ryleigh sospirare.

Il bacio sulla torta di compleanno, proprio alla fine, era una cosa davvero sdolcinata, ma poteva capire come potesse piacere agli adolescenti... e a quanto pareva anche a lei.

Una volta terminato, Ryleigh lo guardò, ma non disse nulla.

«Allora?» le chiese.

«Allora, cosa?»

«Mi assomiglia il protagonista?»

Lei lo studiò per un lungo momento, poi scrollò le spalle. «C'è una certa somiglianza, ma onestamente tu sei molto più...»

Tiny trattenne praticamente il fiato in attesa di qualsiasi cosa stesse per dire.

«Virile. Meno damerino. Più reale.»

Lasciò andare il respiro. Poteva accettarlo. «Adesso cosa vuoi guardare? *Bella in rosa? Non per soldi... ma per amore? Breakfast Club?*»

Lei ridacchiò. «Che ne dici di Trappola in alto mare?»

Tiny gemette.

«Che c'è? È da uomini. E ci sono i Navy SEAL» protestò.

«È orribile.»

Mise il broncio. «A me piace. Ti vedrei come protagonista. Tutto cazzuto, che fai esplodere i microonde, che non rabbrividisci anche se sei rimasto chiuso in un congelatore, che ti preoccupi di quel povero soldato che stava solo cercando di fare il suo lavoro, e che giuri vendetta quando il tuo amico generale viene ucciso.»

«Capitano» la corresse.

«Quello che è.»

Non poteva che fargli piacere che lei se lo raffigurasse in quel modo. «Ok, allora.»

Con quel film, però, Ryleigh si addormentò a metà della visione, ma invece di svegliarla e mandarla a letto, Tiny cambiò posizione sul divano, si sdraiò portandola sopra di sé, tenendole una mano posata sulla schiena, e mise l'altra sotto la propria testa per usarla come cuscino.

Fu una bella sensazione. *Incredibilmente* bella. Era dai tempi in cui stava con Sonja che non dormiva nello stesso letto... ehm, divano... con una donna. Non ne era stato mentalmente capace.

Eppure, con Ryleigh, non provò nemmeno un briciolo di dubbio o di ansia. Anche se lei gli aveva mentito, anche se lui aveva passato mesi a cercare di non amarla, sembrava che dal momento in cui l'aveva incontrata, più di un anno prima, avessero lavorato per arrivare a quel punto.

Era diventato improvvisamente un uomo diverso? Uno che si fidava di tutti e di tutto ciò che dicevano? No, accidenti, no. Ma si fidava di quella donna. Ryleigh avrebbe dovuto essere distrutta, visto il suo passato. Invece era compassionevole e gentile. Si faceva in quattro per aiutare gli altri in ogni modo possibile. Tiny capiva che fosse un tentativo di espiare quelli che lei considerava i suoi peccati, ma per quanto lo riguardava, i peccati non erano suoi. Erano di quella testa di cazzo di suo padre.

Lei non lo avrebbe mai pugnalato al petto nel cuore della notte, come non avrebbe mai deciso di tornare a una vita di crimini al fianco di quell'uomo.

No, se avesse proprio dovuto fare *qualcosa*, sarebbe sgattaiolata via in silenzio, sparendo come una nuvola di fumo.

Tiny era completamente al sicuro dal rischio che Ryleigh usasse violenza su di lui, ma non dal rischio che gli ferisse il cuore. O da quello di innamorarsi di lei.

Merda. *Amore*...

Sì. Era spacciato.

Doveva andarci piano. Per il bene di entrambi. Doveva dimostrarle che il comportamento da stronzo che aveva avuto con lei, era rimasto nel passato. Che poteva fidarsi di lui senza riserve. E, soprattutto, doveva dimostrarle che si fidava di lei allo stesso modo.

Con quel pensiero, Tiny chiuse gli occhi e si sentì leggero come non succedeva da anni. Aveva visto terapeuti, parlato dei suoi problemi di fiducia e delle cose che aveva visto e fatto come SEAL, eppure non si era mai sentito diverso dopo averlo fatto. Era rimasto lo stesso uomo distrutto che era stato prima della psicoterapia. In quel momento, però, percepì il cambiamento dentro di sé. Come se avesse finalmente lasciato andare l'amarezza e la rabbia che aveva trattenuto per tanto tempo.

Il sonno arrivò in fretta, per una volta, e fu profondo e ristoratore. Avere Ryleigh tra le braccia, contro il suo cuore, era ciò di cui aveva bisogno da anni. Ora che ce l'aveva, non avrebbe permesso a nessuno, nemmeno a quello stronzo di suo padre, di prendersi ciò che aveva aspettato per tutta la vita.

CAPITOLO DODICI

RY ERA RIMASTA SCIOCCATA quella mattina quando aveva aperto gli occhi e si era ritrovata tra le braccia di Tiny. Sapendo cosa aveva fatto la sua ex e che da allora non aveva più dormito con una donna, aveva pensato che la sera prima l'avrebbe svegliata per farla andare in camera.

Invece, era rimasto sul divano e l'aveva tenuta stretta a sé per tutta la notte. Ed era una sensazione incredibile. Più bella di qualsiasi cosa avrebbe potuto immaginare. Dato che lei non aveva mai dormito con un uomo – o con una donna, se era per quello – si era aspettata che fosse scomodo. Ma non si era svegliata nemmeno una volta, come succedeva di solito.

Quando lui aveva finalmente aperto gli occhi, si era aspettata che fosse sconvolto dal fatto che avevano dormito l'uno nelle braccia dell'altra, invece si era limitato a baciarle la fronte, a borbottare qualcosa sul suo terribile alito mattutino e a scivolare via da sotto di lei per andare in camera sua.

Lei lo aveva imitato, e quando si erano incontrati in

cucina dopo aver fatto la doccia, le cose tra loro erano andate meglio del solito. Ry non era sicura di cosa fosse successo la sera prima, ma Tiny sembrava ancora più diverso di quanto lo fosse stato negli ultimi tempi, e ciò la diceva lunga. Per tutta la mattina era stato molto più affettuoso e l'aveva toccata spesso... facendo scorrere una mano sul suo braccio, toccandole la schiena, sedendosi più vicino a tavola mentre facevano colazione. E lei non poteva dire che non le fosse piaciuto.

Di lì a poco Tiny sarebbe andato al lodge per la sua riunione settimanale con i proprietari, e lei avrebbe fatto il suo solito controllo sul dark web, alla ricerca di altre truffe di suo padre. Avevano programmato di incontrarsi più tardi al lodge per pranzare.

Avevano appena messo via i piatti della colazione, e Ry stava per sedersi di nuovo a tavola e mettersi al lavoro quando Tiny la fermò e la prese tra le braccia. Lo guardò sorpresa, e gli posò le mani sul petto, costringendosi a non accarezzarlo. Più stava vicino a quell'uomo, più era curiosa riguardo al sesso. Era una sensazione sorprendente, perché prima non se n'era mai preoccupata. Non si era mai concessa di pensarci. Ma ora che lui non la guardava più con sospetto, e dopo lo straordinario bacio che si erano scambiati, non riusciva a pensare ad altro.

«Va bene se parlo ai ragazzi di tuo padre? Di quello che è successo ieri, dei soldi che hai rubato dal suo conto e del fatto che lui ti ha contattata?»

Annuì subito. «Sì.»

«Non ti senti a disagio per averlo fatto?»

«Be', sì. È un furto, anche se in realtà lui li aveva rubati a qualcun altro. Ma non vorrei che pensassero che potrei fare una cosa del genere a loro. Prendere i loro soldi, intendo.»

«Non lo pensano» le disse.

Ry non ne era così sicura, ma Tiny conosceva quegli uomini meglio di lei. Inoltre, non aveva deciso di smettere di nascondere chi era? Aveva ritenuto necessario farlo perché suo padre aveva ignorato i suoi messaggi e perché si era messo contro Cora e Pipe. Aver manomesso l'assicurazione di Tonka era già stato abbastanza grave, ma la faccenda del giorno precedente aveva portato le cose a un livello molto più personale di quanto già non fossero. E dopo aver saputo dei voti di Jasna, si era sentita ancora meno in colpa per aver trasferito quel denaro.

«Ok» gli disse dopo un po'.

«Sta degenerando.»

Non era nulla che lei non avesse già pensato. «Già.»

«Dobbiamo intensificare gli sforzi, vedere se riusciamo a rintracciarlo. A denunciarlo. Posso parlarne con Tex?»

«L'ho già fatto io» ammise Ry con una piccola smorfia.

«Davvero?»

«Sì. È molto bravo, e ho pensato che forse poteva escogitare un modo per trovarlo che a me non era venuto in mente.»

«E l'ha fatto?»

«No.»

Per qualche motivo, Tiny ridacchiò.

«Che c'è? È divertente?»

«Più o meno.»

«Perché?» gli chiese.

«Perché hai pensato che Tex potesse sapere qualcosa che tu non sai. Tesoro, sei a un altro livello. L'ha detto anche lui.»

«Non è vero» ribatté, sentendo le guance infiammarsi.

«Ho la sensazione che gli piacerebbe sedersi con te per almeno quattro giorni per avere dei consigli. E comunque non sarebbero sufficienti. Se vuoi un lavoro, sono sicura che Tex ti assumerebbe. Accidenti, chiunque lo farebbe. Saresti una risorsa inestimabile per un'organizzazione che vuole blindare la propria struttura in modo che gli hacker non possano violarla.»

Ry lo guardò sorpresa.

«Non ci avevi mai pensato, vero? Di usare le tue capacità per bloccare quelli come te.»

«No.»

«Pensi di riuscire a blindare un sistema in modo abbastanza sicuro da impedire agli hacker di entrare? Tipo quelli delle società di carte di credito o dei siti governativi?»

«Probabilmente sì. Voglio dire, posso bloccare almeno il modo in cui entrerei *io*.»

Tiny ridacchiò di nuovo. «Ciò significherebbe tenere fuori il 99,9 per cento degli altri hacker. Possiamo parlarne più tardi.»

«Non ho bisogno di avere una laurea per poterlo fare?»

«Non ne ho idea. Ma immagino che una volta che un qualsiasi amministratore delegato si renderà conto di quello che sai fare, non si preoccuperà di un pezzo di carta. Grazie per avermi acconsentito di parlare della situazione con i ragazzi. Troveremo una soluzione. In un modo o nell'altro, non permetterò a tuo padre di continuare a tormentarti. Mi prometti una cosa?».

«Dipende da cosa si tratta» replicò.

«Donna intelligente, non accetta senza avere tutte le informazioni. Non scappare.»

Ry aggrottò la fronte, confusa.

«Sappiamo entrambi che le cose si faranno intense. Tuo padre non si tirerà indietro. Ma non voglio che tu te ne vada pensando che ciò possa aiutare la situazione. Non è così. Voglio che tu mi prometta che non te ne andrai di nascosto nel cuore della notte. So che non ti troverei mai... ma passerei comunque il resto della vita a cercarti.»

«Tiny» sussurrò.

«Questa notte ho dormito tenendoti tra le braccia, e non ho avuto un solo momento di esitazione. Di dubbio. Di preoccupazione. Voglio altre notti come questa. Voglio tutto con te. E se te ne vai...» Si interruppe.

«Non me ne andrò» disse, sentendosi sopraffatta. «Non ora. Voglio dire, se non me ne sono andata prima che mio padre iniziasse a fare tutti questi casini, non c'è alcuna possibilità che lo faccia ora.»

«Grazie. Non pensavo l'avresti fatto, ma volevo esserne certo. Vorrei baciarti di nuovo. Posso?»

Ry annuì.

Lui abbassò la testa, e il suo bacio fu tenero e dolce, solo uno sfiorarsi di labbra. Fu una sensazione... piacevole. Tiny si raddrizzò e la guardò per un attimo, come se volesse assicurarsi che stesse bene. Poi la baciò di nuovo. In modo più duro e profondo.

Quando si raddrizzò una seconda volta, entrambi ansimavano. Ry aveva le dita piantate nel suo petto e una gamba sollevata per strofinarla contro la sua coscia.

Lo aveva fatto davvero? Lei non era così. Non era mai stata così... eccitata.

Tiny sorrise. «Ti è piaciuto.»

«Ovvio.»

«Anche a me. Se vuoi... e non ti sto facendo pressione...

forse possiamo provare a dormire in un letto stanotte. Non che non siamo stati bene sul divano, ma è un po' scomodo. Credo che potremmo stare meglio nel mio letto. Ma ribadisco, dipende da te. E quando dico dormire, intendo *dormire*. Niente di più. Non ancora.»

«Nemmeno se lo desidero?»

Ry non sapeva da dove fossero arrivate quelle parole, non sapeva nemmeno più chi fosse.

«Mi rifiuto di fare le cose in fretta, Ryleigh. Tutto questo è nuovo per te e, francamente, lo è anche per me. Vorrei un po' di tempo per abituarmi alla situazione. A noi. Un passetto alla volta.»

Quando la metteva così, come poteva rifiutare? La verità era che non poteva. «Ok.»

«Bene.» Le baciò la fronte e indietreggiò con riluttanza. «Se non vado via adesso, farò tardi e i ragazzi mi daranno il tormento» disse con un sorriso.

«Loro non sono mai arrivati in ritardo a una riunione?» gli chiese.

«Hai ragione. Quando Brick ha trasferito Alaska da lui, era regolarmente in ritardo. E a pensarci bene, è successo a *tutti* ogni tanto.» Fece un passo verso di lei, le circondò la schiena con un braccio e la piegò indietro in modo teatrale, abbassando la testa.

Ry rise a quel movimento, ma si perse subito nel suo bacio. L'unica cosa che le impediva di cadere a terra era il suo braccio forte, eppure non aveva alcun timore. Quello era Tiny. Non le avrebbe mai fatto del male.

La rialzò troppo presto e le sorrise. «Ora devo *proprio* andare.»

«Ok» disse Ry con un'espressione sognante.

«Mi piace l'aspetto che hai in questo momento: le

labbra gonfie per il mio bacio, lo sguardo annebbiato, le guance arrossate.»

«Vabbè» mormorò lei.

Il suo sorriso si fece più ampio e le diede un buffetto sul naso con il dito. «Ci vediamo a pranzo. Se tuo padre cerca di comunicare ancora con te, non rispondere. Chiudi il portatile e vieni a cercarmi. Non importa se siamo ancora in riunione. Ok?»

Ry sospirò. Non sapeva esattamente cos'avesse scritto suo padre la sera prima, anche se poteva immaginarlo. Era bello che Tiny volesse proteggerla da lui, ma ne aveva sentite tante delle sue minacce in passato. Era sicura che non avesse detto nulla di diverso. «Va bene» acconsentì.

«Se vuoi fare uno spuntino prima di pranzo, ci sono delle mele in frigorifero. Non mangiare il dolcetto Christmas Tree Cakes che è nel freezer, però. È mio. Lo sto conservando.»

Lei alzò gli occhi al cielo. «È al sicuro con me.»

Sembrava che volesse dirle qualcos'altro, ma dopo un attimo si voltò e si diresse verso la porta. «Chiudi a chiave» le ordinò.

Ry avrebbe voluto alzare di nuovo gli occhi al cielo per il suo atteggiamento protettivo, ma dato che segretamente non le dispiaceva, annuì.

«Supereremo tutto questo» dichiarò con fermezza, come se dirlo lo avrebbe reso reale. Poi uscì.

Andò subito alla porta e chiuse bene, poi fece un respiro profondo e tornò al tavolo. Aprì il portatile e si mise al lavoro per cercare altre tracce elettroniche del padre.

Tiny ascoltò frustrato la spiegazione di Tonka riguardo a una donna in città che aveva deciso di non comprare più il latte di capra da loro. Nessuno dubitava che fosse in qualche modo legato a Lodge. Quell'uomo non aveva mai abbandonato la sua campagna per distruggere il Rifugio, e la tensione cominciava a farsi sentire per tutti.

Per alleggerire l'atmosfera, Pipe li informò che quella mattina lui e Cora avevano ricevuto una telefonata dai servizi sociali per l'affidamento di una famiglia composta da quattro bambini che non aveva parenti disposti ad accoglierla. Tiny lo sapeva perché glielo aveva raccontato Ryleigh, ed era felice che i suoi amici non avrebbero perso tempo con l'organizzazione degli incontri e le pratiche da sbrigare.

Ma ciò non attenuava la minaccia che sentivano incombere su di loro.

«Non si fermerà, quindi cosa possiamo fare per *farlo* smettere?» chiese Brick.

Era una domanda da diecimila dollari. O forse da dieci milioni.

«Ryleigh ha finalmente ricevuto un messaggio da lui ieri sera» disse Tiny.

«È riuscita a rintracciarlo?»

«Purtroppo no, ma il prelievo dei soldi dal suo conto ha sicuramente attirato la sua attenzione.» Aveva già raccontato ai suoi amici dei diecimila dollari che lei aveva trasferito a un ente di beneficenza per farlo uscire allo scoperto.

«E adesso?» domandò Tonka.

«Come possiamo sfruttare il fatto che lui l'abbia contattata?» aggiunse Owl.

«Che cos'ha detto?» chiese Stone, che probabilmente aveva posto la domanda migliore.

«Un sacco di stronzate. Ha detto che avrebbe dovuto vendere Ryleigh al mercato sessuale quando ne aveva la possibilità.»

«Maledizione» disse Pipe.

In qualsiasi altra situazione, Tiny avrebbe probabilmente riso. "Maledizione" non era esattamente ciò che avrebbe detto lui, e di certo non era quello che aveva pensato la sera prima quando aveva visto quelle parole sullo schermo. Ma non era dell'umore giusto per trovare qualcosa di divertente in quella situazione.

«Dopo che l'ho provocato dicendogli di comportarsi da vero uomo, ha risposto che lo avrebbe fatto con qualcosa che potevamo capire, dicendo anche che sarebbero volate scintille.»

«Cazzo, pensi che farebbe davvero qualcosa di concreto? Qualcosa di diverso dal nascondersi dietro a una tastiera?» chiese Spike.

«Non ne ho idea. Ma non credo che possiamo ignorare questa possibilità» rispose Tiny con un tono cupo.

«Contatterò la società di sicurezza a cui ci siamo affidati e dirò loro di essere più vigili. Abbiamo già un sacco di telecamere in giro per la proprietà, quindi ho paura che metterne altre possa solo rendere più difficile controllarle tutte» aggiunse Owl.

«C'è dell'altro. Ha detto che se Ryleigh avesse restituito i suoi soldi, e presumo che intendesse la somma originale, non i diecimila dollari che ha preso ieri sera, avrebbe smesso.»

«Gli crediamo?» chiese Stone.

«Assolutamente no. Si sta divertendo. Sono anni che la cerca ossessivamente, e ora che l'ha trovata non si arrenderà, anche se lei gli dovesse restituire i soldi» disse Tonka.

Tiny era d'accordo con lui.

«E se lo provocassimo?» domandò Brick.

«A cosa stai pensando?» chiese Pipe.

«Be', finora siamo stati sulla difensiva, riparando i danni man mano che li creava. Ieri, prelevando quei soldi, è stata la prima volta che Ry ha reagito. E lui ha risposto. E se lei facesse di più? Se glieli sottraesse *tutti*? Se lo colpisse dove fa più male?»

«Potrebbe comportarsi in modo ancora più folle di quanto già non faccia» disse Stone con un tono impensierito.

«Se dovesse incazzarsi troppo, potrebbe anche commettere un errore. Aprire una porta che porterebbe Ry a trovarlo e l'FBI a prenderlo» suggerì Brick.

«Oppure potrebbe uscire dal nascondiglio con un AK e cercare di uccidere sua figlia» sostenne Tiny.

«Esatto. Potrebbe *uscire dal nascondiglio*» disse Brick. «Pensate a chi siamo... degli implacabili operatori delle forze speciali. Abbiamo due SEAL, una Guardia Costiera esperta in operazioni speciali, un Delta, un SAS e due Night Stalker. Il giorno in cui non riusciremo a sconfiggere un fottuto hacker che ha passato tutta la sua esistenza dietro a un computer, rendendo miserabile la vita delle persone, sarà quello in cui rinuncerò alla mia spilla Budweiser. Dobbiamo far incazzare questo tizio a tal punto che non potrà fare a meno di affrontare Ry di persona.»

«No. Assolutamente no. Non esiste proprio» ringhiò Tiny. «Non useremo Ryleigh come esca per questo stronzo.»

«Allora, come suggerisci di prenderlo?» gli chiese Brick, con voce altrettanto dura.

Tiny si piegò in avanti sulla sedia, ormai incazzato nero. «Lo suggeriresti se fosse Alaska quella che lui vuole?»

«Non mi piacerebbe, avrei una paura tremenda, ma sì, lo farei.»

«Stronzate!» gridò Tiny.

«Se hai altre idee, ti ascolto. Ma questo tizio non sta combattendo lealmente, e non possiamo abbattere un fantasma. Abbiamo bisogno che mostri la sua faccia, e l'unico modo che conosco perché succeda è mandarlo completamente fuori di testa da spingerlo a cercare Ry personalmente.»

I due erano impegnati in un accanito braccio di ferro, e Tiny non aveva mai provato così tanta animosità verso un collega SEAL, un *amico*, come quella che stava provando in quel momento. La cosa più sgradevole era che Brick aveva ragione. Lo sapeva, ma voleva che Ryleigh non vedesse mai più quel coglione di suo padre. Non aveva fatto altro che causarle sofferenza, e non voleva che gliene causasse altra.

«Magari, invece di prendere tutti i suoi soldi in un solo colpo, potrebbe prelevarne un po' alla volta. Lasciare che la sua rabbia aumenti sempre di più. Quando sarà pronto a esplodere, lei potrà dirgli che glieli restituirà tutti, ma che dovrà venire a prenderli di persona» suggerì Stone.

«Non sarà così stupido da cascarci» disse Pipe.

Mentre gli altri parlavano, Tiny non distolse lo sguardo da quello di Brick, che lo fissava con la stessa intensità.

«Potrebbe promettergli che non ci saranno poliziotti, visto che anche lei ha infranto la legge rubandoglieli» aggiunse Spike.

«Questa scusa potrebbe funzionare» commentò Tonka lentamente. «Potremmo organizzare l'incontro qui, dove verrebbe ripreso dalle telecamere, in modo da pararci il culo se dovessimo intervenire in modo letale.»

«Assolutamente no, cazzo!» esclamò Brick. «Ci abbiamo messo sangue, sudore e lacrime in questo posto. Non voglio che quello psicopatico si avvicini al Rifugio. Anche se mandassimo via tutte le donne e i bambini e chiudessimo in modo che non ci siano ospiti, sarebbe comunque un'idea orribile invitarlo qui.»

«Tiny? Smettila di guardare male Brick. A cosa stai pensando?» gli chiese Owl.

Lanciò un'occhiata all'amico. «Che odio tutto questo.»

«Ma?» incalzò.

«Ma... potrebbe funzionare. Non portarlo qui, ma farli incontrare di persona. Harold Lodge è un cazzo di presuntuoso. Pensa di avere la situazione e sua figlia sotto controllo. Se Ryleigh continuerà a rubare i suoi soldi, pochi alla volta, lo farà impazzire. Non riuscirà a capire come fa a entrare nei suoi conti, perché è molto più brava di lui.»

«Pensi che sarà in grado di farlo? Perché ormai li avrà sicuramente bloccati» disse Pipe.

«Può farlo» replicò senza il minimo dubbio.

«Ma lo *vorrà* fare?» chiese Spike.

Lui sospirò. «Purtroppo sì. Farà di tutto per farlo smettere. Non importa quante volte le dica che non è colpa sua, lei continua a pensare che lo sia. Se usare sé stessa come esca porterà al suo arresto, non esiterà. Ma non si tratta solo di soldi. Sì, il bastardo rivuole i suoi milioni, ma a questo punto per lui è diventata una questione di orgoglio. Non può permettere che sua figlia vinca. Inoltre... credo che la veda come la sua unica reale minaccia. Dai messaggi di ieri sera ho avuto la sensazione che la voglia *eliminare*.

Che sia abbastanza presuntuoso da pensare di poterla uccidere, risolvendo nel frattempo le poche questioni in sospeso della sua vita.»

«Se organizziamo questa cosa saremo presenti per tutto il tempo. Non sarà mai da sola con lui, qualunque cosa accada» disse Brick.

Tiny lanciò un'occhiata all'amico. «Niente è mai così facile.» Sospirò. «E ho paura.» Non era una cosa che un SEAL avrebbe normalmente ammesso, ma quella non era una situazione normale.

«Lo so. Anch'io» replicò Brick. «Ma se non facciamo nulla, questo posto affonderà. Forse non domani o dopodomani, ma alla fine quello stronzo troverà il modo di distruggerci, proprio come ha detto Ry... a poco a poco. Non importa quanto sia brava, i colpi inferti alla nostra reputazione finiranno per farci perdere credibilità con i nostri ospiti. Vengono qui per sentirsi al sicuro, e se continuano a succedere cose del genere, la loro fiducia verrà meno e la nostra attività morirà. Non sono disposto a lasciare che questo accada.

Il Rifugio è il mio posto sicuro. È il luogo in cui ho trovato l'amore della mia vita, in cui sono guarito e in cui sono guariti anche i miei migliori amici. Qui sta nascendo una nuova generazione con i figli di Tonka e Spike, e farò di tutto per proteggerla. Per proteggere *loro*. E tutti quelli che sono qui. Compresa Ry. Ora è una di noi e non permetterò a nessuno di farle del male, Tiny.»

Una parte della sua ansia si attenuò. Brick aveva ragione. Quella era la loro casa, e non avrebbe permesso a nessuno di minacciarla. O di minacciare la donna che amava.

Non era nemmeno sorpreso dei pensieri che aveva su

Ryleigh. L'amava. Gli ci erano voluti mesi per capirlo, ma era la verità.

«Ok. Parlerai con Ry e le farai sapere ciò che abbiamo detto?» chiese Brick.

Tiny sbuffò. Solo perché aveva accettato il piano non significava che dovesse piacergli. «Che dovrà fare da esca? Sì, glielo dirò.»

«Ripeto, non la toccherà. Ti do la mia parola» giurò.

Lui annuì. Sapeva che Brick aveva le migliori intenzioni, ma sapeva anche, proprio come tutti gli uomini intorno a quel tavolo, che persino i piani meglio organizzati potevano andare a rotoli in pochi secondi.

CAPITOLO TREDICI

Quattro giorni più tardi, il piano per far arrabbiare Harold Lodge stava funzionando bene. *Estremamente* bene. Ryleigh aveva mantenuto la promessa di non rispondere al padre, lasciando che fosse Tiny a comunicare con lui.

Il bastardo non ne era contento.

Tiny faceva una smorfia ogni volta che lei gli passava il portatile, ma non esitava a prenderlo. L'uomo era molto arrabbiato. I suoi messaggi erano per lo più parolacce e minacce. Si sarebbe divertito se la situazione non fosse stata così instabile.

L'ultima cosa che aveva detto era che la figlia si sarebbe pentita di essersi messa contro di lui. Che *tutti* loro si sarebbero pentiti.

Era trascorso un giorno intero dall'ultimo messaggio, e nemmeno il fatto che Ryleigh avesse rubato praticamente tutto da uno dei suoi conti, lasciando solo sei dollari e sessantasei centesimi, lo aveva spinto a scriverle ancora.

Ma evidentemente non era stato con le mani in mano. Brick aveva appena convocato una riunione d'emergenza al lodge e aveva voluto che tutti partecipassero. E per tutti intendeva anche le loro donne e i dipendenti che si trovavano in quel momento in loco.

Era successo qualcosa. Qualcosa di brutto.

Mentre si dirigeva verso il lodge con Ryleigh, aveva lo stomaco in subbuglio. Guardò la donna al suo fianco e vide che anche lei era accigliata. Lo stress degli ultimi giorni non le aveva fatto bene; aveva mangiato poco e dormito male. Lo sapeva perché durante le ultime quattro notti l'aveva tenuta tra le braccia.

Aveva accettato di stare nel suo letto, e lui non l'avrebbe mai lasciata andare se poteva evitarlo. Tiny aveva pensato che dormire con lei avrebbe potuto scatenare degli incubi, ma incredibilmente non era stato così. Aveva passato più tempo a preoccuparsi per Ryleigh che a pensare a quello che era successo l'ultima volta che si era addormentato accanto a una donna.

Ora era *lei* a soffrire di incubi, si girava e rigirava nel letto, ed era uno schifo non poter fare niente per aiutarla. Quel bastardo di suo padre aveva molte cose di cui rispondere, e Tiny pregava che presto sarebbe finito tutto, che il piano di Brick avrebbe funzionato davvero e che sarebbero riusciti a far uscire quell'uomo da qualunque buco si fosse nascosto, così che tutto potesse tornare alla normalità.

Entrarono nel lodge e andarono direttamente nella sala conferenze. Erano già quasi tutti lì. Le donne erano sedute al tavolo e gli uomini stavano camminando o era appoggiati alle pareti. Tutti avevano un'aria tesa e insicura.

Brick non perse tempo a spiegare perché li aveva convocati. «Questa mattina, quando Alaska ha fatto l'accesso al sistema, ha scoperto che sono state cancellate tutte le prenotazioni per il mese prossimo, che sono state inviate delle mail agli ospiti per informarli e in cui c'è scritto che non avrebbero ricevuto alcun rimborso, come previsto dalla nostra politica in caso di cancellazione.»

«Cosa? È una stronzata!»

«Oh, mio Dio.»

«Di sicuro ci saranno arrivati un sacco di reclami.»

«Che cosa facciamo?»

Brick alzò le mani per far tacere tutti. Nella stanza calò un silenzio così assoluto, che avrebbero potuto benissimo sentire uno spillo cadere.

Ryleigh strinse le dita attorno a quelle di Tiny. Non si era seduta al tavolo, ma teneva stretto il suo portatile con una mano e con l'altra era aggrappata a lui quasi disperatamente.

«Alaska ha già risposto a tutti via mail, spiegando che è stato un errore del computer. Che ovviamente avrebbero ricevuto un rimborso, con un'aggiunta del 35%. Ma, soprattutto, dovremo fare i conti con le conseguenze di questo disastro. Arriveranno recensioni negative e più di qualcuno perderà la fiducia in noi, proprio come temevo. Possiamo riprenderci da questo brutto colpo, dobbiamo solo impegnarci di più.»

«Confermiamo loro una nuova prenotazione?» chiese Luna.

«Sì» rispose. «Lo abbiamo già fatto per quelli che volevano ancora venire. Ma dopo che gli ospiti ancora presenti se ne saranno andati – l'ultimo partirà tra due giorni – la settimana successiva sarà completamente libera. Quindi... credo che sia il momento giusto per mettere in atto un piano per porre fine a questi attacchi una volta per tutte. Senza nessun ospite sarà più sicuro per tutti, e ciò significa che anche chi non vive qui dovrà starsene a casa. Savannah,

Carly, Jess, Luna, Robert, Joshua, Jason... intendo tutti voi.»

Quando i dipendenti iniziarono a obiettare dicendo che avrebbero potuto dare una mano con il piano che volevano mettere in atto, Brick li fermò. «Apprezzo che vogliate aiutare, ma state certi che se potessi mandare via anche tutti gli altri, lo farei. Purtroppo, lo stronzo che minaccia il nostro sostentamento sa chi sono le nostre donne e quanto sono importanti per ognuno di noi, e ho la sensazione che andrebbe a cercarle in qualunque posto, quindi sono più al sicuro qui piuttosto che a Los Alamos o da qualche altra parte. Non credo che darà la caccia a nessuno di voi, ma dovete stare all'erta. Fate attenzione e siate prudenti finché non sarà tutto finito.»

Aspettò che tutti acconsentissero.

Tiny non aveva alcun problema che fosse Brick a prendere le decisioni; non serviva che si consultasse con lui o con gli altri ragazzi, aveva sempre a cuore gli interessi del Rifugio, e quella situazione non era diversa.

«Inoltre, se riusciremo a portare a termine con successo l'operazione "Chiudiamo questa faccenda" e se Harold Lodge verrà rinchiuso nel posto in cui merita di stare, pensavo che potremmo cogliere l'occasione, visto che qui al Rifugio non ci sono ospiti ma solo la famiglia, per organizzare un matrimonio il prossimo fine settimana.»

Si girò verso Alaska e si inginocchiò davanti alla sedia dov'era seduta.

«So che ti ho già chiesto di sposarmi e tu hai accettato di fare una piccola cerimonia, ma stavo pensando che forse potremmo celebrare il nostro matrimonio qui... e fare il festeggiamento che hai sempre desiderato. Visto che abbiamo spazio, ho pensato che potremmo invitare alcuni dei nostri amici. Mia madre, magari il fratello e la moglie di Reese, e qualche altro. Facciamo una grande festa... sempre che tu lo voglia ancora.»

«Sì, lo voglio!» Alaska quasi urlò. «E sì! Invita *tutti* i nostri amici. Voglio che tutti abbiano accanto qualcuno che amano, non solo noi!»

Era strano essere felici e allo stesso tempo incazzati. Ryleigh doveva pensarla allo stesso modo, perché dopo aver abbracciato e fatto le congratulazioni a Brick e Alaska, chiese a Tiny se potevano tornare allo chalet.

Una volta dentro, si sedette al tavolo e sospirò. «Tutto questo deve finire» sussurrò.

«Sono d'accordo. Cosa vuoi che faccia?»

«Tu?»

«Sì. Cosa devo dire a tuo padre per fargli accettare di incontrarti?»

Ryleigh si raddrizzò. «Sarebbe più facile se lo facessi io.»

«Non succederà, tesoro. Non voglio che tu veda una sola parola del veleno che ti rivolge.»

«Ci sono abituata» mormorò con un filo di voce.

«Non mi interessa. Ed è maledettamente sbagliato che tu ci sia abituata. Nessun uomo dovrebbe rivolgersi a *qualcuno* in quel modo, tanto meno alla propria figlia.»

«Ok. Lasciami configurarlo» disse Ryleigh, tirando il portatile verso di sé e aprendolo.

Ma Tiny non aveva ancora finito di parlare. Si sedette accanto a lei, le girò la sedia e le mise una mano sulla nuca.

Lei lo fissò con aria esausta.

«Apprezzo che ti fidi di me tanto da lasciarmi parlare con lui e riferirti quello che dice.»

«Non è un problema.»

«Non so come hai fatto.»

«Fatto cosa?»

«A sopravvivere così a lungo con quello stronzo.»

Ryleigh chiuse gli occhi per un attimo, poi li riaprì. «Trovavo molte giustificazioni per le sue azioni, e non avevo amici. Neanche uno. Nessuno con cui parlare, che mi dicesse di andarmene o che sostenesse che quello che stava facendo era da fuori di testa. Il più delle volte mi lasciava in pace. Potevo navigare in rete e fingere che la mia vita fosse normale.»

«Finché non ti ha ordinato di rubare i soldi di qualcuno.»

«Sì» ammise con tristezza. «So di essere rimasta troppo a lungo, che molte persone valutando la mia situazione sarebbero disgustate, direbbero che ero un'adulta e che doveva un po' piacermi quello che facevo visto che ho aspettato tanto prima di andarmene. Ma non era così. Proprio per niente.»

«Lo so. E lo sanno tutti qui al Rifugio. Ti è stato mai detto qualcosa?» le chiese, irritato al solo pensiero che qualcuno potesse aver sminuito Ryleigh in quel modo. Soprattutto senza sapere nulla della sua situazione.

«No!» esclamò con foga. «È solo che... a volte penso che sia tutto un sogno. Che mi sveglierò e tornerò in uno squallido appartamento a nascondermi da mio padre.»

«Non succederà. Sei qui e sei molto amata da tutti. Proprio ieri Lara è venuta a chiedermi cosa poteva fare per aiutarti. È dispiaciuta perché sei tu a subire le conseguenze maggiori delle azioni di tuo padre.»

«Non è un problema.»

«*Sì* che lo è. E noi lo fermeremo, ma è chiaro che dovremo forzargli la mano. Dimmi la verità, pensi davvero che sia così pazzo da volerti incontrare di persona? Voglio dire, forse dobbiamo escogitare un piano di riserva.»

Ma lei stava già scuotendo la testa. «Lo farà. È talmente presuntuoso da pensare di potermi superare in astuzia. Di poter superare tutti noi. Sono sicura che sa che voi ragazzi sarete nei paraggi quando ci incontreremo, e pensa di essere più furbo di tutti. Ma... se gli facessimo credere che ha già vinto? Che ci ha battuti? Che ha battuto *me*?»

«Cosa vuoi dire?» le chiese.

«Se gli dicessimo che se accetta di incontrarmi gli restituirò i soldi, che voglio pregarlo di persona di lasciare in pace me e tutti i miei amici?»

«E?» domandò, pensando che avesse già in mente qualcosa.

«Gli diremo che può scegliere il luogo dell'incontro. Gli piacerà poterlo fare, perché, come ti ho detto, penserà di poterci superare in astuzia. Supporrà che chiameremo la polizia, l'FBI e chiunque altro, ma sarà convinto comunque di poter vincere... mio padre conta sulla vittoria. Però mi preoccupa che delle persone innocenti potrebbero essere coinvolte in tutto questo casino.»

«Lo sai che anche tu sei una persona innocente» disse Tiny.

In risposta, lei scrollò le spalle.

«Lo sei» insistette.

«Non lo sono affatto. Ho rubato molti di quei soldi che alla fine ho dato via. Ero abbastanza grande da sapere che era sbagliato, ma l'ho fatto lo stesso. Poi li ho presi a mio padre sapendo che si sarebbe arrabbiato. Che li avrebbe rivoluti indietro. E guarda a cosa ha portato. Tiny?»

«Sì?»

«Ho paura.»

«Di tuo padre?»

«Sì, ma anche di quello che potrebbe fare a te. Al Rifugio. Ai nostri amici.»

«Non permetteremo che accada nulla» disse con fermezza. «Sarebbe davvero grave se sette ex operatori delle forze speciali non riuscissero a proteggere uno dei loro familiari.»

Ciò gli valse una risatina. Era davvero orgoglioso di quella donna. Aveva avuto una vita schifosa fino a quel momento, e lui era determinato a far sì che fosse migliore da lì in poi. Le strinse la nuca, si chinò in avanti e appoggiò la fronte sulla sua.

«Tiny?»

Le sorrise mentre tirava indietro la testa per poterla guardare negli occhi. «Sì?»

«Ti voglio.»

La fissò sorpresa. Ma lei non gli diede la possibilità di parlare perché continuò.

«Probabilmente all'inizio non sarò molto brava, ma imparo in fretta. L'altro giorno, quando ti ho detto che andavo ad aiutare Tonka alla stalla... non l'ho fatto. Sono andata in città, allo studio ginecologico. Mi dispiace di averti mentito, ma mi vergognavo a dirti dove stavo *veramente* andando, ed è stupido perché sono un'adulta, ma comunque...»

Stava blaterando, e Tiny pensò che fosse adorabile.

«Mi hanno dato uno di quegli anticoncezionali che si mettono sotto la pelle. Un impianto. Sono nervosa all'idea di fare sesso, ma voglio provarci. Con te. So che non mi farai male e penso che lo renderai piacevole. Che renderai bella anche la mia prima volta. Come ho detto, probabilmente farò schifo, ma se mi insegnerai cosa fare, migliorerò.»

«Respira, Ryleigh» le ordinò, anche se ogni centimetro della sua pelle fremeva. In quel momento era pronto a prenderla per mano e a trascinarla nel suo letto, ma lei era ovviamente nervosa, e odiava che si sentisse così. «Puoi scommetterci che non ti farò male, e non ho dubbi che sarai fantastica a letto come in tutte le altre cose che fai. Possiamo aspettare che tutta questa storia con tuo padre sia finita e...»

«No!» lo interruppe, scuotendo freneticamente la testa. «Non voglio aspettare. Non abbiamo idea di quali siano i suoi piani, e c'è la possibilità che faccia qualcosa per rovinare anche questo. Mi ha già tolto troppo. Non voglio che mi rubi anche l'opportunità di dimostrarti quanto sei importante per me.»

«Non serve che facciamo l'amore perché io sappia quanto ci tieni a me» le disse con dolcezza.

«Tu... non vuoi farlo?» gli chiese incerta.

Tiny strinse le dita che ancora le avvolgevano la nuca. «Sì che voglio» rispose, con voce roca di desiderio. «Non c'è niente che io brami di più. Ma hai aspettato a lungo, non voglio che tu abbia fretta di fare qualcosa di cui poi potresti pentirti.»

«Non mi pentirò *mai* di averti permesso di essere il primo» ammise con sincerità e fermezza.

Si sentì lusingato. Non era sicuro di meritare di essere il primo, ma era certo di non meritare *lei*, punto. Era stato uno stronzo nei suoi confronti, aveva sospettato delle sue azioni, era stato addirittura cattivo. Eppure, lo aveva perdonato.

«Sarei onorato di essere il primo uomo con cui farai l'amore» riuscì a dire.

Ryleigh gli fece un sorriso quasi abbagliante. «Quando? Stasera?»

Tiny avrebbe voluto ridere. Era proprio da lei voler programmare quando perdere la verginità. «Forse» le rispose. «Vediamo come va oggi. Voglio assicurarmi che l'atmosfera sia quella giusta. E non lo sarà se sarai stressata per qualcosa che potrebbe dire tuo padre.»

«Credevo che gli uomini volessero sempre fare sesso» disse, aggrottando la fronte.

«Alcuni sì. Ma io non sono come loro. Voglio assicurarmi che sia perfetto per te. Avrai una sola prima volta e voglio che tu abbia un'esperienza positiva.»

«Ok.»

«Ok?» le chiese, volendo essere sicuro che fossero sulla stessa lunghezza d'onda.

«Sì. Ma devi sapere che mio padre mi ha tolto davvero tanto... un'infanzia normale, mia madre, gli amici, una vita... non mi porterà via anche questo.»

Era una donna veramente forte, la ammirava molto. «Va bene. Che ne dici di un bacio per siglare l'affare?» le domandò. Negli ultimi cinque minuti aveva fissato le sue labbra, e aveva dovuto metterci tutta la sua buona volontà per non gettarsi su di lei. Pensare che Ryleigh gli avrebbe donato la sua verginità, che sarebbe stato il primo uomo, l'*unico* uomo, a vederla nuda, a entrare dentro di lei... accidenti, il suo autocontrollo era appeso a un filo.

«Sì. Ti prego» rispose con un sorriso, poi si sporse in avanti, gli mise una mano sulla coscia per sostenersi e sollevò la testa verso la sua.

Le loro labbra si incontrarono, e per qualche motivo

quel bacio gli sembrò diverso. Come una promessa per il futuro.

Lui portò l'altra mano su un lato della testa di Ryleigh e le infilò le dita nei capelli. Gliela inclinò leggermente, in modo da poter entrare più a fondo nella sua bocca, e le mostrò esattamente cos'avrebbe fatto il suo cazzo quando avrebbero fatto l'amore.

Lei emise un gemito basso e gli piantò le dita nella coscia, e la sua erezione premette dolorosamente contro i jeans. Le sarebbe bastato spostare la mano un po' più a sinistra per sentire quanto la desiderava.

Tiny sollevò la testa e gli piacque il suo sguardo annebbiato. Aveva le guance arrossate e le labbra gonfie; era eccitata quanto lui per un semplice bacio, e stentava a credere che fosse disposta a fidarsi di lui tanto da donargli il suo corpo.

«Stai bene?» le sussurrò, accarezzandole i capelli scompigliati.

«Sì. E tu?»

Le sorrise. «Sto più che bene.»

Lei ricambiò il sorriso.

Si fissarono per un attimo, poi Tiny fece un respiro profondo. «Vediamo di chiudere quella storia, eh?»

Ryleigh annuì.

Si costrinse a lasciarla andare, e una volta che lei ebbe girato la sedia verso il tavolo e avvicinato il portatile, le mise una mano sulla coscia. Aveva bisogno di toccarla, di starle accanto. Non aveva mai provato niente del genere prima. Non era bisogno di fare sesso, ma di stare il più vicino possibile a un altro essere umano. Si era mai sentito così nei confronti di Sonja, la donna che aveva pensato di amare e di sposare? No, assolutamente no.

Ryleigh aggrottò la fronte mentre era concentrata a collegarsi al dark web e ad aprire la finestra di chat che lei e suo padre avevano usato per comunicare.

«Ok, tutto pronto» disse, spingendo il computer verso di lui. Ancora una volta, rimase colpito dalla fiducia che gli dimostrava.

stronza!

La parola risaltò sullo schermo. Tiny si era abituato a quell'aspetto vecchio stile dei messaggi. Era sollevato di non dover usare l'html per comunicare. All'inizio era stata fastidiosa la quantità di codice che circondava il testo, ma ora non ci faceva quasi più caso.

voglio i miei soldi

E io voglio che tu lasci in pace me e i miei amici, scrisse Tiny, fingendo di essere Ryleigh. *Se te li restituisco, devi promettere di sparire e di smettere di tormentarci.*

Era una richiesta ridicola, che nessun soldato esperto avrebbe mai fatto. Ma al momento non lo era, fingeva di essere una figlia esausta che voleva che il padre la lasciasse in pace.

dammi i miei soldi, tutti, e ti lascerò in pace

Voleva sbuffare. Come se avrebbe creduto a quello stronzo. Ma era la prima volta da giorni che non "urlava" e imprecava contro di loro. Era ora di mettere in atto il piano.

Va bene. Lo trasferisco e possiamo chiudere.

non è così semplice, cara figlia. mi devi un favore

Ho detto che ti avrei restituito i soldi.

mi devi molti anni di servizio. accetterai di venire con me, di lavorare con me come una volta per, diciamo, dieci anni, e poi saremo pari

Tiny strinse così forte le mascelle che sarebbe stato un

miracolo se non si fosse rotto un dente. Quello stronzo pensava davvero che Ryleigh avrebbe accettato di andare con lui? Di lavorare con lui per dieci anni? Era un illuso. Fece un respiro profondo per calmarsi e digitò una risposta. Era il momento di fare in modo che le cose andassero a loro favore. Era chiaro che non avrebbe dovuto "implorare" di incontrarlo, dato che Harold Lodge voleva riavere sua figlia.

Assolutamente no.

se vuoi che lasci in pace quel patetico motel che ti piace tanto, lo farai

Cinque

7

Cinque o niente, papà.

bene. se accetti di stare con me e di lavorare per me per 5 anni, lascerò in pace i tuoi preziosi amici

A Tiny faceva male lo stomaco. Il pensiero che lei andasse con quello stronzo gli faceva venire voglia di vomitare. Ma quell'uomo stava facendo esattamente quello che Ryleigh aveva pensato avrebbe fatto: accettare di incontrarla di persona. Ora doveva finire di preparare la trappola.

Va bene. Ma se farai qualcosa contro il Rifugio, il nostro accordo salta. E sai che lo saprò, perché, diciamolo, sono l'hacker migliore.

hai sempre pensato di essere molto più intelligente di quello che sei. stasera c'è il festival del peperoncino verde a los alamos. incontriamoci lì e se vedo un solo poliziotto o qualcuno che sembra dell'fbi, l'accordo salta e distruggerò il rifugio per sempre

Il cuore gli martellava nel petto. Tutto stava accadendo molto più velocemente del previsto. Suo padre doveva essere vicino se voleva incontrarla quella sera.

Forse stava tenendo d'occhio Ryleigh e il Rifugio da giorni... o più.

D'accordo.

e lascia a casa anche quegli stronzi delle forze speciali

Non so se posso uscire senza che vogliano sapere dove sto andando.

non prendermi in giro, cara figlia. non ti piaceranno le conseguenze

Lo schermo tremolò e la loro conversazione scomparve, come ogni volta. Non rimaneva mai traccia dei loro messaggi.

«Allora? Che cos'ha detto?» gli chiese con impazienza.

Si voltò verso di lei. Aveva delle cose da fare, dei dettagli da organizzare immediatamente, ma prima doveva assicurarsi che Ryleigh fosse consapevole di quanto fosse importante per lui. Le prese il viso tra le mani e la baciò. Con forza. Non a lungo come avrebbe voluto, perché non c'era tempo.

«Tiny?» gli domandò nervosamente quando lui si ritrasse.

«Ha accettato l'incontro. Stasera, in città, al festival del peperoncino verde. Abbiamo un sacco di cose da fare. *In fretta.*»

Lei spalancò gli occhi, e Tiny vide il momento in cui fu travolta dal panico.

«Stasera? Porca miseria, non possiamo organizzare tutto così in fretta!»

«Sì, possiamo. Non è l'ideale, ma non abbiamo scelta. Avevi ragione. Vuole i suoi soldi, ma è più preoccupato di riportarti sotto il suo controllo.»

«Che cos'ha detto?»

«Che se tu avessi accettato di lavorare di nuovo con lui

per cinque anni, si sarebbe tirato indietro e ci avrebbe lasciati in pace.»

«Davvero?»

«Sì.»

«Non lavorerò *mai più* con lui o per lui. Per nessun motivo al mondo!» sbottò Ryleigh.

«Shhh, lo so. E credo che ti farebbe sparire per sempre se andassi con lui. Ma non succederà. Incontrarlo in città non è l'ideale, perché ci saranno molti civili in giro, ma probabilmente pensa che sarai più accondiscendente in mezzo alla folla, che non vorrai fare una scenata o che qualcun altro si faccia male. Sono anche sicuro che pensa di poter sgattaiolare via più facilmente con un sacco di gente in giro... ma questo significa anche che io e i ragazzi possiamo mescolarci tra la folla. Non siamo sicuri di avere il tempo di far venire qui l'FBI, ma ci metteremo in contatto con la polizia di Los Alamos. Installeremo anche delle telecamere. Lo prenderemo, Ryleigh.»

La vide deglutire con forza e poi annuire. Tiny aveva ancora le mani sul suo viso, e le disse in tono più dolce: «Possiamo annullare tutto, se vuoi. Posso mandargli un messaggio, dirgli che hai cambiato idea e trovare un'altra soluzione.»

Lei raddrizzò le spalle, anche se le mani le tremavano. «E portarlo a cancellare un anno di prenotazioni? No. Questa storia deve finire. Ho bisogno di vederlo. Ho bisogno di guardarlo affondare. Perché *andrà* a fondo, vero?» gli chiese, in tono più sommesso.

«Sì» le assicurò.

«Ok, se ne sei sicuro.»

«L'unica cosa di cui sono *assolutamente* sicuro è che

prenderemo quello stronzo. Non potrà mai più rubare soldi o rovinare la vita di qualcun altro.»

«Starà attento che non ci siano poliziotti» lo avvertì.

Tiny rimase di nuovo molto impressionato da lei. Doveva essere stressata al massimo, eppure era ancora in grado di pensare come un soldato.

«Lo so. Ma la domanda è... guarderà anche in cielo?»

Vide il momento in cui capì il suo piano.

«No, non credo che lo farà. Ma... merda, non abbiamo molto tempo.»

«Giusto. Chiama Alaska, falle sapere cosa sta succedendo. Io mi metto in contatto con gli altri. Tutto questo finirà stanotte, tesoro.»

«Lo spero» sussurrò Ryleigh.

CAPITOLO QUATTORDICI

RY ERA NERVOSA. No, era spaventata a morte. Erano anni che non vedeva suo padre, e ora si trovava lì, a Los Alamos, nel mezzo di un festival affollato in attesa del suo arrivo. Non le era mai piaciuta l'idea che quell'uomo si avvicinasse al Rifugio, ed era sollevata che avesse scelto la piccola città limitrofa. Aveva la sensazione che fosse ancora troppo poco lontana dall'unico posto in cui si sentiva veramente al sicuro, ma se avesse messo piede nella proprietà del resort, l'avrebbe contaminata semplicemente con la sua presenza.

Quando lei e Tiny erano usciti per andare a Los Alamos, era stata attenta a ogni dettaglio... per qualsiasi evenienza. Il vento che soffiava dolcemente tra gli alberi e gli uccelli che cinguettavano allegramente sopra la loro testa. Aveva sentito Melba muggire nella stalla, non contenta di essere stata portata dentro in anticipo per precauzione, nel caso suo padre avesse deciso di fare un'apparizione inaspettata. E aveva immaginato che le capre stessero già mangiando qualsiasi cosa impedisse loro di uscire dai box.

Era stato così surreale che le cose al Rifugio sembrassero normalissime, quando invece c'era la possibilità che l'incontro andasse male e che lei non tornasse mai più.

Ora, circondata da così tante persone, era madida di sudore per aver per cercato di mettere tutto a punto in fretta prima di incontrare suo padre, e per l'energia nervosa.

Le donne e i bambini erano rintanati nello chalet di Alaska, con Robert di guardia. L'uomo si era offerto volontario, e quando aveva brandito due mannaie da macellaio, Ryleigh avrebbe voluto piangere. Era stati tutti davvero solidali... nonostante fosse stata lei a portare quella minaccia alla loro porta.

Ma nessuno la vedeva in quel modo, ed era sconcertante. Se non fosse stato per lei, non ci sarebbero state cancellazioni e nemmeno gli altri problemi occorsi nelle ultime settimane.

Be'... quella era la sua occasione per rimediare. E doveva concentrarsi. Lì da sola, in mezzo a quella marea di gente, studiò disperatamente il volto di ogni uomo di una certa età che vedeva, cercando suo padre.

Nonostante l'avvertimento di non coinvolgere la polizia, Brick aveva fatto arrivare degli agenti dall'ufficio dell'FBI di Albuquerque. Era un rischio, perché suo padre magari stava osservando, ma si trattava di un rischio *necessario*. L'FBI voleva mettere le mani su Harold Lodge quasi quanto Tiny e i suoi amici.

C'erano anche degli agenti di polizia nascosti tra i turisti e la gente del posto, e Stone era in attesa con l'elicottero, nel caso ci fosse stato bisogno di rintracciare suo padre se fosse scappato.

Ma ciò che le permetteva *davvero* di stare in fondo alla

lunga strada dove i venditori avevano allestito le bancarelle, e tra la gente felicemente intenta a godersi la serata e a mangiare qualsiasi cosa contenesse peperoncini verdi, era la consapevolezza che anche Tiny si trovava lì vicino. In attesa, a osservare. Se suo padre avesse tentato di fare qualcosa, non aveva dubbi che lui sarebbe accorso per proteggerla. Non gli avrebbe permesso di trascinarla via. Le aveva spiegato cosa fare se lui avesse tirato fuori un'arma, cioè non attaccare, ma buttarsi a terra.

Tiny aveva giurato che lo avrebbe ucciso prima di permettere ad Harold di farle del male.

E Ry gli credeva.

Tuttavia, non riusciva ancora a capacitarsi di avergli rivelato di voler fare l'amore con lui. Era stato un comportamento audace, non da lei. Ma le ultime notti passate a dormirgli accanto le avevano fatto desiderare qualcosa di più. Voleva sapere cosa si era persa, e voleva che fosse Tiny a mostrarglielo.

Andare allo studio ginecologico era stato imbarazzante. Nessuno l'aveva mai vista... lì sotto. Sapeva che avrebbe dovuto fare un controllo molto prima, ma la dottoressa era stata gentile e amichevole, e l'aveva aiutata a rilassarsi. Avevano parlato della sua storia sessuale, o più che altro della sua mancanza, e discusso dei pro e dei contro dei diversi tipi di anticoncezionali. Ry aveva deciso per l'impianto perché le sembrava il metodo contraccettivo più infallibile. Non che qualcosa fosse affidabile al cento per cento, ma potevano andare storte molte cose con la pillola o il preservativo.

Scosse la testa, sapendo di essersi distratta per alleviare lo stress che stava vivendo, si leccò le labbra e si spostò nervosamente, desiderando che suo padre si facesse vivo.

Guardò l'orologio e vide che si stava facendo tardi. Lui non aveva dato un orario preciso per incontrarla, così erano andati lì poco dopo il tramonto. Erano partiti il più tardi possibile, sia per avere più tempo per prepararsi, sia per dare a Robert la possibilità di servire un pasto anticipato agli ospiti del Rifugio; non era raro che si ritirassero nei loro chalet dopo cena quando non si faceva il falò, ed era una fortuna che quella sera non fosse previsto, date le circostanze, altrimenti sarebbero rimasti a chiacchierare al lodge. Spike era restato lì per tenerli d'occhio e per aiutare Robert a sorvegliare le donne, se necessario.

Ora era completamente buio, e a ogni minuto che passava lo stress aumentava.

Dopo altri dieci minuti, trascorsi praticamente nel panico, vide un uomo avvicinarsi lentamente. Ry lo avrebbe riconosciuto ovunque. Era più vecchio, e il suo viso aveva rughe profonde che non c'erano l'ultima volta che l'aveva visto, ma ostentava ancora quell'aria di superiorità che aveva sempre avuto. Uno sguardo che le diceva, senza bisogno di parole, la cattiva opinione che aveva di lei.

Il suo cuore cominciò a battere a mille. Era terrorizzata di poter rovinare tutto, che suo padre riuscisse in qualche modo ad afferrarla e a trascinarla via prima che Tiny o chiunque altro potesse fermarlo. L'ultima cosa che voleva era rimanere sola con lui, ma lo stava facendo per i suoi amici. E per sé stessa. Così avrebbe potuto smettere di scappare e di guardarsi costantemente alle spalle. Voleva una vita. Una vita *vera*. E pensava di poterla avere lì. Al Rifugio. Con Tiny.

Suo padre si stava avvicinando prendendosi il suo tempo e sorridendo a tutti quelli che incrociava. Si fermò persino a parlare con un venditore per un momento. Probabilmente voleva intimidirla, ma in realtà le stava dando il tempo di ritrovare l'equilibrio. Di fortificarsi.

Alla fine si fermò a una sessantina di centimetri di distanza, e si guardò intorno con attenzione. Ry trattenne il respiro, pregando che gli agenti, Tiny e i suoi amici fossero ben nascosti. Per fortuna suo padre non sembrò notare nulla di strano.

«È bello vederti, cara figlia. È passato un bel po' di tempo.».

Ry deglutì a fatica. «Sì, è così.»

«Be'? Nessun abbraccio? Niente ricongiungimento felice?» le disse con un ghigno.

Lei non rispose alla provocazione, limitandosi a fissarlo. E ciò sembrò farlo arrabbiare.

«Avremmo potuto essere inarrestabili. A quest'ora avremmo potuto vivere in una villa sulla spiaggia in America Centrale. Intoccabili. Invece, hai deciso che eri troppo in gamba per me. Ho una notizia da darti: sei malvagia quanto me, cara figlia. Se pensi di essere al di sopra della legge, ti sbagli. Sei *patetica*. Una nullità. Sei meno che inutile. Guardati... sei ancora più brutta di quando te ne sei andata. Non ho idea del perché qualcuno dovrebbe volerti, figuriamoci *fidarsi* di te. Ti rivolterai contro di loro proprio come hai fatto con me. Ti sei lavorata bene queste persone, ma io conosco la vera te. La ragazza che ho cresciuto. Ti ho insegnato cos'è importante nella vita, e prima o poi te lo ricorderai e farai ciò per cui sei nata.»

«Che sarebbe?» non poté fare a meno di chiedere. Non avrebbe dovuto assecondarlo, solo dare alle forze dell'ordine il tempo di catturarlo... ma le sue parole l'avevano fatta sentire di nuovo una ragazzina alla disperata ricerca della sua approvazione o anche solo di una parola gentile. Qualcosa che non aveva mai ricevuto allora e che non sarebbe successo nemmeno ora. Ne aveva l'assoluta certezza. Ma la ragazzina spaventata che ancora viveva nel profondo di lei, aveva bisogno di sapere se era mai stata qualcosa di diverso da un peso, da un modo per fare soldi.

«Sei una ladra. Una ladra buona a nulla e senza istruzione. Sei brava solo a prendere. Sei la persona più egoista che abbia mai incontrato in vita mia. Avresti potuto avere il mondo in mano, eppure hai fatto il doppio gioco con me. Con l'uomo che ti ha cresciuta, che ti ha nutrita e ti ha messo un tetto sopra la testa. Quando tua madre se n'è andata, avrei potuto darti in affidamento e lasciare che qualcun altro si occupasse di te. Invece ti ho insegnato tutto quello che sapevo. E tu cos'hai fatto in cambio? Mi hai tradito.»

Ry si sentì bruciare di rabbia nel profondo. *Lei* lo aveva tradito? Era assurdo. Per la prima volta in vita sua non si fece intimidire da quell'uomo, non si fece intimorire dalle sue dure parole.

«Vorrei che mi avessi data in affidamento, almeno avrei avuto la possibilità di avere un'infanzia normale. Comincio a pensare che tu abbia *costretto* la mamma ad andarsene, che lei non volesse farlo, ma l'hai obbligata. Probabilmente non le hai permesso di portarmi con sé.»

L'espressione del padre le disse tutto ciò che aveva bisogno di sapere. Non conosceva i dettagli di ciò che era successo con sua madre, ma il suo sguardo sorpreso le fece capire che la sua ipotesi era corretta.

«Ti odio» ringhiò. «Vorrei che fossi stato tu ad andartene, non la mamma.»

Lui rise, lasciandola sbalordita. Poi socchiuse gli occhi, e lei si preparò.

«Era una debole! *Proprio come te!*»

Ry trasalì. Era passato così tanto tempo dall'ultima volta che qualcuno le aveva gridato in quel modo, che aveva dimenticato quanto lo odiasse, quanto le facesse venire voglia di raggomitolarsi e nascondersi. Il suo viso si infiammò, e lanciando una rapida occhiata intorno vide che alcune persone lì vicino stavano fissando suo padre.

«Voleva che smettessi di addestrarti. Non sarebbe successo, e l'ho messo bene in chiaro. Sì, l'ho cacciata via. Le ho detto che se fosse tornata, se ne sarebbe pentita. Che mi sarei sfogato su di *te*.»

Le si spezzò il cuore. Non c'era da stupirsi che sua madre avesse avuto un infarto. Era stata costretta ad abbandonare la figlia, sapendo che se avesse fatto qualcosa per cercare di riprendersela, ne avrebbe pagato il prezzo proprio la sua bambina.

«Non sei stata altro che una maledetta disgrazia. Ti *odio*. Ti ho *sempre* odiata! Andavi bene solo per una cosa... per farmi fare soldi. Ma ora sei mia. Cinque anni sono una cazzata, me ne devi il doppio. Il quadruplo. Resterai con me e mi farai guadagnare finché non sarò pronto a lasciarti andare, o distruggerò tutto ciò che ami e apprezzi. *Puf*! Sparirà in un attimo! E non pensare di fregarmi, le conseguenze non ti piaceranno.»

Fece un passo verso di lei e Ry indietreggiò d'istinto.

Giusto in tempo, perché mentre suo padre allungava il braccio per afferrarla, due agenti della SWAT che si erano avvicinati per bloccarlo lo buttarono a terra. Gli erano arrivati alle spalle e lo avevano sottomesso prima che se ne rendesse conto.

L'urlo che lanciò fu agghiacciante; non fu di terrore, ma di frustrazione. Di rabbia. E le fece gelare il sangue.

Altri agenti comparvero dalla folla, circondandolo, tenendo a distanza decine di curiosi e assicurandosi che Harold non potesse fuggire. Poi Tiny fu lì. Lui e Pipe la condussero via, dicendole che aveva fatto un ottimo lavoro e che era stata straordinaria.

Ry sentiva ancora suo padre urlare... lanciare minacce contro di lei, il Rifugio e gli agenti che lo stavano ammanettando.

Si sentiva stordita, felice che lui fosse finalmente in custodia, ma spaventata a morte che potesse accadere qualcosa e che venisse rilasciato, magari perché le accuse non reggevano o per aver pagato la cauzione.

Se fosse uscito, l'avrebbe *davvero* uccisa. Non aveva dubbi.

«Tranquilla, tesoro, va tutto bene.»

Ry sentì la voce di Tiny come se si trovasse in fondo a un lungo tunnel. Si muoveva inconsapevolmente, senza pensare a dove la stavano portando.

«È sotto shock.»

«Lo so. Riportiamola al Rifugio.»

«L'FBI vorrà parlarle.»

«Allora possono venire a cercarla lì» ringhiò Tiny.

«Ok. Li mandiamo al tuo chalet, giusto?»

«No, ha bisogno delle sue amiche. Pensavo di portarla al lodge. Ti dispiace chiamare Alaska?»

«Lo faccio subito.»

Ry non voleva andare al lodge. Voleva salire in macchina e guidare. Andare lontano, molto lontano da suo padre, dalle sue minacce. Ma Tiny la fece salire sul sedile posteriore della sua auto, e la attirò contro di sé, mentre Pipe li riportava al Rifugio.

Quando arrivarono, la condusse oltre la porta d'ingresso, e Ry sentì vagamente Spike dire ai due ospiti che si trovavano lì che andava tutto bene. Che *lei* stava bene.

Ma non si sentiva affatto così.

Fu esortata a sedersi. Quando si obbligò a concentrarsi, vide Tiny accovacciato davanti a lei con aria preoccupata, mentre Pipe era lì accanto che parlava al telefono. E si rese conto di dove si trovava: in cucina.

Per qualche motivo, la cosa le sembrò strana. Non l'aveva portata in una delle sale conferenze, né l'aveva sistemata su una delle comode poltrone di pelle dell'atrio. No, l'aveva portata in cucina, tra tutti i posti.

«Si sbaglia, sai» le disse Tiny. Era la prima cosa che diceva da quando era salita in auto. Avevano viaggiato in silenzio; le aveva dato il tempo di elaborare ciò che era appena accaduto e lei lo apprezzava.

Ry lo guardò confusa. Le sembrava di avere la testa ovattata.

«Non sei debole. Non lo sei affatto. Sei una delle donne più forti che abbia mai conosciuto. E una delle più intelligenti. Anche senza un'istruzione convenzionale, sei più brava di uno dei migliori geni informatici che conosciamo... e Tex lo ha ammesso senza esitazione. Tuo padre ha cercato di tarparti le ali, eppure sei riuscita a volare. Sei troppo in gamba per me, per questo angolo sperduto del mondo, ma voglio che tu rimanga così disperatamente che mi fa male il cuore. Abbiamo bisogno di te, Ryleigh. Tutti noi.»

Prima che potesse dirgli quanto le sue parole significassero per lei, la stanza cominciò a riempirsi. Poi Tiny venne spostato e Alaska fu lì, la tirò in piedi e la abbracciò. Passò da una donna all'altra, ognuna delle quali la strinse forte e le disse quanto fosse sollevata che stesse bene.

Poi toccò agli altri... Robert, Luna, Brick, Tonka... tutti ebbero il loro turno, come se non avessero potuto fare a meno di toccarla e di constatare di persona che era illesa.

Le loro azioni le fecero finalmente capire, più di qualsiasi parola, che quelle persone le volevano veramente bene. Erano preoccupate per lei. La volevano lì per qualcosa di più delle sue capacità informatiche.

Tiny aveva ragione, suo padre si sbagliava. Lei non era debole. Non solo lo aveva sconfitto, ma in qualche modo aveva trovato una casa.

Per quanto fosse felice di avere tutti intorno, aveva bisogno di una sola persona in quel momento.

Tiny.

I suoi occhi scrutarono la cucina affollatissima finché non lo trovò. Era vicino alla porta con Brick, e la stava osservando con attenzione. Non aveva dubbi che se avesse mostrato il minimo segno di disagio, sarebbe corso da lei in un attimo e l'avrebbe accompagnata fuori.

Si leccò le labbra e fece un piccolo sorriso, cercando di fargli capire, senza bisogno di parlare, quanto lo apprezzasse. Quanto fosse felice che lui fosse lì. Quanto lo amava.

Quel pensiero non la sconvolse. Lo amava da sempre. Probabilmente dalla prima settimana di lavoro al Rifugio. Era per quello che non se n'era andata. Che aveva trovato una scusa dopo l'altra per restare, anche quando sapeva che suo padre avrebbe potuto trovarla. Non aveva potuto lasciare Tiny.

Come se fosse stato attirato dai suoi pensieri, lui si

spinse via dalla parete e le si avvicinò. Una volta raggiunta, le chiese: «Stai bene?»

«Adesso sì» rispose con sincerità.

Lo sguardo di approvazione che vide nei suoi occhi, la scintilla di desiderio nella sua espressione, le fecero venire voglia di prenderlo per mano e di trascinarlo fuori dalla cucina per tornare allo chalet e insistere perché facesse subito l'amore con lei. Aveva conservato la sua verginità per quel motivo. Per donarla a qualcuno che amava.

Ma prima aveva degli obblighi. Doveva parlare con gli agenti dell'FBI, rassicurare gli amici, andare su internet e accertarsi che il padre non avesse preparato delle trappole esplosive che sarebbero scoppiate se non fosse tornato dal suo viaggio per portarla nel luogo in cui si stava nascondendo.

Poi sarebbe cambiato tutto. Le cose tra lei e Tiny avrebbero potuto non funzionare a lungo termine, ma si sarebbe assicurata che lui sapesse quanto gli era riconoscente per tutto ciò che aveva fatto per lei. E la cosa più preziosa che aveva da dargli... era sé stessa.

CAPITOLO QUINDICI

Tiny non era mai stato così orgoglioso di qualcuno in tutta la sua vita come lo era di Ryleigh. La serata era stata lunga e stressante, eppure lei l'aveva gestita meglio di alcuni dei SEAL novellini di cui era stato responsabile. Sì, aveva passato un momento difficile dopo che suo padre era stato sottomesso, ma circondata dagli amici era riuscita a riprendere il controllo di sé.

Era stata fantastica con gli agenti dell'FBI, che erano già a conoscenza di gran parte del suo ruolo nelle azioni del padre, ma lei aveva risposto un sacco di volte alle stesse domande pazientemente, senza esitare, per due ore intere. Poi finalmente avevano rassicurato lei, e tutti al Rifugio, che Harold Lodge aveva finito di hackerare e rubare denaro.

Era stato un enorme sollievo.

Tiny era felice di essere tornato a casa e di poter stare da solo con Ryleigh. Robert aveva dato loro un contenitore pieno di biscotti con gocce di cioccolato e una scatola di dolcetti Christmas Tree Cakes per lei, che lo aveva guardato trattenendo a stento una risata. In seguito, con l'approvazione di Tiny, aveva regalato la scatola a Lara, perché sapeva quanto lei li adorasse.

Aveva pensato che Ryleigh si sarebbe rilassata una volta arrivati a casa, ma si era sbagliato; era seduta davanti al computer da un'ora e mezza, con le dita che volavano sulla tastiera. Controllava e ricontrollava che suo padre non avesse programmato una sorta di assedio elettronico al Rifugio nel caso lei avesse fatto il doppio gioco.

Con sua grande sorpresa, non era riuscita a trovare nulla. A quanto pareva era davvero arrogante come sembrava, e aveva pensato di poter intimidire la figlia per farle fare ciò che voleva lui. Ma Ryleigh era più forte di quanto quell'uomo avesse pensato.

Quando lei sospirò per la decima volta, Tiny decise che bastava così. Aveva fatto tutto quello che poteva per il momento. Avrebbe setacciato il dark web alla ricerca di qualche traccia degli spregevoli piani di suo padre l'indomani.

«Forza» le disse, prendendola per il gomito e incoraggiandola ad alzarsi.

«Oh, ma c'è un'altra cosa che voglio controllare» ribatté.

Tiny chiuse il portatile. «Domani» replicò con fermezza, poi la condusse lungo il corridoio e la portò direttamente nel bagno annesso alla loro camera.

Lei spalancò la bocca, scioccata. «Tiny... cosa...?»

Le aveva riempito la vasca con acqua calda e del bagnoschiuma che aveva creato uno strato di bolle. Ok, era lo shampoo doccia che usava lui perché non aveva un vero bagnoschiuma a portata di mano, cosa di cui avrebbe rimediato al più presto. Ma non pensava che le sarebbe dispiaciuto, perché non gli era sfuggito quanto amava annusare il suo profumo alla sera, quando si sedevano sul divano.

«Hai avuto una serata dura e sei stata straordinaria, ma so che devi essere indolenzita a causa della tensione. Ho pensato che un lungo bagno caldo ti avrebbe fatto bene.»

Lei lo guardò con le lacrime agli occhi. «Nessuno ha mai fatto una cosa del genere per me.»

Ciò lo rattristò, e si ripromise di viziarla il più possibile. «Rilassati, Ryleigh. Prenditi tutto il tempo che vuoi.» Le baciò la fronte, le labbra e poi se ne andò. Non chiuse del tutto la porta del bagno, ma lasciò uno spiraglio per poterla sentire se avesse avuto bisogno di qualcosa.

Tornò nella zona giorno e finì di sistemare. Pulì i banconi della cucina, lavò i bicchieri che avevano usato e piegò la coperta sul divano. Poi perse dell'altro tempo prima di andare nel bagno degli ospiti a lavarsi i denti. Tornò in camera da letto e sentì lo sciabordio dell'acqua nella vasca da bagno, e ciò lo fece sorridere.

Si mise i pantaloni di cotone che indossava per dormire e si infilò sotto le coperte. Prese un libro, ma non riuscì a concentrarsi, soprattutto quando sentì Ryleigh canticchiare sommessamente.

Amò quel suono così spensierato e felice. E Dio sapeva che quella donna ultimamente non aveva avuto molto di cui essere felice. La faccenda del padre la stava stressando molto. Accidenti, stressava anche lui e non era nemmeno suo padre. Aveva gestito in modo sorprendente la pressione di doverlo affrontare. Tiny non era stato entusiasta di lasciarla in quella strada da sola. Sì, tecnicamente non lo era, tra le persone che partecipavano al festival e quelle che la tenevano d'occhio, aveva avuto un sacco di gente intorno... ma aveva dovuto affrontare Lodge da sola, e non gli era piaciuto che lo facesse. Sapeva che suo padre era un pezzo di merda, ma ascoltarlo dirle quelle cose lo aveva scosso nel profondo.

Sei patetica. Una nullità. Sei meno che inutile.

Sei brava solo a prendere.

Sei la persona più egoista che abbia mai incontrato in vita mia.

Ti odio. Ti ho sempre odiata.

Tiny scosse la testa. Harold Lodge non conosceva sua figlia. Proprio per niente. Ryleigh non era egoista, era la persona più generosa che avesse mai conosciuto. Non le importava affatto del denaro. Elargiva cospicue donazioni come se fossero state caramelle, e sceglieva gli enti di beneficenza con accortezza. Faceva ricerche per assicurarsi che fossero legittimi, e non si poteva negare tutto il bene che facevano quei soldi.

Sì, erano stati rubati, ma lei stava facendo il possibile per espiare le cose che quell'uomo l'aveva obbligata a fare. Ai suoi occhi le aveva espiate eccome.

Inoltre, non riusciva proprio a capire come un padre potesse dire alla figlia che la odiava. Gli doleva il cuore per lei. Quelle parole dovevano averla ferita molto, eppure lei aveva tenuto la testa alta e fatto ciò che doveva per far sì che lui finisse dietro le sbarre per parecchio tempo.

Un rumore interruppe i suoi pensieri, e Tiny girò la testa. Gli si bloccò il respiro in gola alla vista di Ryleigh ferma sulla soglia del bagno.

Aveva i capelli bagnati, leggermente arricciati intorno alle tempie. La sua pelle era umida e le guance arrossate. Non si era messa il pigiama che di solito indossava per andare a letto e che lui aveva posato sopra il ripiano del mobile del bagno prima di iniziare a riempire la vasca. Al contrario, era coperta solo da un asciugamano blu, che aveva avvolto intorno al suo corpo e che le arrivava a malapena sulle cosce. Le sue spalle erano nude... e Tiny dovette trattenersi dal gettare via la coperta, avvicinarsi a lei e affondare il naso nell'incavo tra il suo collo e la spalla.

Il cazzo gli diventò duro nei pantaloni, e si leccò le labbra.

Ryleigh sembrava nervosa e insicura; stava tormentando con le mani l'orlo dell'asciugamano infilato saldamente intorno al petto.

Aprì la bocca per dirle qualcosa di rassicurante, ma lei lo sconvolse lasciando cadere il materiale sul pavimento.

Tiny riuscì solo a fissare l'immagine che aveva davanti. Se vederla solo con l'asciugamano lo aveva eccitato, completamente nuda gli fece venire voglia di mettersi in ginocchio per adorarla.

«Ryleigh?» riuscì a dire con voce roca. Non poteva muoversi. Se lo avesse fatto, si sarebbe gettato addosso a lei, spaventandola a morte. Si trattenne usando il ferreo autocontrollo che aveva acquisito come Navy SEAL.

«Non voglio aspettare. Ho passato una giornata schifosa. Ho avuto molta paura. Mio padre avrebbe potuto fare qualsiasi cosa. È paranoico e avido, e nulla gli impedirà di riprovare a mettere le mani su di me. Oggi avrebbe potuto farmi del male... e ciò mi avrebbe impedito di scoprire com'è fare sesso.»

Stava blaterando, e Tiny avrebbe voluto baciarle il labbro che si stava mordendo con trepidazione. Ma doveva mettere in chiaro una cosa prima di fare altro.

«Ti desidero» le disse. «Sei bellissima. Stupenda. In questo momento sto usando tutto il mio autocontrollo per rimanere in questo letto e non gettarti sulla mia spalla e poi prenderti sul pavimento proprio nel punto in cui ti trovi. Ma non voglio farlo solo per *farlo*. Se tutto ciò che vuoi è qualcuno che prenda la tua verginità, che ti faccia sperimentare finalmente il sesso, puoi trovarlo ovunque. Accidenti, sono sicuro che sai meglio di me che basta un annuncio online e avrai la fila di uomini che vogliono avere quell'onore.

Ma esigo di più. Ti voglio qui davanti nuda e così maledettamente sexy che non riesco nemmeno a sopportarlo, soprattutto perché *mi desideri*, perché non puoi accettare di passare un'altra notte senza essere il più vicino che puoi... a *me*. Perché brami il legame emotivo che condividiamo, e vuoi che sia estremamente profondo. Se non desideri tutto questo, se non vuoi una relazione duratura con me... per quanto mi faccia male vedertelo fare, dovresti prendere quell'asciugamano e tornare nella stanza in cui dormivi prima.»

Quando finì stava praticamente ansimando. Poi trattenne il fiato mentre aspettava di sentire quale sarebbe stata la sua decisione. A essere sincero, il fatto che lei fosse vergine lo spaventava a morte. Non era uno di quelli che sognavano di essere il primo uomo di una donna. Comportava molte responsabilità. Poteva farle del male, *molto* male, ed era l'ultima cosa che voleva. Gliene aveva già fatto abbastanza.

«Se dovrò dormire tra le tue braccia un'altra notte *senza* averti dentro di me, credo che morirò.»

Tiny si mosse prima ancora di pensarci. Si mise effettivamente in ginocchio davanti a lei, guardandola con stupore. La afferrò per la vita, notando subito che la sua pelle era morbidissima. E calda. E profumava di lui. Il suo cazzo diventò ancora più duro. Aveva bisogno di entrare in lei. Proprio in quel maledetto istante.

Ma no... doveva andarci piano. Assicurarsi che la sua prima volta fosse bella. Più che bella... sconvolgente. Chiuse gli occhi e appoggiò la fronte sulla sua pancia. Lei gli infilò le mani tra i capelli, facendogli pulsare il cazzo.

Era davvero fregato. Se si eccitava solo con il tocco delle sue dita, era spacciato.

«Tiny?» sussurrò.

Odiò l'incertezza che percepì nella sua voce. Aprì gli occhi e incontrò il suo sguardo. O almeno, aveva *inteso* incontrare il suo sguardo, ma fu distratto dai suoi seni perfetti. I capezzoli erano turgidi, probabilmente per l'aria fresca, e quei splendidi globi carnosi erano giusti per le sue mani. Continuando a fissarli si leccò le labbra, fece scivolare i palmi dai suoi fianchi fino a posarli con delicatezza sul suo seno, e fu ricompensato da un piccolo gemito mentre lei si inarcava verso il suo tocco.

Era incredibilmente reattiva, e all'improvviso Tiny si sentì insaziabile. Aveva desiderato di trovarsi in quella situazione fin dalla prima volta che aveva visto quella donna. La voleva nel suo letto, sotto di lui. Allora non lo aveva ammesso, ma ciò non lo rendeva meno vero. Parte del motivo per cui le sue bugie gli avevano fatto così male e l'aveva trattata in modo orribile, era stato l'aver provato attrazione per lei dal momento in cui aveva messo piede al Rifugio. E il suo inganno gli era sembrato un attacco personale.

Ma in realtà non aveva avuto nulla a che fare con lui. Ryleigh aveva semplicemente fatto quello che doveva per evitare che suo padre la trovasse.

«Devi esserne sicura» le disse, con una voce profonda

che non sembrava la sua. «Perché se ti concedi a me, io ti terrò e sarò tuo finché mi vorrai.»

Lei annuì.

«Dillo» le ordinò, non sapendo bene da dove arrivasse quel lato dominante.

«Voglio tutto questo. Voglio te.»

Grazie, cazzo.

Tiny si alzò in piedi e si abbassò i pantaloni. Non fu una mossa saggia, perché lei spalancò gli occhi quando intravide il suo uccello duro come la roccia, facendogli capire che probabilmente avrebbe dovuto mostrarle il suo corpo senza fretta. Dopotutto, era vergine.

Ma poi lei lo sconvolse allungando una mano e chiudendovi le dita intorno, e lui dovette usare tutta la sua forza di volontà per non venire subito.

«È duro e morbido allo stesso tempo» disse stupita.

Tiny avrebbe voluto ridere, ma non poté fare altro che stare lì e lasciarsi toccare.

«Fa male?» gli chiese. «A me sembra di sì.»

«Sì e no» le rispose onestamente. «Ma è un dolore piacevole.»

Tolse subito la mano e lui avrebbe voluto piangere. Ma poi andò con le dita sul suo petto. Gli sfiorò la cicatrice sul pettorale sinistro, dove Sonja lo aveva pugnalato. «Così vicino al cuore» mormorò.

«Vicino, ma non abbastanza.»

Ryleigh alzò lo sguardo su di lui. «L'ho fatto, sai» disse, quasi in tono colloquiale.

«Fatto cosa?»

«L'ho trovata. Ho preso tutti i soldi dal suo conto corrente della prigione. Ho alterato i suoi dati in modo da far sembrare che non fosse una brava detenuta. Le ho tolto il diritto di visita. E *continuerò* a farlo.» Suonò quasi aggressiva.

Aveva intenzione di riparlarne più tardi. Le avrebbe fatto annullare le modifiche apportate alla scheda di Sonja. Non gli piaceva quella donna, ma alla fine lui aveva voltato pagina. Non voleva più pensare a lei. E anche se la rabbia di Ryleigh lo faceva sentire bene, non voleva che passasse nemmeno un secondo a pensare alla sua ex.

«Non voglio parlare di lei in questo momento» le disse, prendendole la mano e indietreggiando verso il letto. Nessuno dei due disse una parola mentre andavano dove entrambi volevano essere.

«Se in qualsiasi momento dovessi cambiare idea, non c'è problema» si sentì in dovere di dire. Era una cosa importante, e lo avrebbe accettato se, dopotutto, lei avesse deciso di non volergli dare la sua verginità.

«Non cambierò idea» replicò, senza la minima esitazione nella voce, apparentemente dimenticandosi della sua ex. «Ti desidero, Tiny. Voglio che la mia prima volta sia con te perché so che la renderai bella. Memorabile. Incredibile.»

«Oh, nessuna pressione, proprio no» ribatté lui un po' sarcastico.

Ryleigh ridacchiò. E quel piccolo suono lo fece sorridere. Quella donna era adorabile, sexy ed estremamente forte, e lui voleva essere il tipo di uomo che meritava. Non sapeva se ci sarebbe riuscito, ma di certo ci avrebbe provato.

Le lasciò la mano e salì sul letto, spostandosi fino a sdraiarsi al centro del materasso. Mise un braccio dietro la testa e l'altro lungo il fianco. Ryleigh si mosse come in trance, salendo e camminando in ginocchio per mettersi accanto lui. Si sedette sui talloni e lo fissò.

Anche Tiny si mise a osservarla. Non riusciva a capacitarsi di quanto fosse perfetta. Perfetta per *lui*. Le sue mani smaniavano per toccarla, per darle piacere, ma si costrinse a rimanere immobile mentre lei lo studiava.

La mano le tremò quando la portò verso di lui, e si tenne pronto per il suo tocco, ma sussultò comunque quando le sue dita gli sfiorarono la pelle.

Ryleigh tirò indietro la mano di scatto, ma lui gliela afferrò delicatamente e se la premette sul busto, incoraggiandola a continuare. Dovette aspettare solo un attimo per togliere la propria e riportarla lungo il fianco, perché lei iniziò subito a far scorrere le dita su e giù sul suo petto. Fu il turno dei suoi capezzoli di inturgidirsi, quando risalendo lei ne sfiorò uno per poi sorridere.

«Anche i tuoi diventano duri» disse.

Non fu una vera e propria domanda, ma lui rispose lo stesso. «Oh, sì.»

Glieli strizzò, e ogni tocco gli faceva contrarre l'uccello posato sulla pancia. Ryleigh sembrò non accorgersene, era troppo concentrata sul suo petto. Poi gli tolse il respiro quando si chinò e ne prese in bocca uno.

Tiny fece un piccolo gemito e le mise la mano sulla nuca. Lei sollevò lo sguardo e sorrise di nuovo. «Va bene così?»

«Va più che bene. È stupendo.»

In risposta, avvolse ancora una volta le labbra intorno al capezzolo e lo tormentò con la lingua, facendolo gemere di nuovo. Ryleigh sarebbe stata la sua morte, ma non osò negarle quell'esperienza. Le avrebbe permesso di esplorare il suo corpo finché avesse voluto. Voleva che si sentisse a suo agio con lui... e che non rimanesse sorpresa quando le avrebbe fatto le stesse cose.

Lei portò una mano sull'altro capezzolo e glielo pizzicò piano.

«Più forte, tesoro. Non mi farai male. Stringilo di più.»

Tiny sentì uno schizzo di liquido preseminale quando lei fece ciò che le aveva chiesto.

Ryleigh sollevò la testa e osservò le proprie mani mentre gli stuzzicava i capezzoli. Per lui era quasi una tortura... ma una tortura piacevole.

«Baciami» le ordinò.

Si chinò in avanti, appoggiandosi al suo petto e gli sfiorò le labbra. Ma Tiny era troppo eccitato per accontentarsi di un tocco casto, così spinse subito la lingua chiedendo di entrare. Lei aprì le labbra e lui si prese ciò che gli offrì spontaneamente.

Si era mai eccitato così tanto per un bacio e qualche tocco ai capezzoli? No, la risposta era decisamente no. Ryleigh lo aveva totalmente sconvolto, e ora pensava che non sarebbe mai più stato lo stesso.

Provò un senso di terrore per un secondo. Se lei lo avesse tradito, lo avrebbe distrutto. Pensava che le azioni di Sonja lo avessero cambiato irrimediabilmente, ma se Ryleigh lo avesse usato per qualche motivo, lo avrebbe totalmente devastato.

Il fugace pensiero che lei avrebbe potuto essere una persona diversa da quella che aveva imparato a conoscere nelle ultime settimane, svanì in un istante. Poteva fidarsi di lei. Se lo sentiva fin nel profondo. Non lo avrebbe fregato. Non lo avrebbe tradito. Non avrebbe mai tentato di ucciderlo nel sonno.

Staccò la bocca dalla sua e si accorse di avere difficoltà

a riprendere fiato. Non desiderava altro che portarla sotto di sé e prenderla, divorarla, infilare le dita nella sua fica per prepararla per lui, ma prima di prendere il controllo voleva assicurarsi che fosse completamente a suo agio con il suo corpo.

«Continua, tesoro» la esortò.

Sembrò confusa.

«Toccami dappertutto. Abituati a me. Guarda cosa ci sarà dentro di te, cosa ti darà piacere. Il mio cazzo. Perché quando avrai finito di esplorare, sarà il *mio* turno.»

Lei arrossì, ma i suoi occhi brillarono di desiderio mentre annuiva. Ryleigh si sedette sui talloni e riportò l'attenzione sul suo petto. Fece scorrere di nuovo le dita sulla sua pelle, ma non si fermò ai capezzoli. Il suo sguardo lo percorse fino ai piedi, poi risalì e si fermò tra le sue gambe.

«Sei grosso» disse, ma Tiny non sentì paura nella sua voce. Fu solo un'affermazione.

«Sì, ma sarai bagnata fradicia per me. Mi prenderai senza problemi, ti do la mia parola.»

Lei annuì, come se quella fosse stata l'unica rassicurazione di cui aveva bisogno. Poi lo toccò.

Dovette metterci tutto sé stesso per non venire.

Gli sfiorò la punta con il pollice, spargendo sulla sua pelle il liquido preseminale che gli aveva già fatto fuoriuscire. Poi lo sconvolse toccandola con la lingua.

«Cazzo!» mormorò Tiny, afferrandosi la base dell'uccello per stringerla.

Ryleigh si raddrizzò e sollevò le mani. «Ti ha fatto male?» gli chiese.

«No, è stato bello. Troppo. Stavo per venire. E schizzarti in faccia non è qualcosa che vorresti come prima esperienza con l'orgasmo di un uomo.»

«Davvero?»

«Sì. In ogni caso, non mi piace farlo. Mi è sempre sembrato degradante. Sono sicuro che alcune donne lo adorino, ma lo sperma negli occhi può anche causare un'infezione. Almeno, ho letto che ad alcune pornostar è successo.»

Con sua sorpresa, Ryleigh ridacchiò. «Sì, non sembra una bella cosa. Ma in realtà mi stavo chiedendo se stavi *davvero* per venire solo perché ti ho leccato.»

Tiny gemette di nuovo. Quella donna lo stava svirilizzando. «Sì, tesoro, solo per quello. Non hai idea di quanto sei sexy in questo momento. In ginocchio al mio fianco, con gli occhi che mi divorano, le tette che implorano la mia bocca e le mie dita. Riesco persino a sentire l'odore della tua eccitazione. Quindi sì, il fatto che tu mi abbia leccato il cazzo mi ha quasi fatto perdere la testa. Cosa ne pensi?»

Gli piacque che le sue parole sembrarono eccitarla ancora di più. Lei si dimenò, e mentre la guardava vide il suo petto arrossarsi di più.

«Ti darebbe fastidio se dicessi che non mi è piaciuto?»

«Niente affatto. Ad alcune persone piace e ad altre no. Per me non fa alcuna differenza se non ami il sapore.»

«E a te?»

«A me cosa? Se mi piace il sapore dei tuoi umori? Non lo so. Perché non ti tocchi e poi me li fai assaggiare dal tuo dito e vediamo?» Le stava facendo pressione, lo sapeva, ma non era riuscito a trattenersi. Voleva assaporarla più di quanto volesse respirare. Lo bramava. Bramava *lei*. Non sapeva se Ryleigh sarebbe stata abbastanza coraggiosa da fare ciò che le aveva chiesto, ma non avrebbe dovuto dubitare di lei.

Infatti, si portò una mano tra le gambe, e lui dovette stringersi più forte l'uccello a quella vista.

«Mettiti in ginocchio. Sì. Così. Dio, sei così bella. Toccati. Oh, cazzo, è perfetto. Infilati un dito nella fica, tesoro. Sei bagnata?» Lo tirò fuori, e Tiny lo vide luccicare alla luce. «Oh, sì, sei bagnata. Ti prego, fammelo assaggiare, dammi quel dito.»

Si sedette sui talloni e gli porse timidamente la mano. Tiny non poteva lasciarsi il cazzo perché se l'avesse fatto sarebbe venuto subito su tutta la pancia, così le afferrò il polso con l'altra mano e sollevò la testa con impazienza.

Si mise il suo indice in bocca, e la sua fragranza pungente gli fece praticamente esplodere le papille gustative. Aveva un sapore divino. Leccò e succhiò tutto il dito, cercando di renderlo il più sensuale possibile per lei.

Doveva essere riuscito nel suo intento, perché Ryleigh aveva lo sguardo annebbiato e ansimava. «Tiny...» lo supplicò.

«Per tua informazione, *adoro* il tuo sapore. Cristo, è come l'ambrosia... qualunque cosa sia. Voglio di più. Voglio leccare la tua fica finché non mi vieni in faccia. Poi voglio leccarti via tutti gli umori e farti venire di nuovo.»

Ancora una volta, non aveva idea da dove arrivasse quel suo modo di parlare. Di solito non era così. Era più un amante pratico; si assicurava che la sua partner fosse soddisfatta, ma non parlava molto. Con lei era tutto diverso. Perché loro erano fatti l'uno per l'altra. «Hai finito?» le chiese.

«Finito?»

«Di esplorare... per ora. Puoi guardare e toccare quanto vuoi più tardi. Sono appeso a un filo, tesoro. Ho bisogno che tu mi dia il permesso di muovermi. Di darti piacere.»

«Sì. Ti prego. Toccami.»

Fu tutto ciò che gli servì di sentire. La sdraiò sulla schiena prima ancora che uno dei due facesse un altro respiro. La sensazione del suo corpo sotto di lui era qualcosa che aveva aspettato per tutta la vita. Non aveva il minimo dubbio.

«Nel caso mi dimenticassi di dirtelo più tardi, grazie.»

«Per cosa?»

«Per avermi donato il tuo corpo. Per avermi dato fiducia sul fatto che lo avrei reso bello per te. Per avermi permesso di essere il tuo primo uomo.»

«Prego» disse timidamente.

Poi Tiny non parlò più. La baciò brevemente e fece scorrere le labbra fino al suo orecchio e sul collo. Inspirò profondamente, amando il profumo del suo sapone sulla sua pelle. Scese continuando a baciarla, e finalmente riuscì a mettere la bocca su quei seni che lo stavano tormentando da quando lei aveva lasciato cadere l'asciugamano.

Aveva intenzione di divorarla un centimetro alla volta. Quando avrebbe finito, lei sarebbe stata in un delirio di piacere... e sperava che il dolore di essere penetrata per la prima volta non sarebbe stato insopportabile.

CAPITOLO SEDICI

RYLEIGH NON RIUSCIVA A PENSARE. Non riusciva a fare altro che perdersi nelle sensazioni. Si era toccata nel corso degli anni, ma niente era mai stato così bello come sentire le mani e la bocca di Tiny sulla sua pelle. Le stava divorando il seno come se fosse stato un uomo affamato e lei un pasto di tre portate. Sentiva come delle scariche elettriche partire dai capezzoli fino alla fica, e ciò la faceva dimenare inquieta sotto di lui.

Ma aveva bisogno di qualcosa di *più*.

Come se le avesse letto nel pensiero, lui si spostò lungo il suo corpo, aprendole le gambe per fare spazio alle spalle. Allungò un braccio per prendere un cuscino e glielo infilò sotto il sedere. Era completamente in mostra, e ciò la rese un po' nervosa.

Ma quando Tiny parlò, dicendo altre cose sconce che fecero sparire tutte le sue inibizioni, il suo desiderio divampò.

«Guardati, sei bellissima» le sussurrò, mentre la fissava tra le gambe. «E sei mia. *Tutta mia.*»

Alcune donne avrebbero potuto irritarsi sentendo l'autorità e la possessività nella voce di un uomo quando diceva una cosa del genere, ma lei non poté fare a meno di eccitarsi di più.

Tiny le sfiorò il pube con la mano. La solleticò, e Ryleigh si contorse contro di lui.

Le sorrise e continuò ad accarezzarla.

Lei lasciò cadere indietro la testa, ma la rialzò immediatamente quando sentì il suo respiro sulla pelle che non aveva mai visto la luce del giorno in presenza di un uomo. E i loro sguardi si incontrarono.

«Prendi un altro cuscino e mettitelo sotto la testa» le ordinò.

Ryleigh aggrottò la fronte. «Perché?»

«Così puoi guardare quello che faccio senza rischiare di bloccarti il collo. Ti ho appena fatta rilassare nella vasca, l'ultima cosa che voglio è che ti strappi un muscolo.»

Si sarebbe sentita in imbarazzo per essersi mostrata così curiosa di vedere cosa stesse facendo, ma stava rapidamente imparando che Tiny non si sentiva a disagio per *nessuna* cosa che accadeva a letto. Avrebbe dovuto capirlo quando le aveva leccato il dito dopo che lei se lo era infilato nel sesso.

Dato che era *davvero* curiosa e voleva disperatamente guardarlo, fece come le aveva chiesto e si infilò un altro cuscino sotto la testa. Ora era sollevata, e poteva vedere senza sforzarsi quello che lui faceva tra le sue gambe.

«Hai già avuto un orgasmo?» le chiese, iniziando ad accarezzarle delicatamente il clitoride. Provò una piacevole sensazione, ma il tocco non era abbastanza deciso da farla venire.

«Certo»

«Non c'è nulla di certo. Alcune donne non si sentono a proprio agio a masturbarsi.»

Quella parola la fece arrossire.

Tiny le rivolse un sorriso malizioso. «Oh, ci divertiremo tantissimo.» Poi, a quanto pareva, aveva finito di parlare, perché riportò lo sguardo sulla sua fica e le leccò le pieghe. Fu una bella sensazione.

Lo fece di nuovo. E di nuovo ancora. Poi le aprì di più le gambe e fu quasi fastidioso, e le coprì il clitoride con la bocca. Sollevò gli occhi... e la guardò mentre iniziava a leccare e succhiare quel fascio di nervi.

Quella sì che fu una sensazione fantastica. Stupenda! Ryleigh contrasse i muscoli della pancia e cercò di chiudere le gambe, senza successo.

Tiny posò le mani sull'interno delle sue cosce per tenerla aperta.

All'improvviso, guardarlo negli occhi le sembrò troppo intimo, così li chiuse.

A quello, lui staccò la bocca dal suo sesso. «No, guardami. Voglio vederti arrivare all'estasi, raggiungere l'orgasmo per la prima volta grazie alla mia bocca.»

Lei non ci riuscì. Ma dovette cedere quando le disse: «Ti prego.»

Aprì gli occhi e incontrò il suo sguardo.

«Grazie» le sussurrò. Poi le baciò il clitoride prima di prenderlo ancora una volta in bocca.

Il suo tocco non fu leggero, ma succhiò con forza, facendola sobbalzare sul letto. Le sorrise, ma non si staccò da lei, concentrato a farla venire.

Ryleigh sentì a malapena il dito che le infilò nel corpo, ma quando glielo strinse, si sentì diversa... più piena.

«Tiny!» ansimò.

Lui non rispose, si limitò a continuare mentre lei si dimenava... usò la lingua quasi come un vibratore contro il suo clitoride.

Sentì l'orgasmo montare, ma fu diverso da qualsiasi cosa avesse provato in passato. Più intenso, quasi spaventoso, e avrebbe voluto implorarlo di fermarsi. Ma non appena ebbe quel pensiero, lo scacciò. Lui non avrebbe permesso che le accadesse nulla. L'avrebbe protetta.

Aveva avuto lo stesso pensiero quando stava aspettando l'arrivo di suo padre. Anche allora aveva avuto paura, ma sapere che Tiny era lì vicino, a vegliare su di lei, le aveva dato il coraggio di non mollare. Proprio come avrebbe fatto ora.

Le sensazioni dentro di lei aumentavano, consumandola, proprio come stava facendo lui.

L'orgasmo la sorprese. Un attimo prima era quasi disperata, quello successivo stava volando nell'estasi. Non aveva mai provato niente di così incredibile in tutta la sua vita. Ogni muscolo si tese, e tremò mentre veniva travolta dal piacere. Il tutto successe mentre manteneva lo sguardo fisso su quello di Tiny. Fu più intimo di quanto avesse mai potuto immaginare, e ciò rese l'esperienza ancora più sconvolgente.

Pensava che una volta venuta lui si sarebbe fermato, invece sfilò il dito dal suo corpo, provocandole un'altra scossa di piacere, poi abbassò di più la testa e le leccò la fica. Lo fece di nuovo. E di nuovo ancora. La divorò come se non ne avesse mai abbastanza.

«Tiny!» ansimò senza fiato.

In risposta, lui si limitò a grugnire, mentre continuava a leccare ogni goccia di piacere che le aveva procurato. Si sorprese sentendo montare un altro orgasmo. Stare lì a guardarlo, vedere quanto gli piaceva assaporarla, era eccitante da morire. Non stava mentendo quando le aveva detto che adorava il suo sapore.

Lui doveva aver percepito che ci era vicina, perché alla fine sollevò la testa e si spinse un po' più su sul letto, continuando a tenerle le gambe aperte con le spalle. Portò una mano sul clitoride e usò il pollice per strofinarlo con forza, mentre con l'altra andò tra le sue gambe e infilò un dito dentro di lei.

Ryleigh gli afferrò il polso.

«Ti sto facendo male?» le chiese con dolcezza.

«No, è solo che... io... non lo so.» Non riusciva a descrivere le sensazioni che le stavano attraversando il corpo. Le sembrava di vivere un'esperienza extracorporea. Come se tutto ciò stesse accadendo a qualcun altro.

«Goditi le sensazioni, tesoro, non devi fare altro.»

Era quello il problema. Erano troppe.

Lui mosse il dito avanti e indietro, e presto non le sembrò più abbastanza. Aveva bisogno di qualcosa di più, ma non aveva idea di cosa effettivamente fosse.

Tiny invece sì. Aggiunse un secondo dito e lei sentì una piccola fitta, che passò subito grazie al piacere che scaturì dalla sua fica. Si sentiva piena e i suoi muscoli interni si strinsero intorno a lui, che capì di doverle accarezzare il clitoride con più intensità.

«Così, Ryleigh. Ti stai allargando intorno alle mie dita proprio come farai con il mio cazzo. Mi prenderai bene a fondo. Sei bagnata fradicia e hai un sapore buonissimo. Potrei passare tutte le notti a impregnarmi di te. Sei davvero reattiva, bellissima. E mia. Tutta mia.»

Lei sorrise, poi sussultò quando le sfiorò l'ano con il mignolo.

«Ti piace?» le chiese. «Il sesso anale non è nelle mie corde, ma ci sono un sacco di terminazioni nervose là dietro. Chiudi gli occhi. Ascolta le sensazioni.»

Lo fece subito, felice della tregua. Vortici di colore le attraversarono le palpebre, mentre si avvicinava al secondo orgasmo della serata. Era calda, stava praticamente bruciando, e si sforzò per raggiungere ancora una volta il culmine.

«Ci penso io, tesoro. Ti farò sentire bene.»

E lo fece. Usò le dita su di lei come se stesse suonando uno strumento di inestimabile valore. Le sfuggì un basso gemito dalle labbra quando volò di nuovo nell'estasi. Poi gli strinse il polso più forte che poté; le sue dita erano sempre dentro di lei, ma non era *ancora* abbastanza. Così si strofinò con forza e senza controllo contro la sua mano, e il piacere quasi la sopraffece.

Lo percepì muoversi, ma non aveva l'energia né la lucidità mentale per cercare di capire cosa stesse facendo.

«Apri gli occhi. Guarda chi sarà dentro di te. Guarda l'uomo che ti farà sua, così come tu lo farai tuo. Guardami, Ryleigh.»

Lì aprì e lo vide incombere su di lei. I suoi occhi turchesi sembravano ancora più luminosi del solito. Sentì qualcosa tra le gambe e abbassò lo sguardo.

Si era sistemato tra le sue cosce, con il cazzo appoggiato sulla sua fica. Ma c'era qualcosa di strano; non sentiva il suo calore. E il suo uccello non aveva l'aspetto di prima. Poi capì...

«Ti sei messo il preservativo» sbottò.

«Sì.»

«Ma sto usando un anticoncezionale» disse confusa. «La dottoressa ha detto che si può fare sesso senza.»

«Ti sto proteggendo, tesoro» disse con tenerezza.

Era stufa di essere protetta. Voleva fare sesso selvaggio, sfrenato, fuori controllo. Voleva sentire tutto di Tiny. Scosse la testa. «No. Toglilo.»

«Ryleigh» iniziò, in tono accondiscendente.

«No!» ripeté con più fermezza. «Ti voglio tutto. Senza barriere.»

«Non sto con una donna da più di un anno, ma non posso dimostrarlo» le disse.

«Mi fido di te, Tiny. Hai fatto per me più di quanto abbia mai fatto chiunque nella mia vita. Mi fido ciecamente di te.» Poi le venne in mente una cosa. «Oh... ma se sei tu a non fidarti di *me*, posso capirlo. Voglio dire, io...»

Non riuscì nemmeno a finire di parlare che Tiny con un ringhio si strappò via il preservativo e iniziò ad accarezzarsi, finché non si formò una goccia di liquido preseminale sulla punta. Poi la guardò negli occhi e disse: «Ultima possibilità di tirarti indietro. L'ho già detto prima, ma lo ripeto, una volta che sarò entrato in te, sarà fatta. Sarò tuo.»

Le piacque quella cosa e che non avesse dichiarato di nuovo che lei era sua; francamente, per quanto la riguardava era scontato. Invece l'aveva avvertita che se avessero fatto sesso, *lui* le sarebbe appartenuto.

Ryleigh portò la mano tra loro, gli spostò la sua dal cazzo prendendolo in mano, e si infilò la punta tra le pieghe. «Sono pronta.»

«Guardami. Non distogliere mai gli occhi. Probabilmente ti farà male, ma ti giuro che dopo ti farò sentire bene.»

Annuì. Non poteva mentire, era nervosa.

Ma lui non prolungò l'attesa, si spinse lentamente, ma con decisione, dentro di lei.

Sentì una piccola stilettata e ansimò, mentre lui continuava a spingere. *Fece* male. Molto. Le si riempirono gli occhi di lacrime, ma fece come le aveva chiesto e non distolse lo sguardo da lui.

«Fatto. È finita. Sono dentro. Respira, Ryleigh. Non mi muoverò. È tutto ok.»

Avrebbe voluto spingerlo via. Era grande, enorme, gigantesco. E le sembrava che la stesse spaccando a metà. Le sfuggì un piccolo lamento dalle labbra.

«Lo so, mi dispiace. Dio, mi dispiace tanto. Diamoci un attimo di tempo. Se ti fa ancora male, mi tiro fuori e finiremo qui, per ora. Ma questa è l'unica volta che sarà così, te lo prometto.»

Mentre parlava il dolore si stava già attenuando. Non scomparve del tutto, ma si trasformò in lievi fitte.

Tiny si spostò con cautela per reggersi sopra di lei solo con una mano. Poi portò l'altra tra i loro corpi, e senza dire nulla iniziò ad accarezzarle delicatamente il clitoride. Ryleigh si sentì sollevata quando il piacere cominciò a prevalere sul dolore.

«Va meglio?» le chiese.

Lei non riuscì a parlare, poté solo annuire.

«Bene. Questo orgasmo probabilmente non sarà intenso come gli altri due, ma ti aiuterà a distendere i muscoli. Sì, così.»

A ogni carezza sul clitoride, Ryleigh sentì i muscoli interni, che prima aveva stretto con forza come se ciò gli avrebbe potuto impedire di andare più a fondo, rilassarsi sempre di più e, di conseguenza, il cazzo di Tiny dentro di lei cominciò a darle una sensazione molto piacevole. Migliore delle sue dita. Più corposa.

I suoi respiri si fecero più veloci, e pur essendo consapevole che gli stava piantando le unghie nei bicipiti, non riusciva a lasciarsi andare.

«Dio, non hai idea di quanto sia bello sentirti così. Sei così calda e stretta. Non c'è niente di meglio che essere dentro la tua fica. Mi farò perdonare, la prossima volta non ti farà male. Te lo giuro. Proverai solo piacere. Ti sento contrarti intorno al mio cazzo. È come se mi accarezzassi dall'interno. Vieni per me, Ryleigh. Ancora una volta, poi potrai riposare.»

Riposare era un'ottima idea. Perfetta. Ma l'orgasmo che si stava avvicinando era più importante. Fece una prova spingendo i fianchi verso l'alto e la sensazione fu piacevole. *Bellissima*. E ora voleva di più.

Ma Tiny rimase immobile. «No, stai ferma. So che vuoi muoverti, ma non voglio farti male. Puoi venire in questo modo, lo so. Fallo, Ryleigh, vieni per me. Vieni sul mio cazzo. Bagnami con i tuoi umori. Voglio sentirli dappertutto. Rivendica ciò che è tuo.»

Bastò quello. Il pensiero che si fidasse abbastanza di lei da fare l'amore senza preservativo la fece piombare ancora una volta nell'estasi. Era vero, l'orgasmo non fu intenso come gli ultimi due, ma averlo dentro il suo corpo dava una sensazione molto diversa. Lo strinse con forza mentre veniva.

Poi, con sua grande sorpresa, lui le crollò sopra e gemette nel suo orecchio. Per un attimo rimase confusa. Era venuto? No, non poteva essere. Non si era minimamente mosso dentro di lei. Di solito un uomo non doveva spingere per raggiungere l'orgasmo? Si sentì stupida di non saperlo. Ricordava solo quello che aveva visto nei film e letto nei libri. In tutti i casi, l'uomo per venire aveva avuto bisogno di muoversi avanti e indietro.

Dopo un attimo, lui sollevò la testa e fece un sorriso ironico.

«Hai... è andata bene?» gli chiese.

«Bene? Non sono mai venuto così intensamente in vita mia» rispose. Ryleigh notò una goccia di sudore scendergli lungo la tempia, e rimase affascinata da quel piccolo segno del suo sforzo.

«Ma non hai... pensavo che gli uomini dovessero muoversi per venire.»

Lui rise. «Anch'io.»

«Sono confusa.»

«Tesoro, ero già al limite prima di entrare in te. Sentirti venire intorno al mio cazzo senza barriere? Non avevo *mai* provato niente del genere. Mai. Ho sempre messo il preservativo. Ho ripreso un po' di controllo dopo aver visto quanto stavi soffrendo, ma la sensazione dei tuoi muscoli che si contraevano intorno a me... e poi essere strizzato mentre venivi, hanno fatto scatenare l'orgasmo. *Non* ho avuto bisogno di muovermi, è stato sufficiente il piacere che provavo solo stando dentro di te.»

Quando lo fissò a bocca aperta, le sorrise e fece scorrere un dito sul suo naso.

«Il tuo rossore è adorabile» le disse.

Ryleigh si mosse un po' e si rese conto che era ancora dentro il suo corpo. Strinse i muscoli e lui gemette.

«*Cazzo*, è bellissimo.»

«Cosa? Questo?» chiese lei, ripetendo il movimento.

«Sì! Quello» concordò, raddrizzandosi e tirandosi fuori da lei.

Ryleigh non riuscì a trattenere un piccolo lamento per il dolore.

«Lo so, tesoro. Dammi un secondo. Non muoverti.»

Lo guardò balzare giù dal letto ed entrare in bagno; era davvero piacevole vederlo andare in giro a culo nudo. Tornò un attimo dopo con una salvietta umida. Cercò di prendergliela, ma lui scosse la testa e salì sul letto.

La pulì delicatamente tra le cosce, e mentre Ryleigh guardava, vide una macchia rossa sulla stoffa.

«Sai, non ho mai pensato molto a quello che prova una donna quando fa sesso per la prima volta. Ma ora capisco perché gli uomini di un tempo appendevano le lenzuola macchiate di sangue fuori dalle finestre. Vorrei battermi il petto e dichiarare al mondo che sei mia. Che hai scelto me per la tua prima volta. È un onore, tesoro. Non dimenticherò mai questo momento.»

«È solo un po' di sangue» si sentì in dovere di precisare.

«No, è esserti fidata che non ti avrei fatto più male del necessario. È avermi permesso di prenderti senza preservativo. È avermi dato qualcosa che ti sei tenuta stretta per trentun anni.»

Non sapeva cosa dire. Poi si ricordò l'espressione sul suo volto quando si era reso conto del dolore che lei stava provando. Era sembrato terrorizzato, ma non si era fatto prendere dal panico. Aveva cercato subito di fare il possibile per attenuare il suo disagio rimanendo immobile. Dandole piacere per aiutarla ad alleviarlo. Non avrebbe potuto scegliere un uomo migliore a cui donare la propria verginità. Era per quello che aveva aspettato. Per donarla a lui. A Tiny.

Quando finì di pulire i loro umori, si alzò di nuovo per riportare la salvietta in bagno. Mentre tornava a letto,

Ryleigh notò che non si era pulito. Anche se era flaccido, poteva vedere piccole striature di sangue sul suo cazzo, insieme alle tracce dei loro orgasmi.

Solo quando si sistemarono nella solita posizione in cui dormivano, lei trovò il coraggio di dire: «Non ti sentirai a disagio con quella... roba che ti si secca sulla pelle?»

Lui ridacchiò. «Forse. Ma non mi importa. Ti voglio su di me. Non mi piace il sangue, ma visto che è la prova che mi hai fatto tuo, starò bene per una notte.»

«Fa un po' schifo» sussurrò.

«Vuoi che mi pulisca?» le chiese, sollevando la testa. I suoi muscoli si contrassero come se fosse pronto a scendere ancora una volta dal letto.

«No! Cioè, no se tu non vuoi. Voglio solo che tu sia a tuo agio.»

«Sento il tuo odore sulla mia pelle, il profumo del mio sapone sul tuo corpo, ti sto tenendo tra le braccia... sono a mio agio.»

«Allora va bene.»

«Ok.»

Rimasero in silenzio per un momento, poi Ryleigh chiese titubante: «Però la prossima volta... ti muoverai, vero?»

Lui ridacchiò. «Non ne ho idea. Perdo il controllo quando si tratta di te. Pensi che ti piacerebbe?»

«Ehm, sì. Mi è piaciuta la sensazione che ho provato lì alla fine, ma credo che se ti muoverai sarà ancora meglio.»

Tiny gemette e si dimenò. Lei sorrise, amando l'effetto che aveva su di lui. Il fatto di riuscire a eccitarlo.

«Cos'altro vuoi provare?»

«Provare?»

«Sì, a letto.»

«Tutto?»

«Avrò bisogno che tu sia più specifica. So che ti è piaciuto quando ti ho toccato l'ano, e come ti ho detto il sesso anale non fa per me, ma se vuoi provare possiamo farlo. Però non subito, perché ci vorrà un po' di tempo per prepararti.»

«Non credo di volerlo fare... ma mi è piaciuto quando mi hai toccata lì.»

«È piaciuto anche a me.»

«E voglio farti un pompino. E magari puoi prendermi da dietro? Ho sentito dire che dà una bella sensazione.»

«Mi fai morire, tesoro. Possiamo fare tutto quello che vuoi. Non vergognarti di chiedere. Tra noi, in questo letto, niente è off-limits. Va bene?»

«Ok» rispose con un sorriso. A dire il vero era sollevata di essersi messa alle spalle la sua prima volta. Le era sempre sembrato di avere un'enorme *cosa* che le pendeva sopra la testa. E ora che non c'era più, era... libera.

Suo padre era dietro le sbarre, il Rifugio era al sicuro, lei era libera di essere esattamente chi era, e quindi poteva essere quella persona con Tiny. Non era mai stata così felice.

CAPITOLO DICIASSETTE

Circa una settimana più tardi, il Rifugio era in pieno fermento. Anche se non c'erano ospiti, c'era *comunque* ancora gente. Ora che Harold Lodge era dietro le sbarre e la minaccia alla loro fonte di reddito era scomparsa, tutti si stavano dedicando ai preparativi per il matrimonio di Alaska e Brick.

Per Tiny, la coppia era la pietra miliare di quel posto. Erano le persone che avevano fatto capire al resto dei proprietari che l'amore esisteva. Dopo che il padre di Ryleigh aveva cancellato un intero mese di prenotazioni solo per fare lo stronzo e tormentarli, avevano riprogrammato la maggior parte dei soggiorni, ma si erano tenuti liberi sette giorni e avevano deciso di organizzare un grandioso fine settimana di festeggiamenti per la coppia.

Dopo averne discusso con gli altri ragazzi, avevano deciso di servire alcolici al ricevimento, dato che non c'erano ospiti. Non troppi da far ubriacare tutti, ma un paio di bicchieri di vino o una birra a chi lo desiderava e, naturalmente, un calice di champagne per brindare alla felicità della coppia.

L'atmosfera al Rifugio era quasi euforica. I membri dello staff erano felici di rilassarsi prima di tornare a lavorare con i clienti, e tutti gli amici di Brick e Alaska erano stati incoraggiati a invitare al matrimonio chi volevano.

Henley lo aveva chiesto alla sua precedente vicina di casa, Cheri Singleton, che ora viveva ad Albuquerque, e a sua figlia. A Jasna era stato dato l'ok per invitare Sharyn, un'amica che si era fatta al campus d'arte, e sua madre. Reese aveva naturalmente invitato suo fratello Jack, conosciuto anche come Woody, e sua moglie Isabella. Maisy aveva invitato la cuoca della sua casa d'infanzia, Paige, che per lei era stata più che altro una mamma. Ovviamente, sarebbe stata presente anche la madre di Brick. Tonka aveva chiesto di poter invitare il suo ex compagno Raiden e sua moglie Khloe, che sarebbero arrivati nel New Mexico dalla piccola città di Fallport, in Virginia.

E Tiny aveva invitato una persona che aveva incontrato solo un paio di volte, ma con cui aveva parlato molto per telefono e via mail. Un uomo di nome Matthew Steele, altrimenti detto Wolf, e sua moglie Caroline. Era un SEAL in pensione molto conosciuto negli ambienti della Marina. Lui e sua moglie avevano passato il loro inferno personale, e Tiny non vedeva l'ora che lei conoscesse la sua Ryleigh. Da quello che sapeva di entrambe, le due donne erano molto simili. Dolci, premurose e molto forti quando le cose si mettevano male.

La maggior parte degli invitati era già arrivata e si stava divertendo. Gli sembrava giusto fare una grande festa per il matrimonio di Brick e Alaska. Robert stava superando sé stesso in cucina a preparare pasti per un reggimento, mentre Stone e Owl erano impegnati a portare i loro amici e familiari a fare il tour panoramico in elicottero.

Anche Cora e Pipe erano molto indaffarati con i nuovi bambini in affido. Joyce, Kason, Shannon e Max erano arrivati due giorni prima, e si stavano ancora adattando alla vita al Rifugio. Sembravano bravi ragazzi, solo un po' insicuri e timidi, cose che si sperava sarebbero svanite una volta capito che non li avrebbero separati. Jasna frequentava la stessa classe di Kason, e aiutava il fatto che i due si conoscessero già.

Anche Tiny era stato impegnato... con Ryleigh. Dopo essersi presa un paio di giorni per riprendersi dalla sua prima volta, era diventata insaziabile. Quasi disperata di sapere tutto quello che si era persa riguardo al sesso, e lui era più che felice di soddisfare la sua curiosità. Era la sua compagna perfetta, dentro e fuori dalla camera da letto.

Lei gli lasciava spazio per fare le cose che gli piacevano, tipo le escursioni con i loro amici, ma quando si rivedevano si assicurava che sapesse quanto le era mancato. Anche lei si era tenuta occupata, facendo da babysitter ai figli di Reese e Henley, intrattenendo Jasna dopo la scuola, aiutando ad assicurarsi che gli chalet fossero pronti per l'arrivo di tutti gli invitati e, in generale, dando il suo contributo dove e quando c'era bisogno di lei.

Ma nel momento in cui tornavano a casa alla fine di ogni giornata, Tiny aveva la sua completa attenzione. Facevano l'amore più volte, fino a notte fonda, e Ryleigh era rimasta entusiasta quando aveva scoperto che lui aveva avuto ragione; non le non aveva più fatto male dopo la prima volta. Ovviamente, Tiny si assicurava sempre che fosse bagnata prima di penetrarla. Avevano già fatto l'amore in tutte le posizioni che conosceva, e in alcune che non aveva mai sentito nominare. Ma poiché Ryleigh era un'esperta in tutto ciò che riguardava il computer, aveva scoperto delle cose kinky che lui era stato felice di provare. Alcune erano riusciti a farle, altre erano andate storte in modo esilarante, ma l'aggiunta delle risate quando facevano l'amore era un ulteriore bonus, e qualcosa che non aveva mai sperimentato prima.

La amava. Così tanto che quasi lo spaventava.

Ryleigh cercava di nascondere le sue continue preoccupazioni riguardo al padre, ma non ci riusciva molto. Tiny non la rimproverava per quelle poche ore mattutine che trascorreva cercando ossessivamente sul web tracce di qualche sorpresa dell'ultimo minuto che poteva aver lasciato Harold. Ma era passata quasi una settimana da quando era stato arrestato, e ancora non aveva trovato nulla. Era davvero un sollievo per tutti.

Ora erano tornati allo chalet, dato che avevano appena terminato i preparativi per il matrimonio, e stavano mettendo insieme un pranzo veloce. Wolf e Caroline sarebbero arrivati entro un'ora circa, e non vedeva l'ora di presentarli a Ryleigh. Le aveva già parlato di loro, ma Tex l'aveva contattata dopo aver saputo che la coppia sarebbe andata al Rifugio, e le aveva raccontato molte altre cose. Erano rimasti tutti un po' delusi alla notizia che Tex non avrebbe potuto partecipare, ma capivano. Una delle sue figlie aveva un saggio di danza che lui non voleva perdersi; la famiglia prima di tutto, sempre.

«E se non piacessi ai tuoi amici?» chiese Ryleigh nervosamente.

«Ti ameranno» la rassicurò.

Lei alzò gli occhi al cielo. «Penso che tu sia di parte.»

Tiny ridacchiò. «Forse, ma non mi sbaglio. Sei amabile,

tesoro.» Non gli piacque la sua espressione dubbiosa, né che avesse distolto lo sguardo.

Le si mise davanti, non dandole altra scelta che guardarlo. «È così» insistette. «Jess e Carly pendevano dalle tue labbra già il primo giorno che sei arrivata. Al colloquio hai conquistato Alaska e no, non provare a dirmi che sei riuscita in qualche modo a influenzare la sua opinione grazie alla tua conoscenza di internet. Avrai anche rimediato il colloquio con qualche magia delle tue dita, ma il lavoro l'hai ottenuto da sola. I ragazzi ti rispettano e ti amano tutti, e non credere che mi sia sfuggito quanto siete legate tu e Jasna.»

Gli occhi di Ryleigh si riempirono di lacrime, ma lui continuò.

«E sai quanto mi sono sforzato per *non* provare attrazione per te... ma ho fallito miseramente. Anche quando cercavo di convincermi che avevi brutte intenzioni, non riuscivo a mantenere le distanze. Non serviva che ti trasferissi per tenerti d'occhio, avrei potuto farlo in una decina di modi diversi... ma ti *volevo* qui. Sotto il mio tetto. Anche quando ero arrabbiato con te, avevi qualcosa a cui non riuscivo a resistere. A cui non volevo resistere.»

«Una decina di modi diversi?» gli chiese, tirando su con il naso. «Tipo?»

Le labbra di Tiny ebbero un guizzo. «Non lo so, ma avrei escogitato qualcosa. Quello che voglio dire è che... Caroline e Wolf ti ameranno. Con la fortuna che mi ritrovo, probabilmente cercheranno di farti trasferire in California per poterti vedere più spesso e di sistemarti con uno dei SEAL con cui lavorano... cosa che comunque non permetterò che accada. Spero che non ti crei disagio, ma conoscono a grandi linee la tua storia, sanno perché sei qui e di tuo padre. Wolf si è incazzato e Caroline anche peggio. Ti adoreranno, tesoro, devi solo essere te stessa.»

Sembrava ancora scettica, così prese una decisione.

Posò il cucchiaio che aveva usato per mescolare l'insalata di tonno che stava preparando e le mise le mani sulle spalle. La spinse indietro fino a farla appoggiare al bancone. «Salta su» le ordinò.

«Perché?»

«Perché sì. Voglio leccarti e poi scoparti da dietro proprio qui nella nostra cucina.»

E così si dimenticarono della conversazione seria che stavano facendo, e la trepidazione riempì l'aria.

«Ho un'idea migliore. Perché non fai *tu* un passo indietro e lasci che ti faccia un pompino? Tutte le volte che ci ho provato sei diventato impaziente e non mi hai lasciato finire.»

L'erezione gli premette contro i jeans al pensiero di avere la sua bocca intorno al cazzo. La sua donna poteva anche essere stata vergine una settimana prima, ma di certo stava recuperando in fretta il tempo perduto.

«Sei sicura?» le chiese.

In risposta, lei portò le mani sulla sua cintura. Tiny fece un passo indietro, come gli aveva chiesto, e la guardò inginocchiarsi davanti a lui tirandogli giù nel frattempo i pantaloni e i boxer.

Vederla in quella posizione, completamente vestita, glielo fece diventare così duro da fargli male. E quando gli prese in mano l'uccello e aprì la bocca, dovette trattenersi dal tirarla su e darsi da fare con lei. Ma Ryleigh desiderava farlo e lui glielo aveva già negato più di una volta. Non perché non avesse voluto, ma perché non pensava che avrebbe avuto abbastanza autocontrollo per lasciarla esplorarlo a lungo.

Ma pensò che visto che era pieno giorno e che si trovava nella sua cucina illuminata dal sole, forse sarebbe riuscito a resistere.

Si sbagliava.

La vista e la sensazione di Ryleigh che gli toccava l'uccello con le dita e la bocca glielo rese davvero difficile. Non era esperta, i suoi movimenti erano imprecisi e scoordinati mentre cercava di trovare un ritmo, ma il suo entusiasmo rendeva il tutto ancora più erotico.

Eppure, pensava comunque che sarebbe riuscito a controllarsi... finché non lo prese in profondità e gemette. Le vibrazioni gli accarezzarono il cazzo in un modo che non aveva mai sperimentato prima. E non ce la fece più.

La staccò da lui e la girò, spingendola verso il tavolo.

Le tirò giù i leggings e le mutandine, più che felice di non dover armeggiare con una cintura o una cerniera, poi le premette la mano sulla schiena per piegarla. Aveva fantasticato più di una volta di prenderla da dietro proprio sul tavolo dove lei aveva passato tante ore a trafficare con il computer. Mentre con la mano si assicurava che lei potesse prenderlo senza sentire male, dal suo cazzo continuava a uscire liquido preseminale. Non voleva più vederla sussultare per il dolore com'era successo la prima volta che l'aveva penetrata.

«Fallo!» lo esortò, con la guancia appoggiata sul tavolo e le mani che stringevano entrambi i lati della superficie, mentre lui le accarezzava la fica.

Tiny non parlò. Sistemò il cazzo sul suo sesso e la penetrò con una lunga spinta.

Entrambi gemettero di piacere. Dopodiché fece

l'amore in modo duro e intenso, con lei che lo incoraggiava e si teneva aggrappata con tutte le sue forze e lui che la scopava come un forsennato. Il sedere di Ryleigh sussultava a ogni spinta, e niente di ciò che aveva provato in vita sua era mai stato così bello.

I colori esplosero dietro le sue palpebre chiuse, mentre combatteva disperatamente contro l'orgasmo. Voleva, no, *aveva bisogno* che lei venisse per prima. Si piegò sulla sua schiena e cercò il clitoride con le dita, mentre il suo cazzo scivolava avanti e indietro nella sua fica bagnata.

Lei si sollevò andando in contro alle sue spinte, non contenta di rimanere lì ferma a prendere ciò che le stava dando.

«Vieni, Ryleigh. *Adesso.*»

Non lo fece, non subito, il che lo costrinse a trattenere disperatamente il proprio orgasmo ancora più a lungo. Ma ben presto sentì i suoi muscoli interni contrarsi intorno a lui, e un attimo dopo lo stava strizzando così forte da fargli quasi male.

Tiny strinse il sedere e piantò il suo cazzo il più profondamente possibile dentro di lei, che gli sembrò più del solito in quella posizione, e si lasciò andare, anche se i suoi muscoli si stavano ancora contraendo intorno a lui.

Vide le stelle, e avrebbe potuto giurare che la sua vista si oscurò per un attimo. Quando tornò in sé, si rese conto che probabilmente la stava schiacciando sul tavolo, messo così sopra di lei. Si sollevò e sentì le braccia tremare.

«Porca puttana» borbottò. «Credo che tu mi abbia appena rivoltato sottosopra.»

«Doveva essere la mia battuta» ansimò lei.

Non appena uscì completamente dal suo corpo, Ryleigh si girò e praticamente si gettò su di lui. Tiny la afferrò e la strinse. Ridacchiò tra sé e sé pensando all'immagine che davano in quel momento con la maglia addosso e i pantaloni e le mutande intorno alle caviglie, bloccati dalle scarpe.

«Vorrei dire una cosa, ma non voglio che tu vada fuori di testa» le disse.

Ryleigh si tirò indietro, e lo guardò con un'espressione interrogativa e preoccupata.

«Ti amo» sbottò. «Non sei obbligata a dirmelo a tua volta, ma spero che mi darai la possibilità di dimostrarti che i miei giorni da stronzo sono finiti e che posso essere un uomo di cui ti puoi fidare e che puoi amare. Non avrei mai pensato di trovarmi di nuovo in questa situazione, non dopo tutto quello che ha fatto la mia ex. Ma non ho mai avuto paura di addormentarmi accanto a te, anzi, non so se riuscirò a dormire bene senza di te. Per me non esisterà mai più nessun'altra donna e voglio passare il resto della mia vita al tuo fianco. Non ti sto dicendo tutto questo per farti pressione, avevo solo bisogno che tu lo sapessi.»

Era aggrappata a lui, e lo stava guardando a occhi spalancati, con le dita piantate nei suoi bicipiti.

«Ryleigh? Ti sto spaventando?»

«Sì. No. Forse?»

Lui ridacchiò. «Scusa. Probabilmente non è il momento migliore, eh? Ti pulisco e finisco di preparare il pranzo, poi possiamo andare al lodge e incontrare Wolf e Caroline. Stasera mangeremo tutti lì, come una specie di cena prematrimoniale, così tutti potranno chiacchierare insieme.» Tiny stava parlando a vanvera e lo sapeva, ma non voleva che Ryleigh si sentisse in imbarazzo per la sua confessione.

Lei gli posò una mano sulla bocca. «So della cena, ho aiutato a organizzarla, ricordi?»

Non gli diede la possibilità di rispondere, e comunque non avrebbe potuto parlare, dato che glielo impediva. «Anch'io ti amo» gli disse con dolcezza, arrossendo lievemente. «Ti amo da un bel po' di tempo.»

Tiny si strappò la sua mano dalla bocca. «Non dirlo se non lo pensi davvero. Non potrei sopportare se poi te lo rimangiassi.»

«Non me lo rimangerò» sussurrò.

«Accidenti, ora ti voglio di nuovo» borbottò, facendo il broncio.

Lei ridacchiò.

Amava quel suono. Lo *adorava*. Da quando era lì, Ryleigh non aveva avuto abbastanza occasioni per ridere, per essere spensierata. Si ripromise di cambiare la situazione.

«Non mi hai lasciato finire di farti un pompino» lo rimproverò, fingendosi seccata.

«Scusa, ma appena mi tocchi perdo il controllo.»

«Vabbè» ribatté, alzando gli occhi al cielo.

«Dai, porta il tuo bel culo al lavello, così posso pulirci.»

Ciò la fece ridacchiare di nuovo, ma lasciò che Tiny si tenesse a lei mentre si trascinavano sul pavimento. Toccò a lui inginocchiarsi ai suoi piedi per passare un fazzoletto di carta bagnato lungo l'interno delle sue cosce e pulire lo sperma fuoriuscito. Non l'aveva mai fatto per nessuna donna prima; non ne aveva avuto bisogno visto che aveva sempre messo il preservativo, ma trovava estremamente intimo ed erotico vedere i loro umori mescolati sulla sua pelle.

Gli piacque anche il leggero rossore che aveva sulle

guance mentre si prendeva cura di lei. Un motivo in più da aggiungere a quelli per cui aveva giurato di assicurarsi che quella donna sapesse sempre quanto fosse preziosa per lui.

Riuscirono a rivestirsi e a finire di preparare il pranzo. Sedersi al tavolo su cui l'aveva appena scopata fu difficile, gli fece venire voglia di ricominciare, ma si ripromise di farlo non appena fosse stato possibile. La contrapposizione tra il prenderla da dietro piegata sul tavolo e l'immagine simile che aveva nella testa con lei chinata sul suo computer, lo eccitava in modo perverso. Era una nerd... ma era la *sua* nerd. La sua nerd estremamente sexy.

«A cosa stai pensando così intensamente?» gli chiese, poco prima che finissero di mangiare.

«Mi stavo chiedendo... se io ti prendessi un paio di occhiali neri da bibliotecaria, li indosseresti mentre ti scopo su questo tavolo?»

Il suo amore per lei aumentò quando si limitò a sgranare gli occhi e a ridacchiare, invece di dirgli che era strano o pervertito.

«È un sì?» incalzò lui, desideroso di realizzare la fantasia che aveva in testa.

Lei scrollò le spalle. «Certo.»

Dovette aggiustarsi l'uccello nei jeans, improvvisamente troppo stretti.

«Sei davvero strano» gli disse, come se gli avesse letto nel pensiero, ma dato che stava sorridendo, Tiny non si offese. D'altra parte, pensava che non si sarebbe mai offeso per qualcosa detto da lei.

«Già» concordò. «Ma dicevi sul serio? Non l'hai detto solo per accontentarmi?» Non sapeva da dove venisse quell'incertezza.

«E *tu*, prima?» replicò lei, sembrando a disagio.

Era inaccettabile. «Non sono mai stato più serio di così in tutta la mia vita. Ti amo, Ryleigh. Ti amerò sempre.»

«Ti amo anch'io.»

Sentire quelle parole per la seconda volta, placò qualcosa nel profondo di lui che non si era reso conto di dover lenire.

Si sorrisero. Non c'era niente che desiderasse di più che portarla in camera da letto e fare l'amore con lei a lungo e lentamente, non come la sveltina che avevano appena avuto sul tavolo.

Ancora una volta, come se potesse leggergli nel pensiero, gli disse: «Dovremmo andare a parlare con i tuoi amici.»

«Già» confermò con un sospiro.

Pulirono la cucina, e venti minuti più tardi andarono al lodge. Tiny vide subito Wolf e sua moglie e si diresse verso di loro.

Wolf era più alto di lui di qualche centimetro e più vecchio di una decina d'anni. Aveva i capelli grigi sulle tempie, e anche se era grande e muscoloso, chiunque lo avesse guardato avrebbe pensato che fosse un contabile di mezza età o qualcosa del genere, ma non era così. Quell'uomo poteva anche essersi ritirato dalla Marina, ma era ancora un SEAL in tutto e per tutto.

Come se avesse percepito che lo stava guardando si girò, e sul suo viso si aprì un enorme sorriso. Si chinò e disse qualcosa alla donna che aveva accanto, e anche lei si voltò a guardare nella loro direzione. Poi Wolf si diresse verso di lui.

Gli tese la mano e se la strinsero, poi gli diede quella sorta di mezzo abbraccio da uomini con la pacca sulla schiena.

«È un vero piacere rivederti» disse Wolf.

«Anche per me» concordò Tiny con un sorriso. La prima volta che aveva incontrato l'ex SEAL, erano andati subito d'accordo.

Caroline gli sorrise arrivando accanto al marito, che le passò subito un braccio intorno alle spalle e la attirò contro di sé. Era più bassa di una trentina di centimetri rispetto a Wolf, ma sembrava adattarsi perfettamente a lui. I suoi capelli castano chiaro non erano acconciati in modo particolare e non sembrava si fosse truccata. I jeans e la camicetta avevano un aspetto casual e comodo. Quando guardò Wolf, i suoi occhi si animarono e brillarono. Si vedeva che era una donna profondamente amata e che, di conseguenza, era sbocciata.

«Questa è mia moglie Ice.»

Lei gli diede un finto schiaffo sul petto e scosse la testa esasperata. «Caroline. Mi chiamo *Caroline*. È un piacere conoscerti, Tiny. Anche tu, Ryleigh. Sei Ryleigh, giusto?»

«La maggior parte delle persone mi chiama Ry» rispose.

«E Ry sia, allora.»

«Avete già avuto modo di dare un'occhiata in giro?» chiese Tiny.

«No, siamo appena arrivati» rispose Wolf.

«Sarò lieta di accompagnarvi» si offrì Ryleigh.

Nonostante fosse stata nervosa per l'incontro con la coppia, sembrava completamente a suo agio, ed era davvero orgoglioso di lei. Poteva pensare di non essere una persona socievole o di non riuscire a fare amicizia facilmente, ma non era assolutamente vero.

«Mi piacerebbe molto!» esclamò Caroline. «Matthew, tu vai a fare le tue cose con i ragazzi. Io andrò con Ry. Può farmi lei da guida.»

«Mi sembra una buona idea. Più tardi porterò le valigie nel nostro chalet» la avvisò.

«Sono sicuro che sono già lì» disse Tiny.

«E mostrerò a Caroline in quale soggiornerete durante il nostro giro» lo informò Ryleigh.

«Gestite questo posto senza difficoltà» disse Wolf con un sorriso.

«Certo che sì.»

L'ex SEAL abbassò la testa verso la moglie e le disse qualcosa a bassa voce, e Tiny colse l'occasione per prendere in disparte Ryleigh. «Tutto bene?» le chiese.

«Sì.»

«Te l'avevo detto che sareste diventate subito amiche» non riuscì a fare a meno di dire.

Lei alzò gli occhi al cielo. «La conosco da circa due secondi. Credo che la giuria non si sia ancora espressa.»

«No. Ormai siete migliori amiche. Non mi sorprenderebbe se ti invitasse a visitare Riverton prima della fine della serata.»

Invece di rivolgergli un altro sguardo esasperato, Ryleigh sussurrò: «Questo posto non manca mai di sorprendermi. Di solito non piaccio alla gente quando mi incontra per la prima volta.»

Odiò sentirglielo dire. «Allora hai semplicemente incontrato le persone sbagliate.»

Lei considerò le sue parole per un attimo. «Probabilmente hai ragione.»

Tiny le baciò delicatamente la fronte e le strinse la mano. «Divertitevi, ma fate attenzione a dove camminate.»

«Lo faremo.»

«Ci rivediamo qui tra un'ora o poco più? È sufficiente?»

«Sì. Il Rifugio non è poi *così* grande» gli disse ridendo.

«Bene.» Le strinse la mano mentre tornavano da Wolf e Caroline.

«Pronta?» chiese Ryleigh alla donna.

«Assolutamente sì. Non vedo l'ora di vedere questo posto. Non potevo crederci quando Wolf ha detto che saremmo venuti qui. Ho sentito un sacco di cose meravigliose. La mucca si chiama davvero Melba?»

Tiny sorrise mentre le due andavano verso la cucina. Per un attimo quasi dimenticò dove si trovava... perché stava fissando il sedere della sua donna, ricordando come appariva meno di un'ora prima quando la stava prendendo da dietro.

Wolf si schiarì la gola, e Tiny gli rivolse uno sguardo di scuse.

«Da quanto tempo state insieme?»

«Io e Ryleigh? Insieme *insieme*, non da molto» ammise.

L'altro sollevò un sopracciglio. «Davvero? È evidente il legame che vi unisce. Mi sorprende che sia da poco.»

«Ci conosciamo da più di un anno, ma ho dovuto tirare fuori la testa dalla sabbia prima che succedesse qualcosa.»

«Ah, sì, l'ho visto accadere più di una volta. Be', per quello che vale... voi due sembrate una coppia perfetta. Lei è il genio del computer che ha messo in crisi Tex, giusto?»

Tiny rise. «Già. Le cose che sa fare...» Scosse la testa. «Fa piuttosto paura. L'altra sera mi ha raccontato che a quattordici anni era solita hackerare i firewall della CIA solo per vedere se ci riusciva.»

Wolf fece un fischio basso.

«Vero? Sono combattuto tra il non volerlo sapere e il *bisogno* di saperlo» ammise.

«Un consiglio? Non volerlo.»

«Probabilmente hai ragione.»

«Ho sempre ragione, basta chiederlo a mia moglie.»

Tiny ridacchiò. «Vuoi fare un tour anche tu?»

«Assolutamente sì. La reputazione di questo posto è leggendaria. Ho consigliato a parecchi marinai e persone che conosco di passare qui qualche notte. Ho sentito dire che la vostra psicologa è eccellente.»

«È così. Henley fa miracoli. Se avessi conosciuto Tonka prima che si mettesse con lei e lo confrontassi con quello di adesso, saresti d'accordo con me.»

«Non ce n'è bisogno, le recensioni online dicono tutto. Sono felice per te, amico. Vorrei che tutti i nostri veterani avessero un posto del genere su cui contare quando ne hanno bisogno.»

«Anch'io. Stiamo lavorando a un programma gratuito per chi non può permettersi i nostri prezzi. E abbiamo ricevuto abbastanza donazioni da poter riuscire a realiz-zarlo al più presto.»

«Che bella notizia. Continuerò sicuramente a racco-mandarlo.»

«Lo apprezzo molto. Forza, iniziamo il tour. Sono sicuro che tu e Caroline vorrete rinfrescarvi o riposare prima della cena di stasera. Ti avviso che i prossimi due giorni saranno un po' folli.»

«Non possono essere più folli di quando si riunisce tutto il nostro gruppo. Non ci capisco più niente con tutti quei bambini.»

Sapeva che Wolf stava dicendo una stronzata. Quel-l'uomo era intelligentissimo; non avrebbe mai potuto dimenticare di chi era un determinato figlio e il suo nome.

«Qui abbiamo solo due bambini, per ora, ma ce ne sono altri due in arrivo, e Cora e Pipe hanno appena accolto i loro primi quattro figli affidatari. Inoltre, c'è Jasna, e non dimentichiamoci degli animali domestici. Quindi le cose diventeranno sempre più pazzesche. Un tempo pensavamo che avere dei bambini in giro sarebbe stata una cosa negativa, perché i pianti e le urla avrebbero potuto scatenare dei flashback in alcune persone, ma onestamente finora è andata bene, almeno nel breve periodo prima che Harold Lodge iniziasse a scombinare le nostre prenotazioni.»

«Mi dispiace per i problemi che ha causato, ma posso ammettere che non mi dispiace che di conseguenza ora siamo qui?» domandò Wolf.

Tiny ridacchiò mentre si dirigevano verso la porta d'ingresso, e salutò Brick con un cenno del mento. Lui ricambiò, indicò l'orologio e alzò quattro dita. Tiny annuì, riconoscendo il promemoria dell'ora di inizio della cena. Non ne aveva bisogno, ma si rendeva conto che il suo amico era un po' stressato e voleva che tutto fosse perfetto per Alaska.

«Solo se posso ammettere che è bello potersi rilassare un po', senza dover camminare sulle uova intorno agli ospiti mentre festeggiamo i nostri amici. Abbiamo celebrato un paio di matrimoni qui, ma dato che non vogliamo interrompere le vacanze delle persone, o far sembrare che non prestiamo loro l'attenzione che hanno diritto di ricevere pagando il soggiorno, è bello non doversi preoccupare di certe cose questa settimana.»

«Capisco. È un equilibrio delicato... assicurarsi che i vostri ospiti stiano bene mentalmente, ma vivere anche la vostra vita, visto che questa è casa vostra.»

«Suppongo che sia quello che abbiamo accettato quando abbiamo deciso di vivere nella proprietà» replicò con un'alzata di spalle.

«Ripeto, avete fatto tutti un lavoro straordinario. Il

Rifugio è il luogo perfetto per chi soffre di disturbo post-traumatico da stress, per rilassarsi e per vivere senza doversi preoccupare che il mondo li giudichi.»

Le sue lodi significarono molto per Tiny. Lui e i suoi amici si erano fatti in quattro per rendere quel luogo un posto sicuro per chiunque ne avesse avuto bisogno. Sentire da una persona non coinvolta nel progetto, un altro veterano, che ci erano riusciti, lo faceva sentire orgoglioso.

Mentre mostrava il Rifugio a Wolf, una parte di lui pensava sempre a Ryleigh. Sperava che il suo giro stesse andando bene. Non aveva motivo di pensare il contrario, ma sapeva che lei si stressava sempre all'idea di incontrare persone nuove. Stava contando i minuti che lo separavano dal rivederla. Lei lo stabilizzava. Lo teneva con i piedi per terra.

E non vedeva l'ora di sapere com'erano andate le cose con Caroline. Di vederla sorridere. Di sentirla ridere.

Era follemente innamorato, e non provava un briciolo di ansia al riguardo.

CAPITOLO DICIOTTO

RY SORRISE VEDENDO il caos che la circondava. Il tour del Rifugio con Caroline era andato molto bene. Era una donna divertente e alla mano. Le era piaciuto molto conoscere tutti gli animali della stalla e si era persino inginocchiata per terra per dare il benvenuto a una delle capre nate di recente.

E quando Ry l'aveva lasciata allo chalet dove avrebbe alloggiato con Wolf, aveva avuto l'impressione che fossero amiche da anni, non che si fossero conosciute solo un'ora prima.

Ora stavano cenando tutti al lodge, e la gente rideva e parlava a voce alta. Ry era seduta a un tavolo con Tiny, che si trovava alla sua destra, Henley, Tonka, Raiden, l'amico con cui lui aveva prestato servizio, e Khloe, sua moglie.

Raid, come aveva chiesto di essere chiamato, era enorme. Torreggiava su tutti. Diceva di essere alto poco più di due metri. Khloe era minuscola rispetto a lui, ma in qualche modo la sua grande personalità sopperiva alla differenza di statura. I capelli rosso vivo di Raid lo facevano spiccare quasi quanto la sua altezza. Ma era davvero gentile, e quando aveva preso in braccio la figlia di Tonka, a Ry erano venute le lacrime agli occhi.

Sapeva cos'avevano passato quei due uomini con i loro compagni canini. Era stato qualcosa di orribile ed estremamente triste. Ma sembrava che ora fossero entrambi contenti, e ne era felice. Si ripromise di fare una ricerca il prima possibile per trovare tutte le persone collegate allo stronzo che aveva fatto del male ai due uomini e ai loro cani, e assicurarsi che il karma si occupasse di loro.

Quel suo lato crudele era una novità, ma stava scoprendo che il pensiero che qualcuno potesse tormentare coloro che amava, era insopportabile.

Jasna era seduta a un altro tavolo con la sua amica Sharyn e la mamma della ragazzina, oltre alla madre di Brick, Lara e Owl.

Cora e Pipe condividevano il tavolo con i loro quattro figli affidatari e con Cheri Singleton e sua figlia. Cheri, in passato, aveva fatto da babysitter a Jasna, e ora aveva Max, il piccolo di quattro anni in affido, sulle ginocchia, e lo stava intrattenendo facendo dei giochetti con un pezzo di filo che aveva intrecciato tra le dita.

Wolf e Caroline erano seduti con Spike, Reese, suo fratello Woody e Isabella.

Stone e Maisy erano a un tavolo con Brick, Alaska e Paige, la donna che aveva praticamente cresciuto Maisy, e che era la cosa più simile a una madre che lei avesse.

Nel complesso l'atmosfera nella stanza era gioiosa. Alaska aveva insistito perché Robert facesse un buffet, in modo che anche lui potesse sedersi e mangiare con tutti gli altri invece di correre avanti e indietro per tutta la sera.

C'erano anche gli altri dipendenti del Rifugio, anche se sarebbero tornati a casa loro dopo cena.

Una volta fatto buio avrebbero acceso un grande falò, in modo da poter continuare a stare tutti insieme prima di andare a letto. Poi si sarebbero ritrovati l'indomani per il brunch e per la cerimonia nuziale di Alaska e Brick. Successivamente ci sarebbe stata un'altra cena a buffet e poi avrebbero aperto le danze, non prima di aver spostato tutti i tavoli e le sedie ai lati dell'atrio. Jason si era offerto di occuparsi della musica. A quanto pareva, non era solo il loro addetto alla manutenzione, ma nei fine settimana lavorava come DJ in una piccola discoteca di Los Alamos.

«Sembri felice» le disse Tiny all'orecchio.

Ry si prese un momento per riflettere sulle sue parole, poi si voltò verso di lui con un sorriso. «Lo sono. Credo che questa sia la prima volta in vita mia che non mi sto preoccupando di ciò che potrà succedere domani. In passato mi stressavo per quello che mio padre mi avrebbe chiesto di fare, a chi avrebbe voluto che rubassi, e poi, dopo che me ne sono andata, ero costantemente in allerta e in movimento, sempre con la paura che mi trovasse. Ma in questo momento, non penso ad altro che a quanto tutto questo sia divertente. A quanto sono contenta per Alaska e Brick. E che stare vicino a tante persone felici rende felice *me* per osmosi.»

Tiny strinse le loro mani intrecciate appoggiate sulla sua coscia. «Mi fa piacere.»

«Anche a me» concordò.

A tavola parlarono del lavoro di veterinaria di Khloe, che svolgeva nella piccola città in cui viveva in Virginia. Lei raccontò episodi riguardo ad alcuni dei suoi clienti, quelli pelosi, non i loro proprietari. Si vantò di suo marito, del fatto che aveva fondato un club di Dungeons and Dragons nella biblioteca che gestiva, e di quanto fosse popolare.

Ry non avrebbe mai immaginato che fosse un fanatico di D&D, ma d'altra parte la maggior parte delle persone non avrebbe mai pensato che lei potesse entrare nella posta elettronica del Presidente degli Stati Uniti senza che nessuno se ne accorgesse. Ciò dimostrava che tutti avevano delle abilità e delle passioni nascoste... e non era quello che li rendeva più o meno simpatici. Era così e basta.

Finito di mangiare, le persone cominciarono pian piano a lasciare il lodge. Il programma prevedeva che chi voleva partecipare al falò si riunisse davanti al braciere esterno verso il tramonto. Ry si era offerta per aiutare in cucina, assicurandosi che Alaska non si avvicinasse a nessun piatto sporco. Era la settimana del suo matrimonio e tutti erano decisi a farla lavorare il meno possibile e a godersi ogni secondo di quella vacanza non programmata.

Si offrirono di aiutare anche Tiny, Luna, Maisy e Paige, che Ry aveva cercato di mandare via, ma lei aveva detto a tutti, senza mezzi termini, che aveva passato la vita in cucina e che era uno dei posti in cui si sentiva più a suo agio. Dopodiché nessuno ebbe il coraggio di farla andare via.

Lavarono i piatti, spazzarono l'atrio del lodge e risistemarono i tavoli e le sedie per il brunch del mattino seguente in un batter d'occhio. Mentre Ry andava verso il braciere per dare una mano prima dell'arrivo degli altri, rifletté ancora una volta su quanto fosse diversa la sua vita rispetto a quando era in fuga da suo padre.

Scegliere il Rifugio era stato un colpo di fortuna. Non solo aveva trovato un posto dove nascondersi e uno stipendio guadagnato legalmente, ma aveva scoperto involontariamente il luogo in cui era destino vivesse. Non sarebbe mai stata una ragazza da vita all'aria aperta, ma aveva imparato ad apprezzare il silenzio, l'aria fresca... e stava *cominciando* a tollerare gli insetti.

«Perché quel sorriso?» le chiese Tiny, mentre camminavano mano nella mano verso l'area della proprietà designata al falò.

«È strano come funziona la vita, non è vero?» disse in modo un po' criptico.

«Sì, assolutamente» concordò. «Se quando ho messo piede per la prima volta in questa proprietà, qualcuno mi avesse detto che a distanza di anni sarei stato ancora qui, gli avrei riso in faccia. In questo posto non c'erano altro che alberi. Avevo pensato che fosse bello, ma un po' solitario. Non avrei mai immaginato, nemmeno in un milione di anni, che il Rifugio avrebbe preso così piede. Certo, volevo che avesse successo, ma non credevo che qualcuno avrebbe pagato fior di quattrini per venire nel bel mezzo del nulla, dove all'epoca non c'erano fast food nelle vicinanze e nemmeno internet, per cercare di guarire la propria anima. E non avrei mai e poi *mai* creduto che noi scapoli incalliti ci saremmo sposati. E Tonka e Spike con dei bambini?» Scosse la testa. «No. Avrei riso come un pazzo di chiunque avesse ipotizzato questa possibilità.»

«Lo so. La penso così anch'io. Voglio dire, non dei tuoi amici, ma riguardo a me stessa. Quando ho lasciato mio padre, ero spaventata a morte. Ero ingenua e non avevo idea di come fare a vivere da sola. Lui era una persona e un padre orribile, ma pagava le bollette, ordinava il cibo... faceva tutto. E io ero terrorizzata. Temevo che mi trovasse, che mi facesse del male per avergli rubato i soldi, ma, soprattutto, credo di aver avuto paura delle *persone* in generale.»

Si fermò sul sentiero, si girò verso Tiny e si appoggiò a lui, guardandolo negli occhi. «Per tutta la vita mi è stato detto che ero stupida. Patetica. Che non sapevo fare nulla di buono. Non avevo amici e non sapevo come farmeli. Ero la bambina strana e sono diventata un'adulta strana. Non guardavo nessuno negli occhi, stavo chiusa in me stessa. Ma alla fine era una vita solitaria. Cioè, mi è piaciuto essere per conto mio per la prima volta... mangiare quello che volevo, *quando* volevo, leggere i libri che mi interessavano... fare tutte le cose che fanno gli adulti quando vivono da soli. Ma ho anche iniziato a desiderare la compagnia. Non mi andava di prendere un animale domestico, perché mi spostavo troppo e non sarebbe stato giusto per lui. È uno dei motivi per cui ho voluto questo lavoro; potevo parlare un po' con la gente durante il giorno e poi tornare nel mio appartamento alla sera.

Non mi sarei mai aspettata di piacere a quelle persone, che volessero stare in mia compagnia. Le prime sono state Jess e Carly. Successivamente gli altri dipendenti, compresa Alaska. E Henley. E in seguito le altre ragazze, man mano che arrivavano al Rifugio. E poi c'eri tu...

Sono stata attratta da te fin dall'inizio. Ma sapevo di non essere una brava persona. Non ti meritavo. Tu eri un eroe, un SEAL straordinario, e ora sai che non ho mai passato del tempo con degli uomini, quindi non sapevo come essere il tipo di donna che potesse destare il tuo interesse.»

«Anch'io ti desideravo» le disse. «C'era qualcosa in te che mi ha affascinato appena ti ho vista. Ho capito che nascondevi qualcosa, ma mi sono convinto che lo stessi immaginando, che stavo lasciando che il mio passato influenzasse i miei sentimenti. Quando ho scoperto che il mio istinto non solo aveva visto giusto, ma che il tuo segreto era qualcosa di molto più grande di quanto avessi mai potuto immaginare, mi sono chiuso in me stesso. Mi dispiace di averlo fatto, tesoro. Mi dispiace tanto.»

Ma Ry scosse la testa. «Non dispiacerti. Penso che fossero ostacoli da dover affrontare per arrivare dove siamo ora.»

«No» dissentì. «Non avevo alcun motivo di fare lo stronzo con te per tutto il tempo. Ti ho trattata di merda e non te lo meritavi.»

«Tiny» protestò, ma lui la attirò a sé fino a quando i loro corpi furono praticamente incollati.

«Non lo meritavi» ripeté con fermezza. «Tuo padre aveva torto. Non sei stupida, non sei brutta. Non sei *niente* di quello che ha detto. Cercava di proposito di farti sentire inutile, di tenerti sotto il suo controllo in modo che tu facessi quello che *lui* non riusciva a fare. Sei una luce che risplende, Ryleigh. Il tipo di donna che chiunque vorrebbe come amica. Sei altruista, generosa e così maledettamente gentile che in confronto io mi sento un orco.»

Ry ridacchiò. «Sì, certo, Jake Ryan.»

Fu il turno di Tiny di alzare gli occhi al cielo. «Guardati, tesoro. Non hai rallentato nemmeno per un minuto. Hai fatto fare il tour a Caroline, hai aiutato Robert e Luna ad allestire il buffet, hai pulito la cucina, hai sistemato il lodge e ora sei qui, ad assicurarti che tutto sia pronto per il falò. E tutto questo solo oggi. Sono sicuro che domani sarai altrettanto impegnata a correre in giro per accertarti che tutti siano felici e a proprio agio.»

«Be', ovvio. È il giorno di Alaska e Brick. Voglio che per loro sia perfetto.»

«Lo sarà. Anche se dovesse arrivare una tempesta di neve anomala, le sedie si rompessero e il cibo andasse improvvisamente a male. Perché saranno insieme. Perché Brick sposerà la donna che ama e Alaska potrà finalmente chiamare marito l'uomo che ha amato per tutta la vita. Tutto il resto... è superfluo. Non ha importanza. Tranne il fatto di essere circondati da amici. Quello è il miglior regalo che possano ricevere.»

Ry amava che lui la pensasse così. Aveva imparato a sue spese che il denaro non comprava la felicità. Suo padre glielo aveva dimostrato. Gli sorrise e annuì.

«Ti sposerò» le disse francamente. «Uno di questi giorni andremo in comune e lo faremo. Una piccola cerimonia, semplice, senza fronzoli. A meno che tu non voglia una grande festa, allora ti organizzerò la più grande cerimonia che il Rifugio abbia mai visto.»

Gli sorrise. «No, non voglio una festa. Voglio solo te.»

«Quindi, mi sposerai?»

Ry lo fissò. «Aspetta, era una proposta di matrimonio?»

Tiny fece un sorrisetto. «Lo era se dici di sì.»

«Altrimenti?»

«Allora non era una proposta. Per ora.»

Amava quell'uomo. Follemente. «Ti sposerei oggi stesso se potessi» ammise. «Ma è passata solo una settimana.»

«Ti sbagli. Credo che entrambi sapessimo, fin dalla prima volta che ci siamo visti, che saremmo arrivati a questo punto. Sono passati mesi. Abbiamo solo dovuto risolvere alcune cose prima di tirare fuori la testa dalla sabbia.»

Ry sbuffò. «Sì, certo, alcune cose.» Poi torno seria. «Non so come essere una moglie.»

«Mi ami?» le chiese.

«Sì.» Non ci fu esitazione nella sua risposta.

«E io amo te. Nemmeno io sono sicuro di saper essere un marito, ma credo che insieme riusciremo a capirlo. Sono certo che faremo degli errori lungo il percorso, ma fa parte della vita. Dell'essere una coppia.»

Le piaceva quella filosofia. Se le avesse detto che la loro vita sarebbe stata perfetta, probabilmente si sarebbe sentita a disagio. Ma sapere che si aspettava degli ostacoli sulla loro strada, la fece sentire meno stressata riguardo all'intera faccenda. «Ok.»

«Ok, cosa?» le chiese, con la fronte un po' aggrottata.

«Ti lascerò sposarmi.»

Lui rise a quella risposta, e i suoi occhi sembrarono brillare. Lo sentì diventare duro contro la pancia. «Forse dovremmo tornare allo chalet a festeggiare la nostra promessa di matrimonio.»

Lei ridacchiò. «La nostra promessa? Chi la chiama così?»

«Non ne ho idea» ammise.

«Abbiamo detto che avremmo aiutato con il falò» gli ricordò.

Lui sospirò in modo drammatico. «Bene. Sei proprio una tiranna inflessibile.»

Il sorriso di Ry si fece più ampio. «Già.»

Tiny tornò serio e le posò una mano sul viso. «Ti amo, Ryleigh Lodge. Esattamente come sei. Un genio informatico, un'amica generosa, la protettrice di tutti qui al Rifugio. Voglio passare il resto dei miei giorni a imparare tutto quello che c'è da sapere su di te e a vederti sbocciare.»

«Tiny» mormorò lei, cercando disperatamente di trattenere le lacrime.

«Non piangere» le ordinò. «Questo è un momento felice.»

«Scusa, lo so» replicò con un sorriso tremante. «Anch'io ti amo. E non ho idea del perché tu voglia sposare me, una stramba che preferisce stare in casa davanti a un computer piuttosto che fare qualsiasi altra cosa, ma ti metterò sempre al primo posto. Sarò una donna con cui potrai fidarti di dormire e che ti proteggerà da chiunque oserà torcerti anche un solo capello.»

Lui si chinò e le baciò lievemente le labbra.

Rimasero abbracciati l'uno all'altra per diversi minuti, finché Jasna non passò di corsa davanti a loro urlando: «Sbrigatevi, lumaconi! Stiamo per fare gli s'more!»

Tiny ridacchiò e si tirò indietro. «Immagino sia arrivato il momento di muovere le chiappe.»

«Già» concordò Ry.

Mentre si avviavano verso l'area del falò, lui le disse con nonchalance: «La prossima settimana possiamo andare a comprare un anello.»

«Non mi serve un anello.»

«Be', te ne regalerò uno, quindi abituati all'idea. Voglio che tutti quelli che lo vedono al tuo dito sappiano che sei impegnata.»

Ry avrebbe voluto precisare che non era che avesse la fila di uomini che bussavano alla sua porta per uscire con lei, o qualcuno oltre a lui che avesse mostrato il minimo interesse nei suoi confronti. *Inoltre*, voleva lui e nessun altro... ma non poteva negare di voler portare il suo anello. «Ne porterai uno anche tu? Cioè, quando ci sposeremo.»

«Certo che sì. Voglio che tutti sappiano che ti appartengo.»

Era un'ottima risposta. No, era una risposta meravigliosa.

Gli strinse la mano mentre camminavano, e lui le lanciò un'occhiata rivolgendole un sorriso affettuoso. «Funzionerà tra noi» disse con fermezza. «Me ne assicurerò.»

Raggiunsero il cerchio di tronchi che circondava il braciere.

«Qui!» li chiamò Jasna, facendo loro cenno di avvicinarsi. «Dobbiamo mettere prima i legnetti piccoli, poi i ciocchi più grandi. Una volta acceso, potremo aggiungere altra legna» Era evidente che la ragazza avesse assimilato bene tutto ciò che riguardava l'accensione di un fuoco, frequentando i campus e grazie a tutti i falò che avevano organizzato al Rifugio.

«Vai, porto io i ciocchi grossi, così non ti farai male alle mani» le disse Tiny.

Ry si alzò in punta di piedi e lo baciò. «Grazie.»

«Non devi ringraziarmi se faccio qualcosa per evitare che tu ti possa ferire.» La baciò con forza e poi si diresse verso la catasta di legna.

Si sbagliava. Nessuno in tutta la sua vita, compreso suo padre, aveva mai fatto qualcosa per evitare che si facesse male. Harold, in realtà, l'aveva *messa* in pericolo. Era difficile abituarsi alla protezione e alle attenzioni di Tiny, ma le piacevano. Molto.

CAPITOLO DICIANNOVE

RY ERA stretta nell'abbraccio di Tiny, che si trovava dietro di lei e le aveva posato il mento sulla spalla, mentre guardavano Brick e Alaska entrare al lodge. Il brunch di quella mattina era stato un momento gioioso, come l'umore di tutti. Quando gli invitati erano arrivati nell'atrio, Robert aveva già esposto l'enorme e delizioso banchetto. Tutti erano felici e si stavano divertendo, e Ry non si sentiva così rilassata da anni.

Suo padre era dietro le sbarre, la sera prima aveva fatto l'amore con Tiny a lungo e lentamente, e ora non solo stava guardando una delle sue amiche sposare l'uomo di cui era innamorata da sempre, ma lei stessa era praticamente fidanzata.

Quell'ultima cosa era difficile da credere. In realtà, per quanto la riguardava, era un miracolo.

Tutti i mobili erano stati spostati e Brick e Alaska, contrariamente alla tradizione, erano entrati al lodge insieme, e si stavano dirigendo verso il punto in cui si trovava Owl. Dato che aveva ottenuto la certificazione per sposare Cora e Pipe, Brick gli aveva chiesto se avrebbe sposato anche loro.

Alaska indossava un vestito bianco lungo fino a terra e con le maniche ad aletta. Era aderente sul busto e si allargava ai fianchi. Non era un abito da sposa, di per sé, ma secondo Ry era totalmente appropriato. E se non lo fosse stato, non sarebbe importato a nessuno. Avrebbe potuto mettersi un vestito rosa acceso a pois arancioni e nessuno avrebbe battuto ciglio. Era il suo giorno, il suo matrimonio, e poteva indossare quello che voleva.

I suoi capelli castani, lunghi fino alle spalle, erano tirati indietro con una semplice acconciatura, il trucco era leggero ma elegante... e lei era radiosa. Ry non aveva mai visto un sorriso più smagliante di quello.

Brick sembrava altrettanto felice. Indossava un paio di jeans neri e una camicia bianca, senza cravatta. Aveva un'aria rilassata e sicura e non riusciva a staccare lo sguardo dalla sua donna.

La madre di Brick aveva le lacrime agli occhi, mentre guardava suo figlio camminare verso Owl con la sposa al suo fianco. Da quello che Ry aveva sentito dire, era stata lei a recuperare dalla spazzatura il lavoretto a punto croce che Alaska aveva fatto per Brick, dandoglielo prima che partisse per il campo di addestramento; un regalo per la maturità che aveva tenuto con sé per quasi vent'anni, finché una tragedia non li aveva fatti incontrare di nuovo.

E ora, molti anni più tardi... eccoli lì.

«Benvenuti a tutti gli amici e familiari che si sono riuniti oggi per celebrare l'unione di Drake Vandine e Alaska Stein» disse Owl con un sorriso. «Questo non è l'inizio di una nuova relazione, ma la continuazione di molti anni di supporto e di amore che si sono dati a vicenda. Alaska e Brick hanno trascorso decenni come amici, e siamo stati tutti testimoni di come abbiano chiuso il cerchio per presentarsi oggi davanti a noi.

Tra tutti i proprietari del Rifugio, Brick è stato davvero il nostro leader. La nostra roccia. È stato colui che ha avuto la grandiosa idea di creare questo posto. Che ci ha incoraggiati ad andare avanti anche quando volevamo mollare. Che ha sempre avuto la massima fiducia nel nostro successo. Onestamente, è stato un po' fastidioso»

Tutti i presenti risero. Ry guardò Tiny. «È vero?» gli chiese sottovoce.

«Al cento per cento» rispose lui. «Era sempre positivo. A volte ci veniva voglia di buttarlo giù dalla Table Rock.»

Ry ridacchiò, poi riportò l'attenzione sulla cerimonia.

«Ma sapete una cosa? Aveva ragione» continuò Owl. «Il Rifugio era diventato molto più di quanto ognuno di noi avrebbe potuto immaginare. Più di un'attività commerciale. Più di un'impresa per fare soldi. Era diventato la nostra casa. Il nostro riparo da un mondo che a volte era opprimente e troppo duro. Un luogo in cui potevamo guarire le nostre ferite, mentre aiutavamo allo stesso modo coloro che si fidavano di noi al punto da venire fino al nostro piccolo angolo del New Mexico per vedere cosa il Rifugio poteva fare per loro.

Ma, onestamente, è stato solo quando è arrivata Alaska che ci siamo resi conto che mancava qualcosa in questo posto. L'avevamo costruito, avviato bene, avevamo assunto le persone migliori che potessimo avere per farlo funzionare come una macchina ben oliata... ma mancava il cuore. L'amore. E Alaska lo ha decuplicato quando è arrivata. Non solo è riuscita a conquistare il cuore di Brick – che non è stato difficile perché quell'uomo era perso per lei fin da quando lo aveva salvato dal baratro in quell'ospedale in Germania – ma si è insinuata anche nei cuori ormai insensibili di tutti noi.

Alaska, Brick, voi due siete la spina dorsale di questo posto. Siete stati talmente altruisti da lasciare che alcuni di noi celebrassero qui il loro matrimonio, rimandando il vostro. Avete festeggiato i nostri successi e sofferto con noi nei momenti di angoscia e difficoltà. Non riesco a immaginare un inizio più perfetto per la vostra unione, che stare davanti alla nostra famiglia e ai nostri amici, circondati da tutto ciò che abbiamo costruito. Non ho dubbi che la vostra vita matrimoniale sarà solida e forte proprio come gli alberi che ci circondano, che si piegano con il vento, ma non si spezzano mai.»

Gli occhi di Ry si riempirono di lacrime. Non aveva idea che Owl fosse così bravo con le parole. Ciò che aveva detto era perfetto. Assolutamente perfetto. Evidentemente lo pensava anche Alaska, che tirò su con il naso e si girò verso Brick. «Mi serve un fazzoletto altrimenti il muco mi colerà dappertutto.»

Tutti risero, soprattutto perché anche le altre donne nella stanza stavano piangendo. Una volta che Alaska ebbe ripreso il controllo, fece un cenno a Owl.

Lui le sorrise e disse: «Brick e Alaska sigleranno il loro passaggio a coppia sposata celebrando l'amore che li unisce, ma vogliono anche riconoscere l'amore che ci circonda oggi. Quello tra coppie, fratelli e vecchi e nuovi amici.

Hanno deciso di scambiarsi le loro promesse... quindi, tenete a portata di mano i fazzoletti perché ho la sensazione che avremo tutti gli occhi un po' umidi quando avranno finito.»

Ancora una volta, i presenti ridacchiarono.

Brick si girò verso Alaska e le prese le mani tra le sue. «Ciao, Al» disse con un piccolo sorriso.

Lei lo guardò raggiante.

«A essere sincero, avevo pianificato nella mia testa un lungo discorso su quanto sei importante per me e su quanto sono l'uomo più fortunato del mondo, ma stando qui davanti a te oggi, mi sono reso conto che non è vero. Vedendo tutti i nostri amici e familiari riuniti qui con noi, ho capito che anche *loro* pensano di essere le persone più fortunate del mondo. Ed è una cosa sorprendente per me.

Abbiamo tutti trovato dei partner che vedono oltre i nostri difetti. Vedono oltre le nostre imperfezioni e le parti di noi stessi che odiamo. Tutti meritiamo di essere amati in questo modo, e di amare qualcuno così a nostra volta. E con te, posso essere esattamente chi sono. Non devo fingere di amare i broccoli o che mi piaccia indossare le cravatte solo perché è più appropriato o è ciò che la società pensa dovrei fare. Mi hai reso libero di essere l'uomo che sono sempre stato, ma una versione migliore di me stesso.

Con te, non sono il Navy SEAL decorato, non sono l'uomo a cui tutti si rivolgono per avere delle risposte, non sono quello che risolve i problemi o elimina individui sgraditi, sono semplicemente Drake. L'uomo che ami. Che hai sempre amato. Non so se riuscirò mai a convincermi di meritare di *avere* il tuo amore, ma non ho intenzione di restituirtelo.

Prometto che ti amerò sempre. Che avrò cura di te. Che ci sarò quando avrai bisogno di me, sia che si tratti di un bicchiere d'acqua perché hai sete, sia che tu sia bloccata in un treno in corsa in un Paese lontano migliaia di chilometri. Ti appartengo, Al. Ti appartengo da quando ero bambino.

Durante i lunghi anni in cui siamo stati lontani, ogni mattina guardavo il regalo che mi hai fatto quando eravamo diciottenni, e mi dava un senso di stabilità. Quando il mio mondo stava scorrendo intorno a me, mi bastava guardare quel lavoretto a punto croce, sapere quanto impegno ci avevi messo, per *me*, e riuscivo a ritrovare il mio scopo. Mi sento così ogni mattina, quando mi sveglio e ti vedo sdraiata accanto a me. Tu sei il mio scopo, Alaska, e in salute e in malattia, nella buona e nella cattiva sorte, in ricchezza e in povertà, io mi dono a te. Oggi e tutti i giorni che seguiranno, per il resto della nostra vita.»

Nella stanza c'era un tale silenzio da poter sentire uno spillo cadere... finché la mamma di Brick non singhiozzò, seguita da altre persone che tirarono su con il naso.

Ma Alaska non stava piangendo, sorrideva al suo quasi marito con un'espressione così colma d'amore che, per la prima volta in vita sua, Ry dovette credere davvero nelle anime gemelle.

«Wow» sussurrò la sposa una volta che Brick ebbe finito. «Avrei dovuto parlare io per prima.»

Le sue parole spezzarono la tensione emotiva che aleggiava nella stanza, e tutti risero.

«Vai, ragazza!»

Ry non sapeva chi l'avesse detto, ma la cosa la fece ridere ancora di più.

Alaska fece un respiro profondo poi iniziò a parlare. «Drake, ti amo. Ti ho sempre amato. Dal primo viaggio in autobus, quando ti sei seduto accanto a me e mi hai chiesto se volevo giocare alla guerra con te. E sì, ricordo quella conversazione, come ricordo tutte le altre. Hai fatto amicizia con me quando avevo più bisogno di un amico.

Ero tua prima ancora di sapere cosa significasse. E quando ho avuto bisogno di te, sei venuto. Senza protestare. Senza esitare. Non credo tu capisca davvero cos'abbia significato per me. Quanto sia stato totalmente insolito. E poi hai continuato a esserci per me. Mi hai dato qualsiasi cosa di cui avessi bisogno. Ma l'unica cosa che volevo *veramente* eri tu.

E non pensavo che potesse succedere. Mi sarei accontentata di un'amicizia per tutta la vita. Ma poi, chissà come, hai deciso che ti piacevo quanto tu piacevi a me. Mi sono sentita di nuovo come quella bambina sullo scuolabus: stordita, eccitata e spaventata a morte. Avevo il terrore di fare qualcosa che avrebbe rovinato tutto. Che ti avrebbe portato a non volermi più.

Ma... ho capito una cosa da quando sono qui. Non siamo perfetti. Nessuno di noi lo è. E sai una cosa? Ne sono felice. Perché essere perfetti sarebbe estenuante. Mi lasci essere scontrosa, mangiare l'ultima Pop-Tart, mi lasci essere egoista e dormire fino a tardi, quando anche tu sei stanco quanto me. Ti occupi dei clienti più difficili in modo che non debba farlo io, e non ti scandalizzi quando a casa indosso i miei bruttissimi pantaloni larghi e le magliette enormi, perché sai che è quello che mi fa sentire più a mio agio. Non mi giudichi e non vuoi che io sia qualcuno di diverso da quella che sono.

E provo la stessa cosa per te. Non voglio che tu cambi ciò che sei perché pensi sia quello che desidero io. Tu sei Drake Vandine, l'ex SEAL Brick, il proprietario del Rifugio. E ti amo così tanto che a volte fa male. Sto facendo un discorso sconclusionato e ora non ho idea di cos'altro avrei voluto dire, quindi aggiungerò un'altra cosa e poi starò zitta, così potremo andare avanti con questa festa... con i nostri amici.

Sai una cosa? Non ho *mai* avuto amici. Mai. A parte te. Mi ero convinta di essere un'emarginata.» Alaska si guardò intorno mentre parlava. «Ma tutti voi mi avete accettata. Mi avete accolta. Mi avete fatta sentire davvero parte di qualcosa per la prima volta nella mia vita. Siete venuti da me quando avevate domande, bisogno di aiuto o semplicemente per parlare. Non saprete mai quanto questo abbia significato, *significhi*, per me.»

Ora tutti stavano piangendo, e Ry non faceva eccezione. Era come se Alaska l'avesse guardata dentro ed espresso esattamente i suoi sentimenti. Lei stessa era stata quella persona, quella senza amici, quella che aveva pensato di non potersi mai inserire in nessun posto. E ora era circondata da uomini e donne che le sembrava di conoscere da sempre. E avrebbe protetto con piacere ogni singola persona presente in quella stanza. A qualunque costo, a prescindere da quante leggi avrebbe dovuto infrangere. Le avrebbe tenute al sicuro da chiunque o qualunque cosa avesse cercato di distruggerle.

Per quanto la riguardava, quella era la sua famiglia.

«Bene, ora stiamo tutti piangendo. Scusate» disse Alaska con un piccolo sospiro. Poi alzò lo sguardo verso Brick. «Ti prendo, Drake, per me stessa. Ti amerò se vinceremo alla lotteria, cosa a cui non giochiamo mai, e avremo cento milioni di dollari in banca o se ci ritroveremo senza un soldo. Ti amerò quando saremo perfettamente in salute e quando ti lamenterai di stare per morire per un semplice raffreddore. Starò al tuo fianco e ti amerò quando vivremo bei momenti, come adesso, e quando ci saranno difficoltà da superare. Non ci sarà mai nessun altro per me. Mai. Tu sei il mio destino. E per quanto riguarda il fatto che tu mi meriti o che io ti meriti... penso che ci meritiamo a vicenda. Abbiamo attraversato l'inferno e siamo l'uno la ricompensa dell'altra.»

Con grande sorpresa di Ry, sulla guancia di Brick scese una lacrima. Non che avesse pensato che gli uomini non piangessero, ma vedere quanto le promesse di Alaska lo avevano toccato nel profondo, fu molto commovente.

Lei gli sorrise e gli tamponò il viso con il fazzoletto di carta che aveva in mano.

«Bene, ora che Alaska ci ha fatto piangere» disse Owl con un enorme sorriso, «terminiamo, così possiamo festeggiare. Davanti a questi testimoni, vi siete impegnati a unirvi in matrimonio e avete suggellato questo impegno con le vostre promesse e con gli anelli che portate al dito. Con il potere conferitomi dallo Stato del New Mexico, vi dichiaro marito e moglie. Puoi baciare la sposa. Ma non dimenticate che siete in presenza di minori e che siamo tutti pronti a ballare e a bere un paio di birre, quindi non prendetevi tutto il giorno.»

Ancora una volta, tutti risero, alleggerendo l'atmosfera. Ry sorrise, mentre guardava Brick prendere la testa di Alaska tra le mani e sollevarle il mento, chinarsi e baciarla. Fu un bacio dolce. Bellissimo. Finché non le circondò la vita con un braccio, le mise l'altro dietro la testa, la inclinò all'indietro e la baciò a lungo, intensamente e profondamente. *Quello* non fu certo casto e innocente. Fu una rivendicazione. E Ry si sentì fremere semplicemente guardandoli. Poteva solo immaginare cosa stesse provando la sua amica.

«Lo vuoi?» le chiese Tiny all'orecchio.

Il suo fiato caldo le accarezzò la pelle, facendola rabbrividire di piacere. «Cosa? Che Brick mi baci? No.»

«Insolente. No. Non gli permetterei di avvicinare le sue labbra alle tue. Vuoi un matrimonio come questo? Con amici e parenti, una festa... perché te la darò. Ti darò tutto quello che vuoi. Basta che tu lo dica.»

Ry si girò tra le sue braccia e scosse la testa. «No. Non ho mai sognato un matrimonio in grande stile. Onestamente, non ho mai pensato che mi sarei sposata. Voglio quello che hai detto tu, una piccola cerimonia civile. Ho già tutto quello che ho sempre desiderato. Tu, i nostri amici qui al Rifugio. Non ho bisogno di qualcosa di così esagerato.»

«Pensi che questo sia esagerato?» le chiese sorridendo.

«Sì» insistette.

«Sei adorabile. Bene. Niente matrimonio in grande stile. Ma voglio fare la luna di miele. Voglio portarti da qualche parte. Al caldo, al freddo, non mi importa, basta che sia un posto che hai sempre desiderato visitare.»

«Le Hawaii» replicò Ry senza esitazione. «Voglio andare alle Hawaii, mangiare le malasadas, scalare il Diamond Head, andare sulla North Shore, gustarmi le loro granite in cono... che al momento non ricordo come si chiamano. Voglio comprare una bambolina hawaiana da mettere sul cruscotto della nostra auto, andare a un luau, una delle loro feste tradizionali, e avere una stanza con un balcone che dia sull'oceano. Voglio fare l'amore con la brezza che entra da quel balcone e crogiolarmi nella consapevolezza di avere il marito più bello, più coraggioso, più Jake Ryan di tutto il mondo.»

Le pupille di Tiny si erano dilatate alla menzione di

fare l'amore, ma ridacchiò alle sue ultime parole. «Ti amo» le disse.

«E io amo te» replicò lei senza esitare. La verità era che non aveva bisogno di andare alle Hawaii, non aveva nemmeno bisogno di lasciare il loro chalet. Sarebbe stata felice ovunque ci fosse stato Tiny.

«Ogni giorno che passa diventi sempre più bella» le sussurrò. Poi abbassò la testa e la baciò dolcemente, solo con un accenno di lingua, ma Ry percepì comunque la passione nel suo tocco, per il modo in cui le sue mani la strinsero, perché quando scostò le labbra stava ansimando, e per il modo in cui la fissò, come se fosse stata letteralmente l'unica donna al mondo.

«Andremo alle Hawaii. Conosco alcuni SEAL laggiù. Ci faremo indicare i posti migliori da visitare sulle isole. Dove trovare le migliori malasadas. Guarderemo le gare di surf sulla North Shore e faremo l'amore ogni sera e per tutta la notte. Non vedo l'ora di vederti in bikini.»

Lei sbuffò. «Non succederà. Mi dispiace, ma no. Proprio no.»

«Perché no?»

Ry alzò gli occhi al cielo. Tiny poteva anche trovarla irresistibile, ma lei non si sentiva a suo agio in bikini.

«Champagne per un brindisi!»

Si voltò e trovò Luna accanto a loro, con un vassoio pieno di calici. Erano di plastica, perché il Rifugio non aveva motivo di possederne di vetro, ma la cosa sembrò non turbare nessuno dei presenti, che aspettavano con ansia di poter brindare alla nuova coppia.

Ry ne prese uno e ne annusò il contenuto, poi arricciò il naso.

Tiny rise. «Non hai mai bevuto champagne prima d'ora?»

«No. Penso che non faccia per me.»

«È un sapore che si apprezza con il tempo. Ma se non vuoi berlo, non farlo. Non importerà a nessuno. Soprattutto ad Alaska o a Brick.»

Lo sapeva. Era un altro motivo per amare il fatto di essere lì.

«A Brick e Alaska!» disse Stone, alzando il suo calice di plastica.

«Al lavoretto a punto croce!»

«Alle mamme che si intromettono!»

«All'amicizia!»

«Ai bambini!»

Tutti continuarono a fare brindisi e a bere un sorso tra l'uno e l'altro. Ma dopo il primo, Ry fece solo finta di sorseggiarlo. Lo champagne non le piaceva proprio. Era amaro e le faceva lacrimare gli occhi.

A un certo punto Brick alzò la mano e fermò la moltitudine di brindisi. «Non so voi, ma io sono pronto a mangiare qualcosa. So che Robert e Luna hanno preparato un banchetto fantastico per noi, per quanto mi piaccia che brindiate a me come se fossi il re del mondo, mi fanno male i piedi.»

Tutti risero.

«Ma credo che possiamo fare un ultimo brindisi» aggiunse. «Agli amici!»

L'ovazione che si levò nella sala fu quasi assordante, ma Ry si ritrovò a urlare il suo consenso insieme a tutti gli altri.

Brick e Alaska furono immediatamente circondati dai

presenti che si congratularono con loro. Lei rimase in disparte a osservarli con un sorriso sulle labbra.

«Sei felice» commentò Tiny.

«No» replicò, scuotendo la testa.

«No?»

«No. Sono estasiata. Sono sopraffatta da quanto mi sento fortunata a essere qui e di far parte di tutto questo.»

«Allora siamo in due» le disse, circondandole di nuovo la vita con un braccio e attirandola a sé.

Ry si appoggiò al suo petto e osservò le persone che amava di più al mondo, persone che non avrebbe mai immaginato sarebbero diventate *tutto il suo mondo*, festeggiare l'unione di Brick e Alaska. Ogni tanto sentiva ancora il bisogno di darsi un pizzicotto per assicurarsi di sognare, di non essere ancora in uno squallido appartamento a cercare di nascondersi da suo padre.

«Dai, Ry! Vieni a provare il punch che ha fatto Robert. È buonissimo!» esclamò Jasna, afferrandole la mano e cercando di trascinarla verso il tavolo appoggiato alla parete che conteneva delle enormi ciotole di liquido rosso.

«Vai» la esortò Tiny. «Divertiti. Ti raggiungerò più tardi.»

Sorridendogli da dietro la spalla, Ry si lasciò trascinare verso il punch. Davanti a ognuno c'erano delle mini lavagne che indicavano agli invitati quali erano alcolici e quali no. Tra i bambini e le donne incinte, Robert non voleva che qualcuno prendesse accidentalmente la cosa sbagliata.

Jasna versò un mestolo di punch analcolico in un bicchiere e glielo porse. Ry bevve un sorso con cautela. Poi sorrise quando percepì il sapore. «È buono!» esclamò.

«Sì» concordò Jasna felice. «Forse piacerebbe anche a Elizabeth.»

Ry ridacchiò. «Penso che sia un po' troppo piccola per il punch, ma non ci vorrà molto prima che ti segua dappertutto.»

«Lo so, stavo scherzando! E non vedo l'ora che cammini. Le voglio così tanto bene.» Poi vide uno dei nuovi figli adottivi di Cora dall'altra parte della stanza. «Oh! Kason lo deve provare!» E così Ry si ritrovò da sola davanti al tavolo del punch, ma non per molto.

«Sembra buono» disse Isabella.

Sorrise alla cognata di Reese. «Lo è. Anche se credo di voler provare la varietà più forte.»

Entrambe misero un po' di punch alcolico in un bicchiere e lo sorseggiarono.

«Wow, c'è davvero alcol qui dentro?» chiese Isabella, bevendone un altro sorso.

Anche Ry era stupita. Il sapore era quasi identico a quello della versione analcolica che le aveva dato Jasna. Si chiese se Robert avesse fatto uno scherzo a tutti, facendo credere loro che fosse alcolico quando invece non lo era. Ma dopo aver bevuto un intero bicchiere e sentendone gli effetti, decise che non stava ingannando nessuno... era semplicemente bravissimo a fare il punch.

Ry girò per la stanza e parlò un po' con tutti. Per una volta nella vita non si sentì fuori posto o troppo timida per iniziare una conversazione con persone che non conosceva bene. Tipo Paige, la cuoca della casa d'infanzia di Maisy; era una donna dolce e ovviamente molto affezionata a lei. Continuava a parlare di quanto fosse eccitata per l'arrivo del bambino... che non sarebbe avvenuto presto, dato che Maisy non era ancora così avanti.

Chiacchierò anche un po' con Khloe, che all'inizio l'aveva un po' intimidita, ma dopo aver parlato con lei per un po', Ry si rese conto che la donna si sentiva leggermente spaesata, e probabilmente era per quello che all'inizio le era sembrata un po' distaccata.

Ovunque guardasse, vedeva persone che si divertivano. Quando partì la musica, i ragazzi furono i primi ad andare sulla pista da ballo improvvisata. Il buffet era stato un'idea geniale, perché tutti potevano mangiare e bere a loro piacimento, continuando a socializzare e a parlare. Brick e Alaska rimasero sempre insieme, e fecero il giro degli invitati tenendosi per mano.

La giornata era perfetta. Tutto ciò che Ry avrebbe potuto desiderare per i suoi amici. Un giorno da ricordare, reso ancora più bello dal fatto che non dovevano preoccuparsi degli ospiti o di chi si lamentava per la festa rumorosa.

Incrociò lo sguardo di Tiny dall'altra parte della stanza. Era con Wolf e Owl. Non appena i loro occhi si incontrarono, lui mimò con la bocca: *"Tutto bene?"*

Un senso di calore la pervase. Era bello che si preoccupasse per lei. Annuì e gli sorrise.

Lo stava ancora guardando quando all'esterno risuonò uno scoppio assordante.

Qualunque cosa l'avesse provocato, scosse l'intero lodge. Una delle enormi finestre dell'atrio esplose in migliaia di frammenti.

Jason spense subito la musica e tutti si bloccarono sul posto. Uno dei bambini iniziò a piangere, e ciò fece uscire la gente dalla strana trance collettiva.

Tiny spalancò gli occhi e Ry lo vide attraversare la stanza per andare verso di lei.

Non fece in tempo a raggiungerla che ci fu un'altra forte esplosione, ancora più potente della precedente.

Invece di abbassarsi, come tutti gli uomini stavano urlando di fare, lei andò verso Max, il piccolo di quattro anni che era in piedi al centro della pista da ballo e piangeva, mentre tutti correvano intorno a lui. Il suo primo pensiero fu quello di proteggere i bambini...

Il secondo fu che, chissà come, suo padre era responsabile di ciò che stava accadendo. E che sarebbe toccato a lei fermarlo.

CAPITOLO VENTI

LA PRIMA ESPLOSIONE aveva fatto bloccare sul posto Tiny, ma era a metà del percorso verso Ryleigh quando si verificò la seconda. Doveva assicurarsi che lei fosse al sicuro! Non aveva idea di cosa stesse succedendo, ma qualunque fosse il problema era grave. Esplosioni come quelle non erano accidentali. Una, forse. Ma due?

No, c'era in ballo qualcosa di terribile, e lui doveva raggiungerla.

Aveva sperato che lei si abbassasse, invece era corsa verso la pista da ballo, dove si trovava il più piccolo dei figli affidatari di Cora e Pipe. Max era lì immobile e piangeva. Ryleigh arrivò dal bambino appena prima che Tiny raggiungesse entrambi, che non esitò a prenderli in braccio e ad allontanarli di corsa dalle finestre.

Varie ipotesi gli passarono per la testa. Cecchini. Lanciarazzi. Fughe di gas. Non aveva idea di quale fosse la minaccia, sapeva solo che *c'era* una minaccia.

Si inginocchiò e si rannicchiò contro il muro, mettendosi tra loro e le finestre più vicine. Percepì, più che sentire, il telefono di Ryleigh squillare; lo aveva nella tasca posteriore dei pantaloni, e il suo sedere gli premeva contro la gamba mentre la teneva stretta per proteggerla.

Lei alzò la testa e incontrò il suo sguardo, poi tolse il braccio che teneva intorno a Max e prese il cellulare.

A Tiny sembrò che tutto si muovesse al rallentatore. Avrebbe voluto dirle di non rispondere. Che si trovavano nel bel mezzo di una situazione ignota e che tra l'altro tutti i loro amici erano già lì, nessuno avrebbe dovuto telefonarle. Non in quel momento. Era una coincidenza troppo strana, ed era sicuro che chiunque fosse non stava chiamando per salutare.

Intorno a loro era scoppiato il finimondo. I bambini piangevano, i suoi amici cercavano di calmare gli invitati, e praticamente tutti gli adulti stavano tentando di capire se qualcuno si fosse fatto male, cosa fosse successo. Ma l'attenzione di Tiny era totalmente sulla sua donna.

Max iniziò a dimenarsi; aveva visto sua sorella e voleva andare da lei. Ryleigh lo lasciò andare, ma tenne gli occhi sul piccolo mentre attraversava di corsa la stanza per raggiungere Joyce, che era abbracciata agli altri fratelli e a Cora e Pipe.

Il telefono continuava a vibrare. Chiunque stesse chiamando non aveva intenzione di mollare; la sua determinazione gli fece venire i brividi sulle braccia.

«Sconosciuto» sussurrò Ryleigh, girando il cellulare per mostrarglielo.

Avrebbe voluto strapparglielo via e lanciarlo dall'altra parte della stanza, ma bisognava andare in fondo alla faccenda. E se la persona che stava chiamando era in qualche modo responsabile, doveva saperlo.

«E se fosse lui? Mio padre? Se fosse stato lui a farlo?» sussurrò.

«È in prigione. Non può essere stato lui» rispose Tiny, non credendo alle proprie parole, perché c'era solo una persona a cui riusciva a pensare e che potesse voler danneggiare il Rifugio.

Harold Lodge.

Ma Ryleigh scosse la testa. Nei suoi occhi non c'erano più l'eccitazione e la felicità di pochi minuti prima, che aveva tanto amato vedere. Sembrava di nuovo la donna paranoica e diffidente che aveva sorvegliato dopo che lei aveva ammesso di aver mentito a tutti per ottenere il lavoro.

Le mise la mano sulla nuca; l'unico gesto che gli venne in mente in quel momento per dimostrarle che non era sola. Che qualsiasi cosa fosse successa quando lei avrebbe risposto al telefono, l'avrebbe affrontata con *lui* al suo fianco. Quel giorno loro non si erano scambiati le promesse, ma tutto quello che aveva detto Brick, era esattamente ciò che provava anche lui. E pensava che fosse così anche per Ryleigh.

Lei fece un respiro profondo e rispose. Mise il vivavoce e si chinarono sopra il cellulare in modo da poter sentire ciò che veniva detto al di sopra delle voci dei loro amici.

«Pronto?»

«Ciao, cara figlia.»

Lei spalancò gli occhi, le sue pupille si dilatarono per la paura. Tiny le strinse la nuca, facendo il possibile per rassicurarla.

«Cosa... come... dove sei?» gli chiese.

«Non ha importanza. Sembra che lì le cose siano un po' fuori controllo» disse Harold Lodge con una piccola risata.

«Che cos'hai fatto?»

«Non molto. Ho solo fatto saltare in aria due chalet. Prima, però, mi sono assicurato che non ci fosse dentro nessuno. Questo non mi fa guadagnare dei punti?»

Ryleigh incontrò gli occhi di Tiny con uno sguardo inorridito. «Hai fatto saltare in aria due chalet?»

«Sì» rispose suo padre, con un tono indifferente. «Il C4 è incredibile. Può far esplodere gli edifici senza creare una palla di fuoco. Davvero, figlia, dovresti ringraziarmi. In questo momento l'intera foresta intorno a voi avrebbe potuto essere avvolta dalle fiamme, invece avete solo una tonnellata di nuova legna per fare quei falò che sembrano piacervi tanto.»

Ryleigh tremava così violentemente tra le sue braccia, che Tiny faticava a tenerla. Per fortuna erano già per terra, altrimenti aveva la sensazione che le sarebbero cedute le ginocchia.

«Perché? Perché non puoi lasciarmi in pace?» gli chiese, con evidente strazio nella voce.

«Perché hai qualcosa che voglio» rispose Harold con voce dura. «Hai fatto il doppio gioco, di nuovo, e sai già come la penso. Nessuno può fregarmi, e tu l'hai fatto troppe volte. Voglio i miei maledetti soldi, Ryleigh.»

«Non sono i tuoi soldi. Non sono *mai* stati tuoi.»

«Li ho rubati. Sono *miei*.»

«Tu non hai rubato niente. Hai costretto *me* a farlo. Quindi ci sono due ragioni per cui non sono tuoi!»

Tiny era felice di vedere che le stava tornando un po' di colore sulle guance e che sembrava aver superato lo shock per quello che era successo, per quello che suo padre aveva fatto. Ma non era sicuro che inimicarsi quell'uomo fosse una mossa intelligente in quel momento.

«Sono i miei soldi!» urlò suo padre, portando le persone più vicine a guardare verso di loro, sorprese e incuriosite.

«Sei pazzo se pensi che ti dia qualcosa quando stai facendo del male ai miei amici.»

«Non pensavo che me li avresti semplicemente consegnati, soprattutto dopo che hai già avuto questa possibilità e hai fallito» disse Harold Lodge in tono quasi colloquiale. «Ecco perché ce la giocheremo.»

Tiny non capiva cosa intendesse, ma era ovvio che lei avesse compreso, perché ogni muscolo del suo corpo si irrigidì. «No» ribatté con fermezza.

«Sì» replicò il padre. «Ti do venti minuti per andare a vedere il mio operato, per capire che faccio sul serio. Che non abboccherò più ai tuoi trucchi. Non puoi nasconderti da nessuna parte. Non hai idea di quale potrebbe essere il prossimo edificio che esploderà. Forse il lodge dove vi siete rintanati tu e il tuo cosiddetto amico. O la stalla con tutti quegli adorabili animali. Magari un veicolo. O un altro chalet. Ma quale? *Nessun* luogo è al sicuro con me. *Nessuno* è al sicuro. Stai al gioco, o tutto ciò che ami sparirà.»

«Come hai fatto a uscire di prigione?» gli chiese, suonando stranamente calma.

Harold ridacchiò. «Non è stato difficile. Mi è bastato rubare un cellulare a una delle guardie per avere tutto ciò che mi serviva. Ho modificato i miei dati indicando che il mio rilascio doveva essere immediato. Ci ho impiegato circa mezz'ora.»

Tiny strinse le labbra irritato. Qualcuno sarebbe stato sicuramente licenziato per aver permesso a un prigioniero, noto per essere un *hacker informatico* di livello mondiale, di accedere a un qualsiasi dispositivo elettronico. E il fatto che, a quanto pareva, fosse uscito di prigione, lo faceva infuriare.

Poi gli balzò alla mente un'altra cosa. Harold Lodge era un uomo libero. Era là fuori da qualche parte, e sapeva che erano tutti "rintanati" al lodge. Significava che aveva hackerato le loro telecamere e li stava osservando anche in quel momento? Dubitava che sarebbe stato così stupido da mettere piede nella loro proprietà... ma se era molto incazzato con la figlia, avrebbe potuto fare qualsiasi cosa.

«Ti darò quello che posso dei soldi. Non li ho tutti» disse Ryleigh al padre, cercando chiaramente di fare il possibile per proteggere la gente al Rifugio.

«Troppo tardi. Ora giocheremo. Oh, mi darai i miei soldi, ma voglio divertirmi un po'. Sai anche qual è il mio gioco preferito. Venti minuti, figlia. Ci vediamo online.»

Ryleigh fissò Tiny con le lacrime agli occhi.

Senza dire una parola, lui si alzò portandola con sé. Voleva confortarla. Stringerla tra le braccia e dirle che tutto si sarebbe risolto. Aveva anche un milione di domande da farle, ma non c'era tempo per quelle cose. Ryleigh aveva bisogno del suo portatile, e lui doveva valutare i danni, vedere se quello che aveva detto Harold Lodge sull'esplosione degli chalet era vero, e riunirsi con i suoi amici per elaborare un piano.

Come aveva detto il bastardo, potevano esserci altre bombe ovunque. E non escludeva che quell'uomo avrebbe torturato la figlia uccidendo i suoi amici, solo perché poteva farlo.

Tiny accompagnò Ryleigh davanti alla finestra esplosa e fissò stupito la distruzione che si trovò davanti. Due chalet erano saltati in aria, proprio come aveva sostenuto l'altro. Erano quelli per gli ospiti, i più vicini al lodge, dove in uno avevano alloggiato Wolf e Caroline e nell'altro la madre di Brick. Se fossero stati dentro...

Fece un respiro profondo. Ma erano al lodge. Erano al sicuro... per ora.

Si intravedeva qualche fiamma tra gli alberi, ma, come aveva appunto detto il bastardo, la foresta non si era incendiata. Il C4 aveva fatto quello per cui era stato progettato, far esplodere le cose senza provocare un'enorme palla di fuoco.

Tuttavia... Harold Lodge aveva concretizzato la sua minaccia. Tiny non poté fare a meno di ricordare le ultime parole dello stronzo nella loro prima chat, che ora avevano molto più senso. *Sarà divertente vedere le scintille volare.*

«Che cazzo sta succedendo?» chiese Spike avvicinandosi a loro. Teneva stretto il suo bambino, che appariva piccolissimo nelle sue braccia.

«È colpa mia» disse Ryleigh con un filo di voce.

«No, non lo è. È colpa di quello stronzo di tuo padre.» Tiny gli raccontò quello che aveva detto Harold Lodge, ciò che aveva minacciato di fare.

«Riunione. *Subito*» dichiarò Spike, voltandosi per tornare dove si trovavano gli altri proprietari del Rifugio con le mogli. I loro familiari e amici erano riuniti poco lontano, la maggior parte aveva un'aria spaventata e confusa, ad eccezione di Wolf e Raid. Lo spensierato e felice ricevimento di nozze si era trasformato in un incubo.

Tiny seguì Spike fino ai loro amici, tenendo la mano di Ryleigh. Per quanto lo riguardava, non l'avrebbe lasciata allontanarsi dal suo fianco. Per nessun motivo al mondo.

«Rapporto della situazione» sbraitò Brick.

Ripeté ancora una volta ciò che Harold Lodge aveva minacciato di fare.

«Cos'è questo gioco di cui parla?» chiese Pipe a Ryleigh.

«Prima che me ne andassi mi costringeva spesso a giocarlo con lui. Praticamente combattevamo via computer. Consisteva nel vedere chi riusciva a essere più veloce e più astuto dell'altro a violare ed evitare che non venisse interrotta l'intera rete elettrica di una città a caso.»

Tutti la fissarono scioccati.

«Cosa? È possibile?» chiese Henley.

Lei annuì. «Purtroppo sì. Mio padre ha sempre voluto fare la parte del "cattivo", ovviamente. Cercava di bloccarmi per interrompere la rete, e io dovevo fare il possibile per impedirglielo. Ero più brava, quindi avrei potuto fermarlo, ma lui odiava perdere, e se fosse successo avrebbe sfogato la sua rabbia su di me facendomi rubare più soldi del solito alle persone che vivevano in quelle città e che ne avevano più bisogno, tipo alle organizzazioni governative che aiutavano i senzatetto, i poveri o i bambini, cose del genere. Così avevo imparato a lasciarlo vincere, a lasciarlo mandare in blackout la rete elettrica. Lui gongolava per avermi battuto, poi di solito si ubriacava per festeggiare e io ripristinavo la rete appena sveniva.»

«Quindi è questo che vuole fare adesso? Fare di nuovo questo gioco folle con te? Perché? Qual è lo scopo?» chiese Stone.

«E quale città vuole prendere di mira? O vuole mandare in tilt la rete elettrica del Rifugio?» domandò Tonka.

«Non lo so. Non ha senso» rispose Ryleigh, scuotendo leggermente la testa.

«Sono d'accordo. Perché minacciare di far saltare in aria tutto il Rifugio, solo per farle fare un gioco?» disse Brick.

«Ha bisogno di un motivo? È pazzo» fece notare Owl.

«L'importante ora è portare tutti in un posto sicuro» disse Pipe. «Se Ry commette un errore, questo segaiolo potrebbe decidere di punirla facendo saltare in aria un altro chalet. Non abbiamo idea di quale potrebbe essere il prossimo.»

«Potremmo andare tutti a Los Alamos» suggerì Alaska.

Spike scosse la testa. «Tiny ha detto che Lodge ha menzionato i veicoli. Potrebbe aver piazzato una bomba su un'auto, o su tutte, per quanto ne sappiamo. Potrebbe farle saltare in aria nel momento in cui cerchiamo di allontanare tutti da qui.»

Le donne impallidirono.

«Allora cosa facciamo?» chiese Cora, con lo sguardo rivolto ai figli affidatari, che si trovavano vicino agli altri ospiti abbracciati a Joyce, la sorella, che li teneva stretti come se fosse stata la loro madre.

Tiny incontrò lo sguardo di Brick, poi guardò gli altri amici. Anni prima avevano giurato di non rivelare mai a nessuno il loro segreto, ma quella promessa sembrava inutile di fronte alla minaccia attuale.

Brick si schiarì la gola. «I bunker» disse.

Immediatamente i proprietari del Rifugio annuirono tutti.

Ryleigh strinse la mano di Tiny. Lui ricambiò, ma non la guardò.

«Bunker? Quali bunker?» chiese Maisy.

«Quando stavamo costruendo questo posto, abbiamo fatto installare sette bunker. Nel bosco, sottoterra, uno per ciascuno di noi. Per precauzione. Quando siamo venuti qui, eravamo tutti paranoici e ognuno stava ancora affrontando la propria versione dell'inferno. Ho nascosto Alaska in uno di essi quando stavo dando la caccia a un uomo che voleva rapirla, e Ry l'ha fatto con Jasna quando era scomparsa, per proteggerla fino a quando non saremmo potuti andare a prenderla» spiegò Brick.

«Porca miseria» mormorò Reese.

«Sapevi della loro esistenza?» chiese Cora a Ryleigh.

Lei annuì, ma non approfondì.

«Ry ne ha trovate le tracce abbastanza facilmente, magari lo ha fatto anche suo padre» rifletté Tonka.

«Forse. Ma giuro di aver cancellato ogni accenno che sono riuscita a trovare sul web» ribatté.

«È un rischio che dovremo correre» sostenne Brick. «Sono l'opzione migliore che abbiamo. I bunker non sono enormi, ma dovrebbero essere abbastanza grandi da contenere tutti. Possiamo dividere in modo equo le donne e gli uomini, e tenerli al sicuro per il tempo necessario a perquisire tutti gli edifici e assicurarci che non ci siano altre bombe. Ovviamente, mentre Ry fa le sue cose.»

Ryleigh si raddrizzò. «No, dovete andare *tutti* nei bunker. Non possiamo sapere cos'ha in mente di fare mio padre. Potrebbe far esplodere una delle bombe proprio quando qualcuno entra in uno chalet per perquisirlo. *Nessuno* è al sicuro. Dovete andare con le vostre mogli e i vostri amici nei bunker.» Il suo tono voce fu duro e inflessibile.

«Non credo che lì il Wi-Fi arrivi» disse Tonka. «A volte è instabile anche giù alla stalla.»

«Non importa, perché io rimarrò qui» dichiarò Ryleigh.

Tutti protestarono subito rumorosamente.

Ma lei alzò una mano. «Non abbiamo tempo per questo» sibilò, guardando l'orologio. «Mio padre mi ha dato venti minuti per collegarmi, me ne restano solo dodici. Dovete portare tutti in quei bunker. Io devo andare allo chalet a prendere il mio portatile. Andate. Ho dato il via a questa storia e la porterò a termine. Vi ho già messi tutti sufficientemente in pericolo. Non succederà più. *Per favore*. Mettetevi tutti al sicuro.»

Gli amici di Tiny non erano contenti. Erano abituati ad avere il controllo in qualsiasi tipo di situazione pericolosa. Erano abituati ad agire, non a nascondersi. Ma Ryleigh aveva ragione. Nessuno poteva fare ciò che sapeva fare lei. Non potevano fingere di essere lei e andare online ad affrontare suo padre.

Le loro vite erano, letteralmente e figurativamente, nelle sue abilissime mani.

«Ha ragione» concordò Tiny. «Portate gli altri al sicuro. Io rimarrò con lei.»

«No, non puoi.»

Lui ignorò la sua protesta. Se pensava che la lasciasse lì da sola ad affrontare quel pazzo, non aveva prestato attenzione al tipo d'uomo che era. Forse lui non era abbastanza intelligente da combattere con Harold Lodge al computer, ma poteva benissimo proteggere Ryleigh mentre lei lottava per le loro vite.

Gli altri iniziarono a pianificare chi sarebbe andato in quale bunker, e Tiny la prese in disparte. «Faccio un salto al nostro chalet per prenderti il portatile. Rimani qui. *Non* andare da nessuna parte, mi hai capito?»

«Tiny, ti prego! Vai in uno dei bunker.»

«Non succederà.»

«Non potrò mai perdonarmi se ti succedesse qualcosa per colpa mia.»

«E io non potrò mai perdonarmi se andassi a nascondermi in un dannato bunker mentre tu sei quassù a combattere contro tuo padre. Ti guardo le spalle, tesoro.

Nel bene e nel male, in salute e in malattia. Non lascerò mai il tuo fianco.»

Lei tirò su con il naso, ma per fortuna annuì. «Assicurati di prendere anche il cavo di alimentazione, non so quanto tempo ci vorrà.»

Tiny le diede un rapido bacio, avrebbe voluto dirle molto di più, ma il tempo stava per scadere. Se lo sentiva. Era un rischio lasciare il lodge, poteva essere proprio una parte del piano di suo padre far saltare in aria lui non appena avesse messo piede nello chalet.

Ma non pensava che l'avrebbe fatto. No, Harold Lodge voleva lo scontro finale. Era abbastanza presuntuoso da pensare di poter vincere.

Tiny avrebbe puntato su Ryleigh tutta la vita. In qualche modo ne sarebbe uscita vincitrice. Doveva. Altrimenti, tutto ciò che aveva sempre desiderato, tutto ciò per cui lui e i suoi amici avevano lavorato, sarebbe stato distrutto davanti ai loro occhi.

Non aveva mai corso così veloce in vita sua come quando uscì dal lodge. Era in stato di massima allerta, ma nulla sembrava fuori posto... a parte, ovviamente, le assi di legno, i mattoni e altri detriti dei due chalet distrutti che erano sparsi ovunque. Prese il portatile e il cavo di alimentazione dal tavolo della cucina, e in meno di tre minuti tornò al lodge.

Ryleigh gli prese il computer dalle mani e lo appoggiò sul bancone della reception. Le sue dita iniziarono subito a muoversi sulla tastiera quasi freneticamente, mentre impostava tutto ciò che le serviva per fare il "gioco" di suo padre.

Mentre lui era via, Brick e gli altri avevano ovviamente spiegato a tutti cosa stava succedendo, che avrebbero evacuato il lodge per ripararsi nei bunker situati intorno alla proprietà. Per raggiungerli avrebbero dovuto fare una bella scarpinata, ma non troppo faticosa da non poterla affrontare.

Tutti sembravano un po' spaventati, ma nessuno era in preda al panico. Erano pronti a partire, divisi in gruppi…

Nel bunker 109 sarebbero andati Brick, Alaska, il loro cane Mutt, la mamma di Brick, Robert e Luna. Nel bunker 110 Tonka, Henley, Jasna, la piccola Elizabeth, Cheri Singleton e sua figlia. Nel bunker 111 Spike, Reese, il piccolo Dylan, Woody e Isabella. E nel bunker 112 Pipe, Cora, i loro quattro figli affidatari, Jess e Carly.

A ore tredici rispetto alla posizione del lodge c'era il bunker 101 in cui sarebbero andati Owl, Lara, Sharyn Vogt e sua madre, e Hudson, il giardiniere della proprietà. Nel bunker 102 si sarebbero nascosti Stone, Maisy, Paige, Jason e Savannah. Nell'ultimo, il 103, quello in cui Ry aveva messo al sicuro Jasna dopo averla salvata, sarebbero andati Raiden, Khloe, Beauty e Wally, i cani di Tonka, Wolf e Caroline.

Gli animali avrebbero dovuto rimanere nella stalla, nella speranza che andasse tutto bene, ma con un lasso di tempo così breve per mettersi in salvo, non potevano perdere nemmeno un minuto per andare ad aprire tutti i box e permettere loro di fuggire nel caso ci fosse stato un esplosivo piazzato nell'edificio o nelle vicinanze.

Anche se Tiny era preoccupato e agitato, apprezzò il fatto che tutte le donne, mentre si affrettavano ad andare verso le porte, passarono da Ryleigh a dirle che le volevano bene e che credevano in lei. Vide le sue spalle rilassarsi un po'. Sapere che nessuno la biasimava per quella situazione di merda, anche se lei si incolpava, fece miracoli per la sua salute mentale.

Ben presto il lodge si svuotò, e rimasero solo lui e Ryleigh. Era inquietante guardarsi intorno e osservare i piatti di cibo abbandonati sui tavoli e i bicchieri di punch mezzi pieni. Era evidente che fosse stata interrotta una festa, e se non fosse stato a conoscenza del motivo, Tiny si sarebbe chiesto che cosa avesse fatto sparire tutti nel nulla.

Per il momento, sapere che i suoi amici sarebbero stati al sicuro nei bunker, gli permise di rivolgere tutta la sua attenzione a Ryleigh, che era chinata sul suo computer, con la fronte aggrottata.

E stava piangendo.

Ogni tanto, con impazienza si asciugava le lacrime con il braccio.

«Ryleigh?» le chiese preoccupato, avvicinandosi.

«Non posso credere che tu sia rimasto» sussurrò, ma le sue dita non smisero di digitare. «Avresti dovuto andare con loro.»

«Te l'ho già detto, non vado da nessuna parte.»

«Ho visto un film molto tempo fa. Verso la fine Sandra Bullock è nei guai, ammanettata a un palo di un vagone in corsa della metropolitana. Il protagonista non riusciva a liberarla dalle manette e stavano per schiantarsi, ma invece di andarsene, di mettersi in salvo, è rimasto, e lei non riusciva a credere che avesse scelto di restarle accanto invece di lanciarsi fuori dal treno.» Ryleigh alzò lo sguardo su di lui e fermò le dita sopra la tastiera. «Sei rimasto. Nessuno ha mai scelto me al posto di... *niente* prima d'ora.»

Tiny non poteva starle lontano, non in quel momento. Si premette contro il suo fianco e appoggiò la fronte sulla sua tempia. «Se dovessi scegliere tra una vita senza di te e una morte certa, sceglierei la morte. Sempre.» Alzò la testa, la fissò negli occhi e disse serio: «Ma non sto scegliendo la morte. Non è possibile che ci siamo trovati dopo aver superato le brutte esperienze che abbiamo vissuto, solo per morire ora. Lo batterai, Ryleigh. Non ho alcun dubbio.»

Lei sospirò, poi fece un respiro profondo e riportò l'attenzione sullo schermo di fronte a lei. «Posso batterlo a questo stupido gioco. In passato voleva sempre fare la parte del cattivo e io lo lasciavo vincere. Ogni dannata volta. Perché altrimenti sarebbe stato ancora più orribile con me. Ma non mi era difficile capire cos'avrebbe fatto prima che lo facesse. È prevedibile... o almeno lo era. Adesso? Non lo so. Sono sicura di poterlo battere a questo tipo di giochi, ma quello che mi spaventa è quale *altro* asso nella manica possa avere.»

«Per esempio?» le chiese, lasciandole un po' di spazio, ma restando al suo fianco.

Lei non alzò lo sguardo dallo schermo. «Non ha messo lui quelle bombe. Non è così in gamba. Voglio dire, certo, potrebbe aver cercato come costruirle, ma le cose manuali non sono il suo forte. Non gli piace sporcarsi le mani... in senso figurato e letterale. Quindi *chi* le ha piazzate? Chi ha assunto per farlo? E chiunque sia stato, come ha fatto a entrare nella proprietà senza essere visto? Inoltre, è ancora là fuori adesso?»

Tiny strinse le labbra. Aveva ragione.

«Ho ancora tre minuti prima che inizi il suo stupido gioco» disse, guardando l'orologio. «Sto controllando le immagini delle telecamere. Quelle intorno agli chalet che ha fatto esplodere. Voglio vedere se riesco a trovare qualcuno che si aggira.»

Trattenne il respiro mentre lei analizzava i filmati. Non sapeva cosa volesse trovare di preciso, ma si fidava. Non era necessario che fosse lui a studiarle, Ryleigh avrebbe trovato quello che stava cercando.

Non ci mise molto. «Figlio di puttana!»

Tiny si sporse in avanti per vedere perché sembrava così preoccupata, e vide che era comparso un messaggio sullo schermo del computer. Non sapeva da chi fosse arrivato, probabilmente era suo padre che la provocava. C'era scritto solo: "*Telecamera 3; 16 ottobre; 2:26*".

Senza esitare, Ryleigh iniziò a digitare sui tasti, richiamando il collegamento del filmato della telecamera tre della proprietà e posizionandosi sull'ora e la data indicate nel messaggio.

«Porca miseria! Guarda, Tiny! Lo vedi?»

Lui guardò, ma vide solo alberi. Il video proveniva da una delle telecamere rivolte verso il bosco. Uno degli chalet che non esistevano più si trovava nell'angolo destro dello schermo. «Cosa devo guardare?» le chiese quando non notò nulla di strano. Nessuno si aggirava nel bosco, nemmeno un uccello o un altro animale. Non c'era niente.

«Ecco, *lì*? Lo vedi quel ramo che sta cadendo? Non dovrebbe esserci. È caduto due minuti prima. Ha messo il filmato in loop in modo da mostrare sempre la stessa immagine. E dato che su quella vediamo solo alberi, è facile non accorgersene. Merda, merda, *merda*!»

Cliccò su qualche altro pulsante e la vista attuale della telecamera apparve sullo schermo. Lo chalet non c'era più, c'erano solo le fondamenta e alcuni detriti in fiamme al centro.

Passò a un'altra telecamera e guardarono entrambi Spike aiutare Reese a scendere nel bunker III. Richiamò le telecamere di tutti i bunker – *ovvio* che sapesse dov'erano posizionate – e videro tutti i loro amici entrare e i portelli chiudersi. Dopodiché rimase solo il bel panorama della foresta, chiunque avesse guardato il video ora non avrebbe sospettato di nulla.

«Devo controllare le altre telecamere. Devo anche vedere se riesco a trovare la parte mancante e a capire chi ha piazzato le bombe dopo aver messo il filmato in loop» borbottò. Ma poi sul suo schermo comparve un timer sopra le immagini delle telecamere; mostrava il numero venti e iniziò subito il conto alla rovescia.

«Fai un bel respiro, tesoro. Io credo in te. Ce la puoi fare» le disse Tiny, sentendosi impotente. Odiava quella situazione. Avrebbe quasi voluto che fosse una missione in cui avrebbe potuto usare proiettili e coltelli per proteggere i suoi compagni di squadra. Perché Ryleigh *era* la sua compagna di squadra. Era tutto per lui. Ma non poteva fare un bel niente se non starle accanto e farle sapere che era lì.

«Fatti sotto, papà» mormorò.

I numeri scesero fino a zero, poi sullo schermo cominciò a scorrere una riga di codice dopo l'altra.

«Cazzo! Che bastardo! Ha preso di mira Albuquerque» disse Ryleigh, mentre digitava freneticamente un codice che Tiny non poteva nemmeno iniziare a capire. Borbottava sottovoce, battendo con foga sulla tastiera.

«Oh no, non lo farai» mormorò, premendo con forza il tasto invio. «Quel buco è chiuso, trova un altro modo per entrare, stronzo.»

In qualsiasi altra situazione, Tiny avrebbe sorriso della sua ferocia. Ma non in quel momento. Ogni volta che lei imprecava, lui tratteneva il respiro, pregando che riuscisse ad avere la meglio su suo padre.

«Merda, che c'è adesso?»

Vide che sullo schermo era comparso un altro messaggio. Si trattava ancora di una data e di un orario.

«Questo non può essere mio padre» borbottò, scuotendo leggermente la testa.

Tiny rimase stupito vedendo scomparire le righe di codice incomprensibile quando lei richiamò la visualizzazione della telecamera.

«Cosa stai facendo?» le chiese sottovoce.

«Qualcuno mi sta passando informazioni, e non è mio padre. Non è possibile che mi abbia detto esattamente l'ora e la telecamera da guardare dove ci sono le riprese in loop. Chiunque sia, vuole che io guardi qualsiasi cosa sia successa proprio in quella data e ora. Mentre papà lavora per superare l'ultima porta che ho bloccato, ho un minuto o due per controllare questo video» gli disse.

Tiny era di nuovo sbalordito. Era multitasking. Una cazzo di *multitasking*. Era incredibile. No, *spaventosamente* incredibile.

Passò dalla telecamera al gioco e viceversa un paio di volte, poi imprecò. «Ti ho appena mandato un video» disse, tornando al codice che scorreva. «Vedi se riconosci i tizi che mostra.»

Il telefono gli vibrò nella tasca. Cliccò sul link che gli aveva inviato, socchiuse gli occhi e ingrandì il filmato. C'erano due uomini in mimetica che camminavano nel bosco. Per quanto si sforzasse, non aveva idea di chi fossero. Non li riconobbe affatto.

«Si chiamano Archer e Arthur Anderson. E sì, è proprio il loro nome. Sembra che siano stati cacciati dall'esercito. Congedati con disonore. Mio padre li ha trovati entrando negli archivi del governo. Probabilmente stava cercando gli uomini più corrotti che potesse trovare. Ha offerto loro dei soldi e poi li ha uccisi.»

Tiny sapeva che la stava fissando a bocca aperta, ma era completamente scioccato dal suo resoconto. Era consapevole che fosse brava, ma *quello*? Scoprire tutte quelle cose mentre era coinvolta in un gioco mentale con suo padre? Era assolutamente incredibile.

«Stai *ipotizzando* quello che ha fatto o è cosa certa?» le chiese.

«Cosa certa.» Fece una specie di grugnito. «Sono nel suo sistema. È più preoccupato di vincere questo stupido gioco che di proteggere le porte di accesso secondarie nel suo hard disk. Ho visto che ha trasferito diecimila dollari sul conto corrente di Archer. Tre giorni dopo ha fatto una ricerca sui loro nomi ed è entrato nei rapporti del medico legale. I loro decessi sono stati dichiarati omicidio/suicidio, e il giorno stesso della loro morte i diecimila dollari sono stati ritrasferiti nel suo conto.»

Tiny non riusciva a credere a quello che stava sentendo. «E li ha uccisi lui stesso?»

«Probabilmente no. Non so da quanto tempo sia uscito di prigione, ma non si sporcherebbe le mani in questo modo. Deve aver ingaggiato qualcuno nel dark web, o addirittura qualcuno che era dietro le sbarre con lui. Forse lo ha fatto rilasciare in anticipo come forma di pagamento. Non gli piacciono le questioni in sospeso. Tipo me. Ma la cosa positiva è che almeno non dobbiamo preoccuparci che quei due si aggirino per il Rifugio a piazzare altre bombe.»

Tiny non riuscì più trattenersi dal toccarla, ne aveva

bisogno, anche per rassicurarla che non avrebbe permesso a nessuno di farle del male. Mai.

Si guardò intorno alla ricerca della minima minaccia alla donna che amava e che avrebbe protetto con la sua stessa vita se necessario, e gli vennero i brividi sulle braccia. All'improvviso gli sembrò che fossero troppo esposti lì alla reception. Nell'aria si percepiva un leggero odore di esplosivo, proveniente dalla finestra frantumata. Poteva sentire il vento che soffiava tra gli alberi all'esterno, ma per il resto tutto era mortalmente silenzioso. L'unico altro suono nella stanza era il ticchettio delle sue dita sulla tastiera.

Non gli sfuggì come Ryleigh si appoggiò al suo tocco. Anche se era concentrata sullo schermo, si era comunque concessa di trarre conforto dalla sua presenza.

Trascorsero alcuni minuti, mentre lei continuava a combattere a quel gioco online di tenacia contro suo padre. Poi ansimò. «Oh no. No, no, no, no!»

«Cosa? Che c'è?»

Il suo respiro accelerò tanto da farla andare quasi in iperventilazione. «Lui sa! Sa dei bunker! Giuro che avevo rimosso ogni minimo accenno che ho trovato, ma evidentemente mi è sfuggito qualcosa. E ora mi sta tormentando. Mi sta dicendo che abbiamo fatto esattamente quello che voleva. Che *sapeva* che avremmo mandato tutti nei bunker se ci avesse detto che aveva piazzato delle bombe intorno al Rifugio.»

«E? Che cos'ha fatto? Dimmelo, Ryleigh.»

«Ha detto che nel momento in cui i portelli dei bunker si sono chiusi, le bombe che aveva piazzato su tutti si sono attivate.»

Gli si gelò il sangue.

«Se ne aprono uno, esploderanno tutte. Sono collegate in qualche modo. A distanza. Non so come. E lui ha il detonatore.» A Ryleigh tremavano le mani, e Tiny si accorse che faceva fatica a digitare.

«Sta bluffando?» le chiese, nella vana speranza che rispondesse di sì.

«Non lo so! Non credo. Mi sta dicendo che se gli mando i dieci milioni di dollari, le disarmerà e lascerà tutti in vita. Ma Tiny... *non lo farà*. Perché dovrebbe? Ha ucciso i tizi che aveva assunto per piazzare le bombe. Non esiterà a farlo con tutti quelli a cui tengo. Ha *sempre* voluto vincere. Vuole che io sappia che non ho la capacità di amare. È uno *psicopatico*. E vuole che io soffra.»

Staccò improvvisamente le mani dalla tastiera e le lasciò cadere lungo i fianchi. Si accasciò e appoggiò la fronte sulla scrivania, sconfitta. «A che serve ormai?» disse con voce spezzata. «Vincerà lui. Vince *sempre*!»

«Fanculo» ringhiò Tiny. La prese per le spalle e la tirò in piedi. Poi la baciò. Fu un bacio duro, brutale. Un bacio per attirare la sua attenzione. «Non vincerà. Nessuno morirà. E tu scoprirai dove si trova, e *questa* volta lo farai finire in prigione per sempre. Capito?» Non era sicuro di quello che stava dicendo, e nemmeno se ci credeva lui stesso, ma non poteva permettere che si arrendesse. Non ora. Lei era letteralmente l'unica speranza che avevano per uscire vivi da quel disastro.

Ryleigh sbatté le palpebre. Poi annuì e tornò al portatile.

Tiny tirò un piccolo respiro di sollievo. Non sapeva quale delle sue parole l'avesse spronata a riprovarci, ma era contento che qualcosa avesse fatto breccia.

Smise di nuovo di digitare. «Tiny... ho bloccato il Wi-Fi

del Rifugio. Ho cambiato la password ogni settimana. È criptato al massimo, e sai bene quanto me che la password di sedici caratteri è fastidiosa. Gli ospiti la odiano, e molti non si preoccupano nemmeno di provare a collegarsi perché è una rottura di scatole. Non l'ho cambiata questa settimana, perché non avevamo clienti...» Abbassò la voce. «È *qui*. Me lo sento. Sta usando il Wi-Fi del Rifugio per fare questo stupido gioco. Per provocarmi. Vuole vedermi soffrire di persona. Vuole vedere la mia faccia quando vincerà. Vuole farmi sapere che ha avuto la meglio su di me.»

Il cuore di Tiny accelerò. «È qui? Nella proprietà?»

«Sì. Ci scommetterei la vita.»

Era la sua occasione. Quella di sbarazzarsi della minaccia che incombeva sul Rifugio e sui suoi amici. Proprio mentre apriva la bocca per dirle che sarebbe andato a caccia, la porta d'ingresso del lodge si aprì.

Tiny si girò, assicurandosi che il suo corpo fosse tra Ryleigh e chiunque stesse entrando. Non aveva una pistola, ma aveva passato la vita ad addestrarsi per quel momento. Avrebbe fatto qualsiasi cosa per distruggere Harold Lodge, anche morire, se necessario.

CAPITOLO VENTUNO

RY PENSAVA che il cuore le stesse per uscire dal petto. Era terrorizzata. E incazzata. Che strana combinazione. Neanche in un milione di anni avrebbe immaginato che suo padre potesse mettere in atto le cose che stava facendo in quel momento, altrimenti avrebbe lasciato il Rifugio, a prescindere dalle conseguenze. Ma ormai era troppo tardi.

Era bloccata in una battaglia di abilità con un uomo che non l'aveva mai amata. Che l'aveva vista solo come un mezzo per raggiungere un fine. Anche quel gioco era una trappola. Non gli importava che Albuquerque restasse o meno senza elettricità. Voleva solo i soldi. Come accadeva sempre con Harold Lodge, tutto si riduceva al denaro.

Lui era lì. Se lo sentiva. Voleva vederla perdere, piangere, implorare e promettere di fare tutto ciò che lui desiderava. Era abbastanza arrogante da volerla vedere di persona pagare per i suoi presunti peccati contro di lui. E quella sarebbe stata la sua rovina. Sperava.

La porta del lodge si aprì facendola trasalire, ma non le sfuggì come Tiny si voltò subito e si mise tra lei e qualsiasi nuova minaccia fosse entrata nell'edificio. Odiava e allo stesso tempo amava che lo avesse fatto.

Ma la persona che entrò non era suo padre o un altro ex militare corrotto venuto a ucciderli.

Era l'amico di Tiny: Wolf.

«Calma, sono solo io» disse, alzando le mani per mostrare di essere disarmato.

Ry avrebbe voluto ridere. Anche se quell'uomo era in pensione da tempo, pensava che nessuno mai avrebbe potuto *non* considerarlo una minaccia. Sì, alla festa, mentre era rilassato e felice, era sembrato piuttosto mite, ma ora trasudava quell'aura minacciosa che lei aveva visto solo in Tiny e negli altri proprietari del Rifugio quando qualcuno di loro era stato in pericolo. Un'aura minacciosa che, dopo l'esplosione degli chalet, era sembrata riempire la stanza.

Allora si era sentita sopraffatta, quasi soffocata dalla sua intensità. Ma ora la gradiva. La accettava.

Suo padre pensava che fosse indifesa. Un bersaglio facile. Non rispettava Tiny o chiunque vivesse o andasse al Rifugio. Pensava che chi non era in grado di gestire delle "piccole avversità" – il termine con cui indicava il disturbo post-traumatico da stress – fosse un pappamolle. Il tutto detto da un uomo che aveva passato la vita seduto a casa sua a nascondersi dietro a un computer.

Harold Lodge era un essere patetico. E Ry credeva nel karma; a volte ci metteva un po' di tempo a far pagare alle persone le loro azioni malvagie, ma alla fine ognuno aveva quello che si meritava. E pregava ardentemente che quello fosse il giorno in cui suo padre si sarebbe trovato faccia a faccia con il karma.

Ma non poteva smettere di lavorare mentre aspettava che ciò accadesse. Doveva continuare a seguire i suoi giochi mentali malati. Continuare a leggere le sue provocazioni che apparivano sullo schermo tra le righe di codice che scorrevano, a combattere suo padre che sfruttava le vulnerabilità sul sistema di sicurezza della rete elettrica, mentre lei chiudeva i buchi con la stessa velocità con cui lui li apriva. Alla fine non sarebbe più riuscito ad aprirne e lei avrebbe vinto.

E poi cosa? Ry non aveva dubbi che avesse pianificato qualcos'altro.

Come le aveva detto, era lui ad avere il controllo della situazione. Finché aveva un detonatore per i bunker, e decideva chi doveva vivere o morire nell'esplosione, era in vantaggio. Lo sapevano entrambi.

«Wolf, che diavolo ci fai qui?» gli chiese Tiny.

«Se pensavi che sarei rimasto seduto in un bunker lasciandoti tutto il divertimento, non sei il SEAL che credevo.»

Ry avrebbe voluto alzare gli occhi al cielo. Divertimento? Wolf pensava che tutto ciò fosse *divertente*? Ma poi scosse la testa. Ovvio che non lo pensava, era solo un modo di dire. In realtà era contenta che lui fosse lì. Non per lei, ma per Tiny. Non avrebbe permesso all'uomo che amava di correre rischi assurdi. Wolf gli avrebbe coperto le spalle, mentre Tiny le avrebbe coperte a lei. Dopotutto, anche lui era un ex SEAL. Potevano lavorare insieme.

«Com'è la situazione?» chiese.

«Non bella» ammise Tiny. Il rispetto che aveva per lui aumentò nel sentire che non indorava la pillola. Spiegò rapidamente cosa stava accadendo, mentre lei continuava a lanciare occhiate all'altro uomo, e non fu sorpresa di vederlo aggrottare le sopracciglia, mostrandosi estremamente preoccupato. Sua moglie era in uno dei bunker, aveva tutto il diritto di esserlo.

«Ho un amico, era nel mio team» disse Wolf. «È un artificiere esperto. Potrei chiamarlo, andare in uno dei bunker e farmi spiegare da lui come disattivare il tutto.»

Ry non era sicura che avrebbe funzionato, ma non era nemmeno sicura del contrario. Era combattuta. Voleva far uscire tutti da quei dannati bunker, subito, ma non se ciò significava far esplodere tutte quelle bombe... e il suo istinto le diceva che Harold non stava bluffando.

«Se vuoi fare qualcosa» sbottò, «prendi Tiny e vai a cercare quello stronzo di mio padre. È qui da qualche parte. Sta osservando. Aspettando il momento giusto per farci saltare in aria. Trovatelo e uccidetelo prima che abbia la possibilità di farlo.»

Non riusciva a credere di averlo appena detto, di aver incoraggiato qualcuno a uccidere un'altra persona. Ma quando era troppo era troppo. Suo padre era un uomo malvagio. Doveva essere fermato. Anche se lei avesse ceduto, e trovato in qualche modo dieci milioni di dollari da dargli, lui non l'avrebbe lasciata in pace. Sarebbe tornato perché ne avrebbe voluti di più. L'avrebbe ricattata minacciando i suoi amici, facendo tutto il necessario per ottenere ciò che voleva. L'unico modo per fermarlo era farlo in modo *permanente*.

Probabilmente sarebbe andata all'inferno per il fatto di desiderare la morte di suo padre, ma a quel punto non le importava. Le bastava che Tiny fosse al sicuro. Che il Rifugio fosse al sicuro. Avrebbe accettato qualsiasi punizione se le persone che amava fossero state protette.

«Non sarà necessario, cara figlia. Sono proprio qui.»

Ry si irrigidì e staccò le mani dalla tastiera.

Suo padre uscì dalla cucina con un ghigno compiaciuto sul viso.

Rimase a bocca aperta, scioccata. Non riusciva a credere che fosse così stupido da mostrarsi spontaneamente *lì*, mentre Tiny e Wolf si trovavano al suo fianco.

Era bello che morto, solo che non lo sapeva.

All'improvviso, Wolf si mosse...

Si girò e corse dritto verso la porta d'ingresso.

Ry lo guardò incredula. Stava letteralmente scappando! Alla faccia di chi pensava che fosse un SEAL letale.

Harold rise in modo isterico, mentre la porta si chiudeva alle spalle di Wolf. «Non riuscirà a salvare la sua preziosa moglie. Ho io il controllo qui.»

Tiny uscì da dietro il bancone della reception.

«No, non farlo» sussurrò Ry.

Non la ascoltò, e ora era completamente esposto; suo padre non aveva in mano una pistola, ma lei non si fidava comunque di lui. Minimamente.

«Quindi, tu sei l'uomo che ha finalmente reso mia figlia una vera donna, eh?»

Quella domanda era inappropriata e offensiva, ma Ry non ne fu sorpresa.

«Puoi scegliere, Ryleigh» disse poi rivolgendosi a lei, con un tono quasi colloquiale.

Le tremavano le mani, ma si costrinse a guardare l'uomo che, prima della settimana precedente, non vedeva da anni. L'uomo che aveva fatto il possibile per renderla esattamente come lui: una persona immorale, malvagia, che pensava solo a sé stessa.

«Non vuoi sapere qual è la scelta?» le chiese, chiaramente godendo della situazione. Era ovvio che pensasse di essere in vantaggio, ma Ry avrebbe puntato su Tiny tutta la vita. Non sapeva cosa potesse fare, ma non c'era alcuna possibilità che restasse semplicemente lì fermo senza fare nulla.

«Quale sarebbe?» chiese infine, sapendo che se non l'avesse fatto, suo padre avrebbe probabilmente iniziato a urlare.

«Puoi salvare te stessa... o i tuoi amici» rispose lui quasi allegramente. «Questi detonatori che ho in mano sono collegati a distanza a due diverse serie di bombe che ho piazzato in questo posto dimenticato da Dio. Quando una esploderà, innescherà la successiva e così via. Puoi salvare te stessa e il tuo vibratore umano, e io farò saltare tutti i bunker premendo un pulsante. Oppure puoi scegliere le persone chiuse in quegli inutili nascondigli – non so perché qualcuno abbia pensato che fossero al sicuro – e io farò saltare in aria questo lodge con te dentro. E quel nuovo hangar costoso. E la stalla con quegli adorabili... *bleah*!... animali.»

Ry lo guardò e sbatté le palpebre. Più volte. Poi non riuscì a trattenersi e scoppiò a ridere.

E una volta iniziato, non riuscì più a fermarsi.

Probabilmente sembrava una pazza, ma non le importava. Suo padre era un illuso. Era ridicolo e tremendamente *stupido*.

«Che c'è da ridere? Smettila! Dico sul serio, smettila *subito*!» le urlò.

«Ryleigh» mormorò Tiny.

Non osò guardare l'uomo che amava più di ogni altra cosa al mondo. Se l'avesse fatto, sarebbe crollata. Era già a malapena appesa a un filo. Non riusciva a credere che suo padre, un uomo che un tempo aveva ammirato – in un *lontano* passato, prima di capire che era un pezzo di merda – stesse minacciando di far saltare in aria non solo lei, ma decine di persone innocenti. Era più crudele di quanto avesse mai immaginato, e non riusciva a capacitarsene.

«Ti darei tutti i soldi del mondo se potessi» gli disse quando riuscì a parlare di nuovo. Non riconobbe nemmeno la sua voce. Non gli aveva mai parlato con quel tono. Ma aveva smesso di essere arrendevole. Aveva smesso di fare tutto quello che lui le chiedeva solo perché aveva paura. «Ma non posso. Non ci sono più. Non c'è più niente. Nemmeno un centesimo.»

«Cosa? No, *non è vero*. So che li hai nascosti, proprio come ti ho insegnato io. Trasferiscili subito sul mio conto!»

«Li ho donati. A enti di beneficenza in tutto il Paese e nel mondo. Un po' alla volta. Li ho restituiti alle persone a cui li hai rubati. A gruppi di veterani, ad associazioni che si prendono cura dei senzatetto, degli orfani, degli animali... nomina una qualsiasi organizzazione benefica e io l'ho sostenuta. Tutto il denaro che hai rubato a persone laboriose e innocenti, a imprese emergenti che non avevano una buona sicurezza sui loro conti, persino quello che eri così orgoglioso di aver sottratto al nostro governo... tutto volato via. Come il vento. Restituito a chi lo merita. E sai una cosa? È stato *fantastico*. Di sicuro molto meglio che rubarlo.»

«Stai mentendo, stronza! Stai *mentendo*!» gridò Harold.

«Ne ho data una buona parte anche al Rifugio. Gli stessi edifici che minacci di far saltare in aria sono stati costruiti con quei soldi. L'hangar? Costruito grazie alle donazioni. Gli chalet che hai già distrutto? Saranno ricostruiti con i soldi che ho donato.»

«No! No, no, no!» urlò suo padre, con il viso che ormai

era diventato rosso acceso. «Sono i *miei* soldi! Ho lavorato duro per rubarli!»

«Ti sbagli!» urlò Ry a sua volta, sentendosi sempre più sicura di sé. «Tu non hai rubato un cazzo! Hai costretto me a farlo. Ero una ragazzina! Volevo solo il tuo amore, e ho fatto tutto quello che mi hai chiesto nella speranza che tu mi rivolgessi anche solo un *sorriso*. Che mi dicessi: "Ottimo lavoro". Che mi dicessi che mi volevi bene! Invece mi hai sminuita, mi hai detto che non valevo niente. Che non ero abbastanza veloce. Che non ero abbastanza furtiva. Che non ero *brava*. Così ho lavorato di più. Ho imparato più che potevo, sperando che un giorno mi avresti amata. Ma niente era mai abbastanza.

La cosa ridicola è che se mi avessi mostrato anche solo un briciolo di affetto, probabilmente sarei diventata proprio come te. Oggi sarei ancora al tuo fianco a rubare soldi. Ma dato che sei stato così freddo e senza cuore, sei *responsabile* del mio comportamento, del fatto che me ne sono andata e che ho portato via quei soldi.»

Si stavano fissando con disprezzo, ed era come se in quel momento fossero le uniche due persone al mondo. Ma non si sentiva intimidita come di solito accadeva in sua presenza. Non aveva battuto ciglio, e aveva mantenuto il mento alto mentre dava sfogo a tutte le cose che aveva sempre voluto dirgli, ma che non aveva mai avuto il coraggio di esprimere.

«Non ti ho *mai* amata» sbraitò suo padre. «Non ho mai voluto figli. Tua madre era ancora più inutile di te. Mi ha dato due marmocchi ingrati e, oltre a questo, è stata a malapena utile per trastullarmi. L'ho tenuta con me finché non sei stata abbastanza grande da badare a te stessa, poi è sparita.»

«Avevo *cinque* anni!» urlò Ry. «Non potevo badare a me stessa! Avevo bisogno di mia madre. Di mio *padre*!»

«Ti comporti come se fossi migliore di me» sogghignò Harold. «Ma come hai appena sottolineato, sei stata *tu* a rubare quei soldi. Sei stata *tu* a svuotare le casse di quegli stessi enti di beneficenza che ora fingi di sostenere. E ti è piaciuto molto! Ti ho osservata, cara figlia, ti piaceva intrufolarti di nascosto nella rete e prendere ciò che non ti apparteneva. Per questo ti volevo di nuovo al mio fianco. Sei brava in quello che fai perché ami il potere che ne deriva! Io sarò anche ricercato dall'FBI, ma tu sei disonesta quanto me. Anche *di più*.

Ti sei lavorata bene queste persone. Tutti qui pensano che tu sia dolce e gentile. In realtà sei una vipera in una cuccia di teneri gattini. Non hanno idea di quanto tu sia pericolosa. Ma un giorno lo capiranno e tu te ne andrai... a calci in faccia. Tutte queste persone che stai proteggendo ti volteranno le spalle più velocemente di quanto tu possa battere le palpebre. Sei *stupida*. Sei *sempre* stata stupida. E per colpa tua, tutto questo sparirà. *PUF*! Sparirà con una semplice pressione del pulsante di questi detonatori!»

In qualsiasi altro momento, le sue parole l'avrebbero devastata. Le avrebbe prese a cuore. Le avrebbe interiorizzate. Avrebbe creduto a ciò che le aveva detto. Ma rimase lì a fissarlo, orgogliosa e sicura di sé. Si sbagliava. Su di lei, sui suoi amici. E su quello che sarebbe successo lì.

Perché ciò che lei sapeva, e suo padre no, era che Wolf non era scappato dal lodge per paura... non era corso al bunker per cercare di salvare sua moglie.

No. Aveva girato intorno all'edificio, e ora, mentre suo padre sbraitava e inveiva completamente concentrato nel tentativo di sminuirla e demoralizzarla, stava uscendo furtivamente dalla cucina.

«Pensi che non lo farò?» continuò a urlare. «Lo farò eccome! Farò saltare in aria tutto questo posto! Pioveranno parti del corpo! E sarà colpa tua. *Tutta colpa tua*! Ti do un'altra possibilità di darmi i miei soldi. Dieci secondi, Ryleigh. Metti le dita su quella tastiera e dammeli. Altrimenti... *esploderà tutto*!»

Ry non capiva come lui potesse pensare di far saltare in aria *lei* senza coinvolgere sé stesso, ma non importava. Non avrebbe avuto la possibilità di premere i pulsanti dei detonatori. Non aveva alcun dubbio.

Nell'istante in cui ebbe quel pensiero, Wolf fece la sua mossa.

Si fiondò su suo padre e gli avvolse un braccio muscoloso intorno al collo.

Fu quasi comico come i suoi occhi si spalancarono, la velocità con cui lasciò cadere i detonatori per afferrare il braccio che lo stringeva e cercare di staccarlo per poter respirare.

Ry trasalì quando i dispositivi di plastica rimbalzarono sul pavimento di legno. Trattenne il fiato, aspettandosi di sentire il rumore orribile delle bombe che esplodevano nella foresta. Ma non accadde nulla, permettendole di respirare di nuovo.

Tiny balzò in avanti e afferrò i detonatori, mentre Wolf tratteneva suo padre. Ma a quanto pareva Harold Lodge non si sarebbe arreso senza combattere. Mentre lei osservava dal suo posto sicuro dietro al bancone della reception, il pazzo tirò fuori un coltello da chissà dove.

«Wolf! Coltello!» urlò Ry. Troppo tardi. Era già riuscito a conficcargli la lama nella coscia. Nell'istante successivo, il pavimento sotto di loro diventò scivoloso per il sangue che supponeva provenisse dalla ferita alla gamba.

Tuttavia, Wolf non lo lasciò andare. Strinse invece di più la presa intorno al suo collo e il volto di Harold diventò quasi viola.

Tiny posò rapidamente i detonatori su un tavolo e si unì allo scontro.

E ora Ry era terrorizzata. Aveva il cuore in gola, mentre guardava suo padre lottare per la vita. Non era un combattente esperto, non come i due ex SEAL che stava affrontando, ma era disperato... e aveva ancora una stretta ferrea sul coltello.

La colluttazione fu sorprendentemente tranquilla, gli unici rumori che si sentivano erano i grugniti di suo padre che cercava di liberarsi, mentre gli uomini scivolavano sul sangue sul pavimento faticando a stare in equilibrio. Ry vide apparire per un attimo la lama, poi tutti e tre caddero a terra con violenza.

Corse fuori dal bancone della reception, pronta a... cosa? Aiutare? Non poteva fare niente se non stare in mezzo ai piedi, ma l'urgenza di fare *qualcosa* era irrefrenabile.

Poi Tiny si raddrizzò in ginocchio. E anche Wolf.

Suo padre rimase a terra. Immobile.

Tiny si alzò, tendendo una mano all'amico, che la prese e si mise in piedi anche lui.

Ry abbassò lo sguardo di Harold, e vide il coltello che aveva usato per pugnalare Wolf spuntare dal suo collo. Il sangue si stava rapidamente allargando intorno al suo corpo immobile.

Avrebbe dovuto essere scioccata. Inorridita. Invece, si sentiva intontita.

«Siediti» ordinò Tiny a Wolf, afferrandogli il braccio.

Ma lui scosse la testa. «Sto bene. Non ha preso un'arteria. Fa un male cane, ma ho avuto ferite peggiori. Dobbiamo capire come disarmare le bombe del bunker.»

Ry sbatté le palpebre. Come aveva potuto dimenticarsene? Il fatto che suo padre fosse morto non significava che fossero al sicuro. Stando alle sue minacce, era possibile che avesse piazzato delle bombe in tutta la proprietà del Rifugio, e se non avessero trovato il modo di disinnescarle, avrebbe potuto ancora vincere. Ed era inaccettabile.

Si voltò e tornò di corsa al suo portatile dietro al bancone della reception.

«Ryleigh cosa stai facendo?» le domandò Tiny.

«Porta qui i detonatori» gli ordinò con voce tremante. «Ha detto che erano collegate. Che se ne fosse esplosa una, si sarebbero innescate tutte» mormorò. «Quindi dobbiamo capire qual è stata piazzata per prima. Forse se riusciamo a disarmare quella, lo faranno anche le altre.»

«Respira, Ryleigh» le ordinò.

Lei sobbalzò. Non si era resa conto che si fosse avvicinato. Le mise una mano sul fianco e il suo tocco la calmò. Ry fece un respiro profondo, costringendosi a rilassarsi. Le bombe non erano esplose, aveva ancora la possibilità di salvare tutti.

Il pensiero che i suoi amici morissero per colpa di suo padre era ripugnante... i bambini, la madre di Brick. I cani. Avrebbero potuto scomparire tutti in un attimo se non si fosse concentrata e non avesse fatto ciò che sapeva fare meglio.

Suo padre aveva detto una cosa corretta. Lei *aveva* infranto la legge. Aveva rubato dei soldi. Ma negli ultimi dieci anni si era fatta in quattro per ravvedersi, per ripagare. Non credeva che a un giudice sarebbe importato che lei non avesse voluto prendere quei soldi, che avesse cercato solo di guadagnarsi l'amore di un uomo che non era stato in grado di preoccuparsi di nessun altro se non di sé stesso, ma non poteva permettere che decine di innocenti pagassero per i suoi peccati.

Richiamò ancora una volta sullo schermo le telecamere di sorveglianza. Era un compito impossibile scorrere ore di video per cercare di trovare gli uomini che suo padre aveva assunto per piazzare gli esplosivi. Non sapeva nemmeno quale telecamera controllare, quale dei bunker fosse stato il primo, men che meno quale fosse il giorno che avevano programmato per farli esplodere.

«Quale pensi che sia, Ryleigh?» le chiese con calma al suo fianco.

Ry stava ansimando. Non poteva farcela. «Non lo so» rispose, suonando patetica e sconfitta anche alle sue stesse orecchie. «Non lo so!» ripeté, alzando lo sguardo verso di lui.

«Sì che lo sai. Puoi farcela. Mi fido di te.»

La sua fiducia in lei era tutto. Quello era l'uomo che era stato distrutto dal tradimento di una donna. Che aveva passato anni della sua vita a tenere tutti a distanza. Che in passato non riusciva nemmeno ad addormentarsi accanto a qualcuno per paura che avrebbe cercato di ucciderlo mentre riposava. Eppure, l'aveva trasferita nel suo chalet, aveva dormito come un bambino tenendola tra le braccia. Non solo si fidava di lei, ma la amava.

Lei.

Aveva trovato ciò che aveva desiderato per tutta la vita. L'amore. E non solo quello di Tiny, ma di tutti. Brick, Alaska, Tonka, Henley, Spike, Reese, Pipe, Cora, Owl,

Lara, Stone e Maisy. E tutti gli altri che lavoravano al Rifugio. Non li avrebbe delusi. Non se ne parlava proprio.

Chiuse gli occhi e fece un respiro profondo. Poi un altro. Le mani le tremavano ancora, ma si sentì molto più concentrata. Pensò ai bunker. Alla prima volta che ne era venuta a conoscenza, e la prima volta che li aveva usati...

«Bunker 103» mormorò, più a sé stessa che altro. «Credo che in qualche modo abbia scoperto che era lì che avevo portato Jasna. Se ha trovato il backup di quel filmato, l'ha scelto di proposito. È l'unico bunker con cui ho un legame.»

«Caroline è nel 103» disse Wolf con voce incrinata.

Un senso di determinazione la pervase.

«Puoi disarmare la bomba a distanza usando uno di questi?» le chiese Tiny, porgendole uno dei detonatori.

Ry lo prese e rigirò il piccolo dispositivo tra le mani. Aveva paura di smontarlo, anche se quello era stato il suo piano iniziale per vedere se all'interno c'era un microchip da collegare al suo computer e poter deprogrammare. Ma il pensiero di fare anche il più piccolo passo falso, le faceva venire voglia di vomitare. Quello non era un gioco, era la vita reale. E se avesse sbagliato, sarebbero morti degli esseri umani in carne e ossa.

A malincuore, scosse la testa.

«Bene, allora andiamo alla fonte» disse Wolf, suonando come il leader dei Navy SEAL che era stato.

«Il bunker» concordò Tiny.

«Nel frattempo chiamerò Dude. Lui saprà come disarmare la bomba e assicurarsi che il collegamento con le altre sia interrotto. È impossibile che tuo padre abbia trovato qualcuno migliore di lui.»

«Dovrei controllare i video... per vedere se è proprio quella la prima bomba che è stata piazzata» protestò Ry.

«Non c'è tempo» le disse Tiny scuotendo la testa. «Tu resta qui.»

Lei sbuffò. «Non credo proprio. Primo, non puoi lasciarmi qui con un cadavere. Con la fortuna che ho mio padre tornerà in vita e mi aggredirà alle spalle, oppure la sua anima malvagia si impossesserà di me e tu avrai una fidanzata con la testa che di tanto in tanto ruota. Vengo anch'io.»

Le labbra di Tiny non ebbero nemmeno un piccolo guizzo. «Voglio che tu sia al sicuro.»

«E io voglio che i miei amici non vengano fatti saltare in aria!» gridò quasi istericamente. «Ti prego. Non lasciarmi qui. Sono più al sicuro al tuo fianco che in qualsiasi altra parte. Davvero.»

Lui la fissò per un paio di secondi, poi annuì.

Il sollievo che provò le fece girare la testa, ma non esitò un attimo quando Tiny si voltò, pronto a uscire. Mentre stavano parlando, Wolf si era fatto una fasciatura di fortuna con un paio di tovaglioli di stoffa trovati sopra a un tavolo, e lo seguirono quando lui si avviò zoppicando verso la porta, con il telefono all'orecchio.

Doveva funzionare. *Doveva.* Aveva bisogno che l'amico di Wolf risolvesse il problema. In caso contrario, Ry non sarebbe *mai* stata in grado di perdonarsi. A prescindere da ciò che poteva dire Tiny o chiunque altro, era stata lei a portare quella minaccia al Rifugio. Era stato *suo* padre, il *suo* comportamento a portarli a quel punto. Doveva essere presente... quando tutto sarebbe saltato letteralmente in aria o per vedere la fine di anni di fughe e di paura.

In ogni caso, i minuti successivi avrebbero cambiato la sua vita una volta per tutte.

CAPITOLO VENTIDUE

Tiny correva tra gli alberi e non osava lasciare la mano di Ryleigh. Wolf li precedeva, comportandosi come se non fosse stato appena pugnalato alla coscia. Ma supponeva che l'adrenalina e la paura per sua moglie fossero un potente motivatore. Se fossero sopravvissuti, se il suo compagno di squadra fosse riuscito ad aiutarli a disarmare le bombe, si sarebbe assicurato che Wolf ricevesse delle cure mediche il prima possibile.

Ma al momento la tempestività era essenziale. Sarebbe bastata una mossa sbagliata, e quella piccola ferita alla coscia sarebbe stata l'ultima delle loro preoccupazioni.

Tiny era rimasto sorpreso quando Wolf era uscito di corsa dal lodge, ma non aveva pensato nemmeno per un secondo che li stesse davvero abbandonando. Sapeva di cosa era capace l'ex SEAL. La storia sua e di Caroline era leggendaria. Per non parlare di tutte le altre missioni a cui lui e il suo team avevano partecipato. Magari non erano di dominio pubblico, ma i SEAL parlavano. A volte il gossip che circolava da un SEAL all'altro era imbarazzante. Ma accurato.

Wolf non era il tipo d'uomo che fuggiva davanti a uno scontro, ma era abbastanza intelligente da sapere quando era più pratico essere furtivi.

Il padre di Ryleigh non aveva ceduto facilmente, nonostante fossero stati in due a cercare di sottometterlo. Quel coltello era anche dannatamente affilato, e dopo che Lodge aveva tentato di piantarlo in gola a Wolf, mentre lottavano corpo a corpo, Tiny era riuscito a strapparglielo di mano... e gli era stato improvvisamente chiaro che Ryleigh aveva avuto ragione; Harold Lodge non avrebbe mai smesso di cercare di fare del male a sua figlia e a tutti quelli che amava, non avrebbe potuto essere rinchiuso in una prigione normale. Gli sarebbe bastato procurarsi in qualche modo un cellulare, e sarebbe uscito di nuovo. Lo aveva già dimostrato. Così aveva fatto ciò che doveva essere fatto. Non gli piaceva uccidere, ma in quel caso aveva provato una bella sensazione.

Harold non avrebbe mai più infastidito sua figlia. Non l'avrebbe mai più costretta a sparire per proteggere lui o chiunque altro. Ryleigh avrebbe potuto vivere la sua vita completamente libera dal mostro che l'aveva cresciuta.

Però Tiny odiava che ora fosse con lui, diretta verso i bunker minati. Ma se suo padre aveva detto la verità – cosa di cui non aveva certezza – probabilmente non sarebbe stata più al sicuro al lodge, o in qualsiasi altro luogo del Rifugio, di quanto non lo fosse con lui. E... non poteva negare di sentirsi più tranquillo con lei al suo fianco.

Ryleigh era stata fantastica. Aveva sempre saputo che era brava con i computer, l'aveva vista in azione, ma vederla salvare da sola un'ignara Albuquerque da un totale blackout era stato davvero impressionante. Tex aveva avuto ragione quando aveva ammesso che era una hacker migliore di lui. Unica nel suo genere.

Si avvicinarono al bunker 103, quello che si trovava a ore tre rispetto al lodge. «Dove sarà? Non può essere vicina all'apertura, l'avremmo individuata» rifletté Tiny.

«Giusto, i ragazzi avrebbero saputo che c'era qualcosa di strano e non sarebbero entrati se avessero pensato che c'era qualche tipo di pericolo. Io so per certo di non aver visto nulla mentre aiutavo Raid a portare dentro i cani» disse Wolf.

Tiny percorse con lo sguardo l'area dov'era sepolto il bunker, poi indicò della terra smossa vicino al punto in cui si trovava la parte posteriore. «Lì.»

I tre vi si avvicinarono piano, e Wolf si mise goffamente in ginocchio a circa un metro di distanza. Porse il telefono a Tiny. «Tieni. Mettilo in vivavoce così posso sentire Dude.»

Annuendo, prese il cellulare. Sentì le dita di Ryleigh agganciarsi alla cintura dei pantaloni. Sapere che lei era lì lo fece rabbrividire per l'agitazione. Se la bomba fosse esplosa, sarebbero morti tutti. All'istante. Cliccò sul pulsante del vivavoce.

«Dude?» disse Wolf.

«Dimmi cosa vedi» ordinò l'uomo al telefono. Non ci girò intorno, cosa che apprezzò.

«Non potremmo usare FaceTime?» chiese Tiny. «Sarebbe più facile, credo.»

«Il segnale non è abbastanza forte qui fuori» rispose Ryleigh a bassa voce dietro di lui.

Imprecò. L'aveva dimenticato. La prima cosa che avrebbe fatto una volta usciti da quella situazione, sarebbe stato richiedere di mettere più ripetitori in quella zona del bosco. Anche se per farlo il Rifugio avesse dovuto pagarne ogni centesimo, anche se avessero dovuto corrompere qualcuno della compagnia telefonica, avrebbe fatto in modo che venissero installati.

«Non preoccuparti, Dude può spiegarmi tutto. Non ha bisogno di vedere la bomba per sapere cosa fare» disse l'amico, suonando calmissimo.

«Wolf, dimmi cosa vedi» ripeté l'altro con un tono irritato.

«Terra. La bomba è stata sotterrata. Ho paura di ripulire perché non voglio farla esplodere.»

«Da quello che mi hai detto, non credo che succederà. Se quel farabutto aveva un detonatore, non esploderà solo con la rimozione della terra intorno. Devi solo farlo con cautela.»

«Ok.»

Tiny osservò Wolf scoprire lentamente la bomba, odiando l'opprimente sensazione di impotenza che provava.

«Che aspetto ha?» chiese Dude.

Lui descrisse quello che stava vedendo, di che colore erano i fili e com'erano collegati.

«Mi dà l'impressione che sia un congegno piuttosto rozzo» disse Dude.

«Mio padre ha detto che le bombe sono tutte collegate. Che se ne veniva innescata una sarebbero esplose tutte» si intromise Ryleigh.

«Non credo sia vero» sostenne Dude. «Da ciò che ha descritto Wolf sembra fatto da dilettanti. E se tuo padre ha trovato dei soldati congedati con disonore, non mi sorprenderebbe. Probabilmente non hanno capito nemmeno le basi della costruzione di una bomba, figuriamoci le tecniche più avanzate.»

Tiny sentì Ryleigh appoggiarsi a lui e sussurrargli all'orecchio: «Era una battuta?»

Le sue labbra si contrassero, ma più per il nervosismo che per il divertimento. «Credo di sì.»

«Wolf? Hai detto che c'è un filo giallo, uno viola e uno rosso, giusto?»

«Sì.»

«Pensavo che quegli stronzi non sarebbero riusciti nemmeno a usare i fili del colore giusto. E c'è una scatola dei circuiti attaccata alla parte superiore? La luce lampeggia, vero?»

«Mm-mm.»

«Ok. Quindi tutto ciò che devi fare è estrarre il filo viola dalla parte inferiore della scatola.»

Tiny si irrigidì. Sembrava *troppo* facile.

Ma Wolf non esitò nemmeno un secondo. Non appena Dude finì di parlare tirò il filo viola, che uscì dal dispositivo con un semplice strattone.

Tiny trattenne il respiro, preparandosi a un'esplosione.

«Wolf? Fatto?»

«Sì, e la luce non lampeggia più.»

«Bene. Allora è andata.»

«Tutto qui? *Davvero*?» chiese Ryleigh.

«Sì. Il C4 è in realtà un esplosivo molto stabile. È per questo che è così popolare nell'esercito. Si può mettere tranquillamente negli zaini senza preoccuparsi che esploda semplicemente sballottandolo.»

Wolf si alzò faticosamente in piedi e si diresse verso il portello nascosto del bunker.

«E le altre bombe? Possono essere disarmate con altrettanta facilità?» domandò Tiny. Da un lato era molto sollevato che non fossero tutte collegate tra loro, e sembrava che non avrebbero potuto essere innescate da qualcuno che apriva o chiudeva il portello, altrimenti lo avrebbero fatto quando i loro amici e familiari erano entrati. Ma in compenso, potevano benissimo esserci ancora sei bombe attive pronte a esplodere.

«Non lo so. Dovreste descrivermele prima di poterlo dire con certezza.»

Tiny guardò Wolf, che stava abbracciando forte la moglie. «Wolf, posso tenere il tuo telefono? Voglio controllare gli altri esplosivi.»

Lui gli fece un cenno di assenso.

«Resta qui» disse a Ryleigh.

Il modo in cui lei alzò gli occhi al cielo lo divertì e irritò allo stesso tempo. «Non se ne parla. Forza, dobbiamo muoverci.»

Corse subito verso il bunker 102 con Ryleigh al suo fianco. Quando arrivarono, si guardarono intorno con cautela e trovarono un'altra area con il terreno leggermente smosso. Tiny disseppellì con cautela il dispositivo e, con suo grande sollievo, era identico al primo. Per sicurezza lo descrisse a Dude che, come per l'altro, gli raccomandò di estrarre semplicemente il filo viola dalla scatola attaccata sopra il C4.

Ryleigh aprì il portello del bunker, e Tiny spiegò brevemente a Stone tutto ciò che era successo. Poi gli disse di tornare al lodge e di trovare qualcosa per coprire il corpo di Harold, per assicurarsi che le donne o i bambini non lo vedessero. Gli chiese anche di tenere tutti all'esterno, per preservare la scena. Bisognava chiamare la polizia. Ma prima, avevano altre bombe da disinnescare.

Lui e Ryleigh si avviarono ancora una volta tra gli alberi, verso il bunker 101. Ripeterono altre cinque volte il processo di disinnesco delle bombe che i complici di Harold avevano piazzato.

Quando aprirono l'ultimo, il 109, dove c'erano Alaska e Brick, Tiny era esausto. Si sentiva come quella volta che con il suo team SEAL erano tornati da una missione in Iran particolarmente estenuante, durata due settimane. Avevano dovuto infiltrarsi nel Paese attraverso le montagne per poi andarsene nello stesso modo dopo aver ucciso il loro HVT, obiettivo di alto valore. Era esattamente distrutto e tremante come allora.

«Grazie» disse a Dude. «Non hai idea di quanto il tuo aiuto sia stato importante per me e per i miei amici.»

«Vi consiglio di controllare tutti gli edifici della proprietà. Provate a vedere se riuscite a far intervenire un cane anti-bomba. Aspetta, credo di avere un contatto, vedo se può venire lì il prima possibile. Non potete rischiare di pensare che sia tutto a posto, per poi ritrovarvi con l'esplosione di una bomba nascosta.»

«Sì, sono d'accordo. Anche se lo stronzo ha mentito sul fatto che fossero collegate, quindi è probabile che lo abbia fatto anche riguardo al resto. Ma non voglio correre questo rischio.»

«Di' a Wolf di chiamarmi più tardi, quando ha un momento. Voglio assicurarmi che lui e Caroline stiano bene. Anche la mia Cheyenne vorrà parlare con Ice.»

«Lo farò. E sappi che ogni volta che tu e la tua famiglia avrete voglia di fare una vacanza, il Rifugio è sempre aperto per voi. Gratis.»

«Grazie. Avete uno chalet lontano dagli altri? Penso che io e mia moglie avremo bisogno di un po' di privacy.»

Tiny ridacchiò. «Sì, faremo in modo che ci sia.» Guardò Ryleigh stringere Alaska e rassicurarla che andava tutto bene. Luna piangeva mentre si univa al loro abbraccio.

«Tiny?»

«Sì?» Si era praticamente scordato di essere ancora al telefono con Dude.

«È stata in gamba. La tua donna, intendo. È rimasta al tuo fianco. Non credo che si possa chiedere di più a una compagna.»

«Tranne che avrebbe dovuto rimanere dove sarebbe stata più al sicuro» mormorò.

«Con *te* lo è. Lei lo sa, ed è stata intelligente da restare dove si sentiva più protetta.»

Dude non aveva torto. Ma la cosa strana era che Tiny si sentiva altrettanto protetto vicino a lei. Non c'entrava che lui fosse un uomo, un SEAL, ma era il fatto di sapere che, nei momenti di difficoltà, lei era talmente in gamba che lo avrebbe aiutato a capire come comportarsi. Erano una squadra, ed era una sensazione straordinaria. «Già.»

«Bene, ti lascio andare. Non dimenticare di dire a Wolf di chiamarmi più tardi.»

«Certo. Grazie ancora, Dude. Davvero. Non so cosa avremmo fatto senza di te.»

«La tua donna avrebbe fatto ricerche su come disarmare una bomba e avrebbe capito come procedere» replicò con una risatina. «Ci sentiamo.»

Tiny chiuse la chiamata e si infilò in tasca il telefono. Dude non aveva tutti i torti. Ryleigh avrebbe sicuramente ricercato come disarmare una bomba, o avrebbe trovato qualcuno sul dark web che sapeva farlo. Non aveva dubbi che avrebbe potuto trovare qualunque cosa fosse servita al Rifugio e qualsiasi esperto di cui avessero avuto bisogno.

All'inizio, il potere che aveva lo spaventava. Ma ora, dopo tutto quello che avevano passato, lo appoggiava. La sua Ryleigh era straordinaria. Un tesoro. Non poteva avere paura di ciò che lei sapeva fare più di quanta non ne avesse delle abilità dei suoi compagni delle forze speciali. Erano tutti spaventosi a modo loro. Eppure, le loro donne non li temevano, non si aspettavano che da un momento all'altro iniziassero a usare le abilità apprese nell'esercito per fare del male agli altri. Perché avrebbe dovuto pensare che Ryleigh si sarebbe comportata diversamente?

Sentì una mano afferrargli la spalla, si voltò e trovò Brick. Prima di rendersene conto, stava abbracciando con forza il suo amico.

«Grazie» gli disse in tono sommesso.

Tiny si tirò indietro e annuì. Quel giorno era stato una girandola di emozioni. Entrambi gli uomini erano ben consapevoli che avrebbero potuto perdere tutto. Il Rifugio, l'amore della loro vita, gli amici e la famiglia. Ci erano davvero andati troppo vicini, ma Harold Lodge non era più una minaccia. C'erano buone speranze che ora potessero rilassarsi tutti e vivere felici e contenti.

Sorrise un po' al pensiero. Chi voleva prendere in giro? Non aveva dubbi che ci sarebbero stati ancora diversi alti e bassi, mentre ognuno di loro creava la propria famiglia e continuava ad aiutare chi soffriva di disturbo post-traumatico da stress. Ma insieme potevano conquistare qualsiasi cosa. Lo avevano dimostrato più volte.

«Forza, dobbiamo tornare. Controllare che il lodge sia sicuro e poi occuparci delle autorità» disse Brick.

Tiny strinse le labbra e annuì. Avrebbero fatto molte domande su ciò che era successo, sul fatto che ci fosse un uomo morto con un coltello piantato nel collo.

Sentì il braccio di Ryleigh circondargli la vita e la sua ansia si placò. «Le telecamere erano in funzione. È tutto in video. Per quanto vorrei che le cose dette da mio padre non venissero più ripetute, affronterò qualsiasi conseguenza per assicurarmi che tu e Wolf non finiate nei guai per averlo ucciso.»

Tiny si chinò e le baciò la testa. «Non ci saranno conseguenze.»

«Ma...»

«Nessuna. Conseguenza. Abbiamo delle conoscenze, tesoro. E tu sei troppo brava per lasciare tracce. È tutto a posto. Inoltre, chi crederebbe alle farneticazioni di un pazzo? Un uomo che era ricercato dall'FBI ed è evaso di prigione?»

«E che ha piazzato nove bombe – che noi sappiamo – e ha fatto esplodere due edifici» aggiunse Brick.

«Sei una di noi» le disse Alaska, avvicinandosi a suo marito. «E noi proteggiamo ciò che è nostro.»

«Esatto» concordò Brick.

Ryleigh sorrise e si accoccolò a Tiny. Era ancora esausto e non era ansioso di avere a che fare con le autorità, ma niente lo faceva sentire meglio che avere la sua donna al suo fianco.

Mutt abbaiò, come per dire loro di smettere di parlare e di iniziare a camminare. Brick ridacchiò e gli fece una carezza sulla testa. «Scusa, andiamo.» Prese per mano Alaska da un lato e sua madre dall'altro, e si avviò verso il lodge.

Luna e Robert li seguirono, e prima che Ryleigh potesse fare altrettanto, Tiny la trattenne.

Si voltò, ritrovandosi appoggiata contro il suo petto, e sollevò lo sguardo. «Tiny?»

«Ti amo» le disse.

Lei sorrise. «Ti amo anch'io.»

«Sono anche orgoglioso di te. E impressionato. Quello che sai fare... è straordinario. Sei troppo intelligente per quelli come me. Per stare qui in mezzo al nulla. Ma non rinuncerò a te. Puoi fare quello che vuoi, lavorare per chi vuoi, so per certo che il nostro governo vorrebbe averti sul suo libro paga, o potresti fare da consulente per la sicurezza insegnando alle aziende come evitare di essere hackerate. Non lo so. Ma non ti lascerò andare. Sono tuo, tesoro. Ora e per sempre.»

Lei gli sorrise. «Che ne dici del Rifugio? Posso lavorare qui?»

«Come ho già detto, puoi lavorare dove diavolo vuoi, purché mi lasci stare al tuo fianco. Perché ti dirò una cosa: il posto in cui mi sono sentito più al sicuro in vita mia è proprio questo. E a te basta un cellulare per fare qualsiasi cosa. Abbattere i terroristi, salvare gli oceani e il pianeta, rendere il mondo un posto migliore.»

«Tiny» sussurrò lei, chiaramente sopraffatta.

«No, non piangere. Sto solo esponendo i fatti. Dobbiamo andare ad assicurarci che il lodge sia sicuro, rilasciare le dichiarazioni ai detective, e devi scaricare i filmati della sicurezza da dare loro in modo che possano vedere che tuo padre era una minaccia e che noi ci stavamo difendendo.» Poi la strinse e la baciò. E non fu un bacio breve. Mise tutto l'amore che aveva per lei in quel tocco e in quell'abbraccio. Le dimostrò senza bisogno di parole la sua adorazione, la sua fiducia e il suo orgoglio per tutto ciò che lei sapeva fare.

Quando si separarono, ansimavano entrambi.

«Non è ancora il momento di andare a letto?» gli chiese.

«L'unica cosa che odio più degli insetti e dello stare all'aria aperta è l'esercizio fisico, e abbiamo dovuto correre per chilometri e chilometri.»

Tiny ridacchiò e si guardò il polso. «In realtà, non è nemmeno ora di cena.»

Lei lo fissò. «Davvero? Sembra che siano trascorse un sacco di ore.»

«Lo so. Ma non è passato così tanto tempo. Se ci sbrighiamo a portare a termine il resto delle cose sgradevoli di cui dobbiamo occuparci, forse riusciamo anche a finire il ricevimento.»

Ryleigh sorrise. «Mi piacerebbe molto. E so che piacerebbe anche ad Alaska. Sarebbe proprio quello che ci serve per lasciarci alle spalle questa giornata di merda.»

«Amen» disse Tiny. Poi le prese la mano e si incamminarono tra gli alberi dietro agli altri. C'era molto lavoro da fare. Dovevano ricostruire gli chalet, chiudere i buchi nella sicurezza, rimuovere il C4... ma prima di tutto dovevano vedere i loro amici. Vedere di persona che tutti erano sani e salvi.

Poi avrebbero avuto il futuro davanti a loro. Le possibilità erano infinite, e Tiny non vedeva l'ora di vivere ogni momento con quella donna al suo fianco.

CAPITOLO VENTITRÉ

Quando Ry e Tiny tornarono al lodge, erano tutti in agitazione. La polizia e i vigili del fuoco erano già arrivati. L'esplosione degli chalet era stata sentita fino a Los Alamos, e la gente aveva chiamato immediatamente il 911.

Due ore più tardi, il corpo di suo padre era stato rimosso, le prove della sua morte cancellate e tutti gli edifici erano stati perlustrati alla ricerca di altri esplosivi, che non erano stati trovati. Gli artificieri del Dipartimento di Polizia di Los Alamos stavano lavorando per rimuovere il C4 e le bombe in ogni bunker.

«Mi dispiace che i vostri bunker non siano più un segreto» disse Ry a Tiny quando ebbero un momento per loro in mezzo al caos.

«Non c'è problema. Hanno adempiuto al loro scopo. Un tempo ne avevamo bisogno per la nostra tranquillità, ma con il passare degli anni e con il fatto che tutti noi abbiamo trovato la nostra anima gemella, credo che abbiamo superato la cosa.»

«Bene» gli disse, stringendogli la mano.

«Già. E penso che dopo oggi, probabilmente li tireremo via. Forse li venderemo. Il pensiero di ciò che sarebbe potuto accadere a tutti se Wolf non fosse stato presente così da poter chiamare il suo amico...» Tiny rabbrividì.

Ry lo abbracciò forte, e lui ricambiò con altrettanta foga. Poi si tirò indietro. «Come stai? Hai vissuto una situazione piuttosto intensa.»

«Sto bene.»

«Ryleigh, non tagliarmi fuori» le disse accigliato e guardandola negli occhi, mentre la teneva contro di sé con le mani strette sulla parte bassa della schiena.

Lei scrollò le spalle. «Mio padre faceva sempre queste cose. Mi faceva pressione dicendo che era una corsa contro il tempo e io ero lenta... e forse era così, perché non sono sempre stata brava come adesso ad hackerare, quindi se qualcuno mi avesse beccata a manomettere i loro file, sarebbe stato un guaio.»

«Non mi riferivo alla faccenda della rete elettrica, anche se è stata una cosa davvero terribile, ma che... non avresti dovuto vedere tuo padre in quel modo.»

«Come? Pazzo? Avido di soldi? Totalmente psicopatico?» disse, con un tono un po' più duro di quanto avesse inteso. Poi fece un respiro profondo. «Scusa, Tiny, ma ogni sentimento che provavo per quell'uomo era già morto da tempo. Non era una brava persona. No, è un eufemismo. Era un mostro. Non aveva assolutamente alcuna empatia con nessuno che non fosse lui stesso. Non gli importava cosa pensassero o provassero gli altri. Quello che è successo oggi *doveva* accadere. Sai bene quanto me che se lo avessero arrestato di nuovo sarebbe stata solo una questione di tempo prima che tornasse libero. Il fatto è che il mondo gira intorno ai computer. Forse lui non era bravo come me a manipolare il codice, ma era comunque molto preparato. Quello che è successo oggi, la sua morte, è la cosa migliore per tutti.»

«Tuttavia... era tuo padre.»

Ry scosse la testa con decisione. «No. Ha smesso di esserlo molto tempo fa. Ora, possiamo cambiare argomento?»

«Va bene. Ma Henley è sempre qui se hai bisogno di parlare, e anch'io, naturalmente.»

«Lo apprezzo, ma onestamente, sono a posto. Giuro.»

«Ok.»

Proprio in quel momento le squillò il cellulare. Rimase sorpresa, perché praticamente tutti quelli a cui teneva o che conosceva erano lì con lei. Ry lo tirò fuori dalla tasca e diede un'occhiata allo schermo, solo per vedere che il numero era privato. Stava per ignorarlo... ma qualcosa la spinse a rispondere. «Pronto?»

«Non riattaccare. Sono Bryce.»

Sbatté le palpebre stupita. Poi iniziò ad andare nel panico.

Non sentiva suo fratello da... *anni*. Sapeva che Harold aveva continuato a parlare con il figlio, anche se molto raramente, e l'ultima cosa di cui aveva bisogno, o che voleva, era essersi sbarazzata di una minaccia solo per scoprire che il sollievo provato per la morte del padre era stato prematuro.

«Ryleigh? È *questo* il nome che usi attualmente, vero?» le chiese il fratello.

Vedendo la sua angoscia, Tiny la prese per un braccio e la trascinò di lato, distante dagli altri, e le tolse il telefono di mano. Cliccò per metterlo in vivavoce e chiese in tono basso e duro: «Chi sei?»

«Chi sei *tu*?» replicò Bryce.

«L'uomo di Ryleigh. E qualcuno che farà qualsiasi cosa per proteggerla. Ora, chi diavolo sei?»

«Bryce. Suo fratello.»

Ry fece un respiro profondo e annuì con la testa. Sperava che si ricordasse che gliene aveva parlato. Che gli aveva detto che era più vecchio di lei e non era stato presente mentre lei cresceva. Che se n'era andato di casa ancora prima di sua madre e che non aveva avuto esattamente un buon rapporto con il padre. Ryleigh lo conosceva a malapena... e comunque non aveva osato provare a contattarlo durante la fuga temendo che potesse dire ad Harold dove lei si nascondeva. Da tutto quello che suo padre le aveva detto e sbattuto in faccia, Bryce era un genio del computer... quindi non era difficile capire come l'avesse trovata. Ma non aveva idea del perché la stesse contattando proprio ora.

«Cosa vuoi?» tagliò corto Tiny.

«Ryleigh? Sei ancora lì?»

«Sì.»

«Quando avremo finito di parlare, non ti contatterò più e gradirei che tu facessi lo stesso. Ora siamo liberi. Tutti e due.»

«Tutti e due?» chiese, incuriosita.

«Papà era fuori di testa da molto tempo, ma ultimamente ancora di più. Si lamentava di te e di quel posto dove ti nascondevi. L'ho ignorato come ho fatto per anni, finché non ha deciso di ricattarmi per aiutarlo a farti tornare all'ovile, per così dire. Pensava che con la mia... *esperienza* con i database dell'esercito, avessi delle connessioni. Non è stato lui a trovare Archer e Arthur Anderson, ma io. Erano dei completi idioti. Conoscevano un po' gli esplosivi solo perché si consideravano dei survivalisti o roba del genere, antigovernativi e tutto il resto. Li ho raccomandati a papà perché sapevo che pur pagandoli tanto, loro avrebbero fatto il minimo indispensabile e combinato un gran casino.»

Ry non riusciva a credere a ciò che stava sentendo. «Sei serio?»

«Mortalmente. E avevo ragione. Hanno piazzato solo la metà delle bombe per cui erano stati pagati. Quelle sui bunker sono state facili da disinnescare, giusto?»

«Sì.»

«Bene. Allora tutto è andato come doveva andare.»

«Hai mandato tu quei messaggi, vero? Quelli sulle parti dei video guardare?» gli chiese.

«Sì. Ci avresti impiegato troppo per trovare quello che ti serviva sapere, così ti ho indicato esattamente ciò che dovevi vedere. Sapevo che il tuo fidanzato SEAL e i suoi amici sarebbero stati in grado di occuparsi delle bombe, e speravo che avrebbero fatto fuori anche papà. Siamo entrambi liberi. È stato una spina nel fianco per anni. Mi ricattava, mi minacciava, in pratica mi rendeva la vita un inferno. E ora è finita. Per entrambi.»

Ry provava sentimenti contrastanti riguardo a quello che stava sentendo. Non aveva mai conosciuto veramente Bryce, non aveva avuto idea che Harold usasse le minacce per controllarlo come aveva fatto con lei. Dato che non aveva mai tentato di contattarla, lasciandola soffrire da sola per decenni, aveva pensato che Bryce fosse fatto della stessa pasta del padre. Che fosse altrettanto malvagio. Sentirsi dire che, al contrario, aveva fatto il possibile per aiutarla, per liberare entrambi dalla nube nera che incombeva sulle loro teste, era stata una grande sorpresa.

«Stammi bene, Ryleigh. Goditi la vita. So che io lo farò.»

Poi la linea diventò silenziosa.

«Bryce?»

Ma non rispose. Aveva riattaccato.

Ry guardò Tiny, senza sapere cosa dire.

«*Porca puttana*!» esclamò lui, prendendola tra le braccia. Gli si accoccolò contro, sentendosi meglio sapendo che il suo uomo era sbalordito quanto lei per la conversazione appena avvenuta.

Alla fine si scostò. «Dobbiamo dire alla polizia quello che abbiamo appena saputo?» gli chiese.

Tiny sospirò. «Probabilmente sì. Ma forse è meglio lasciar perdere. Non abbiamo prove che quello che ha detto sia vero. Inoltre, vuoi che rintraccino tuo fratello per scoprire altre informazioni?»

«No» rispose senza esitazione. Bryce non aveva mai fatto parte della sua vita, era stato solo una persona in più sullo sfondo che avrebbe potuto volerle fare del male. Se diceva la verità, le aveva fatto un enorme favore, e lei non aveva intenzione di ripagarlo trascinandolo nei crimini o nei guai giudiziari del padre.

«Bene. Allora, sento di doverlo chiedere di nuovo. E probabilmente continuerò a farlo per un bel po', solo per essere sicuro. Stai bene?»

Guardando l'uomo che amava, Ry si rese conto di stare più che bene. Si era tolta un peso enorme dalle spalle. Suo padre era morto e suo fratello non era rimasto ad aspettare dietro le quinte per riprendere da dove lui aveva lasciato.

Ora poteva davvero vivere. Andare avanti con la sua vita... con Tiny. «Sto bene» lo rassicurò.

Osservando la stanza, vide con suo grande sollievo che nessuno stava dando di matto. Tutti parlavano tranquillamente tra loro. Sembrava anche che nessuno fosse andato via. Erano ancora tutti riuniti a sostenersi a vicenda. «A quanto pare anche gli altri sembra stiano gestendo bene l'accaduto.»

«I ragazzi sono arrabbiati perché non li ho informati di cosa stava succedendo e non ho chiesto il loro supporto» disse Tiny con un'alzata di spalle.

Ry si accigliò. «Non è che abbiamo avuto tutto questo tempo per chiamarli e informarli. Inoltre, pensavamo che se avessero lasciato i bunker avrebbero fatto esplodere le bombe.»

«È quello che ho detto, ma non sono comunque contenti.»

«Be', dovranno farsene una ragione» replicò un po' stizzita.

Lui ridacchiò. «Lo faranno. Hanno solo bisogno di un po' di tempo. Oh-oh, visite.»

Ry si girò e guardò dove aveva indicato con la testa, e vide tutte le donne andare verso di lei. Tiny la lasciò andare. «Vado a parlare con Wolf, ma ti terrò d'occhio. Se hai bisogno che intervenga, fammelo sapere e ti porterò via da qui.»

«Grazie, ma starò bene.» Apprezzò che le stesse dando spazio e allo stesso tempo la sorvegliasse.

La baciò brevemente e poi si diresse verso Wolf e sua moglie, che stavano parlando con Woody e Isabella.

Ry si preparò a sentire ciò che le sue amiche volevano dirle, perché era più che ovvio che avessero qualcosa in mente. Ma Alaska non le diede nemmeno la possibilità di parlare, perché la prese e la abbracciò così forte da farle quasi male.

«Siamo così felici che tu stia bene» le disse quando si scostò.

«Sono a posto» rassicurò le ragazze.

«Non te ne andrai» sbottò Reese.

«Come scusa?» domandò confusa.

«Nel caso in cui ti sentissi in colpa, o tipo, contaminata per quello che ha fatto tuo padre... non vogliamo che tu te ne vada» le spiegò con un po' più di calma.

«Oh» mormorò sorpresa.

«Ti conosciamo. Probabilmente stai pensando che non ci fidiamo più di te a causa di quello che ha fatto Harold. O che ti serbiamo rancore, ma non potresti essere più lontana dalla verità» disse Henley con dolcezza.

«Abbiamo bisogno di te» sostenne Cora.

«Già, chi altro sistemerà il Wi-Fi quando non funzionerà?» chiese Maisy.

«O si sbarazzerà dei virus nei nostri computer?» aggiunse Reese.

«O mi darà i dolcetti Christmas Tree Cakes che Robert ti passa di nascosto perché sei la sua preferita?» domandò Lara con un sorriso.

Era davvero fortunata ad avere quelle donne come amiche. All'improvviso si sentì sopraffatta dalle emozioni. «Avreste potuto morire tutti. I vostri figli, mariti, amici e familiari...» Non riuscì a continuare.

Alaska la strinse di nuovo. Ry sentì Henley abbracciarla da dietro, poi le altre donne si unirono all'abbraccio di gruppo. Si ritrovò in mezzo a tutte le sue amiche, e non si era mai sentita così contenta, così amata.

«Ma non è successo» disse Alaska. «Inoltre, non sapevamo nemmeno di essere in pericolo, quindi se pensi che stare in quei bunker sia stato traumatico, ti sbagli. Sei stata tu a vivere un'esperienza orribile, non noi. E ci hai salvati.»

Ry scosse la testa. «No, non l'ho fatto. È stato Dude, l'amico di Wolf.»

Ma Alaska strinse le labbra con ostinazione. «No, sei stata *tu*. Non so tutto quello che è successo, ma sono sicura che con le tue super abilità informatiche hai capito esattamente quali informazioni servivano ai ragazzi per fare le loro cose. Noi donne siamo più forti di quanto ci dia credito la società. In qualche modo creiamo piccoli esseri umani nei nostri corpi e poi li facciamo uscire dalla nostra vagina. Li nutriamo, li cresciamo, gestiamo i nostri mariti, lavoriamo e manteniamo le amicizie. Siamo *straordinarie*. E tu... Ry, hai affrontato così tanti ostacoli. E sei *intelligentissima*. Sono sicura che potresti andare ovunque, lavorare per chiunque, ma noi vogliamo che tu rimanga qui. Con noi. Ti prego, di' che non te ne andrai.»

«Andarmene?» chiese un po' sopraffatta. «Perché dovrei lasciare l'unica famiglia che abbia mai conosciuto? Gli unici amici che abbia mai avuto? Inoltre, c'è un sacco di lavoro da fare qui intorno, con la ricostruzione degli chalet, i bunker da tirare via e molto altro ancora.»

Tutte gridarono di gioia, poi si ritrovarono di nuovo strette in un abbraccio di gruppo.

«Pensate che possiamo far ripartire la festa?» chiese Henley con un sorriso. «Non so voi, ma io credo che abbiamo bisogno di scaricare un po' la tensione che ancora aleggia su tutti. Magari con qualche altro ballo.»

«Sì!» dissero quasi all'unisono.

Le ragazze si allontanarono, ma non Alaska.

«Mi dispiace che mio padre abbia rovinato il giorno del tuo matrimonio» le disse Ry.

Ma lei scosse la testa. «Forse l'ha reso un po' più memorabile, ma niente potrebbe rovinare il giorno in cui Drake mi ha finalmente resa sua, ufficialmente. Mi sembra di aver aspettato questo giorno per tutta la vita, e niente e *nessuno* potrà rovinarlo.» Le posò una mano sul braccio. «Davvero, grazie per averci salvato la vita.»

Ry si sentì arrossire. «Come ho già detto, non l'ho fatto.»

«Puoi continuare a pensarlo, se vuoi, ma qui tutti sanno come stanno le cose. Sei una parte vitale del Rifugio, Ry. Non pensarla mai diversamente. E non è per le tue incredibili capacità informatiche, ma perché sei *tu*. Per la tua gentilezza, per il fatto che sei sempre presente quando qualcuno ha bisogno di te. Per come riesci a essere realistica e pratica. Il Rifugio ha bisogno di te quanto tu hai bisogno del Rifugio.»

«Grazie» mormorò Ry.

«Non c'è di che.»

La musica partì, un po' più soft di prima che accadesse tutto il disastro, ma Alaska era raggiante. «Forza, balli country! È l'electric slide, dobbiamo farlo!»

«Stai scherzando? L'electric slide?» chiese Ry ridendo.

«Sì. È obbligatorio, ed è il giorno del mio matrimonio, quindi devi fare quello che voglio io.»

«Ti metti a fare la sposa tiranna con me, *adesso*?» scherzò.

«Sì!» rispose, tirandola verso le altre donne che si erano allineate al centro della sala.

Si lasciò condurre verso la pista da ballo improvvisata, ma incrociò lo sguardo di Tiny. Lui sollevò un sopracciglio, volendo chiaramente assicurarsi che stesse bene. Ry gli sorrise, e vide i suoi muscoli rilassarsi.

Quella poteva anche essere la celebrazione del matrimonio di Alaska e Brick, ma in qualche modo Ry la sentiva un po' la sua festa. La conclusione di anni di dolore e terrore. La sua ricompensa per non dover più scappare e nascondersi. Suo padre non avrebbe mai più minacciato lei o le persone che amava. E sebbene non potesse cancellare nulla di ciò che aveva dovuto affrontare, era determinata a non lasciare che il suo passato condizionasse la sua vita. Era lei la responsabile del suo futuro, e da quello che poteva dire in quel momento, circondata da amici e da tanto amore da sentirlo vibrare nell'aria, avrebbe avuto una vita straordinaria. Lì. Al Rifugio. Un luogo dove le persone distrutte andavano per guarire. Per essere loro stesse. Per non essere giudicate.

Il Rifugio era un miracolo. Le aveva portato tutto ciò che aveva sempre desiderato. Non sapeva cos'avrebbe riservato loro il futuro, ma non aveva dubbi che, qualunque cosa fosse, sarebbe stata esagerata, caotica e piena d'amore per chiunque avesse messo piede nella proprietà.

EPILOGO

TINY FECE una smorfia per le urla assordanti che provenivano dalla grande area giochi che si trovava dietro gli chalet dei proprietari. Rebecca, la terza figlia di Maisy e Stone, che a soli cinque anni pensava di comandare tutti, stava inseguendo uno dei nuovi figli affidatari di Cora e Pipe.

«Perché la principessa sta urlando?» gli chiese Stone, raggiungendolo.

Il piccolo sorriso da padre orgoglioso sul volto dell'amico lo fece ridacchiare. «È un demonio» gli rispose.

«Già» concordò lui senza la minima esitazione.

«Avete visto Patrick?» domandò Spike.

«È dentro con Josiah e Samantha» rispose Pipe dietro di loro.

Guardando alle sue spalle, Tiny sorrise quando vide l'amico che teneva in braccio *sua* figlia. Si girò subito e tese le braccia per prenderla. «Grazie» gli disse.

Pipe sorrise, porgendo al padre la piccola assonnata e appena cambiata.

Tiny fissò Miracle. Era perfetta. C'erano voluti quasi nove anni perché Ryleigh rimanesse incinta, e tante lacrime e delusioni. Aveva avuto tre aborti spontanei, e i medici avevano pensato che nemmeno la piccola Miracle sarebbe arrivata a termine. Eppure, eccola lì.

Elizabeth, Dylan, Matthew e Max corsero fuori nel cortile dall'edificio dietro di loro, aumentando il caos. Brick, Tonka e Owl si unirono a Tiny, Stone, Spike e Pipe sul portico. Stavano sorvegliando i loro figli, mentre le signore facevano una delle loro pause settimanali "per sole donne".

Gli ultimi dieci anni erano stati pieni di momenti belli e brutti. C'erano stati molti cambiamenti al Rifugio, cambiamenti che Tiny non avrebbe mai potuto immaginare quando lui e i suoi amici avevano creato quel posto tanti anni prima.

Non c'era voluto molto perché si rendessero conto che non potevano continuare a tenere il resort precluso ai bambini. Soprattutto con tutti quelli che stavano nascendo. Così avevano aggiornato il sito web, mettendo in chiaro che c'erano neonati e bambini che vivevano sulla proprietà, incoraggiando gli ospiti a trovare un altro posto in cui soggiornare se quello fosse stato un fattore scatenante per il disturbo post-traumatico da stress di qualcuno.

Tuttavia, *avevano* costruito nuovi chalet per i proprietari, a una discreta distanza dal lodge, sia per mantenere la loro privacy sia per garantire agli ospiti un soggiorno il più rilassante possibile. Le nuove case erano molto più grandi e disposte in un ampio cerchio intorno a un'area giochi centrale e a un mini lodge, dove tutti potevano riunirsi e stare insieme.

Era lì che si trovavano Tiny e i suoi amici, sul portico a guardare i figli giocare.

Tonka e Henley avevano avuto solo Elizabeth. Jasna attualmente era ad Albuquerque, per finire la laurea. Reese e Spike avevano i tre figli che avevano sempre desiderato: Dylan, di dieci anni, Patrick, arrivato tre anni dopo, e la piccola Joyce, che ne aveva appena compiuti quattro.

Anche Lara e Owl avevano una bambina, che avevano chiamato Samantha Jean. Aveva nove anni e mezzo e la maturità di una diciottenne. Ne avrebbero voluti di più, ma quando la nascita di Sam aveva quasi ucciso Lara, Owl si era impuntato rifiutandosi di prendere in considerazione l'idea di mettere a rischio la salute dell'amore della sua vita con un'altra gravidanza.

Cora e Pipe avevano adottato i primi figli che avevano avuto in affidamento. La loro Joyce aveva ventisette anni e viveva a Los Alamos con il marito e due bambini; Kason ne aveva ventitré e si era trasferito a Los Angeles per intraprendere la carriera di attore, e aveva appena ottenuto una parte importante in un telefilm poliziesco di successo. Shannon aveva diciotto anni e pianificava di rimanere al Rifugio a lavorare part-time e di frequentare l'università pubblica. Max aveva quattordici anni ed era la stella del basket del liceo, anche se era solo una matricola.

Negli ultimi dieci anni la coppia aveva ospitato quasi due dozzine di bambini, facendo una grande differenza nella vita di ognuno di loro. Attualmente avevano in affidamento un ragazzino di dieci anni e una ragazza di sedici.

Maisy e Stone avevano quattro figli, Matthew, Josiah, Rebecca e Luke. Avevano due anni di differenza l'uno dall'altro e il più grande ne aveva nove. Quindi avevano avuto le mani occupate per quasi un decennio e ora avevano deciso di smettere ufficialmente di fare figli.

Alaska e Brick non ne avevano. Ci avevano pensato, ma dato che lei aveva quarant'anni quando si erano sposati, avevano deciso insieme che si sarebbero accontentati di gestire il Rifugio e di aiutare a prendersi cura dei figli dei loro amici.

Con tutti quei bambini, quel posto era molto vivace. C'era sempre qualcosa in ballo; escursioni, falò, cacce al tesoro. E Tiny e i suoi amici si divertivano in quel caos. Certo, a volte gli mancava la pace di un tempo, ma ne valeva la pena quando la sera si sdraiava accanto a Ryleigh, con la piccola Miracle accoccolata tra loro.

«Chi avrebbe mai pensato che saremmo finiti qui?» rifletté Brick, mentre guardavano tutti i bambini giocare e correre nel cortile.

«Io no di certo» disse Tonka scrollando le spalle.

«Nemmeno io» concordò Spike.

«È buffo» commentò Owl. «Non molti anni fa, quando stavamo decidendo che tipo di posto volevamo fosse il Rifugio, eravamo tutti d'accordo sul fatto che dovesse essere un ritiro solo per gli adulti.»

Tiny ridacchiò. Aveva appena pensato la stessa cosa. «E volevamo che fosse semplice, con pochi chalet e pochi dipendenti.»

Tutti risero. Lo avevano decisamente ampliato, aggiungendo chalet e assumendo altro personale a tempo pieno. Ora avevano venti dipendenti tra addetti alle pulizie, amministratori, cuochi e guardiani di animali. Avevano ingrandito la stalla, che aveva un costante via vai di ospiti che andavano a vedere i tantissimi animali che possedevano. C'era sempre l'elicottero che teneva Owl e Stone più che occupati. Tra tour panoramici, aiuto nelle ricerche di persone scomparse e gli incendi, erano costantemente richiesti in quella zona dello Stato.

Programmavano delle settimane per le girl scout e i boy scout, in cui offrivano gli chalet per organizzare i raduni e imparare le regole di sicurezza nelle attività all'aria aperta. Il Rifugio era diventato un luogo di cura non solo per le persone che soffrivano di disturbo post-traumatico da stress, ma anche per qualsiasi tipo di gruppo a cui interessava apprendere le varie tecniche di sopravvivenza.

I cambiamenti erano stati massivi, ma agli occhi di Tiny avevano reso quel posto più completo. E nulla di tutto ciò sarebbe stato possibile senza Ryleigh.

Era l'unico a sapere *esattamente* quanto denaro aveva donato al Rifugio.

Non molto tempo dopo la morte del padre, lei aveva trascorso otto ore in una sala interrogatori con L'FBI. Otto ore che lo avevano quasi spezzato. Quel giorno avrebbe voluto proteggerla dalle loro domande. Irrompere nella stanza e portarla via. Se avessero pensato, anche solo per un secondo, di incriminarla per i crimini del padre o di farle scontare la pena per quello che ritenevano fosse stato il suo ruolo nei furti, sarebbe stato pronto a fuggire dal Paese con lei. Non avrebbe mai permesso che passasse un solo giorno dietro le sbarre per qualcosa che quell'uomo l'aveva costretta a fare.

Ma alla fine, l'FBI non aveva mai voluto incarcerarla, bensì assumerla. Non erano stupidi. Avevano capito subito che avere sul libro paga una persona con le sue capacità sarebbe stato un enorme vantaggio.

Il denaro che non era riuscita a dare via e che aveva nel conto al momento della morte del padre, circa otto milioni di dollari, continuava a crescere grazie agli interessi e agli investimenti intelligenti, e Tiny era ben consapevole che sua moglie continuava a versare un flusso costante al Rifugio, così come alle altre associazioni di beneficenza che le piaceva sostenere. Ma lui non le aveva mai detto una parola al riguardo, le lasciava semplicemente fare ciò che doveva fare per esorcizzare i demoni del suo passato.

Ryleigh lavorava ancora per l'FBI. Rintracciava digitalmente i cyber criminali. Scovava i fuggiaschi usando le loro attività online e sul cellulare contro di loro. Tiny era certo che lei facesse molte cose non proprio legali, cose che gli avrebbero fatto venire un infarto se ne avesse conosciuti i dettagli... ma d'altra parte, lui non aveva fatto la stessa cosa quando era un SEAL? Non era stato in missioni top secret di cui non avrebbe mai parlato?

Si fidava di sua moglie senza riserve, e anche del fatto che lei sapesse quando dire di no a qualcosa che i suoi superiori volevano facesse, perché lo aveva già fatto un sacco di volte. Aveva una forte etica professionale. Non aveva problemi a infrangere la legge per trovare molestatori di bambini e assassini, ma poneva il veto riguardo allo spionaggio per il suo Paese. Tiny la amava ancora di più per la sua integrità.

Si erano sposati con una piccola cerimonia privata, proprio come avevano programmato. Un giorno che non avrebbe mai dimenticato; solo loro due, davanti al testimone e all'officiante, avevano giurato di amarsi e onorarsi per il resto della vita.

E ora, eccolo lì, dieci anni più tardi, con sua figlia tra le braccia e i suoi migliori amici, che vivevano a pochi passi dalla sua porta di casa. Un antico proverbio diceva che ci voleva un villaggio per crescere un bambino, e lui e i suoi amici avevano creato il loro villaggio proprio lì al Rifugio.

«Siamo fortunati» disse Pipe. «Abbiamo tutto ciò che possiamo desiderare. Le nostre anime gemelle, i migliori amici, i nostri figli e un posto sicuro dove crescerli.»

Tiny e tutti gli altri annuirono d'accordo. Invecchiando diventavano sempre più sentimentali, ma non gli importava.

Proprio in quel momento, Rebecca cadde pesantemente sulle mani e sulle ginocchia. Cominciò subito a piangere. Luke, che non era sicuro del motivo per cui sua sorella stesse piangendo, si unì a lei. La piccola Joyce, con un'aria preoccupata, tirò il fratello maggiore Dylan verso il punto in cui Rebecca era accovacciata a terra.

Stone fece un passo, pronto ad andare a tranquillizzare la figlia, ma Brick gli afferrò il braccio. «Ci pensano loro» disse all'amico.

"*Loro*", i bambini. Tutti si strinsero intorno alla piccola, più spaventata che ferita, per calmarla. Elizabeth la mise in piedi, Patrick le tolse lo sporco dalle ginocchia e Max fece lo stesso sulle mani. I bambini più piccoli si limitarono ad accarezzarle la schiena e le braccia, dicendole che era tutto a posto. Nel giro di due minuti, tutti stavano correndo di nuovo in giro, i dolori dimenticati.

I loro figli avevano creato la loro tribù, erano migliori amici. E, ancora una volta, Tiny si sentì il cuore gonfiare nel petto. Quello era il loro futuro. Il futuro del Rifugio. I ragazzi di quella seconda generazione non avrebbero mai saputo cosa significava essere emarginati. Non sarebbero mai stati vittime di bullismo, perché avevano una tribù di "fratelli e sorelle" che avrebbero coperto loro le spalle.

Guardando il viso di sua figlia, sorrise. Era la più

piccola. Probabilmente sarebbe stata viziata in modo eccessivo, ma a lui andava bene così. Ogni bambina avrebbe dovuto sentirsi una principessa. Sospirò pensando all'educazione che aveva ricevuto sua moglie, a quanto fosse stata maltrattata in modo orribile proprio dalla persona che avrebbe dovuto amarla di più, e giurò che Miracle avrebbe sempre saputo di essere amata. Soprattutto dal suo papà.

Ryleigh avrebbe potuto lasciare che suo padre la distruggesse, così come le altre donne avrebbero potuto fare con le loro esperienze, ma tutte erano state determinate a essere felici. A lasciarsi il passato alle spalle e a vivere la migliore vita possibile. Non era sempre stato facile. Avevano dovuto affrontare le emozioni negative e i traumi che di tanto in tanto si presentavano, ma con la rete di sostegno che avevano creato lì, tutte continuavano a prosperare.

Tiny non aveva idea di cosa ci fosse in serbo nel successivo decennio e oltre per Miracle, per sua moglie o per il resto dei suoi amici, ma di una cosa non aveva alcun dubbio: quello che avevano costruito lì, nel loro angolo del New Mexico, sarebbe durato per generazioni. I bambini che stavano crescendo, le persone che stavano aiutando, le amicizie che avevano consolidato negli ultimi dieci anni, avrebbero continuato a migliorare.

«Di cosa pensate che stiano parlando lì dentro?» chiese Owl, riferendosi alle loro mogli che si trovavano all'interno del mini lodge, chiuse in una stanza con un cartello sulla porta che diceva: "Non disturbare a meno che non ci siano sangue e budella".

«Di cibo. Di dormire. Di sesso» elencò Spike con un'alzata di spalle.

Tutti risero. Probabilmente non aveva torto.

Tiny baciò la fronte di Miracle, che arricciò il visino in risposta. Quasi certamente per l'irritazione; sua figlia amava dormire e non le piaceva essere interrotta per nessun motivo.

«Vado a fare qualche tiro a canestro con Max» disse Pipe. «Mi farà il culo, ma va bene così. Un giorno sarà una grande star dell'NBA e io mi vanterò di avergli insegnato tutto quello che sa.»

«Penso che andrò a vedere se Sam, Dylan ed Elizabeth vogliono giocare ad acchiapparello con me. Viene qualcun altro?» chiese Owl.

«Certo.»

«Ok.»

Spike e Stone si unirono a lui e andarono verso il cortile.

«Io vado a radunare i bambini più piccoli e magari possiamo giocare a nascondino» dichiarò Brick.

«Voglio controllare gli animali. Io prendo il resto dei mezzani e vedo se vogliono aiutarmi» disse Tonka.

E così, Tiny si ritrovò da solo con Miracle. Si sedette su una delle tante sedie a dondolo che avevano messo nel portico, sorridendo mentre guardava i suoi amici e i loro figli correre all'aria fresca di montagna.

La porta del lodge cigolò e lui alzò lo sguardo, sorridendo quando vide Ryleigh.

«Stai bene?» le chiese.

«Sì. È il mio turno di prendere altri snack dalla cucina e ho pensato di venire a controllare tutti.»

Sua moglie era ancora una delle persone più gentili che avesse mai conosciuto. Era più probabile che si fosse offerta di prendere altri snack, e sebbene lei e le altre donne non avessero problemi a lasciare i mariti a occuparsi dei bambini, Tiny sapeva che Ryleigh era ancora un po' traumatizzata dai tre aborti che aveva avuto e dai problemi di concepimento. Non le piaceva perdere di vista Miracle per troppo tempo.

«È tutto a posto» sussurrò, tendendo una mano alla moglie.

Lei si avvicinò subito, si chinò e accarezzò il viso di Miracle con un dito, poi si girò e lo baciò. E a quello il cazzo gli diventò duro. Anche dopo dieci anni, sua moglie non mancava mai di eccitarlo. Non stava nemmeno cercando di sedurlo, stava semplicemente dimostrandogli quanto lo amava.

«Hai bisogno di qualcosa?» gli chiese.

«No.»

«Sicuro? Dell'acqua? Uno spuntino?»

«Cos'è, ho tre anni?» la stuzzicò.

Ryleigh alzò gli occhi al cielo. «Mi sembra di ricordare che l'ultima volta che hai avuto un semplice raffreddore ti sei comportato come se stessi morendo, e hai voluto che ti portassi dei ghiaccioli e che mi sedessi al tuo fianco a tenerti un impacco sulla fronte... come se fossi stato un bambino.»

Tiny ridacchiò. Non si sbagliava. «Non ho bisogno di acqua né di uno spuntino. Sono a posto.»

Gli sorrise. Non ne aveva mai abbastanza dei suoi sorrisi.

«Tiny?»

«Sì, tesoro?»

«Sono proprio felice. Qualunque peccato abbia commesso in passato, ho più che rimediato. Volevo solo farti sapere che non vorrei essere in nessun altro posto al mondo se non qui con te. E con nostra figlia. E i nostri amici e tutto questo caos.»

Tiny di tanto in tanto si era preoccupato che la stesse trattenendo. Era più che ovvio che avrebbe potuto lavorare con le migliori menti del mondo. Avrebbe potuto aiutare a far progredire la tecnologia, fare cose straordinarie con i computer. Invece, era lì al Rifugio, a vivere una vita che alcuni scienziati e ingegneri avrebbero definito uno spreco del suo talento. Quindi, sentirla dire che era felice, contenta, significava tutto per lui.

«Ti amo» le disse, e l'emozione gli fece tremare la voce.

«E io amo te. Quando stasera la nostra Miracle si addormenterà, ti dimostrerò quanto.»

Le sue parole non aiutarono lo stato del suo uccello. Diventò ancora più duro pensando a come sua moglie avrebbe potuto dimostrargli il suo amore più tardi. «Non vedo l'ora» ribatté con la massima calma possibile.

«Dovresti. Perché sconvolgerò il tuo mondo.»

«Merda, hai parlato di sesso con le ragazze.»

Ryleigh fece un sorrisetto malizioso, poi si chinò e lo baciò ancora una volta. «Forse» disse timidamente, poi si voltò e tornò dentro.

Tiny ridacchiò, e Miracle si dimenò tra le sue braccia, non gradendo di essere stata di nuovo disturbata. «Scusa, bellissima. Non volevo svegliarti. Torna a dormire, ma devo dirtelo, stasera per un paio d'ore non dovrai interrompere mamma e papà. Va bene?»

Sua figlia non rispose, non che si fosse aspettato lo facesse.

Si appoggiò allo schienale, dondolandosi lentamente, mentre guardava i suoi amici e i loro figli correre in cortile.

Sì, poteva dire di essere un uomo fortunato. Lui e i

ragazzi si erano costruiti nel New Mexico la vita che le loro famiglie si meritavano. Una vita piena di amore e di amicizia, con la consapevolezza che, a prescindere da dove avrebbero potuto scegliere di andare, il Rifugio sarebbe sempre stato un luogo sicuro da poter chiamare casa.

Grazie per aver letto la serie Il Rifugio. Ho sempre pensato che sarebbe stato il luogo ideale per chiunque avesse subito un qualsiasi tipo di trauma nella propria vita e avesse bisogno di un posto "sicuro" dove rifugiarsi per un po'. Mi è piaciuto molto anche coinvolgere alcuni dei miei vecchi protagonisti della serie Armi & Amori. Se volete saperne di più su Caroline e Wolf e Dude, le loro storie sono *Proteggere Caroline* e *Proteggere Cheyenne*.
Ho anche iniziato una nuova serie con i Navy SEAL, chiamata Armi & Amori: Alleanza. Il primo libro è *Proteggere Remi* e troverete anche Caroline, Wolf e tutta la banda.

Grazie a tutti per il vostro sostegno in questi anni. Non potrei fare ciò che amo se non fosse per voi.

In cerca di Finley

In cerca di Heather

In cerca di Khloe

Silverstone

Fidarsi di Skylar

Fidarsi di Taylor

Fidarsi di Molly

Fidarsi di Cassidy

Forze Speciali alle Hawaii

Trovare Elodie

Trovare Lexie

Trovare Kenna

Trovare Monica

Trovare Carly

Trovare Ashlyn

Trovare Jodelle

Delta Duo

La forza di Gillian

La forza di Kinley

La forza di Aspen

La forza di Jayme

La forza di Riley

La forza di Devyn

La forza di Ember

La forza di Sierra

Armi & Amori: verso il futuro

Soccorrere Caite

Soccorrere Brenae

Soccorrere Sidney
Soccorrere Piper
Soccorrere Zoey
Soccorrere Avery
Soccorrere Kalee
Soccorrere Jane

Mercenari di Montagna

Difendere Allye
Difendere Chloe
Difendere Morgan
Difendere Harlow
Difendere Everly
Difendere Zara
Difendere Raven

Delta Force Heroes

Salvare Rayne
Salvare Emily
Salvare Harley
Il Matrimonio di Emily
Salvare Kassie
Salvare Bryn
Salvare Casey
Salvare Sadie
Salvare Wendy
Salvare Mary
Salvare Macie
Salvare Annie

Armi e Amori

Proteggere Caroline

Proteggere Alabama
Proteggere Fiona
Il Matrimonio di Caroline
Proteggere Summer
Proteggere Cheyenne
Proteggere Jessyka
Proteggere Julie
Proteggere Melody
Proteggere il Futuro
Proteggere Kiera
Proteggere i figli di Alabama
Proteggere Dakota

Ace Security

Il riscatto di Grace
Il riscatto di Alexis
Il riscatto di Bailey
Il riscatto di Felicity
Il riscatto di Sarah

Una raccolta di storie brevi

Un momento nel tempo

BIOGRAFIA

L'autrice

Susan Stoker è annoverata da *New York Times*, *USA Today* e *Wall Street Journal* quale scrittrice di successo, le cui collane di libri includono Badge of Honor: Texas Heroes, SEAL of Protection e Delta Force Heroes. Sposata con un sottufficiale dell'esercito in pensione, Stoker ha vissuto in ogni dove negli Stati Uniti - dal Missouri alla California e al Colorado - e attualmente vive sotto i grandi cieli del Texas. Quale vera sostenitrice del "vissero felici e contenti", Stoker ama scrivere romanzi in cui una relazione romantica si trasforma in amore.

Per ulteriori informazioni sull'autrice e il suo lavoro, visita il sito web www.stokeraces.com